PAS DE BERCEUSE
POUR FANNY

Sophie Hannah

PAS DE BERCEUSE POUR FANNY

roman

*Traduit de l'anglais
par Isabelle St. Martin*

www.quebecloisirs.com

UNE ÉDITION DU CLUB QUÉBEC LOISIRS INC.

Titre original anglais : Little Face
Première publication : Hodder & Stoughton, Londres, 2006
© Avec l'autorisation des Éditions Calmann-Lévy
© 2006, Sophie Hannah
Pour la traduction française :
©2009, Calmann-Lévy
Dépôt légal — Bibliothèque et Archives nationales du Québec, 2009
ISBN Q.L. 978- 2-89430-936-0
Publié précédemment sous ISBN 978-2-7021-3947-9

Imprimé au Canada

Pour ma grand-mère, Beryl,
avec tout mon amour

1

Vendredi 26 septembre 2003

Cette fois, je suis dehors. Pas encore très loin de la porte d'entrée, mais je l'ai franchie, et seule. En m'éveillant, ce matin, je n'aurais pas cru qu'aujourd'hui serait le grand jour. Je ne le sentais pas ou, plutôt, c'était moi qui ne me sentais pas bien. Et puis le coup de téléphone de Vivienne m'a fait changer d'avis :

— Crois-moi, tu ne seras jamais prête. Il faut se jeter à l'eau !

Elle a raison. Alors je me lance.

Mon sac à la main, je traverse la cour pavée, la boue, le chemin de gravier. Les arbres ont l'air tricotés de couleurs vives : rouges et bruns, parfois encore un peu verts, qui se détachent sur l'ardoise humide du ciel. Ce monde ne ressemble pas à celui dans lequel j'avais l'habitude de me promener, ces derniers temps. Tout y semble plus violent, comme si la toile de fond à laquelle je ne prêtais plus attention m'interpellait soudain.

Ma voiture est garée au bout du chemin, devant la grille qui sépare Les Ormes de la route. En principe, je ne devrais pas conduire. Ordre du médecin.

— N'importe quoi ! s'est exclamée Vivienne. Ce n'est pas loin. Si on suivait à la lettre tout ce qu'il faut faire ou ne pas faire, on n'oserait plus lever le petit doigt.

Après tout, je me sens en état de conduire. Enfin, un peu. Je suis assez bien remise de mon opération. Sans doute grâce à l'hypericum que je me suis prescrit, à moins que ce ne soit encore une victoire de l'esprit sur la matière : il faut que je sois forte, donc je le suis.

Tourner la clef de contact, appuyer le pied droit sur l'accélérateur. Le moteur se met en marche. Desserrer le frein à main. Je m'engage sur la route. Surveiller ma vitesse qui augmente.

— De zéro à soixante en une demi-heure ! plaisantait mon père quand la Volvo lui appartenait encore.

C'est juré, je garderai cette voiture jusqu'à ce qu'elle tombe en miettes. Rien ne me rappelle davantage mes parents. Comme si elle faisait partie de ma famille, comme si elle se souvenait aussi bien que moi de papa et maman.

Il me suffit de baisser la vitre pour respirer un peu cet air frais qui me caresse le visage ; combien d'affreux embouteillages faudra-t-il encore avant qu'on cesse d'associer voiture et liberté ? Alors que je fonce sur une chaussée quasi déserte, entre champs et fermes, je m'enivre de cette puissance factice. Illusion bienvenue !

Défense de penser à Fanny, à la distance grandissante qui nous sépare.

Au bout de six kilomètres et quelques de campagne, la route se transforme en rue de bourgade, en l'occurrence Spilling, la petite ville la plus proche. Sur la place centrale se tient régulièrement un marché ; sinon, ce ne sont que rangées de longues bâtisses élisabéthaines aux couleurs pastel. Certaines ont été transformées en boutiques ; d'autres, j'imagine, restent les demeures de riches snobs, vieux raseurs à lunettes bifocales qui n'arrêtent pas de dégoiser sur l'héritage historique de Spilling. Bon, disons que je suis peut-être injuste…

Vivienne n'habite pas là, même si sa propriété se trouve rattachée à l'agglomération. Quand on lui demande son adresse, elle dit tout simplement « Les Ormes », comme si cette maison était connue du monde entier.

Au feu rouge, je fouille dans mon sac pour retrouver l'itinéraire qu'elle m'a indiqué. À gauche après le petit rond-point puis première à droite et suivre les panneaux. Enfin apparaît le mot : « *Débarcadère* »… en épaisses lettres italiques sur fond bleu marine. J'emprunte la voie qui mène au bâtiment à toit en pyramide, et le contourne pour me garer à l'arrière, dans le parking.

Une fraîche odeur de lys règne sur l'entrée. Il y en a partout, disposés dans de grands vases rectangulaires. La superbe moquette, bleu marine avec des roses, donne l'impression qu'elle ne pourra jamais paraître sale. Des gens armés de sacs de sport vont et viennent, certains en sueur, d'autres sortant de leur douche.

Au comptoir de la réception, une jeune fille aux cheveux blonds en bataille ne demande qu'à m'aider. D'après son badge, elle s'appelle Kerilee. Je suis contente d'avoir baptisé ma fille Fanny, après tout c'est le diminutif de Françoise, un vrai nom avec une histoire, plutôt qu'une espèce de sobriquet qui résonne comme l'invention de l'équipe marketing d'une pop star de quinze ans. Je craignais que David ou Vivienne ne s'y opposent mais, par chance, ils ont aimé.

Je me présente :

— Alice Fancourt. Bonjour ! Je suis une nouvelle adhérente.

Pour appuyer mes paroles, je lui tends l'enveloppe qui contient mes coordonnées. Amusant comme Kerilee ne semble pas se douter de la portée d'une telle journée pour moi. L'enjeu de notre rencontre ne revêt pas la même importance pour elle.

— Oh ! Vous êtes la belle-fille de Vivienne ! Vous venez d'avoir un bébé ! Il y a quinze jours, c'est bien ça ?

— C'est ça.

Une adhésion au club du *Débarcadère*, c'est mon cadeau, ou plutôt ma récompense pour avoir produit un nouvel héritier. Ça doit coûter dans les mille livres sterling par an mais Vivienne est de ces rares personnes riches qui savent se montrer généreuses.

— Comment va Fanny ? interroge Kerilee. Vivienne en est folle ! Ce sera merveilleux pour Felix d'avoir une petite sœur, j'imagine !

Bizarre d'entendre parler ainsi de Fanny. Dans mon esprit, elle est toujours la première – mon premier enfant. Mais c'est le deuxième de David.

Felix est bien connu au *Débarcadère*. Il y passe presque autant de temps qu'à l'école, prend part aux tournois de golf juniors, apprend à nager et ne manque pas une sortie des Chenapans,

11

alors que Vivienne partage ses journées entre la gymnastique, la piscine, l'institut de beauté et le bar.

— Ainsi, vous allez mieux? continue Kerilee. Vivienne nous a parlé de la naissance. Il paraît que vous en avez bavé!

Là, je dois dire que je reste un peu déconcertée.

— Ça n'a pas été une partie de plaisir. Mais Fanny est arrivée en bonne santé et c'est tout ce qui compte.

D'un seul coup, ma fille me manque terriblement. Qu'est-ce que je fais devant ce comptoir d'un club de mise en forme, alors que je pourrais tenir compagnie à mon adorable enfant?

— C'est la première fois que nous sommes séparées. C'est la première fois que je quitte la maison depuis mon retour de la clinique. Ça me fait drôle.

À vrai dire, je ne suis pas du genre à me lancer dans les confidences à une totale inconnue mais, puisque Kerilee est déjà au courant des moindres détails de mon accouchement, je suppose qu'il n'y a pas de mal à cela.

— Alors c'est un grand jour! conclut-elle. Vivienne nous a dit que vous seriez peut-être un peu patraque.

— Vraiment?

Vivienne pense à tout.

— Oui. Elle nous a conseillé de vous emmener au bar avant toute chose et de vous offrir un cocktail dans un grand verre.

Elle m'amuse.

— Malheureusement, je dois reprendre le volant. On dirait que Vivienne…

— … estime que plus vous serez éméchée, plus vous serez prudente, achève Kerilee.

Nous en rions ensemble.

— Bon, continue-t-elle, si nous prenions cette inscription?

Elle s'installe devant l'ordinateur, les doigts posés sur le clavier.

— Alice Fancourt. Adresse? Les Ormes, c'est ça?

On dirait que ça l'impressionne. La plupart des gens de la région connaissent au moins de nom la maison de Vivienne, même s'ils ignorent à qui elle appartient. Elle a longtemps abrité les Blantyre, célèbre famille de Spilling de sang plus ou moins royal, qui a fini par s'éteindre durant les années quarante. C'est à cette époque que le père de Vivienne s'est porté acquéreur de la propriété.

— Oui, dis-je. Les Ormes. Pour le moment.

Quand je pense à mon appartement de Streatham Hill où j'ai vécu jusqu'à mon mariage avec David! N'importe quel observateur l'aurait qualifié d'obscure caisse à savon mais moi je l'aimais bien. J'en avais fait un confortable refuge où personne ne venait me déranger, et surtout pas mes patients les plus agressifs, les plus obsédés. Après la mort de mes parents, c'est le seul endroit où j'ai pu me laisser aller à mon chagrin, à ma peur de la solitude, sans personne pour me juger. Dans mon appartement, je redevenais cette personne parcourue de fêlures que le monde extérieur ne voulait pas connaître.

Les Ormes sont une demeure trop grandiose pour offrir un véritable confort. Le lit que nous partageons, David et moi, ressemble à ceux qu'on voit dans les châteaux français, entourés d'un cordon de soie. Il est énorme. Quatre personnes pourraient y tenir, ou même cinq, si elles ne sont pas trop grosses. Vivienne dit que c'est un lit quadruple et que les lits doubles sont pour les souris. Fanny occupe une spacieuse chambre d'enfant aux meubles anciens, avec une banquette encastrée sous la fenêtre et un cheval à bascule sculpté à la main qui remonte à l'enfance de Vivienne. Felix dispose de deux pièces : sa chambre, ainsi qu'une salle de jeux tout en longueur dans le grenier, où il entasse ses jouets, ses livres et ses nounours.

La vue du dernier étage est à couper le souffle, dans quelque direction qu'on regarde. Par temps clair, on aperçoit Culver Ridge d'un côté, le clocher de l'église de Silsford de l'autre. Le parc est tellement immense qu'il a été divisé en plusieurs jardins, certains sauvages, d'autres cultivés, un rêve pour balader les enfants dans leur landau par une tiède journée d'été.

David ne voit pas pourquoi nous irions nous installer ailleurs. Quand je lui en parle, il me fait remarquer que nous ne pourrions rien nous offrir de comparable.

— Tu voudrais abandonner le confort des Ormes pour un trois-pièces terrasse sans jardin? me rétorque-t-il. D'autant que tu travailles à Spilling, maintenant. C'est plus pratique de vivre chez maman. Ne me dis pas que tu as envie de te taper de longs trajets tous les matins!

Je n'en ai parlé à personne, mais la perspective de reprendre le travail me donne le cafard. Je ne vois plus le monde de la même façon et j'ai du mal à le cacher.

La voix de Kerilee me ramène sur terre :

— Je vais demander à Ross, notre conseiller à l'accueil des nouveaux venus, de vous faire visiter les installations. Ensuite, si vous en avez envie, vous pourrez piquer une tête dans la piscine ou essayer la salle de gymnastique…

J'en frémis intérieurement. J'imagine mes points de suture qui lâchent, les cicatrices encore roses qui se rouvrent.

— Ça me semble un peu tôt, dis-je, une main plaquée sur le ventre. J'ai quitté la maternité il y a une semaine. Mais je serais enchantée de visiter et peut-être aussi de boire un verre.

Ross est un petit Sud-Africain aux cheveux décolorés en blond, aux jambes musclées, au bronzage qui tire sur l'orangé. Il me montre une vaste salle de gymnastique au parquet vitrifié, où s'alignent tous les appareils possibles et imaginables. Des gens en collants Lycra courent, marchent, font du vélo ou de l'aviron sur ces machines noir et gris métallisé. Beaucoup portent des écouteurs sur les oreilles et regardent les télévisions suspendues au plafond où passent les grands talk-shows de l'après-midi, tandis que leurs membres malaxent le métal et le caoutchouc. Je commence à comprendre pourquoi Vivienne paraît si bien pour son âge.

Ross me montre la piscine de vingt-cinq mètres et attire mon attention sur l'éclairage sous la surface turquoise, qui donne au bassin l'aspect d'une énorme aigue-marine liquide scintillante de mille facettes. À chaque bord, des marches de pierre à la romaine descendent sous l'eau. D'un côté se dressent des colonnes de marbre rose qui encerclent un Jacuzzi rond débordant d'écume et de mousse ; de l'autre, c'est un sauna qui dégage un léger parfum de pin, et un hammam dont les parois de verre sont couvertes de buée. Je lève soudain la tête, surprise par la pluie qui tambourine sur le dôme de verre.

Le temps de me laisser inspecter le vestiaire des dames, Ross patiente dehors. Comme tout le reste au *Débarcadère*, cette salle présente davantage qu'un service purement fonctionnel. Une épaisse moquette prune recouvre le sol ; les toilettes et les douches sont tapissées d'ardoise noire. Chaque surface semble destinée à offrir une nouvelle tentation : épais draps de bain blancs, peignoirs ornés de blasons aux armes du *Débarcadère*, crèmes pour les mains, shampooings et conditionneurs, lotions corporelles ou même limes à ongles. J'avise trois femmes occupées à se sécher et à s'apprêter ; l'une se frotte le ventre avec une serviette en y mettant une telle vigueur que j'en ai des frissons, une autre, en train de boutonner son chemisier, lève la tête pour me décocher un sourire. Elle semble énergique, en pleine forme, avec ses jambes nues, rosies par la chaleur. Tandis que moi, tout habillée, je me sens fragile, mal dans ma peau.

Dans l'alignement des casiers numérotés, en bois, certains sont ouverts, quelques-uns ont une clef accrochée à la serrure, la plupart sont fermés. Je cherche le numéro de Vivienne, le 131, choisi en fonction de l'anniversaire de Felix, le 13 janvier, mais aussi parce qu'il occupe une position avantageuse, proche à la fois des douches et de la porte marquée *Piscine*. Vivienne est l'unique adhérente du *Débarcadère* dont le casier ne peut servir à personne d'autre. On lui garde sa clef à la réception.

— Ça m'évite de trimballer toutes mes affaires avec moi comme une réfugiée, aime-t-elle à plaisanter.

Lorsque j'émerge du vestiaire, Ross attend toujours sagement dans le couloir, devant le panier à serviettes sales.

— Satisfaite ? demande-t-il.

— Très.

Tout correspond exactement à la description de Vivienne.

— Avez-vous des questions à me poser ? Vous avez compris comment fonctionnent les casiers ? On glisse une pièce d'une livre dans la fente pour les fermer, qu'on récupère ensuite, évidemment.

Je hoche la tête, prête à l'entendre m'assurer que, moi aussi, j'aurai mon casier personnel, mais il n'en fait rien. Je suis un peu déçue.

Il m'emmène voir l'entrée de *Chalfont's*, l'élégant restaurant du club ; puis nous passons devant le *Morfal*, une espèce de café-bar nettement plus décontracté, que Vivienne déteste. Ensuite, nous pénétrons dans le bar privé où Ross me confie à Tara. Je m'enhardis à envisager effectivement un cocktail, dans l'espoir qu'il m'aidera à me détendre. Néanmoins, lorsque je prends la carte, Tara m'annonce qu'elle m'a déjà préparé quelque chose, une composition à base de crème et de Kahlua, pleine de calories. J'apprends ainsi que c'est Vivienne qui l'a commandée d'avance pour moi.

Je n'ai pas le droit de payer, ce qui ne me surprend guère.

— Vous avez de la chance, dit Tara.

Elle doit entendre par là que j'ai de la chance d'être la belle-fille de Vivienne. Je me demande si elle sait pour Laura, qui n'en a pas eu autant.

J'avale mon cocktail en vitesse et m'efforce de paraître calme, décontractée. À vrai dire, je dois être la personne la moins détendue de tout le club, tant j'ai hâte de rentrer chez moi, de retrouver Fanny. Je me rends compte que cette envie me tenaille depuis l'instant où j'ai quitté Les Ormes. Maintenant que j'ai vu tout ce que *Le Débarcadère* avait à m'offrir, je peux m'en aller. J'ai fait ce qu'on attendait de moi.

Dehors, il ne pleut plus. Sur la route du retour, je bats des records de vitesse, je sens l'alcool me monter à la tête. Un court instant, j'ai tous les courages, toutes les audaces. Et puis la tête commence à me tourner et je m'inquiète à l'idée que je pourrais croiser Cheryl, ma sage-femme, qui resterait bouche bée devant mes excès au volant d'une Volvo pourrie, quinze jours à peine après la naissance de ma fille. Je pourrais tuer quelqu'un. Alors que je prends encore les pilules qu'on m'a données à ma sortie de la clinique, je viens d'avaler un cocktail bien alcoolisé… À croire que j'ai envie de m'empoisonner.

Je sais que je devrais lever le pied mais je n'en fais rien. Je ne peux pas. Mon désir de revoir Fanny tourne à l'obsession. J'accélère à l'orange au lieu de freiner comme d'habitude. J'ai trop l'impression d'avoir laissé derrière moi un de mes membres ou un organe vital.

C'est quasiment à bout de souffle que je débouche dans l'allée de la propriété. Je me gare et me précipite sur le gravier sans prêter attention à mon ventre encore douloureux. La porte d'entrée est grande ouverte. J'appelle :

— David ?

Pas de réponse. Je me demande s'il a emmené Fanny se promener dans son landau. Non, impossible. Il aurait fermé derrière lui.

Je traverse le vestibule, entre dans le salon.

16

— David ?

J'ai crié plus fort, cette fois. Le parquet craque au-dessus de ma tête et mon mari pousse un grognement, comme si je le tirais de sa sieste. Je me rue au premier, dans notre chambre, où je le trouve assis sur le lit, en train de bâiller.

— Je dors quand bébé dort, indique-t-il en riant, comme on le conseille dans le manuel des parfaits parents.

Il est tellement heureux depuis la naissance de Fanny ! Il en est tout transformé. Voilà des années que je rêve de l'entendre me raconter ce qu'il ressent. Désormais, les paroles deviennent presque inutiles tant sa joie est visible. Il déborde d'énergie, il en a la voix vibrante, l'œil pétillant.

C'est lui qui s'est chargé des biberons, cette nuit. Il a lu dans je ne sais quel autre ouvrage que cette forme d'alimentation était préférable au sein maternel car elle permettait aux pères de nouer un lien vital avec leurs bébés. Pour lui, c'est nouveau. À l'époque de la naissance de Felix, il était déjà séparé de Laura. Si bien que Fanny représente une deuxième chance. Il ne l'a jamais dit mais je sais qu'il a décidé de tout faire pour que cette fois ça marche. Il a même pris un mois entier de congé. Pour se prouver que l'hérédité n'est pas une fatalité, que lui ne sera pas un mauvais père.

— C'était comment, *Le Débarcadère* ? s'enquiert-il.

— Bien. Je vais te raconter ça dans une minute.

Je lui tourne le dos, quitte la chambre pour traverser le palier sur la pointe des pieds en direction de la porte de Fanny.

— Alice, me souffle David. Attention, ne la réveille pas !

— Je veux juste jeter un coup d'œil. Je ne ferai pas de bruit, promis.

J'entends le souffle de la petite derrière la porte. Un bruit que j'adore, léger, rapide, rassurant – un bruit beaucoup plus puissant que ce qu'on pourrait attendre de la part d'un bébé. J'entrouvre la porte et je vois ce petit berceau auquel je ne suis pas encore habituée. Il a des roues et des rideaux et proviendrait, paraît-il, de France. David et Vivienne l'ont trouvé dans la vitrine d'une boutique de Silsford et l'ont acheté pour me faire une surprise.

Les stores de la fenêtre sont clos. Je baisse les yeux vers le lit, je n'aperçois d'abord qu'une petite forme de bébé. Au bout de quelques secondes, je la distingue plus clairement. Mon Dieu! Le temps ralentit, de façon insupportable. Mon cœur bat trop fort, je suis au bord de la nausée. Le goût crémeux du cocktail me revient dans la bouche, mêlé de bile. Je regarde et je regarde encore, avec l'impression de tomber en avant. Je flotte, détachée de ce qui m'entoure, sans plus rien à quoi m'accrocher. Ce n'est pas un cauchemar. Ou plutôt, la réalité devient cauchemar.

J'ai promis à David de ne pas faire de bruit. Pourtant, j'ouvre grande la bouche et je hurle.

2

3/10/03, 11 h 50 (une semaine plus tard)

Lorsque Simon vint prendre son service à midi, Charlie l'attendait sur les marches du commissariat. Il s'aperçut que, pour la première fois de l'année, elle arborait son manteau de laine noire à col et poignets de fausse fourrure. On ne distinguait plus ses chevilles minces sous un collant clair, comme en été. Selon les saisons, les jambes de Charlie s'habillaient de transparence ou d'opacité ; la veille, elles étaient claires, maintenant, c'était le sombre qui l'emportait, indice infaillible de l'arrivée de l'hiver.

Encore qu'on ne soit qu'en octobre. Charlie était si maigre qu'elle commençait à ressentir la morsure du froid alors que d'autres se promenaient toujours en sandales. Aujourd'hui, elle paraissait pâle et, derrière ses lunettes cerclées de métal doré, son regard semblait anxieux. Elle tenait à la main droite une cigarette à moitié consumée. À sa manière, c'était une intoxiquée : elle adorait s'occuper ainsi les doigts, quoique Simon l'ait rarement vue tirer une bouffée. Cependant, en s'approchant, il repéra du rouge à lèvres sur le filtre. À croire qu'elle y avait tout déposé car sa bouche semblait nettement plus pâle que le mégot. Elle exhala un petit nuage qui aurait aussi bien pu être de froid que de fumée.

D'un léger mouvement de la main gauche, elle trahit son impatience. Ainsi, elle l'attendait. Ça devait être grave pour qu'elle se soit installée sur ces fichues marches. Jurant intérieurement, Simon sentait déjà monter le drame et s'en voulait de s'être laissé surprendre. Il aurait dû s'en douter plus tôt. Si seulement il pouvait voir venir ces moments où, au détour du chemin, le guettait une face menaçante, porteuse de mauvaises nouvelles ! En l'occurrence, Charlie.

Simon aurait aimé pouvoir assumer son sort, quel qu'il fût, avec la confiance des innocents. Curieusement, il avait l'impression qu'il supporterait mieux une punition imméritée. Parfois, il se sentait une vocation de martyr.

Mais là, il déglutit avec difficulté ; l'affaire semblait plus sérieuse qu'un simple rappel à l'ordre « Reg. 9 ». Aussi, comment avait-il pu être assez bête pour oublier, ne fût-ce qu'un instant, qu'il n'était pas du genre à se tirer d'affaire les doigts dans le nez ? Les sinistres imbéciles de la police des polices avaient sans doute déjà vidé son casier.

Le cœur serré, il commençait à répéter sa défense, tout en luttant pour ne pas céder au réflexe de prendre ses jambes à son cou. Quelque part, il avait l'impression que ce ne serait pas une fuite honteuse ; il s'en irait la tête haute, déçu, presque lentement. Il se voyait déjà s'éloigner à l'horizon, rapetisser pour ne plus former bientôt qu'une ligne, qu'un point et puis rien du tout. Les mouvements altiers, un départ dans le silence et la dignité. Alors Charlie se demanderait comment elle avait pu le laisser tomber et finirait par regretter de ne pas l'avoir écouté.

Le bel espoir ! Jusque-là, il avait quitté tous ses autres postes dans une emphase chaotique, au milieu des cris et des imprécations, des poings menaçants et des portes qui claquent. Il se demandait combien de fois on pouvait espérer tout recommencer dans la vie, en se disant que c'était la faute des autres, en y croyant dur comme fer…

— Quoi ? Qu'est-ce qui se passe ? demanda-t-il à Charlie.

Pour une fois, il ne commençait pas sur le ton de la plaisanterie. Il se sentait vidé.

— Prends une clope, proposa-t-elle en lui jetant son paquet de Marlboro Light.

— Vas-y, dis-moi.

— D'accord, mais il va falloir garder ton calme.

— Putain ! Qu'est-ce qu'il y a encore ?

Inutile de chercher à cacher son affolement devant Charlie. Ce qui le révoltait encore plus.

— Surveillez votre langage, inspecteur.

Chaque fois que ça l'arrangeait, elle le remettait à sa place, passant insensiblement du personnage d'amie, de confidente, à celui de supérieure. Elle vous soufflait le chaud et le froid à une seconde d'intervalle. Avec elle, on avait toujours l'impression de glisser sur une pente savonneuse. Voilà longtemps qu'elle menait cette expérience, essayant diverses approches radicalement différentes : attentionnée, charmeuse, distante, passant de l'une à l'autre sans crier gare. Résultat : sujet constamment désorienté, mal à l'aise.

Il serait plus facile de travailler avec un homme. Depuis deux ans, Simon tâchait de se convaincre qu'il devait demander sa mutation dans l'équipe d'un autre inspecteur chef. Jusquelà, il n'était jamais passé à l'acte, se reposant sur la seule idée qu'il pourrait toujours le faire, le moment venu. Charlie était un patron efficace, qui savait prendre en considération l'intérêt de son subalterne. Simon savait pourquoi et il s'efforçait de ne pas s'en vouloir pour autant; ses raisons la regardaient, elle, et pas lui. Était-ce se montrer superstitieux que de croire qu'à l'instant même où il perdrait sa protection il en aurait plus que jamais besoin?

— Pardon, dit-il. Raconte-moi tout.

— David Fancourt se trouve dans la salle d'interrogatoire, avec Proust.

— Quoi? Pourquoi?

L'imagination de Simon se mit à jongler avec l'image absurde d'un inspecteur principal Giles Proust face à un civil, un véritable être humain, qui ne se réduisait pas à un simple nom en caractères gras dans un rapport. D'expérience, Simon se méfiait de tout ce qui sortait de l'ordinaire. Il commençait à devenir nerveux.

— Tu n'étais pas là, je n'étais pas là. Il n'y avait que Proust au service de la Crim, alors c'est Proust qui l'a reçu.

— Qu'est-ce qu'il voulait?

Charlie poussa un soupir.

— Je t'assure que tu devrais prendre une clope.

Simon en prit une pour la calmer.

— Dis-moi tout. Je vais avoir des ennuis?

— Écoute...

Elle écarquilla soudain les yeux :

— Qu'est-ce que c'est que cette question, d'abord ? Pourquoi devrais-tu avoir des ennuis ?

— Charlie, arrête de me faire tourner en bourrique ! Que venait faire Fancourt ici ?

— Annoncer que sa femme et sa fille ont disparu.

— Quoi ?

Simon reçut la nouvelle comme un coup de poing en plein visage. Puis les paroles de Charlie prirent tout leur sens. Alice et le bébé avaient disparu. Non ! Ce n'était pas vrai !

— C'est tout ce que je sais. Il va falloir attendre que Proust nous raconte le reste. Il y a près d'une heure que ça dure. Jack Zlosnik était à la réception. Fancourt lui a dit que sa femme et sa petite fille avaient disparu cette nuit. Il n'a trouvé aucun message, n'a reçu aucune nouvelle. Il a téléphoné partout, sans résultat.

Simon ne voyait plus rien, n'entendait plus rien. Il voulut passer devant Charlie mais elle lui attrapa le bras.

— Hé ! Du calme. Où vas-tu ?

— Trouver Fancourt. Lui demander ce qu'il fiche.

Une folle colère lui montait au nez. Qu'est-ce que ce salaud avait fait à Alice ? Il devait le savoir, tout de suite. L'interroger à tout prix.

— Et alors ? Tu crois comme ça interrompre Proust en plein boulot ?

— Il le faut, merde !

Charlie resserra son étreinte :

— Ton fichu caractère finira par te faire virer. J'en ai par-dessus la tête de surveiller chacun de tes faits et gestes pour t'empêcher de commettre des idioties !

Ça l'embêterait plus que moi si on me virait, songea Simon. Il comptait sur ce garde-fou. Lorsque Charlie voulait quelque chose, elle l'obtenait. En général.

Trois flics gardaient un œil sur eux depuis l'entrée du commissariat. Ils n'eurent pas besoin de franchir la porte à doubles battants. Simon dégagea son bras en marmonnant une excuse. Il s'en voulait de provoquer un esclandre. Charlie avait raison. Voilà longtemps qu'il ne devrait plus se conduire ainsi.

Elle lui prit sa cigarette, la lui fourra dans la bouche, l'alluma. Avec elle, les clopes devenaient une sorte de médication qu'on distribuait en cas de besoin, comme une tasse de thé chez d'autres gens. Même pour les non-fumeurs comme Simon. D'ailleurs, il avait besoin de tirer une taffe et la première lui fit beaucoup de bien. Il garda la fumée dans les poumons aussi longtemps qu'il le put.

— Charlie, écoute...

— D'accord, mais pas ici. Finis-moi ça, ensuite, on ira boire un pot. Et calme-toi, bon sang!

Grinçant des dents, il s'efforça de respirer calmement. Au moins l'écouterait-elle avant de lui dire qu'il racontait des conneries.

Il prit encore quelques bouffées puis écrasa la cigarette et suivit la jeune femme dans le bâtiment. Le commissariat de Spilling avait pris la place d'anciens bains publics et sentait encore le chlore. À huit ans, c'était là que Simon avait appris à nager sous la houlette d'un maniaque en survêtement rouge armé d'une gaule. Tout le monde dans sa classe connaissait déjà la brasse et le crawl. Simon se rappelait encore ce qu'il avait éprouvé lorsque ses lacunes lui avaient sauté aux yeux; il le ressentait toujours, chaque fois qu'il reprenait son service.

Écrasé par l'anxiété, il se sentait couler et faillit de nouveau céder à l'envie de fuir, encore qu'il ne fût pas certain que ses jambes le porteraient bien loin. D'autant qu'il n'aurait su où aller et ne répondrait qu'au seul besoin de secouer sa peur. Dans un suprême effort, il parvint à demeurer immobile derrière Charlie pendant qu'elle échangeait quelques mots avec Jack Zlosnik, le bibendum grisonnant qui succédait au grincheux Morris et qui, comme lui, distribuait des tickets verts annonçant « Chacun à son tour ».

Aussi, pourquoi envisager tout de suite le pire? Qui disait qu'Alice était en danger de mort? Simon pouvait encore intervenir. D'ailleurs, s'il était trop tard, il le sentirait, il ne verrait pas les images du présent se mêler à celles du passé. Quoique de tels arguments n'aient rien de scientifique. La réaction de Charlie, s'il les lui exposait...

Au bout d'une éternité, ils laissèrent Zlosnik derrière eux et Simon emboîta le pas de Charlie qui avait pris la direction de la cantine, grande chambre sonore éclairée au néon, pleine d'éclats de voix, essentiellement masculines, et d'odeurs déplaisantes. Trop mal luné pour voir les choses sous un bon jour, Simon exécrait plus que jamais ce plancher stratifié et ces murs jaune pisseux.

Trois matrones en tablier blanc se tenaient derrière le passe-plat, servant une pâtée brunâtre aux flics affamés. L'air flegmatique, l'une d'elles glissa deux tasses de thé à Charlie. Simon restait en retrait, incapable de saisir quoi que ce soit. Il fallait choisir une table, tirer des chaises, s'y installer, toutes tâches ordinaires qui ne faisaient que retarder l'instant crucial.

— Tu as l'air en état de choc.

Il eut beau jouer les étonnés, il savait qu'elle ne se trompait pas. Impossible de chasser Alice de son esprit. Un abysse venait de s'ouvrir devant lui et il avait toutes les peines du monde à ne pas s'y laisser entraîner.

— Tout ça ne me dit rien qui vaille, Charlie. Franchement. Fancourt y est pour quelque chose, d'une façon ou d'une autre. Je ne sais pas ce qu'il raconte à Proust, mais il ment comme il respire.

— Tu manques d'objectivité en la matière. Tu en pinces pour Alice Fancourt. Pas la peine de nier, je t'ai vu quand elle est venue, la semaine dernière. Et chaque fois que tu prononces son nom, on dirait que ça t'arrache la langue.

Simon considérait son thé avec la plus grande attention. Objectif, lui? Jamais. Il ne se fiait pas davantage à David Fancourt qu'à ces deux derniers prévenus qui s'étaient révélés coupables la semaine passée. Une fois que Simon l'eut prouvé, ses collègues, à commencer par Charlie, l'en avaient bruyamment félicité, clamant qu'ils s'y attendaient, et cela s'était terminé autour d'une bouteille. Dans ces moments-là, elle ne se plaignait pas de son manque d'objectivité. Quoique pour les deux affaires en question, lorsqu'il avait pour la première fois émis des doutes, le reste de l'équipe s'était esclaffé en le traitant de taré.

Les gens savaient toujours réécrire l'histoire à leur avantage, même ceux dont le métier consistait à s'en tenir aux faits, à exhumer la vérité. Simon se demandait comment ils s'y prenaient; parfois, il aurait aimé pouvoir en faire autant. Quant à lui, il gardait sans cesse en mémoire les détails tels quels, savait exactement qui avait dit quoi et quand. Son esprit ne laissait rien passer, ce qui ne facilitait pas toujours la vie, mais c'était pratique dans le cadre du travail. Si Charlie ne comprenait pas que les brusques colères de Simon n'étaient dues qu'au fait qu'il sous-estimait tous ceux avec qui il travaillait, malgré des résultats plus que probants, comment pouvait-elle se prétendre bonne enquêtrice elle-même, objective et tout?

— Inutile de te rappeler, lâcha-t-elle soudain, à quel point ça la ficherait mal s'il s'avérait que tu avais rencontré Alice Fancourt de ton côté après que je t'ai dit de ne plus t'occuper d'elle.

Encore ce ton sentencieux, cette voix aiguë. Il ne pouvait plus la supporter. Elle ne voyait donc pas dans quel état il se trouvait? Elle ne se rendait pas compte de l'effet que cela lui faisait? Quand on était à ce point empêtré dans ses propres préoccupations, on se fichait bien de la désapprobation des autres.

— On avait classé son dossier, reprit-elle. Alors, si elle a vraiment disparu, tu pourrais te retrouver suspendu ou, pire, en taule. Tu serais le premier suspect, espèce d'abruti! Et même moi je ne pourrais pas te protéger. Alors tu as intérêt à ce qu'elle reparaisse au plus vite.

Simon avait la bouche pleine de thé qu'il ne pouvait avaler. Les néons lui donnaient la migraine. Une odeur de ragoût monta de la table voisine, qui lui provoqua un haut-le-cœur.

— De quoi soupçonnes-tu David Fancourt, au juste?

— Je n'en sais rien.

Il devait produire un tel effort pour garder un ton neutre, pour rester à sa place, entretenir une conversation civilisée. Son genou droit se contracta, signe que tout son corps ne demandait qu'à s'emballer.

— Mais je trouve que la coïncidence serait trop énorme après ce qui est arrivé à sa première femme.

Il n'avait pas l'intention de rappeler à Charlie que ses soupçons étaient rarement infondés. Si elle tenait tant à lui répéter ses points faibles, libre à elle; impossible de la contredire sur ce point. Certes, il était incapable de réfléchir posément en ce qui concernait Alice Fancourt. Certes, il lui arrivait de s'emporter, de mettre les pieds dans le plat, de préférence lorsque la stupidité de ses collègues le plongeait dans une telle fureur qu'il en perdait tout sens de la mesure.

— Oublie-*moi*, ajouta-t-il en insistant sur ce dernier mot, regarde plutôt David Fancourt. Le tableau qui commence à se dessiner autour de lui. Tu distingueras peut-être sa vraie sale gueule.

Charlie détourna les yeux en se passant une main dans les cheveux, arrangeant quelques mèches. Quand elle reprit la parole, ce fut d'un ton léger, presque désinvolte, et Simon sut qu'il venait de marquer un point.

— Je ne sais plus quel célèbre type a dit : « C'est triste de perdre une épouse. Deux, ça fait désordre. » Ou quelque chose comme ça, trancha Charlie.

— Ça vous donne l'air coupable. La mort de Laura Cryer...

— Affaire classée. Laisse tomber.

Son ton s'était durci. Néanmoins, comme elle n'aimait pas laisser un point en suspens, elle ajouta :

— Pourquoi ? Vas-y, crache !

— Ça fait beaucoup pour un innocent, voilà tout. Je ne vais quand même pas te faire un dessin ! Et si Fancourt avait assassiné sa première femme et s'en était tiré ?

Cette seule idée lui fit serrer les poings. Cependant, il poursuivit son raisonnement :

— Et s'il s'apprêtait à tenter le coup une seconde fois ? On ne pourrait pas intervenir tant qu'il en est encore temps ? Ou est-ce qu'il faut laisser ce salaud sortir d'ici, libre de faire ce qu'il veut ?

3

Vendredi 26 septembre 2003

— Qu'est-ce qu'il y a ? Qu'est-ce qui t'arrive ?

David surgit dans la chambre d'enfant, à bout de souffle. Je crie toujours. Un long hululement, comme une sirène de police. Même si je le voulais, je ne pourrais pas l'arrêter. À quoi répond un vagissement aigu monté du berceau. David me gifle.

— Alice, qu'est-ce qui te prend ? Qu'est-ce qu'il y a ?

— Où est Fanny ? Où est-elle ? La journée avait si bien commencé, et voilà cette horreur...

— Tu es folle ? Elle est là ! Tu l'as réveillée. Chut, chut, ma chérie, ce n'est rien ! Maman ne voulait pas te faire peur. Viens faire un câlin à papa. Tout va bien.

— Ce n'est pas Fanny. Je n'ai jamais vu ce bébé. Où est Fanny ?

— Enfin tu... Qu'est-ce que tu racontes ?

David ne jure jamais. Vivienne n'aime pas les gros mots.

— Bien sûr que c'est Fanny ! assure-t-il encore. Regarde, elle porte son Babygro Bisounours. C'est toi qui le lui as mis avant de t'en aller, tu ne te souviens pas ?

C'est même la première chose que je lui ai achetée, lorsque j'étais enceinte de six mois. Un pyjama jaune pâle en coton avec son nounours brodé dans les bras de sa maman. Je l'ai trouvé chez *Remmick's*, la seule grande surface de Spilling, et je l'ai tout de suite adoré ; je n'en avais pas besoin, bien sûr, avec tous ces vêtements de marque dont Vivienne a empli les placards de Fanny. La petite a de quoi s'habiller jusqu'à l'âge de trois ans.

— Évidemment que je le reconnais, il appartient à Fanny. David, qui est ce bébé? Où est Fanny? Dis-le-moi! On a reçu de la visite? Vous avez voulu me faire une farce? Je ne la trouve pas drôle.

Il m'oppose son regard noir, impénétrable. Il ne communique que lorsqu'il est content. Déjà, je le vois qui se replie sur lui-même.

— Alice, c'est Fanny.

— Non! Tu le sais très bien! Où est-elle?

— À quoi joues-tu? Tu es folle ou quoi?

Je me mets à sangloter.

— David, je t'en supplie! Où est-elle? Qu'as-tu fait d'elle?

— Écoute, j'ignore ce qui t'arrive, mais je te conseille de te reprendre. J'emmène Fanny en bas. Tu nous rejoindras quand tu seras prête à t'excuser.

Et voilà, je me retrouve toute seule. Je tombe à genoux, je me blottis en position fœtale à même le sol, je pleure, je pleure, des heures, dirait-on, ou plutôt quelques secondes. Je ne peux pas me laisser aller. Descendre. Le temps passe, de précieuses minutes que je ne saurais gaspiller. Il faut que David m'entende, même si, quelque part, j'ai tellement envie de le croire, de présenter mes excuses, de faire comme si tout allait bien alors que ce n'est pas vrai.

Je m'essuie les joues et je sors les retrouver dans la cuisine. David ne lève pas les yeux à mon arrivée.

— Ce bébé n'est pas ma fille! m'écrié-je.

Et je fonds de nouveau en larmes. Tant de peur, tant de chagrin me submergent que j'en inonde la cuisine de Vivienne.

Sur le moment, il fait comme si de rien n'était puis se ravise, se tourne vers moi.

— Alice, tu dois te calmer si tu veux qu'on ait une conversation sensée.

— Ce n'est pas parce que je suis bouleversée que j'ai perdu la tête. Je l'ai autant sur les épaules que toi!

— Bon! lâche-t-il patiemment. Dans ce cas, on devrait pouvoir mettre les choses à plat. Si tu es tellement certaine que ce bébé n'est pas notre fille, tâche de me convaincre.

— Que veux-tu dire? Je ne comprends pas.

28

— Quels sont les changements que tu as pu constater ? Fanny n'a pas de cheveux, mais des taches de lait sur le nez, les yeux bleus. Je suppose que, jusque-là, tu es d'accord ?

— Mais regarde-la ! crié-je. Elle a un autre visage ! Ce n'est pas Fanny !

David me contemple comme s'il ne m'avait jamais vue. Il me prend pour une démente. Il ne reconnaît pas sa femme. Il se ferme, refuse. Émotionnellement, il n'est pas plus évolué qu'un adolescent. Je me demande si c'est dû à la présence constante de sa mère. Jamais il n'a eu à se dépatouiller en adulte d'une situation complexe. Sa réaction consisterait plutôt à rayer de sa vie ceux qui lui créent des difficultés, à les chasser de son esprit, plutôt que d'envisager un compromis pas toujours parfait avec la réalité. Les gens compliqués tels que son père ou Laura sont rarement évoqués. Combien de temps me reste-t-il avant de passer dans cette catégorie ?

— David, tu *dois* savoir que ce n'est pas elle ! Ce n'est pas le bébé que j'ai embrassé en partant tout à l'heure. Celui que nous avons ramené de la maternité. Celui qui gigotait et qui pleurait quand je lui ai enfilé son Babygro. Enlève-lui ça !

J'ai crié si fort que David en est aussi surpris que moi. Ce qui ne m'empêche pas de continuer :

— C'est à Fanny ! Je ne veux pas que ce bébé porte ça. Enlève-le-lui !

Je recule vers l'entrée.

— Tu te conduis comme si tu avais peur d'elle, rétorque-t-il.

Jamais il ne m'avait regardée avec cet air dégoûté.

— Alice, qu'est-ce qui te prend ? Il n'y a qu'un bébé. Fanny. Et c'est elle.

— Enfin, regarde-la !

Je hurle comme une mégère, une sorte de bête sauvage.

— Regarde son visage ! Ce n'est pas le sien, tu vois bien ! Oui, elle a les yeux bleus et des taches de lait, comme tous les nourrissons ou presque. J'appelle Vivienne.

Je me précipite dans le vestibule, regarde autour de moi, la vision obscurcie par les larmes. L'adrénaline me coupe le souffle. Je suis tellement perturbée, désarçonnée, que j'en oublie un instant ce que je suis venue faire ici, ce que je cherche. Et puis je me rappelle. Le téléphone.

David me suit. Seul.

— Qu'as-tu fait du bébé ?

Sa présence me mettait mal à l'aise, son absence encore plus. Il m'arrache le téléphone des mains, raccroche brutalement.

— Tu ne vas pas gâcher les vacances de maman et de Felix avec ces âneries ! Maman va te prendre pour une folle. Alice, il faut te ressaisir. Non, mais tu t'es vue ?

Vivienne a emmené Felix en Floride pour fêter l'arrivée de sa petite sœur. J'aurais préféré qu'il reste mais elle a insisté : selon elle, c'était le meilleur moyen d'éviter une crise de jalousie. Fille unique, elle ne s'est jamais accommodée de l'idée de frères et sœurs dans une famille. Dès qu'elle a eu l'âge de comprendre ce concept, elle a demandé à ses parents de ne pas lui en donner. Le plus surprenant étant sans doute qu'ils ont obtempéré.

Le père de David voulait une famille nombreuse. Chez lui, ils étaient six enfants.

— Je lui ai dit qu'il n'en était pas question, m'a raconté un jour Vivienne. Comment voulez-vous qu'un gosse se sente choyé et respecté s'il n'est qu'un parmi tant d'autres ?

Elle avait patiemment attendu que David soit sorti de la maison pour me rapporter cette histoire. Jamais elle ne parle de son père devant lui.

— Je n'ai pas pour habitude de forcer mon mari à affronter des vérités dérangeantes. J'ai toujours essayé de le protéger.

— La porte d'entrée était ouverte, lui dis-je.

— Quoi ?

— Quand je suis revenue. La porte d'entrée était ouverte. Tu dormais. N'importe qui a pu monter prendre Fanny et... et laisser ce bébé à la place ! Il faut appeler la police, David ! Oh, mon Dieu, Fanny ! Où est-elle ? Et si on lui avait fait du mal ? S'il lui était arrivé quelque chose d'abominable ?

Je m'arrache les cheveux en hurlant.

Les yeux de David s'emplissent de larmes, pourtant, il parle d'un ton tranquille :

— Tu me fais peur. Arrête, je t'en prie! Calme-toi. Retourne dans la cuisine, regarde bien le bébé dans son siège, dis-toi que c'est Fanny. D'accord?

Une étincelle d'espoir brille dans son regard. Il se radoucit, comme s'il m'accordait une dernière chance. Je sais ce que peut signifier pour lui l'aveu de sa peur. Il faut qu'il m'aime pour me dire ça! Et voilà que je vais réduire ses espoirs en bouillie.

— Ce n'est pas elle! Écoute-la pleurer! Écoute!

Pauvre petit bébé qui appelle sa maman sans comprendre!

— Ce ne sont pas les pleurs de Fanny. Donne-moi le téléphone.

— Non! Alice, s'il te plaît, c'est insensé! Je vais appeler le Dr Dhossajee. Tu as besoin d'un calmant... ou de te faire soigner. J'alerte le médecin.

— Donne-moi immédiatement ce téléphone ou je te jure que je vais chercher un couteau de cuisine et que je te le mets dans le ventre!

Il frémit. Quand je pense que j'ai dit ça! J'aurais aussi bien pu lui promettre de l'étrangler. Je n'ai pas prononcé de telles paroles pour lui faire du mal, mais le résultat est là.

— David, on a enlevé notre fille! Il faut faire quelque chose, vite!

Il me laisse décrocher le téléphone.

— Qui appelles-tu?

— La police. Et puis Vivienne. Elle me croira, elle.

— Appelle la police si tu y tiens, mais pas maman, *je t'en prie*!

— Parce que tu sais qu'elle me soutiendra. C'est pour ça, n'est-ce pas?

— Alice, si ce n'est pas Fanny, qui est-ce? Les bébés ne tombent pas comme ça du ciel. Je n'ai dormi que dix minutes...

— Ça suffit.

— On pourra faire un test ADN, si tu y tiens. On trouvera la vérité avant le retour de maman. Après tout, c'est ma mère, pas la tienne. C'est à moi de décider si on lui téléphone ou pas.

Il bredouille désespérément. Il ne supporte pas d'être surpris en posture difficile. Je crois qu'il considère tout malheur comme une affaire privée, honteuse. Son pire cauchemar : que Vivienne le voie se débattre dans une situation aussi chaotique.

— Tandis que moi, je n'ai pas de mère, balbutié-je. Vivienne est ma parente la plus proche, alors je l'appelle, point barre. La police, je vous prie ! Je n'aurais jamais dû accepter d'emménager ici. Cette maison porte malheur. Si on habitait ailleurs, tout ça ne serait jamais arrivé.

— N'importe quoi !

Il a réagi comme si je venais de le gifler. Je viens d'insulter sa chère maison de famille.

— Tu ne crois pas que j'aurais quitté mon fils !

— Bien sûr que non ! On aurait pris Felix avec nous.

C'est l'échange le plus direct que j'aie jamais eu avec lui sur la vie que nous devrions mener.

— Ah bravo ! Tu voudrais l'arracher aux bras de maman qui lui a servi de mère depuis la mort de Laura ! Tu oses me dire ça en face !

— La police, je vous prie. Je voudrais signaler un… j'ai déjà été mise en attente !

— Tout va rentrer dans l'ordre, marmonne David.

Il s'assied sur les marches de l'escalier, se prend la tête dans les mains. Malgré ses efforts pour se dominer, la détresse l'envahit. Il n'a jamais pleuré devant moi. Il doit commencer à se poser des questions, malgré sa confiance en lui. Je comprends alors qu'il ne me pardonnera jamais d'avoir été le témoin d'un tel laisser-aller.

— Va consoler le bébé, David ! Écoute, je t'en prie ! Il a tellement peur.

Ses cris désespérés me transpercent le cœur. Je fais mon possible pour ne pas m'effondrer.

Pauvre, pauvre Fanny ! Je n'ose imaginer à quel point elle doit souffrir en ce moment. Je voudrais tellement pouvoir la serrer dans mes bras, sentir sa petite joue douce contre la mienne.

Un geignement monte de la gorge de David.

— Que dis-tu ? Tu te rends compte ? « Le bébé » ? C'est notre fille, notre Fanny ! Comment peux-tu faire une chose pareille ? Repose ce téléphone et va la consoler !

Il m'en veut, au moins autant qu'à lui-même, d'avoir cru de tout son cœur à cette seconde chance, à cette nouvelle vie avec Fanny et moi. Il doit avoir honte de sa jubilation des quinze derniers jours. Quelle tristesse! Dire que je comprends mieux son chagrin qu'il ne comprendra jamais le mien...

— Au secours! Aidez-nous! Je veux signaler un...

Une voix féminine me dit de me calmer. Je pleure si fort qu'elle ne saisit pas un mot de ce que je raconte.

— Je veux signaler un enlèvement.

On me fait tout répéter. Le malheur de trois personnes se répercute à travers la pièce.

— Ma petite fille, Fanny, qui vient de naître... Oui. Je m'appelle Alice Fancourt.

4

3/10/03, 12 h 10

— Répète-moi ça, dit Charlie. D'après toi, David Fancourt aurait tué Laura Cryer?

— C'est d'une logique sans faille! Il faut être complètement idiot pour ne pas le voir maintenant qu'Alice et la gosse ont disparu. Il n'a pas les mains propres, ce type, je l'ai tout de suite senti.

Simon essaya de préciser ses intuitions :

— Il a le regard vide, tu as beau chercher, tu ne trouves personne derrière ces yeux. Tu te souviens du film *Les Yeux sans visage*?

— Je suis peut-être dure à la détente mais il me semble que c'est moi qui ai dirigé l'équipe sur cette affaire et qu'on a trouvé le coupable.

— Je sais bien, dit Simon distraitement.

À l'époque, il était encore en uniforme et Charlie menait l'enquête. Néanmoins, il ne pouvait faire taire cette petite voix dans sa tête qui criait le nom d'Alice. Par-dessus tout, flottait l'éternelle question : pourquoi se serait-elle enfuie sans le prévenir? Se doutait-elle que sa disparition allait le tourmenter tant du point de vue personnel que professionnel? Il n'avait presque rien dit. Il n'en avait pas fait assez.

Les parents de Simon étaient les deux seules personnes au monde dont il pût prédire la conduite sans se tromper : le thé à 18 heures, l'église le dimanche matin, le coucher après les informations de 22 heures. Il avait connu une vie des plus stables. Pour beaucoup de gens, stabilité signifiait bonheur.

Derrière lui, un flic boutonneux jouait à la machine à sous, lançant régulièrement des « Ouais ! » de victoire en heurtant le siège de Simon. Ce bandit manchot était bien la seule fantaisie présente à la cantine. Simon le détestait, le considérait comme une marque de barbarie, au même titre que tous ces appareils bruyants destinés à distraire le peuple. Si, un jour, il avait des enfants, ce qui paraissait peu probable mais pas impossible, il interdirait les consoles et ordinateurs à la maison. Il leur ferait lire de grands classiques, comme lui au temps de son jeune âge. Jamais il n'avait oublié les paroles de cette chanson des Smiths, qui datait des années quatre-vingt : « *There's more to life than books, you know, but not much more* », « Il y a autre chose que les livres dans la vie, mais guère plus. »

Morrissey avait raison. Le sport ne menait à rien, les amis vous stressaient. Simon préférait la compagnie rassurante et avisée des livres qui donnaient tournure aux choses, vous poussaient à leur chercher une cause. Comme par exemple celle de la disparition de la seconde épouse d'un homme après le meurtre de la première. Lorsqu'un auteur prenait la peine de chercher le mot exact qui traduirait sa pensée, de lui trouver sa place exacte, il y avait matière à une authentique communication, l'écrivain attentif atteignant le lecteur attentif. Le contraire de ce qui arrivait lorsque deux personnes ouvraient la bouche pour ne laisser passer que le flot incohérent de pensées sans suite. Parle pour toi, eût répondu Charlie.

— Je suppose que c'est la belle Alice qui t'a soufflé ces soupçons sur Fancourt. Qu'est-ce qui s'est passé entre vous, Simon ? Dès qu'elle sera classée personne disparue, il faudra me le dire. Alors, si tu commençais par là ?

Simon secoua la tête. Il lui dirait tout le jour où il y serait obligé, pas avant. Pour le moment, on n'avait pas ouvert de dossier. Il ne voulait pas vexer Charlie et encore moins reconnaître qu'il avait merdé. *Inutile de te rappeler à quel point ça la ficherait mal s'il s'avérait que tu avais rencontré Alice Fancourt de ton côté. Tu serais le premier suspect, espèce d'abruti !* Comment aurait-il pu se douter qu'Alice et le bébé allaient disparaître ?

— Raconte-moi, pour Laura Cryer, demanda-t-il.

Cela lui ferait du bien d'écouter un peu ce qu'elle avait à dire. Il n'avait aucune envie de parler.

— Quoi? Devant un thé au lait? On a un boulot monstre qui nous attend. Et tu n'as pas répondu à ma question.

— Quel boulot? s'exclama-t-il indigné. Tu veux dire la paperasse que je me suis bêtement mise sur le dos en trouvant les preuves qui nous manquaient dans deux affaires importantes?

Il la fixait avec une telle intensité qu'elle finit par détourner les yeux et, au moment où il s'y attendait le moins, elle revint sur sa position.

— Je te résume ça en deux mots, maugréa-t-elle. Darryl Beer, fléau parmi tant d'autres de notre verdoyant pays, a tué Laura Cryer. Il a plaidé coupable, il est en taule. Fin de l'histoire.

— Pour un résumé, c'était un résumé. Je connais Beer. Je l'ai arrêté à plusieurs reprises.

Encore un rebut de l'État providence qui n'avait évidemment pas prévu de produire ce genre de déchet. Face à des spécimens tels que Beer, on avait vite fait de se répandre en poncifs aussi violents que ceux qu'on reprochait aux autres flics.

— On l'a tous arrêté une fois ou une autre. Tu voulais connaître l'histoire, alors la voici : décembre 2000. Je ne me rappelle pas la date exacte, mais c'était un vendredi soir. Laura Cryer a quitté son boulot à une heure tardive – c'était une chercheuse qui travaillait sur le pôle scientifique de Rawndesley pour une société du nom de BioDiverse. Elle s'est rendue directement du labo à la maison de sa belle-mère, Vivienne Fancourt, où l'attendait son fils Felix. Elle s'est garée après la barrière, dans la cour pavée. Tu vois?

Simon acquiesça. Il s'était promis de rester tranquille le temps qu'il faudrait à Charlie pour le mettre au courant. Ce qui n'avait rien d'insurmontable.

— Quand elle a regagné sa voiture, dix minutes plus tard, Beer l'a agressée avec un couteau de cuisine. Un coup a suffi. Il l'a laissée se vider de son sang et s'est enfui avec son sac Gucci, sans la bandoulière qu'on a retrouvée près du corps, coupée avec la même lame. C'est Vivienne Fancourt qui a découvert le cadavre, le lendemain matin. Qui plus est, on a eu de la chance avec les analyses ADN. Il restait tellement de cheveux de Beer sur le lieu du crime qu'on aurait pu en faire une perruque. Nous n'avions plus qu'à entrer les données dans notre base de délinquants pour trouver la réponse. Darryl Beer y était enregistré depuis longtemps.

Charlie sourit au souvenir de la satisfaction qu'elle avait alors éprouvée.

— On était contents de pouvoir coffrer ce bon à rien de camé. Ne fais pas cette tête ! Quinze jours avant la mort de Cryer, Vivienne avait appelé deux fois la police pour signaler la présence d'un jeune homme qui s'était introduit dans sa propriété. Elle a exactement décrit Darryl Beer, catogan de cheveux teints, tatouages. Quand on l'a interrogé, il a nié, assurant que c'était la parole de son accusatrice contre la sienne.

— Qu'est-ce qu'il faisait là-bas ? Les Ormes se trouvent en pleine cambrousse, loin de tout. Pas de bar ni même d'arrêt de bus dans les parages.

— Que veux-tu que j'en sache ?

— Rien. Mais, justement, tu devrais te demander pourquoi.

Le manque de curiosité de ses collègues étonnait toujours Simon. Trop souvent, Charlie autant que les autres semblaient se contenter de réponses approximatives, genre : « La question reste posée. » Pas Simon. Il fallait qu'il sache, toujours, tout. Sinon, il se sentait impuissant et cela le rendait fou.

— Est-ce que Vivienne Fancourt a vu Darryl Beer la nuit du meurtre ?

Elle secoua la tête.

— Les deux fois où elle l'a vu, reprit-il, où...

Comme elle s'attendait à cette question, elle répondit aussitôt :

— Derrière la maison, côté rivière. Jamais du côté de la scène du crime. Et la plupart des pièces à conviction se trouvaient sur le corps, sur les vêtements de Laura Cryer. Beer n'aurait pu les laisser au cours d'une visite précédente. Parce que, bien sûr, cette possibilité nous a traversé l'esprit comme à toi. Alors cesse de te prendre pour le seul génie au milieu d'un tas de nullards.

— Ça veut dire quoi, ce baratin ?

Nul ne dicterait jamais à Simon sa façon de penser.

— J'avais pourtant cru m'exprimer clairement, soupirat-elle. Écoute, on connaît tous ta valeur, d'accord ? Parfois j'ai l'impression que ça ne te fait pas plaisir, comme si tu préférais râler contre quelque chose.

— Pourquoi tant de cheveux ? C'est elle qui les lui a arrachés ou quoi ? Elle s'est débattue ?

Qu'ils aillent se faire voir, tous, avec leur psychologie de café du commerce ! Ce qui intéressait Simon, c'était le sort de Laura Cryer et de Darryl Beer. Il ne posait pas la question juste pour éviter une nouvelle altercation, mais il sentait encore cette contraction dans son genou droit.

— À moins que l'enfoiré n'ait souffert d'alopécie ? ricana Charlie. Non, il voulait juste lui prendre son sac. Elle ne s'est sans doute pas laissé faire, elle aura résisté davantage qu'il ne l'aurait cru. Et c'est sans doute ça qui lui a valu ce coup de couteau, non ?

— Tu as parlé de tatouages.

— « Love » et « Hate » sur les poings, bâilla Charlie. Comme dans *La Nuit du chasseur*. Pas très original.

— Alors tu l'as arrêté.

— Sellers et Gibbs s'en sont chargés. Dès qu'ils ont eu vent de la plainte de Vivienne Fancourt, ils sont allés le chercher. Le labo s'est empressé de procéder aux analyses ADN et je peux te dire que le résultat ne nous a pas étonnés plus que ça.

— Vous saviez où devaient vous mener ces preuves, et voilà…

— Simon, je ne suis pas d'humeur à épiloguer sur la lutte d'un homme seul contre le système. Pas aujourd'hui ! On n'est pas en pleine tragédie grecque, juste au commissariat de Spilling, alors boucle-la trois secondes !

Elle marqua une pause, avant de reprendre d'un ton plus calme :

— Bien entendu, Beer a juré qu'il était innocent et a fourni un alibi foireux. Il était soi-disant chez lui, à regarder la télé avec un pote encore plus paumé que lui. Comme il n'avait pas d'avocat, on lui en a commis un d'office. On l'a gardé un certain temps, dans l'espoir qu'il allait se trahir. Il ne savait évidemment pas qu'on avait un joker dans notre jeu.

— Et vous ne le lui avez pas dit.

— Rien ne va plus, cartes sur table ! décréta Charlie d'un ton suffisant. On a fait ce qu'on a pu pour l'entortiller et ça n'a pas marché. Quand on a compris qu'on ne tirerait rien de lui, on a sorti l'analyse ADN de notre chapeau. Son avocat a grimpé aux rideaux.

— Et Beer, qu'est-ce qu'il a dit?

— Il a continué à nier. Mais ça ne lui a servi à rien. Nous détenions la preuve qu'il nous fallait. Toujours est-il que son avocat a fini par lui faire entendre raison parce que au bout de quelques semaines à Earlmount il a changé d'avis et avoué. Pas le meurtre mais l'agression. Il a imploré le pardon, a vendu quelques voyous locaux, promis de se faire désintoxiquer et n'a été condamné qu'à une petite peine de principe. C'est une honte, si tu veux mon avis! Tu vas voir qu'ils vont libérer ce connard avant longtemps.

— Où est-il en ce moment? Plus à Earlmount?

Le temps d'une moue de dépit, Charlie répondit:

— À Brimley.

Une prison de catégorie A/B à une quinzaine de kilomètres de Culver Ridge, en direction de la sinistre ville de Combingham. L'infâme bâtisse de béton grisâtre se dressait au milieu de mornes champs qui donnaient l'impression à Simon, chaque fois qu'il passait devant, d'avoir été rasés par une moissonneuse sauvage et parsemés d'engrais chimiques nocifs.

— Beer savait dans quelles conditions Cryer a été assassinée? demanda-t-il. En avouant, il a raconté comment les choses s'étaient passées?

— Très vaguement. Il était tellement défoncé qu'il ne se rappelle à peu près rien. C'est pour ça qu'on a laissé tomber l'accusation de violence avec voies de fait.

— Il ne t'avait pas dit que c'était un vol?

— Qu'est-ce que ça pouvait être d'autre?

Là était la question, se dit Simon.

— Beer ne connaissait pas Cryer, continua-t-elle. On ne peut pas dire qu'ils fréquentaient les mêmes cercles. Et puis ça faisait plusieurs semaines qu'il traînait du côté des Ormes, à la recherche d'une occasion. Pour un nullos de son espèce, la cible paraissait tentante… la plus grande maison de la région. Il devait reconnaître le terrain quand il a vu Cryer venir dans sa direction, un sac Gucci à l'épaule. Il s'est enfui avec son butin et, comme c'était un drogué... oui, je dirais qu'on peut l'affirmer sans se tromper : son mobile était bien le vol.

De temps à autre, lorsqu'elle prononçait certains mots, l'expression de Charlie rappelait à Simon qu'ils ne provenaient pas de la même classe sociale. Elle avait une façon d'articuler « drogué », comme si son interlocuteur n'en avait jamais rencontré, comme si les miséreux et les ratés appartenaient à un autre monde. Alors qu'elle en avait rencontré des centaines.

— Il t'a remis l'arme du crime ? Ou le sac ?

— Il ne se rappelait pas ce qu'il en avait fait et on ne les a jamais retrouvés. Ce sont des choses qui arrivent, Simon. Ça ne veut pas dire pour autant que ce gland est innocent.

Tous les délinquants masculins étaient des glands. Les femmes des moules. Le langage secret de la police vous enveloppait comme un second uniforme. Rassurant.

— Un couteau de cuisine, donc ?

Ça sonnait faux.

— Un type comme Beer ne se serait pas plutôt armé d'un flingue ?

— Sans doute, mais ça n'a pas été le cas. Il avait un couteau de cuisine. Tiens-t'en aux faits, Simon. L'analyse ADN. La blessure au couteau dans la poitrine de Laura Cryer.

Elle s'appliquait à défendre ses certitudes alors que Simon préférait considérer ses doutes. Combinaison parfois explosive.

— Tu as interrogé la famille, les Fancourt ?

— Mon Dieu ! On n'y a pas pensé... Bien sûr qu'on l'a fait ! David Fancourt et Laura Cryer étaient séparés depuis plusieurs années quand elle est morte. Ils étaient en plein divorce et lui fiancé à sa seconde femme. Pourquoi aurait-il voulu la mort de Cryer ?

À croire qu'elle évitait soigneusement de prononcer le prénom d'Alice.

— La pension alimentaire ? La garde du gosse ?

— Fancourt n'a pas vraiment de problèmes d'argent. Tu as vu la maison. Et pourquoi supposer qu'il voulait la garde pleine et entière ? Il voyait régulièrement son fils et il allait refaire sa vie avec une autre femme. Un gosse dans les pattes à longueur de temps, ça ne facilite pas les choses dans ces moments-là.

On aurait dit qu'elle répondait à ces questions pour la première fois, ce qui inquiéta Simon :

— La famille peut avoir resserré les rangs, comme ça se passe souvent, surtout lorsqu'il se trouve un suspect de premier choix comme Beer dans le décor. C'est tellement plus facile de tout mettre sur le dos d'une tierce personne !

— Une tierce personne ! railla Charlie. Tu vas me faire pleurer ! Ce n'est qu'un enfoiré de camé, alors arrête ton délire ! Tu sais aussi bien que moi que la drogue entre pour la plupart du temps en ligne de compte. Il n'existe que trois sortes de meurtres : les querelles domestiques qui tournent mal, les violences sexuelles et les glands dealers armés de flingues qui provoquent des guerres de territoires. En général, la plupart se rapportent plus ou moins directement à la drogue.

— C'est souvent vrai, mais pas toujours.

Le corps et l'esprit de Simon semblaient comme engourdis, anesthésiés. Que savait-il de plus qu'auparavant ? Qu'il y avait une différence entre les faits et la réalité. Une sacrée différence. Trop facile de se cacher derrière des mots. À présent, il semblait impossible d'agir. Cette discussion avec Charlie l'avait coincé dans ses argumentations cérébrales, théoriques. Il parlait d'une femme qu'il n'avait jamais vue, ni vivante ni morte. Peut-être ne parviendrait-il plus à se lever de ce siège.

— Bon ! reprit Charlie, je t'écoute. Pourquoi David Fancourt aurait-il voulu tuer Laura Cryer ? Pourquoi ?

— Ils étaient séparés. Personne ne s'est demandé pourquoi ? Ils avaient peut-être d'excellentes raisons de se séparer. Par exemple, ils ne pouvaient plus se voir.

Lâche ! l'accusa la petite voix dans sa tête. *Fais quelque chose.*

Charlie se mordilla la lèvre.

— C'est possible. Ou pas. Il y a des tas de gens qui se séparent parce qu'ils ne sont plus amoureux, même s'ils s'apprécient encore. Du moins, à ce qu'on m'a raconté. À vrai dire, toi et moi, on n'y connaît que dalle question mariage. Je suis certaine que ce que nous imaginons n'a rien à voir avec la réalité.

Un petit sourire étira les coins de sa bouche.

Simon cherchait un moyen de changer de sujet. Ce n'était pas parce qu'ils étaient tous les deux célibataires qu'ils pouvaient se sentir plus proches l'un de l'autre. Quant à lui, il préférait se considérer comme encore sans attaches. Célibataire, ça faisait trop catégorique.

Charlie couchait avec beaucoup d'hommes et ne se gênait pas pour le clamer sur les toits, pas toujours à bon escient. Simon n'avait aucune envie d'entrer sans ses allusions inconvenantes. Si elle n'avait pas encore parlé de sexe, ça n'allait plus tarder. Elle adorait amuser la galerie avec les anecdotes croustillantes de sa vie, ce qui suffisait à tenir Colin Sellers et Chris Gibbs en haleine pour la prochaine livraison. Changeait-elle de partenaire tous les jours ? Parfois elle donnait cette impression. En tout cas, il était rarement question d'amour.

Il n'aimait pas l'idée que les hommes puissent se moquer de Charlie. Il ne comprenait pas pourquoi elle se laissait ainsi traiter ; on profitait d'elle pour ensuite la jeter. Elle méritait mieux que ça. Un beau jour, il s'était risqué à émettre une objection et elle l'avait rembarré, soulignant que c'était elle qui les prenait et les larguait comme bon lui semblait.

D'un seul coup, il repoussa toutes ces pensées. Elle avait le don de le détourner de l'essentiel. C'était Alice qui avait disparu et personne n'était encore venu leur annoncer qu'on l'avait retrouvée.

— Tu perds ton temps et tu me fais perdre le mien par la même occasion, Simon. David Fancourt ne se trouvait pas du côté de Spilling, le soir où Laura Cryer a été tuée.

— Et où se trouvait-il ?

— À Londres, avec sa fiancée.

— Tu veux dire… ?

Simon sentit la moutarde lui monter au nez. Elle avait pris son temps pour lui annoncer ce détail essentiel, comme si elle se fichait de lui.

— Oui, Alice lui servait d'alibi, encore que personne n'ait vraiment pensé qu'il en avait besoin parce que, je ne sais plus si je te l'ai dit, mais les preuves rassemblées contre Beer ne laissaient planer aucun doute.

Appuyant les coudes sur la table, elle posa le menton sur ses mains.

— Alors, si Alice Fancourt t'a dit que son mari avait tué Laura Cryer, elle mentait. Du moins, à ce moment-là. De toute façon, nous avons de bonnes raisons de croire qu'on ne peut pas lui faire confiance. Souviens-toi, dès le début, je t'ai dit que je la trouvais déséquilibrée.

Son expression se rembrunit quand elle précisa :

— Pour moi, ce n'est qu'une garce illuminée.

Simon préféra ne rien répondre car, s'il ouvrait la bouche maintenant, ce serait pour proférer des paroles qu'il risquait de regretter par la suite. Il prit sa veste et se leva, plantant Charlie.

5

Vendredi 26 septembre 2003

Les pires choses dans la vie ne frappent qu'une fois. C'est ce que je dis à mes patients pour les aider à avancer, à assumer les drames qui leur sont tombés dessus. Dès que la chose s'achève, quelle qu'elle soit, on peut commencer à se consoler avec l'idée que cela ne se reproduira jamais.

Ça a fonctionné pour moi à la mort de mes parents dans un accident de voiture, il y a huit ans. J'ai assisté à leur enterrement, anéantie, comme si les coutures qui retenaient mon âme depuis des années commençaient à lentement se défaire. J'étais une orpheline de vingt-huit ans. J'avais des amis, mais ils ne me protégeaient pas davantage qu'une veste d'été en hiver. J'avais besoin d'une famille. Je portais mon amour pour mes parents perdus comme un trou dans le cœur.

Mes collègues furent surpris de me trouver à ce point affectée. Les gens semblaient croire qu'après vingt-huit années d'amour et de sécurité, je serais bien équipée pour affronter cette perte subite. J'ai vite compris qu'on s'attendait à me trouver blindée par mon enfance heureuse contre ce qui était pour d'autres un chagrin extrême. Tout le monde pensait me voir rebondir, prendre appui sur mes bons souvenirs. Comme si mon entourage se retenait pour ne pas me dire :

— Allez, ils ont bien profité de l'existence, pas vrai ?

Pourtant, mes parents avaient à peine cinquante ans quand ils sont morts.

Ces affirmations péremptoires me blessaient profondément et m'ont poussée droit vers la dépression.

Je n'ai conservé aucun contact en quittant Londres. La défection de mes amis, à l'époque où j'avais tellement besoin d'eux, m'avait laissé une impression de totale solitude. Ce n'était pas leur faute, bien sûr. Ils avaient fait de leur mieux pour me réconforter. Seulement, ils ne se doutaient pas que leur gaieté forcée me suffoquait comme un gaz empoisonné.

J'ai tenu le coup autant que j'ai pu, en me laissant aller au pire désarroi le temps qu'il fallait. Au plus bas de la déprime, il ne me restait qu'une consolation : je pouvais me dire qu'au moins cela ne m'arriverait plus jamais. On ne perdait pas ses parents deux fois. Quoi que me réserve l'avenir, il n'y aurait plus de camion qui déraperait sur une plaque de verglas pour se retrouver à contre-courant sur l'A1, près de Newark, et heurter de plein fouet la voiture de mes parents, la nouvelle Audi qu'ils avaient achetée après m'avoir donné leur vieille Volvo. Cela s'était déjà produit. C'était fini.

Pourtant, ce cauchemar, celui que je vis en ce moment, n'en finit pas. Je vois à présent que les difficultés ne vous frappent pas toujours en pleine figure. Parfois, elles se glissent insidieusement autour de vous et viennent vous ronger un peu plus profond jour après jour. Je ne sais comment sortir de ce désespoir parce que j'ignore à quel point les choses peuvent encore empirer.

Je me suis enfermée dans la chambre. David a essayé de me raisonner à travers la porte, de me persuader que le bébé ressemblait trait pour trait à Fanny, que ce ne pouvait être que Fanny. Il a fini par abandonner. Je n'ai pas voulu l'écouter. Je me suis bouché les oreilles avec des boules Quiès que je garde dans le tiroir de ma table de nuit pour que les ronflements de David ne m'empêchent pas de dormir. Lorsque j'en parle, il s'emporte en disant que je ronflais moi aussi quand j'étais enceinte et qu'il ne faisait pas tant d'histoires. Seulement, David est capable de s'assoupir au beau milieu d'un concert de rock. Rien ne peut le réveiller.

Voilà un détail que je connais sur mon mari. Que sais-je encore ? Qu'il est excellent en ce qui concerne toutes sortes de machines, mécaniques ou électroniques. Que son plat préféré est le rosbif avec la garniture habituelle. Qu'il m'offre des fleurs pour mon anniversaire, mais aussi pour celui de notre mariage, qu'il m'emmène passer de longs week-ends dans des hôtels cinq étoiles pour ce genre d'occasion. Que pour lui les femmes sont des dames.

Jusqu'ici, je ne m'étais jamais opposée à lui ; je le sentais trop fragile. Lorsque nous nous sommes rencontrés, Laura venait de le quitter et il se débattait non seulement avec l'anéantissement de ses espoirs d'une vie de famille heureuse mais aussi avec la douloureuse absence de Felix. Bien qu'il n'ait jamais aimé avouer à quel point il en souffrait, je l'ai compris sans peine et j'ai fait très attention à ne pas ajouter à son malheur.

À la mort de Laura, si soudaine et si violente, il y a trois ans, David a cessé de se confier à moi. Comme s'il se repliait sur lui-même ; alors j'ai fait preuve d'encore plus de tact et de patience que d'habitude. Felix est venu vivre aux Ormes, ce qui a dû réconforter David, encore qu'il ne puisse nier un lourd sentiment de culpabilité car l'événement qui a provoqué ces retrouvailles relève de la tragédie. Au cours de ma formation d'homéopathe, j'ai appris qu'il était beaucoup plus difficile d'assumer la mort d'un proche lorsqu'on a éprouvé à son endroit des sentiments mitigés.

Je croyais qu'en respectant l'intimité émotionnelle de David, qu'en l'aimant de toutes mes forces, je finirais par l'amener à s'ouvrir de nouveau à moi, mais je me trompais. Alors même qu'il s'installait dans sa nouvelle vie avec Felix aux Ormes, alors qu'il s'habituait à l'idée de ne jamais revoir Laura, il a fini par redevenir, en apparence, l'homme charmant que j'avais connu. Pourtant, la distance persistait dans notre couple ; il semblait si bien résister à mes tentatives d'y mettre un terme que j'ai fini par me demander s'il n'était pas en train d'édifier une barrière entre nous. Je me refusais cependant à le brusquer, me disant qu'il souffrait encore de cette blessure mal refermée, qu'un certain temps encore, au lieu d'opérer un travail en profondeur sur lui-même, il préférerait demeurer à la surface des choses. Trois années se sont écoulées et nous n'avons toujours pas parlé de la mort de Laura ; je ne suis pas parvenue à surmonter cette appréhension, je m'efforce toujours de ne rien dire qui puisse affecter son équilibre mental.

Si j'ai refusé d'ouvrir la porte alors qu'il me suppliait, c'est en partie parce que je n'aurais pas supporté de constater les dégâts que cette histoire provoquait en lui. Je crains que le cauchemar que nous vivons ne finisse par l'achever.

Vivienne rentre. Elle écourte ses vacances avec son petit-fils ; je m'en doutais. Comment aurait-elle pu réagir autrement ? J'ignore ce qu'elle va dire à Felix, ce que nous allons tous lui dire. Rien, si l'on s'en tient à ce qui s'est fait jusque-là. Ni Vivienne ni David ne parlent jamais de Laura, du moins pas devant moi. On ne mentionne jamais son nom.

J'aimerais pouvoir passer plus de temps seule avec ce petit garçon. Si les choses s'étaient déroulées autrement, nous aurions pu nous rapprocher, j'aurais pu devenir une sorte de mère pour lui. J'aimerais au moins être une belle-mère bienveillante, mais il n'y a pas de place dans la vie de cet enfant pour ce genre de personnage. Vivienne lui tient lieu de mère, d'ailleurs il l'appelle « maman » parce qu'il a toujours entendu David l'appeler ainsi.

Je ne suis pas sûre qu'il se rende compte que je fais partie des adultes. Il semble me considérer comme une congénère qui vit sous le même toit que lui.

David est un père consciencieux. Avec l'aide de Vivienne, il s'arrange pour passer au moins une journée, chaque week-end, avec Felix. Il considère son fils comme un exercice qu'il doit réussir, mais nierait farouchement si je venais à suggérer que ce gamin lui rappelle Laura, ne serait-ce que par ses cheveux noirs et ses yeux bleu clair.

David s'y entend en dénégation. Il nie avoir laissé la porte d'entrée ouverte et s'être endormi. Il jure être un père exemplaire. Jamais il ne laisserait quiconque enlever sa petite fille chérie, l'enfant de son second mariage, si heureux…

J'ai hâte que Vivienne et la police arrivent. Assise en tailleur, le dos appuyé à la tête de lit en fer car mes reins me font encore souffrir après ces mois de grossesse, j'attends deux autorités différentes. Je m'efforce d'imaginer les heures à venir, les jours à venir, les semaines à venir. Impossible. Mon cerveau ne m'oppose que vide et silence. Comme si le temps s'était arrêté au moment où je ne suis mise à hurler dans la chambre de Fanny.

Que ne l'ai-je plus souvent, plus longtemps serrée dans mes bras! Que n'ai-je respiré sa douce odeur de bébé tant que j'en avais l'occasion! Je suis au supplice de ne pouvoir la tenir contre moi mais, pire encore, j'ai peur. Une atroce incertitude flotte sur le futur immédiat et je ne peux strictement rien y faire.

David va crier partout que je souffre d'hallucinations. Et la police, qui croira-t-elle? J'ai entendu dire qu'ils étaient tous plus machistes les uns que les autres. Que se passera-t-il s'ils concluent que je ne suis qu'une mère indigne et font appel aux services sociaux? Je pourrais bien ne plus passer une nuit dans cette chambre, avec sa grande fenêtre à guillotine et sa cheminée, sa vue sur les collines de Silsford dans le lointain. David et moi pourrions ne plus jamais dormir ensemble, ici ni ailleurs. Quand nous nous sommes rencontrés, je fondais les plus grands espoirs sur la vie qui nous attendait. Aujourd'hui, cette évocation m'emplit de tristesse.

Je n'adresserai plus la parole à mon mari sauf en présence de témoins. Quand je pense que, la nuit dernière, nous étions encore installés sur le canapé de Vivienne, à boire du vin en regardant une bête comédie romantique, en riant et en bâillant... La vitesse à laquelle tout a changé entre nous me laisse hébétée.

J'entends sa voix en bas :

— Viens, La Frimousse!

C'est nouveau. Je décide d'en parler à la police. David donne un nom de peluche à Fanny depuis sa naissance, « Miss Bisounours », sauf lorsqu'il dit « Miss Bisou » tout court.

« Dix bisou-doigts, dix bisou-orteils, deux bisou-oreilles et un bisou-nez. »

Il lui chante cela au moins une fois par jour. Comme ce matin.

Je sais qu'il lui porte autant d'amour que moi. Le besoin de le réconforter est tellement ancré en moi que je vais avoir du mal à lutter contre. Il le faut, pourtant, s'il s'obstine à prétendre que ce bébé en bas est notre fille. Je vais devoir considérer son chagrin avec un total détachement. Voilà ce que provoquent le danger et la peur chez une personne, dans un couple.

— Tu ne voudrais pas changer de partenaire, pendant que tu y es? demande-t-il. Histoire d'aller voir ailleurs?

Sa voix provient du petit salon, directement sous notre chambre. Il paraît calme, résolu, protecteur. Il joue le rôle du mari rationnel.

Une montée d'adrénaline me secoue brusquement. L'appareil photo! Comment ai-je pu l'oublier? Je saute du lit, me précipite vers le dressing, l'ouvre. Là, au-dessus d'un amas de chaussures, dans mon sac d'hôpital pas encore déballé. Je fouille comme une malade et trouve mon appareil qui contient les premiers clichés de Fanny. J'ouvre l'arrière, caresse du pouce le cylindre de la pellicule. Là. Merci, mon Dieu! Maintenant, au moins, on me croira peut-être.

6

Pas trace de Charlie dans le bureau de la Crim. Et merde! Sans elle, Simon ne saurait jamais ce que David Fancourt avait dit à Proust. Colin Sellers et Chris Gibbs, les deux autres inspecteurs de l'équipe de Charlie, semblaient plongés dans une pile de dossiers qui paraissaient d'une urgence toute relative. Ce qui ne suscitait qu'une seule explication.

En se retournant, il vit effectivement l'inspecteur principal Proust dans son bureau, à l'angle de la pièce. C'était davantage un aquarium qu'un bureau, une de ces vitrines dans les musées où l'on garde des coupes transversales d'animaux rares, à cette différence près que la base était en Placoplâtre, moquetté on ne savait trop pourquoi du même revêtement que le tapis de sol qui recouvrait tout le service. Le tronc de l'inspecteur apparaissait derrière la paroi, gravitant autour de sa table, le téléphone dans une main, dans l'autre une tasse qui le proclamait « meilleur grand-père du monde ».

Donc, David Fancourt devait être parti. À moins que Proust ne l'ait remis entre les mains de Charlie. En fait, elle devait se trouver avec lui, dans la salle d'interrogatoire. Simon s'assit entre Gibbs et Sellers, se mit à pianoter sur son bureau, considérant la peinture écaillée des murs, écoutant l'éternel ronronnement des ordinateurs, respirant l'odeur de transpiration. Suffocant. Sans compter les photos bien sanguinolentes de victimes, punaisées sur un tableau. Simon ne pouvait supporter l'idée qu'Alice se trouvait peut-être en ce moment dans cet état. Mais non, ce n'était pas possible. Son imagination l'interdisait.

Quelque chose tourmentait son inconscient, quelque chose qui avait un rapport avec ce que Charlie lui avait dit au sujet de Laura Cryer. Il n'avait pas la sagesse de cesser de s'interroger, d'attendre que cela lui revienne tranquillement à l'esprit un peu plus tard. Les épaules rentrées, il se creusait la cervelle. En vain.

Sans se rendre compte qu'il avait pris une décision, il se releva. Il n'allait pas rester là immobile, sans savoir si Alice allait bien. Où était donc passée Charlie? Pour une fois libre de son influence contraignante, il se dirigea vers le bureau de Proust, frappa à la porte, le cœur battant. Avec ce type, mieux valait en général attendre qu'il vous sonne, même lorsqu'on était inspecteur chef comme Charlie. Simon entendit Gibbs et Sellers marmonner dans leur coin, se demandant ce qui lui prenait.

Proust ne parut pas si surpris que cela.

— Inspecteur Waterhouse! lança-t-il en lui ouvrant. Je voulais justement vous voir.

Il parlait d'une voix sévère mais cela ne changeait guère de son habitude, l'inspecteur principal parlait toujours d'une voix sévère. D'après sa femme Lizzie, que Simon avait rencontrée à quelques réunions, il employait le même ton pour s'adresser à sa famille.

— Patron, je sais que David Fancourt est venu ici, lança Simon sans ambages. Je sais que sa femme et sa fille ont disparu. Il est avec Charlie en ce moment?

Le fusillant du regard, Proust poussa un soupir. La cinquantaine bien tassée, c'était un petit homme chauve dont le sale caractère avait vite fait de contaminer tout le monde autour de lui. Ainsi s'assurait-il de ce que personne ne soit jamais content. L'Homme de glace; il semblait très satisfait de son surnom.

— Écoutez-moi attentivement, Waterhouse. Je vais vous poser une question et je veux que vous me disiez la vérité même si ça doit vous attirer des ennuis. Si vous me mentez…

Il marqua une pause, le temps de signifier qu'il ne plaisantait pas.

51

— Si vous me mentez, vous pouvez dire adieu à votre carrière dans la police. Vous maudirez ce jour. Me suis-je bien fait comprendre?

— Oui, patron.

Inutile de préciser que l'alternative n'avait rien d'alléchant.

— Et ne croyez surtout pas vous en tirer si vous me mentez, parce que je le saurai.

— Oui, patron.

Simon commençait à bouillir intérieurement. Néanmoins, il parvint à garder son calme. Pas de raccourci possible quand on avait affaire à Proust, il fallait en passer par toutes les chicanes qu'il s'ingéniait à dresser sur votre chemin. Il entamait chaque conversation avec une vision précise de la structure qu'il allait lui imposer. Il s'exprimait par paragraphes.

— Où sont Alice et Fanny Fancourt?

Simon écarquilla les yeux :

— Pardon?

— C'est tout ce que vous avez à répondre, Waterhouse? Je répète ma question : où sont Alice et Fanny Fancourt?

— Aucune idée. Je sais qu'elles ont disparu. Je sais que c'est pour ça que Fancourt s'est pointé ici ce matin, mais j'ignore où elles se trouvent. Comment voudriez-vous que je le sache?

Proust se détourna en se frottant le nez, le temps de préparer sa phrase :

— Ainsi, ceux qui laissent entendre que Mme Fancourt et vous êtes plus proches qu'il n'est de mise racontent n'importe quoi, c'est ça?

— Absolument, patron!

Simon feignait l'indignation. Non sans succès, semblait-il. Les pauses maîtrisées de Proust faisaient tant monter les enchères qu'il en arrivait habituellement à repérer les meilleurs numéros de ses interlocuteurs.

— Qui a dit ça? reprit Simon. C'est Fancourt?

À moins qu'il ne se soit agi de Charlie, la traîtresse. Simon ne savait qu'une chose : il ne voulait pas perdre son boulot. Il l'exerçait mieux que la plupart de ses collègues; il avait commencé comme flic sept ans auparavant, avant d'intégrer la Crim. Ses emplois précédents, il les avait perdus sans trop d'états d'âme, pour s'en aller dans la gloire des incompris dès que les choses avaient mal tourné. La clinique dentaire, l'agence touristique, la société immobilière, au fond, il s'en fichait... Elles grouillaient de nullards qui pontifiaient sur le « monde réel » chaque fois qu'ils voyaient Simon un livre à la main. Comme si les livres n'étaient pas aussi réels que les plans d'épargne défiscalisés! Maintenant, il considérait comme un privilège de s'être fait virer de ces endroits de merde, une preuve de sa valeur.

Sa mère s'en était désolée. Il voyait encore son visage s'affaisser lorsqu'il lui avait annoncé avoir perdu son emploi de gardien de musée, le quatrième job en deux ans.

— Que vais-je dire au prêtre? avait-elle murmuré.

Pas de réponse de l'Homme de glace. Simon sentit la sueur couler sur son front.

— Fancourt ment comme il respire, patron! s'écria-t-il. Je ne le crois pas.

L'inspecteur principal but une gorgée de thé et attendit. D'un calme confondant, froid comme un glaçon qu'on se passe sur la nuque par temps de canicule.

Sans doute Simon ferait-il mieux de la boucler, mais il ne pouvait pas.

— Patron, on ne pourrait pas rouvrir l'affaire Laura Cryer sous ce nouvel éclairage?

C'était Proust qui avait dirigé l'enquête, trois années plus tôt, avec sous ses ordres Charlie, elle-même assistée de Sellers et Gibbs.

— Je viens de dire à Char... à l'inspecteur chef Zailer la même chose. Alice Fancourt se méfiait elle aussi de David Fancourt. Ça sautait aux yeux. Une épouse connaît son mari, n'est-ce pas? Étant donné que la première femme de Fancourt a été assassinée et que, maintenant, Alice a disparu, ne faut-il pas considérer Fancourt comme notre premier suspect? Ne faudrait-il pas centrer l'enquête sur lui?

Il se montrait rarement aussi bavard. Proust saisirait sans doute mieux la logique de son raisonnement s'il se répétait suffisamment.

— Une épouse connaît son mari!

Simon sursauta. Cette soudaine augmentation du volume de la voix de l'inspecteur principal indiquait que son tour était passé et qu'il n'en avait pas profité comme il aurait dû. Proust allait lui faire payer d'avoir tenté de réorienter la conversation. Il n'aurait jamais dû parler autant. Il avait introduit un nouvel élément, chose que Proust détestait entre toutes.

— Donc, une épouse connaît son mari? Et c'est de ce raisonnement que vous partez pour suspecter David Fancourt de meurtre?

— Patron, si…

— Je vais vous dire, Waterhouse. Tous les samedis soir, ma femme et moi dînons avec des gens plus assommants les uns que les autres et je suis obligé de rester là, comme un con, pendant qu'elle raconte des histoires à dormir debout sur mon compte. Giles par-ci, Giles par-là, Giles n'aime pas la tarte au citron meringuée parce qu'on l'a forcé à en manger à l'école, Giles préfère l'Espagne à l'Italie, parce qu'il en trouve les habitants plus aimables. Soixante-quinze pour cent de ces histoires ne sont que pure invention. Oh! il y a bien un fond de vrai dans certaines, mais la plupart sont fausses. Une épouse ne connaît rien à son mari, Waterhouse. Vous dites ça parce que vous n'êtes pas marié. Les femmes racontent des balivernes pour se distraire. Elles emplissent l'atmosphère de paroles lancées au hasard sans chercher à savoir si elles sont basées sur quelques faits que ce soient.

À la fin de ce discours, Proust était rouge comme une tomate. Simon préféra ne pas répondre.

— Une jolie femme manipulatrice vous balance son baratin et vous tombez dans le panneau! Darryl Beer a tué Cryer parce qu'elle s'est débattue pour garder son sac. Il en a laissé la moitié de ses cheveux sur son corps. À quoi jouez-vous, Waterhouse? Hein? Vous pourriez finir à ma place si vous vouliez vous en donner la peine. Vous pourriez devenir un excellent policier. Je l'ai toujours dit et j'ai soutenu votre demande de titularisation. Vous avez tiré le gros lot plus d'une fois, ces derniers temps, je le reconnais. Néanmoins, je vous préviens : vous ne pouvez plus vous permettre la moindre erreur.

Le gros lot? Simon avait envie de lui balancer ses poings dans la figure. À entendre l'inspecteur principal, n'importe qui à sa place aurait obtenu les mêmes résultats, quand Simon savait parfaitement que lui seul pouvait y parvenir, en tout cas pas un seul des éléments actuellement en poste à la Crim. D'ailleurs les faits le prouvaient.

Et qu'est-ce que c'étaient que ces allusions vaseuses à d'éventuelles erreurs ? Simon avait eu droit à quelques « Reg. 9 », comme tout un chacun, mais jamais rien de sérieux. En outre, à moins que sa mémoire ne lui joue des tours, Proust venait de traiter Alice de manipulatrice, opinion que pouvait fort bien lui avoir soufflée Charlie, la première capable de ce genre de conduite. Tandis qu'Alice lui paraissait, au contraire, être une personne parfaitement droite, dénuée de toute duplicité. Serrant les dents, il se mit à compter mentalement. Arrivé à trente-deux, il avait toujours envie de frapper Proust, et Charlie par la même occasion.

— Qu'est-ce que les femmes vous ont fait, Waterhouse ? Qu'attendez-vous pour prendre une petite amie ?

Simon se figea. Il n'avait certes pas l'intention de parler de ça. Avec quiconque. Baissant la tête, il attendit que Proust achève sa tirade :

— Je ne sais pas où en est votre vie privée et ça ne me regarde pas mais si ça doit affecter votre travail, là ça me regarde tout à fait. Vous entrez ici en donnant du « Charlie ceci » et « Alice cela »… on est à la Crim, pas en plein feuilleton à dix sous. Reprenez-vous !

— Pardon, patron.

Ce n'était pas le moment de craquer. À force de réprimer sa rage et son angoisse, voilà qu'il se mettait à trembler. Pourvu que Proust n'ait rien remarqué, lui qui remarquait toujours tout. Pourquoi avait-il dit ça sur les petites amies ?

— Regardez dans quel état vous êtes !

— Je vais… pardon, patron.

— Soyons parfaitement clairs : à part votre rôle officiel auprès d'Alice Fancourt lorsqu'elle a signalé le prétendu enlèvement de son bébé, vous n'avez eu aucun autre contact avec elle. C'est bien ça ?

— Oui, patron.

— Vous n'avez pas de liaison avec elle ?

— Non.

Là, au moins, il disait la vérité.

— Elle a mis au monde un bébé voilà moins d'un mois, patron.

— Et pendant qu'elle était enceinte? *Avant* qu'elle ne soit enceinte?

— Je ne la connais que depuis une semaine, patron.

Vrai? Cela ne remontait donc qu'à vendredi dernier? Il avait l'impression que c'était beaucoup plus vieux que ça. Il était parti récupérer des vidéos de surveillance dont son équipe avait besoin pour l'enquête en cours sur une personne disparue, lorsqu'il avait entendu la voix de l'agent Robbie Meakin à la radio, priant toute voiture patrouillant dans les parages de se rendre dans une propriété appelée Les Ormes, sur la route de Rawndesley.

— Une femme du nom d'Alice Fancourt. Elle dit que son bébé a été enlevé.

Simon avait été frappé par la coïncidence. Il venait de passer devant cette adresse vingt secondes plus tôt, non sans remarquer les grilles ouvertes qui semblaient s'encastrer dans deux demi-cercles comportant le nom du domaine : « Les » pour le battant de gauche, « Ormes » pour celui de droite. Plus élégant qu'un simple panneau de bois.

— J'y suis, je prends! avait-il répondu à Meakin.

Cela ne l'enchantait guère d'endosser une nouvelle affaire quand il avait déjà plus que son lot de travail, mais il se serait senti mal à l'aise de passer outre alors qu'il se trouvait sur place. Un bébé, tout de même...

Après avoir effectué un demi-tour, il reprit la direction de Spilling et se retrouva bientôt devant l'entrée des Ormes. Une longue allée blonde menait à une grande demeure blanche dont les arbres ne lui laissaient apercevoir qu'une partie ainsi qu'une sorte de grange sur le côté. Face à la grange, à proximité de la route, apparaissait une cour pavée où stationnaient deux voitures garées sous les grands arbres penchés, une BMW bleu métallisé, ainsi qu'une Volvo marron qui devait accuser au moins quatre cents ans.

Simon manœuvra en attendant qu'un répit dans la circulation lui permette de traverser la route et de s'engager dans l'allée. Comme il tournait son volant, la voix de Meakin émergea des parasites :

— Waterhouse ?

— Ouais.

— Je peux te parler ?

— Oui.

— Ça va te plaire : le mari de la femme vient de téléphoner. Pour dire que le bébé n'a pas été enlevé.

— Hein ?

— Il y a un bébé dans la maison. Ils ont au moins l'air d'accord tous les deux sur ce point. Le mari dit que c'est celui qu'ils ont ramené de la maternité, la femme dit que non.

Il pouffa de rire.

— Qu'est-ce que c'est que cette merde ? gronda Simon.

— Trop tard. Tu as dit que tu prenais.

— Tu te fiches de moi !

Enfin, la circulation se dégageait. Simon pouvait traverser. Même s'il n'y tenait plus vraiment. Pourquoi n'avait-il pas laissé un agent en tenue s'occuper de cette histoire ? Il était beaucoup trop consciencieux pour son bien. Un bébé enlevé, c'était du sérieux, une femme qui prétendait qu'on avait échangé son bébé, c'était une autre paire de manches. Dans quelle galère allait-il se fourrer ? Alice Fancourt devait juste avoir des problèmes d'hormones ; elle avait dû se lever du pied gauche et décider d'enquiquiner son monde.

Ce qui n'allait qu'ajouter aux multiples rapports qui lui restaient sur les bras. Peu importait l'absurdité d'une déposition, en ces temps de procès-verbaux éthiques, il fallait enregistrer les moindres sornettes, leur donner un numéro de dossier et les soumettre à un inspecteur chef qui, à son tour, nommerait un enquêteur. Cela faisait partie de la nouvelle politique de la police, convaincre le public qu'elle prenait au sérieux tous les individus, quels qu'ils soient. Ce qui, évidemment, n'était pas le cas.

En fait, la paperasse ne risquait pas d'effaroucher Simon. Il y était plongé depuis ses premiers pas dans la Crim, comme agent chargé des témoignages. Alors qu'il se sentait beaucoup moins à l'aise face aux affreuses pantomimes humaines auxquelles il avait droit quotidiennement, face aux sentiments féroces que son métier l'amenait parfois à côtoyer. Il était gêné d'assister à de nombreuses scènes qui requéraient sa présence, préférant se débrouiller parmi ses pensées ou, à la rigueur, parmi les piles de dossiers qui s'accumulaient sur son bureau. Loin des gens, en tout cas, et de leurs idées médiocres.

— Encore un détail, ajouta Meakin.

— Oui ?

Sûrement pas une bonne nouvelle.

— L'adresse, Les Ormes. On a un signal de demande d'information dans l'ordinateur.

— Qui dit ?

— Rien, juste « voir incident connexe », et le numéro de l'incident.

Avec un soupir, Simon releva le numéro que lui dicta Meakin. Il vérifierait plus tard.

Il se gara entre la BMW et la Volvo nase. Non sans remarquer au passage que la première était couverte de feuilles mortes tandis que l'autre n'en avait que deux sur le capot, une rouge et une brun-jaune.

Simon remonta l'allée, sonna. La porte d'entrée en bois massif semblait d'une épaisseur ridicule. La demeure tenait du palais avec sa façade parfaitement symétrique, tellement immaculée qu'elle lui rappela un article qu'il avait lu à propos d'un hôtel aux murs de glace. Il y avait quelque chose de menaçant dans cette apparente perfection, si bien qu'il se mit à chercher, en vain, des craquelures, des fêlures. La peinture blanche ne présentait pas la moindre faille.

Au bout de quelques secondes, un jeune homme mince et bien rasé, en jean et chemise à carreaux, vint ouvrir. Il devait mesurer quelques centimètres de moins que Simon mais l'immensité de la maison le faisait paraître plus petit encore. La coupe de ses cheveux châtain clair semblait avoir été réalisée par un excellent coiffeur. Sans doute la plupart des femmes devaient-elles trouver des plus séduisants ses traits fins et réguliers.

David Fancourt. Il avait l'air coupable, ou gêné, ou fuyant. Quelque chose de ce genre. Non, pas coupable. À l'époque Simon n'avait pas pensé ça. Ce n'était là qu'une impression rétrospective, comme quand on revoit un film dont on connaît déjà la fin.

— Enfin ! lança Fancourt d'un ton impatienté.

Il s'écarta pour le laisser entrer. Il portait un nourrisson dans les bras, un biberon dans une main. L'enfant avait une tête plus ronde que la moyenne des bébés ; certaines semblaient cabossées, chiffonnées. Celle-ci était à peu près dépourvue de cheveux et le nourrison avait de minuscules taches blanches sur le nez. Il avait les yeux ouverts et semblait le regarder avec une immense curiosité, quoique Simon soit maintenant certain d'avoir inventé ce dernier détail. Encore un tour que lui jouait sa mémoire.

Derrière Fancourt, il apercevait un spacieux vestibule et un large escalier en courbe, de bois sombre.

— Inspecteur Waterhouse, se présenta Simon. Vous avez signalé l'enlèvement d'un bébé ?

— David Fancourt. Ma femme est devenue folle.

À l'entendre, c'était, sinon la faute de Simon, au moins sa seule responsabilité, puisque la police prenait l'affaire en main.

C'est alors que, en haut de l'escalier, Simon avait vu Alice.

7

Vendredi 26 septembre, 2003

Il n'y a qu'un seul policier. Or, je suis certaine qu'ils envoient deux hommes lorsqu'ils estiment l'affaire sérieuse. C'est ainsi que cela se passe à la télévision, en tout cas. J'ai envie de crier de dépit. Je m'en abstiens. David vient de dire à l'inspecteur Waterhouse que j'étais folle, folle à lier, alors mieux vaut ne pas confirmer ses assertions par mon attitude.

Le policier m'aperçoit au sommet de l'escalier, sourit brièvement, d'un sourire inquiet, puis continue de me dévisager tout en reprenant son air grave. Je ne saurais dire s'il est en train d'évaluer mon état mental ou de chercher des indices quelque part sur ma personne, sur mes vêtements, mais il me regarde longtemps. Il ne porte pas d'uniforme et s'est présenté comme inspecteur. Après tout, peut-être faut-il y voir un bon signe. À ce qu'on m'a dit, les policiers en civil sont plus importants.

Son arrivée me réchauffe le cœur. Il n'est pas beau mais semble solide et sérieux. Et surtout, il paraît sur le qui-vive. Il n'a pas l'air de fonctionner en pilotage automatique, d'accomplir le minimum syndical.

Ses grands yeux gris continuent de me fixer. Il est bien bâti, les épaules larges, lourd sans être gras, je dirais plutôt massif. Il a le nez légèrement busqué. À côté de lui, David fait fluet, arrogant avec sa coupe à l'italienne. L'inspecteur Waterhouse porte courts ses épais cheveux bruns et ne doit fréquenter que le coiffeur du coin.

Il a le visage carré, plutôt rude, taillé à la serpe. Je n'ai aucun mal à imaginer qu'il protège et sauve les gens, fait régner la justice. J'espère qu'il le fera en ma faveur. Il doit avoir à peu près mon âge, peut-être un peu plus, et je me demande quel est son prénom.

— Je suis Alice Fancourt, annoncé-je.

Sur des jambes aussi fragiles que des cure-pipes, je descends, je m'approche pour lui serrer la main. David est furieux parce que je ne bégaie pas comme une névrosée en pleine crise.

— Elle est ivre! clame-t-il. Elle est rentrée, elle empestait l'alcool. Jamais elle n'aurait dû conduire dans cet état! Voilà quinze jours seulement qu'elle a subi une césarienne. Elle a menacé de me poignarder.

Je sens ma gorge se serrer sous le coup de cette douloureuse accusation. Je sais qu'il est hors de lui, mais comment peut-il déblatérer tant de sottises sur mon compte, en face d'un inconnu, qui plus est? Jamais je n'oserais faire de même à son encontre. L'amour ne comporte pas un bouton « marche, arrêt », qu'on peut actionner à loisir. Puis je m'avise que c'est sans doute la force de son amour pour moi qui alimente sa colère. Cela m'arrangerait.

Au cours de sa conversation téléphonique avec Vivienne, je l'ai entendu admettre avec elle que je pourrais très bien reprendre le volant, malgré les recommandations de la sage-femme. À présent, on dirait qu'il a changé d'avis. Ce n'est pas souvent qu'il contredit sa mère. Quand elle émet une opinion, il a pour habitude d'approuver sans réserve. En son absence, il ressort mot pour mot ses théories sur la vie, comme s'il endossait une personnalité trop grande pour lui. Parfois, je me demande s'il se connaît un tant soit peu. À moins que ce ne soit moi qui ne le connaisse pas du tout.

— Je vous en prie, monsieur Fancourt! Il est inutile de vous montrer désagréable, lâche l'inspecteur Waterhouse. Vous allez tous les deux pouvoir vous exprimer. On va tâcher d'y voir un peu plus clair, si vous voulez bien.

— C'est très clair! On a enlevé ma fille. Vous devez partir immédiatement à sa recherche!

Le policier n'a pas l'air très à l'aise quand je lui dis ça. J'ai l'impression que c'est mon attitude qui le gêne. Comment peut-elle rester là et dire ça, semble-t-il se demander, alors que son mari porte ostensiblement un nouveau-né dans les bras ? Il sera certainement tenté de tirer la conclusion qui s'impose : il y a un bébé dans cette maison, donc ce doit être notre fille.

— Fanny est là, rétorque David.

— Je crois que mon mari s'en veut, expliqué-je affolée.

Je comprends tout d'un coup ce qui se passe : aucune urgence ne semble animer le policier. Tout se déroule beaucoup trop lentement. Donc, cet homme ne me croit pas. Je laisse échapper un torrent de paroles :

— Son sentiment de culpabilité s'exprime par la colère. Il s'est endormi alors qu'il aurait dû veiller sur le bébé. Quand je suis revenue, j'ai trouvé la porte d'entrée ouverte. Jamais on ne la laisse ouverte ! Quelqu'un a dû pénétrer dans la maison et s'emparer de notre fille Fanny pour...

Je n'arrive pas à en dire davantage.

— Ça n'a aucun sens, la voilà, Fanny ! À vous de constater qui la porte dans ses bras, lieutenant, qui s'occupe d'elle, qui la nourrit, qui la console quand sa mère craque.

David se tourne vers moi et continue de plus belle :

— Un sentiment de culpabilité qui s'exprimerait par de la colère, quelle sottise ! Savez-vous quel métier elle exerce, lieutenant ? Allez, dis-lui !

— Je ne suis pas lieutenant, je suis inspecteur. Monsieur Fancourt, votre agressivité ne nous facilite pas la tâche.

Il n'aime pas mon mari mais il le croit.

— Il est agressif parce qu'il a peur, dis-je.

J'en suis certaine. Selon moi (il a bien fallu que je développe des théories sur mon mari puisqu'il ne me confie jamais rien), la plupart des réactions de David sont dictées par la peur.

Il semble croire que mon métier à lui seul suffirait à me discréditer. Je me sens blessée, rabaissée. J'ai toujours couru après les compliments de mon époux. Depuis deux ans que nous sommes mariés, je croyais avoir acquis son estime. Jusqu'à aujourd'hui, nous n'avions jamais échangé une parole de travers, ne nous étions jamais disputés, fait la tête. Je croyais qu'il fallait y voir un signe de notre amour mais, à présent, je me rends compte que cette politesse avait quelque chose de complètement artificiel. Un jour, je lui ai demandé pour quel parti il votait. Il a esquivé la question et j'ai senti que je l'avais choqué. J'ai cru mourir de honte, comme si j'avais commis une faute de goût impardonnable. Vivienne considère comme très mal élevé de parler politique, même au sein de sa propre famille.

David est un homme très beau. Au début, il suffisait que je l'aperçoive pour en avoir des papillons dans le ventre. Aujourd'hui, je suis bien incapable de retrouver le désir qu'il m'inspirait. Ça me semblerait absurde, comme si je rêvassais devant une page de papier glacé. Je dois reconnaître pour la première fois que mon mari m'est un total étranger. La proximité dont j'avais tant rêvé depuis notre première rencontre n'existe plus, n'a jamais existé.

Il a monté une entreprise de jeux vidéo avec son ami Russell. C'était un de mes camarades d'université et c'est à son mariage que j'ai rencontré David. Je venais de me remettre de ma dépression mais me sentais encore très seule. Le jour j'arrivais à peu près à vivre normalement grâce à mon métier mais, le soir, je pleurais au moins une heure et souvent plus.

À ma grande honte, je dois avouer que je m'étais même inventé un ami imaginaire et que je l'avais appelé Stephen Taylor. J'avais choisi à dessein un nom ordinaire pour le rendre plus réel. Le soir, je ne pouvais m'endormir que si j'avais l'impression qu'il me tenait dans ses bras en me murmurant qu'il serait toujours là.

Stephen disparut le jour du mariage de Russell. On avait inscrit mon nom à côté de celui de David sur le plan de table et cela m'a sauvé la vie, du moins était-ce ainsi que je le ressentais alors.

David m'a raconté presque dès le début que sa femme l'avait quitté avant la naissance de leur fils et qu'il ne voyait Felix qu'en de rares occasions, quelques heures d'affilée. Curieusement, je me rappelle avoir admiré sa franchise. J'ignorais alors qu'il ne me ferait plus jamais aucune confidence si spontanée. Peut-être devrais-je y voir une sorte de calcul, à croire que Felix lui servait d'entrée en matière pour draguer.

Ça a marché. Je lui ai parlé de mes parents, bien sûr. Ce dialogue m'a permis de me rendre compte que la mort n'était pas le seul moyen de perdre ceux qu'on aime. J'avais envie de le consoler, et que ce soit réciproque. J'aurais alors juré que c'était le destin qui nous réunissait, afin que nous nous portions mutuellement secours, et que j'allais devenir sa femme. J'avais une envie folle de devenir Mme Fancourt, d'appartenir de nouveau à une famille, d'avoir mes propres enfants. La peur de la solitude devenait chez moi une véritable obsession.

Malgré l'évidente tristesse que lui causait Felix, il ne cessait de dire qu'il ne voulait pas gâcher ma journée avec ses histoires, si bien qu'il a passé l'après-midi à me faire rire et à m'enjôler.

Je ne pouvais le chasser de mon esprit. Il avait un sourire charmeur et une lueur malicieuse dans le regard ; je voyais en lui la représentation incarnée du héros romantique, aussi puissant que les caricatures de méchants qu'il s'amuse à représenter avec Russell dans leurs jeux vidéo, avec leurs capes rouges et noires, leurs bouches pleines de crocs acérés.

David et Russell ne semblaient pas manquer d'idées sur les moyens de supprimer ces méchants. Grâce à mon mari, tous les gamins du pays se sont mis à simuler des meurtres, parfois semi-pornographiques, bien à l'abri dans leurs maisons confortables. Pourtant, j'ai toujours soutenu ses œuvres, approuvant des choses qui, en temps normal, m'auraient plutôt donné la nausée. Si David le fait, ça va… Telle était ma devise. Et je croyais qu'il réagissait de même pour moi.

— Veuillez me montrer une pièce tranquille où je pourrais prendre vos dépositions, dit l'inspecteur Waterhouse.

— On n'a pas le temps ! protesté-je. Et Fanny ? Il faut partir à sa recherche !

— Je ne peux rien faire tant que je n'aurai pas pris vos dépositions.

David désigne la cuisine :

— Interrogez-la ici. Pendant ce temps, j'emmène Fanny dans sa chambre.

Il parle de moi comme si j'étais un chien enragé. Je me mets à pleurer.

— Ce n'est pas Fanny ! Je vous en prie, il faut me croire !

— Par ici, madame.

Waterhouse me fait entrer dans la cuisine en posant sa grande main sur mon bras, juste au-dessus du coude.

— Si vous nous faisiez du thé pendant que je vous pose des questions ?

— Je ne peux pas... j'en suis incapable. Faites-le vous-même si vous en voulez. Vous ne me croyez pas, bien sûr ? Je le vois très bien. Et là je pleure et vous me prenez pour une hystérique.

— Madame, plus vite nous aurons votre déclaration, plus vite...

— Je ne suis pas complètement idiote ! Si vous ne partez pas à la recherche de Fanny c'est parce que vous croyez qu'il s'agit du bébé que David tient dans les bras !

— Je n'ai encore tiré aucune conclusion.

— Non, mais s'il n'y avait pas de bébé dans cette maison, si David et moi disions tous les deux que notre fille a disparu, ce serait une autre histoire, je suppose ? Les recherches auraient déjà commencé.

Waterhouse s'empourpre. Il ne nie pas. Je fais mon possible pour garder un ton mesuré :

— Pourquoi mentirais-je ? Qu'aurais-je à gagner à inventer une histoire pareille ?

— Et votre mari ? Ne me dites pas qu'il croit sincèrement voir sa fille dans ce bébé alors que ce n'est pas le cas ?

— Non.

Je réfléchis à ce que je vais raconter ensuite car, en calomniant David, j'irais à l'encontre d'années d'amour et d'habitudes ; cependant, je ne saurais garder pour moi la plus petite information qui permettrait d'aider ce policier.

— Il s'est endormi alors qu'il devait surveiller Fanny. La porte d'entrée était ouverte. S'il reconnaît que ce bébé n'est pas notre fille, ça pourrait signifier qu'il l'a laissé enlever.

À quoi je m'empresse d'ajouter :

— Mais je ne l'accuse de rien du tout. Je veux dire : comment prévoir un événement pareil ? Seulement je crois qu'il refuse de voir la vérité en face parce que son sentiment de culpabilité lui fait peur. Il va pourtant bien devoir finir par l'admettre quand il se rendra compte que ses dires ne font que vous empêcher de rechercher Fanny !

Je me sens aussi désespérée que j'en ai l'air, il faut que je parle plus lentement.

L'inspecteur Waterhouse commence à s'agiter, comme si les événements le dépassaient.

— Pourquoi voudrait-on échanger deux bébés ? demande-t-il.

La question me paraît pour le moins cruelle, même si je ne suis pas certaine que c'était là son intention. Enfin, cruelle est peut-être exagéré, disons dénuée de tact.

— Ne demandez pas à une mère de se mettre à la place de ceux qui ont enlevé son enfant ! Je ne vois vraiment pas pourquoi on peut faire une chose pareille. Mais qu'est-ce que cela change ?

— Quelles sont les différences entre le bébé que je viens de voir et votre fille ? Tous les points que vous pourrez me signaler auront leur importance.

Je pousse un soupir d'exaspération. David m'a déjà demandé la même chose. Les hommes aiment bien cocher des rubriques sur des listes.

— Je ne saurais définir de différence précise, à part l'intime certitude que ce sont deux êtres distincts ! Des bébés différents. Ma fille a un autre visage, un autre vagissement. Comment voulez-vous que je décrive la différence entre deux vagissements ?

— C'est bon, madame, calmez-vous ! Ne vous mettez pas dans cet état.

On dirait presque que l'inspecteur Waterhouse a peur de moi.

J'adopte un ton plus conciliant :

— Écoutez, je sais que vous avez affaire à des tas de gens impossibles. Moi aussi, dans mon travail. Je suis homéopathe. Vous savez ce que ça signifie ?

Je m'apprête à me lancer dans mon habituel discours visant à distinguer la médecine traditionnelle, dite allopathique, de l'homéopathie, basée sur le principe de la guérison du mal par le mal. Il me regarde avec des yeux ronds, rougit de nouveau en hochant la tête.

J'ai eu un patient policier, plus jeune que moi et pourtant déjà marié avec trois enfants, qui souffrait d'une grave dépression parce qu'il détestait son métier. Il aurait voulu devenir jardinier-paysagiste. Je lui ai conseillé de suivre sa vocation.

C'était mon état d'esprit à l'époque, alors que je venais moi-même de quitter un poste administratif assommant au fisc pour devenir homéopathe. Lorsque j'ai rencontré David et qu'avec Vivienne ils m'ont tirée de mon déplorable isolement, je leur en ai été si reconnaissante que j'ai voulu me mettre au service des autres. Maintenant, je me demande si j'ai aidé cet homme avec ce conseil aussi impulsif qu'utopiste. Et s'il avait démissionné pour se retrouver sur la paille ? Et si sa femme l'avait quitté ?

— Beaucoup de mes patients possèdent une perception très personnelle de la réalité. On aurait vite fait de les traiter de dingues. Mais je ne suis pas à ranger dans la même catégorie pour autant. Je suis une femme intelligente et saine d'esprit et je vous répète que le bébé là-haut n'est pas ma fille Fanny.

J'ouvre la poche de ma chemise, en tire la pellicule que j'ai récupérée tout à l'heure, la dépose sur la table devant lui :

— Tenez. Voici des preuves concrètes. Faites développer ceci et vous verrez beaucoup de photos de la vraie Fanny. Avec David et moi, à la maternité et à la maison.

— Merci.

Il prend la pellicule, la glisse dans une enveloppe, sur laquelle il écrit un mot que je n'arrive pas à lire. Lentement, méthodiquement.

— Maintenant, si vous vouliez bien me donner certaines précisions.

Il sort un carnet et un stylo.

Son manque de diligence me met en fureur.

— Vous ne me croyez toujours pas ! Comme vous voudrez. Après tout, je m'en fiche mais, s'il vous plaît, envoyez au moins une équipe d'inspecteurs à sa recherche ! Rendez-vous compte, si vous vous trompiez ? Si je disais la stricte vérité, si Fanny avait vraiment disparu ? Chaque seconde perdue peut nous rapprocher de la catastrophe.

Ma voix tremble.

— Pouvez-vous vraiment vous permettre de prendre un tel risque ?

— Avez-vous d'autres photos de votre fille, madame ? Déjà développées ?

— Non. Appelez-moi Alice. Et vous ? Quel est votre prénom ?

Il paraît hésiter.

— Simon, finit-il par lâcher.

Simon. Je l'avais mis sur ma liste pour le cas où le bébé aurait été un garçon. Je frémis. Sans trop savoir pourquoi, ce souvenir m'est particulièrement douloureux. Oscar, Simon, Henry. Leonie, Fanny, France. (« France Fancourt! Plutôt mourir! » s'était écriée Vivienne.) Miss Bisounours. La Frimousse.

— La photographe de la clinique devait venir à la maternité, mais elle ne s'est pas manifestée. Sa voiture est tombée en panne.

J'éclate en sanglots. Mon corps est pris de convulsions, comme traversé d'une décharge électrique.

— On n'a jamais eu « Le premier portrait de Bébé ». Mon Dieu! Où est-elle?

— Alice, ça va! Tâchez de vous calmer. Nous la trouverons, si... Nous ferons tout ce que nous pourrons.

— Il y a d'autres photos, à part les miennes. Vivienne en a pris quand elle est venue nous voir. Elle va bientôt rentrer, elle vous dira que je ne suis pas folle.

— Vivienne?

— La mère de David. Nous sommes dans sa maison.

— Qui vit encore ici?

— Moi, David, Fanny et Felix. Le fils de David, d'un premier mariage. Il a six ans. Vivienne et Felix sont en Floride pour le moment mais ils vont rentrer dès qu'elle aura trouvé un vol. Elle me soutiendra. Elle vous dira que ce bébé n'est pas ma fille.

— Ainsi, votre belle-mère a vu Fanny?

— Oui, elle est venue à la maternité le jour de sa naissance.

— Quel jour au juste?

— Le 12 septembre.

— Et Felix?

Je flanche. Triste souvenir. Je voulais que le petit garçon rencontre sa sœur avant son départ pour la Floride. Il aurait très bien pu passer à la clinique après l'école, avant de se rendre à l'aéroport, mais il avait une leçon de plongée au *Débarcadère* et Vivienne a insisté pour qu'il s'y rende.

— Inutile qu'il associe Fanny à la privation d'une activité qu'il aime. Rien ne presse, il aura tout le temps de la voir plus tard.

Comme d'habitude, David est allé dans le sens de sa mère et je n'ai pas insisté parce que je savais qu'elle avait peur pour Felix. Comment raisonner la peur ?

Ma belle-mère part du principe qu'il refusera de partager son royaume, tout comme elle quand elle était petite. Je crois qu'elle se trompe. Rares sont les enfants à l'instinct de propriété aussi développé. Elle ne voulait même pas partager l'attention de ses parents avec le chien de la maison. Il a fallu le donner lorsqu'elle a eu trois ans. J'aurais voulu lui demander le nom de l'animal quand elle m'a raconté cette histoire, mais je n'ai pas osé. Bêtement, je me serais sentie quelque peu déloyale en faisant mine de m'intéresser au premier rival de Vivienne.

— Non, dis-je. Felix était à l'école au moment où Vivienne est venue à la maternité, et ils ont pris l'avion le soir même.

— Voilà quinze jours qu'il est absent ? En plein trimestre ?

— Oui.

Sur le coup, je ne vois pas pourquoi il pose cette question.

— Mais l'école de Felix est très accommodante.

En fait, ils n'ont guère le choix, Vivienne comptant parmi leurs plus généreux donateurs. Jamais ils n'oseraient lui dire quand elle peut ou ne peut pas emmener son petit-fils en vacances.

— Il est à Stanley Sidgwick.

Simon hausse un sourcil. Tout le monde a entendu parler de l'école Stanley Sidgwick et de son annexe pour les filles ; les gens ont habituellement une opinion très arrêtée dessus, dans un sens ou dans l'autre. Établissement réservé à une élite fortunée, il sépare les sexes et ne plaisante pas avec la discipline. Vivienne fait partie de ses fans. Elle y a envoyé David avant Felix. La place de Fanny est réservée au collège depuis que mon échographie de la vingtième semaine a révélé que j'attendais une fille ; elle a été inscrite sous le nom de « Bébé Fancourt ». C'est Vivienne qui s'est acquittée des frais de trois cents livres ; elle ne nous en a parlé que plus tard, à David et à moi.

— Il n'y a pas meilleure école dans la région ni même dans le pays, quoi qu'en disent les statistiques.

J'ai dû paraître stupéfaite ou secouer la tête, mais je ne m'en suis pas davantage préoccupée parce que je ne songeais qu'à mettre mon enfant au monde dans les meilleures conditions possibles. Quant à envisager une école…

— Felix ne vit pas avec sa mère? interroge Simon.

Je ne m'attendais pas à cette question. J'admire son approche rigoureuse, cette façon qu'il a d'étendre son point de vue. Je fais de même avec mes patients. Parfois, quand on ne regarde que dans la direction indiquée, on passe à côté de points importants.

— La mère de Felix est morte.

Ce disant, je dévisage Simon. À l'évidence, il n'est pas au courant. Aussi aurait-il été absurde de croire que tous les policiers connaissaient le moindre détail de chaque affaire. À moins qu'il ne sache mais qu'il n'ait pas établi le rapport. Le nom de famille de Laura n'était pas Fancourt. Elle n'en avait pas changé en épousant David. Ce fut même la première chose qui avait contrarié Vivienne, avant beaucoup d'autres.

— Ainsi, à part Vivienne Fancourt, qui a vu Fanny?

— Personne. Oh si! Cheryl Dixon, ma sage-femme. Elle est passée trois fois et elle était de service à la maternité quand Fanny est née. C'est vrai, je n'y avais pas pensé! Cheryl va me soutenir, il faut lui parler!

— Ne vous inquiétez pas, je vais interroger tout le monde, madame…

— Alice.

— Alice, répète-t-il.

Visiblement, il ne se fait pas à ce genre de familiarité.

— Quand allez-vous lancer les recherches? demandé-je.

Comme je n'ai pas encore obtenu de réponse satisfaisante à cette question, j'insiste :

— Peut-être que quelqu'un a vu quelque chose. Il faut que vous fassiez des appels à témoins. Je peux vous indiquer des horaires précis. Je suis partie à 13 h 55…

Simon secoue la tête :

— Je ne peux lancer des recherches aussi facilement. Ce n'est pas ainsi que ça fonctionne. Il faut d'abord que j'obtienne l'accord de mon inspecteur chef mais, auparavant, je dois m'entretenir avec tous ceux qui pourraient corroborer votre histoire.

Je dois parler à vos voisins, par exemple, m'assurer que personne n'a rien vu d'extraordinaire. Parce que votre mari...

— Ne corrobore pas, je sais, dis-je amèrement. J'ai remarqué. Nous n'avons pas de voisins.

Cette dernière phrase, c'est Vivienne qui me l'a dite fièrement la première fois que David m'a amenée aux Ormes, ajoutant que les seules personnes qui utilisaient le même code postal étaient celles qu'elle invitait à séjourner chez elle. Après quoi elle a souri, comme pour insister sur le fait que j'en faisais partie. Je me suis sentie privilégiée, protégée. Quand mes parents sont morts, je me suis rendu compte que personne au monde ne pouvait plus prétendre m'aimer et cela m'a fait perdre une bonne partie de mon amour-propre. Je ne pouvais m'empêcher de penser que cette tragédie correspondait à une sorte de punition. Aussi l'accueil chaleureux de Vivienne, qui ne remet jamais en question sa propre valeur ni le bien-fondé de ses opinions, m'a-t-il rassurée : au fond, je devais bien valoir quelque chose.

— Je ne peux lancer de recherches ni faire quoi que ce soit simplement parce que vous le demandez.

Simon dit cela comme s'il s'excusait. Je me laisse tomber dans un fauteuil, me prends la tête dans les mains. En fermant les yeux, je vois des lumières danser devant mes paupières et me sens prise de nausées. Pour la première fois de ma vie, je comprends ces gens qui n'ont plus le courage de se battre. Il est tellement difficile de tenter de se faire entendre quand le monde entier se bouche les oreilles, quand ce qu'on a à dire semble si improbable, presque impossible.

Je ne suis pas d'une nature bagarreuse. Je ne me suis jamais considérée comme forte ; il m'est même arrivé de me montrer carrément faible. Mais aujourd'hui je suis mère. Je dois penser à Fanny autant qu'à moi. Plus qu'à moi. Je n'ai pas le choix. Je ne baisserai pas les bras.

8

Dix minutes après la fin de son entrevue avec Proust, Simon retournait à la cantine. Heureusement, le bandit manchot se taisait, comme s'il respectait la gravité du moment. L'inspecteur principal s'était emporté, traitant son subordonné de paranoïaque, lui ordonnant de sortir et de se reprendre :

— Je ne veux pas vous voir travailler dans cet état. Vous êtes trop énervé, vous ne feriez rien de bon.

L'équivalent d'une permission exceptionnelle selon Proust.

Qu'est-ce qui leur prenait, à tous, aujourd'hui ? Comment pouvaient-ils ne pas percevoir cette vérité qui aveuglait Simon ? Était-ce parce que Proust et Charlie avaient concouru à faire condamner Darryl Beer ? Fallait-il y voir la raison pour laquelle ils s'empressaient de classer Simon parmi les excentriques instables qui se laissent diriger par leurs sentiments ? Pendant ce temps, plus personne ne s'occupait de surveiller les agissements de David Fancourt. Première épouse morte, seconde épouse disparue. Faits tangibles.

Simon se servit une tasse de thé et se mit à imaginer comment il pourrait faire cracher la vérité à Fancourt. Mieux valait se donner le temps d'y réfléchir. Qu'est-ce que ce salaud avait fait à Alice ? Qu'avait-il raconté à Proust au sujet de Simon ? Ce devait être lui qui l'avait dénigré, pas Charlie. Mais ces questions ne faisaient que le tourmenter sans lui permettre d'approcher la moindre réponse. Il entendit éternuer derrière lui.

— Proust m'a dit que je te trouverais ici. Je viens de lui parler. Ou plutôt : je viens de l'écouter parler. Longuement. Il n'est pas content de toi, pas du tout.

— Charlie !

En la voyant, il sentit une pointe d'espoir, peut-être le pire pouvait-il encore être évité un certain temps.

— Tu as réussi à le calmer ? Il n'y a que toi qui y parviennes.

— Ce n'est pas une raison pour me remettre de mauvais poil, grommela-t-elle en s'asseyant face à lui.

Impossible d'adresser le moindre compliment à Charlie sans la voir aussitôt se fâcher. Elle ne désirait en entendre que d'une sorte, et Simon ne pouvait rien pour elle sur ce point. Elle semblait déterminée à rejeter tout éloge de sa part, comme si elle n'y voyait que pitié ou charité. Parfois, il se demandait comment elle pouvait seulement le regarder. Comment ne voyait-elle pas en lui que le plus lamentable des crétins après la fête qu'ils avaient organisée l'année passée pour les quarante ans de Sellers ? Il préféra repousser cet abominable souvenir, comme chaque fois qu'il lui revenait à l'esprit.

— Qu'a dit l'Homme de glace ? demanda-t-il.

— Que tu déraillais complètement. Il croit que tu en pinces pour Alice Fancourt et c'est aussi l'avis du mari. Pas besoin d'être devin, ça se sent à une lieue à la ronde. Tu as l'air tellement idiot quand tu parles d'elle !

Ces paroles le piquèrent au vif mais il n'osa pas répliquer.

— Il a dit aussi que tu as nié toute conduite déplacée.

— Il l'a cru ?

— J'en doute. Aussi je te conseille de ne pas lui donner l'occasion de vérifier si jamais tu as menti. De toute façon, j'ai pour instruction de classer la mère et le bébé dans les personnes disparues s'ils ne reparaissent pas d'ici à vingt-quatre heures.

Simon écarquilla les yeux.

— Toi ? Ça veut dire…

— Que Proust m'a confié l'affaire, oui. À moi et donc à l'équipe. Sans doute à cause de notre expérience considérable de la famille Fancourt…

Elle avait ajouté cette dernière phrase d'un ton sarcastique.

— Je croyais qu'il ne me laisserait jamais m'en approcher de nouveau! souffla Simon. Merci!

Il leva les yeux vers les néons du plafond. Il croyait fermement en l'existence d'un être immatériel. Sa mère avait toujours espéré qu'il se fasse prêtre. Peut-être l'espérait-elle encore. Il avait hérité son besoin de s'accrocher à quelque chose mais, contrairement à elle, pas à Dieu. Il n'avait aucune envie de partager le moindre trait commun avec sa mère.

— Proust me surprendra toujours, reconnut Charlie. D'après lui, tu pourrais obtenir des résultats parce que tu te donnes à fond. Il estime que tu as mille fois plus envie de retrouver Alice Fancourt que personne d'autre.

À son ton, on devinait qu'elle faisait partie du « personne d'autre ».

Simon se prit la tête dans les mains.

— Si on me laisse une chance de m'y mettre, marmonna-t-il. Charlie, je te jure que cette affaire pourrait me coûter cher. J'ai rencontré Alice deux fois, en privé. Elle... elle m'a dit des choses que je vais devoir révéler lorsque l'enquête commencera. Tu *sais* que je ne mérite pas de perdre mon boulot, que je le fais bien...

— J'aurais du mal à l'oublier. Sans toi, on serait tous à nous gratter les oreilles et à nous curer les dents, incapables de tirer au clair la moindre affaire.

— Ça va! Comme tu es aussi nulle que moi sur tout un tas de trucs, on pourrait difficilement ne pas remarquer les rares fois où tu réussis quelque chose. Je persiste à dire que je fais bien mon boulot.

— Ah oui? C'est bizarre, tu ne le dis jamais. Tu aurais dû le faire remarquer...

— Va te faire foutre!

Charlie éclata de rire :

— Il n'y a que toi pour te vanter comme ça en prenant encore des airs de victime.

Et il n'y a que toi pour me traiter avec une telle condescendance que j'ai envie de te mettre la main sur la figure, songea Simon. Il se contenta cependant de murmurer :

— Je sais que je n'ai pas à te demander ça, mais... tu as une idée de la façon dont je pourrais me sortir de ce merdier?

Charlie ne parut pas s'en étonner et agita un trousseau de clefs :

— Viens.

— Où ça?

— Là où personne ne pourra nous entendre.

Tous les potins ou presque passaient par la cantine, où ils se faufilaient entre les chaises et les tables pour provoquer de gros rires gras et se répandre à travers le bâtiment.

Charlie conduisait comme un homme, le volant entre deux doigts ou juste poussé du poignet, sans tenir compte des limites de vitesse, jurant contre les autres automobilistes. Ils quittèrent Spilling par la route de Silsford, dans les braillements de Radio 2. Simon n'écoutait que Radio 4 mais voilà belle lurette qu'il avait renoncé à y convertir Charlie. Radio 1, le matin, Radio 2 à partir de 13 heures, elle ne voulait rien entendre d'autre. Autrement dit Steve Wright l'après-midi, des pseudo-informations, des chansons de supermarché, tout ce que Simon détestait.

Il préféra se concentrer sur ce paysage plat, bien ordonné, qui passait trop vite. En général, il le trouvait apaisant mais, aujourd'hui, cela lui semblait vide. Quelque chose y manquait. Il finit par comprendre, non sans effroi, qu'il cherchait Alice. Dans tous les visages, dans toutes les silhouettes qu'il croisait, chaque fois déçu que ce ne soit pas elle. Son affolement avait fait place à une sorte d'enlisement dans la tristesse.

Qu'avait-il pu trouver chez elle qui lui ait paru tellement semblable à ses propres sensations? Elle était jolie, mais cela n'avait rien à voir avec ce qu'il éprouvait pour elle. C'était quelque chose dans cette façon qu'elle avait de se tenir, une sorte de mal-être, l'impression qu'elle donnait de ne pas se trouver dans son élément, qu'elle négociait sans cesse d'invisibles obstacles. Exactement comme lui, à longueur d'année. Certaines personnes savent évoluer dans la vie sans effort. Pas lui, et il sentait qu'Alice non plus. Elle était trop sensible, trop compliquée. Même s'il ne l'avait jamais vue qu'en état d'extrême détresse. Il ignorait comment elle se comportait en général.

Si Charlie savait qu'il inventait à Alice un caractère sur la base de si peu d'éléments, elle le traiterait de doux rêveur. Mais, précisément, les perceptions des autres n'étaient-elles pas établies sur ce genre d'intuitions? N'était-il pas fou d'imaginer que la famille, les amis et les relations formaient des ensembles cohérents dont on pouvait déterminer et résumer la nature ? La plupart du temps, Simon se considérait comme un fatras d'attitudes incohérentes, chacune suscitée par une contrainte démente et anarchique qu'il ne comprenait pas vraiment.

Au son de la voix médiocre de Sheryl Crow, il ne put s'empêcher de secouer la tête. Typique. Et Charlie qui chantait avec elle : quelque chose sur les jours et leurs routes sinueuses. N'importe quoi !

Elle freina juste avant d'atteindre le *Red Lion Pub*, à environ huit kilomètres de la ville, puis bifurqua vers le parking.

— Ça ne me dit rien, protesta Simon.

La seule idée de boire de l'alcool lui retournait l'estomac.

— T'inquiète, on n'entre pas. Seulement je ne voulais pas te donner cela à proximité du commissariat.

Fouillant dans son grand sac de daim noir, elle en sortit un calepin comme en arboraient tous les policiers. Chaque incident, significatif ou non, y était consigné heure par heure, assorti de détails tels que le temps qu'il faisait et l'état des routes. Simon gardait le sien dans sa veste.

Charlie lui jeta sur les genoux celui qu'elle venait de sortir. Sur sa couverture brune, il présentait comme tous les autres un numéro d'enregistrement et la signature d'un inspecteur chef, en l'occurrence celle de Charlie.

— Ne me dis pas que tu vas raconter ce que je crois, marmonna-t-il.

— Tu n'as pas le choix. À toi d'officialiser tes rencontres avec Alice Fancourt. C'est ta seule chance de t'en tirer.

— Ça m'embête que tu sois obligée de mentir à cause de moi.

En fait, il était furieux qu'elle ait pris cette initiative. Elle savait très bien qu'il allait tôt ou tard l'appeler à l'aide. C'en était gênant.

— Ça va, grimaça-t-elle. N'empêche que ça nous fait quand même courir un risque. Si quelqu'un s'avise de regarder de trop près le numéro de série… Bon, il va sans dire que si tu te fais piéger, ce n'est pas moi qui t'ai donné ce calepin.

— Il va falloir que je réécrive tout.

Déjà épuisé à cette seule idée, il ferma les yeux.

— Ce ne sera ni la première ni la dernière fois, soupira Charlie. Bon, je ne suis pas enchantée d'en passer par là, mais je n'ai aucune envie de te voir foutre ta vie en l'air pour si peu. J'aime trop mes hommes pour les abandonner à leur sort. D'autant... que tu es le plus intelligent, le plus inventif et le plus stimulant de tous ceux avec qui j'aie jamais travaillé. Et ne dis pas oui ou je t'étrangle. Ce serait une tragédie si ta petite connerie venait tout gâcher. Alors, si on me pose des questions, je dirai que j'étais au courant de vos rencontres et que je t'avais donné le feu vert.

Ces compliments ne firent qu'humilier Simon. Elle était incapable de le traiter en égal et il aurait juré que ce n'était pas seulement à cause de son grade. Quoiqu'il ne savait pas au juste lui-même ce qu'elle devrait raconter pour le satisfaire.

— Ça ne marchera pas, grommela-t-il. Tout le monde sait très bien que tu ne voulais pas entendre parler de la thèse des échanges de bébés. Alors pourquoi m'aurais-tu autorisé à mener de nouveaux interrogatoires ?

Elle haussa les épaules :

— Je me flatte d'une approche méthodique de toutes mes enquêtes.

Un instant, le silence retomba dans l'habitacle, tandis qu'ils regardaient les gens entrer dans le pub ou en sortir.

— Désolé, finit-il par reprendre. Je n'aurais pas dû te mentir. Ça ne me faisait pas vraiment plaisir. Mais tu n'as jamais voulu croire à l'histoire d'Alice. Tu trouvais qu'elle nous faisait perdre notre temps. C'est pour ça que je ne t'ai rien dit. Je m'inquiétais pour elle et... écoute, je ne prétends pas non plus que je croyais ce qu'elle me racontait au sujet du bébé, mais... enfin, je ne pouvais pas la laisser tomber comme ça !

Le visage de Charlie s'était tendu. Simon regretta d'avoir utilisé cette dernière expression, trop personnelle. Ils parlaient de boulot, de cet affrontement entre leurs deux formes de jugement professionnel, mais cela ne changeait rien au fait qu'il lui avait menti, à cause d'une autre femme.

— J'en conclus qu'à tes yeux, du moins, je ne suis plus considéré comme un suspect.

— Comme un barge, oui, comme un suspect, non. Tu sais ce qu'on dit, qu'il est aveugle...

Elle regardait droit devant elle, à travers le pare-brise, si bien qu'il ne voyait pas son expression.

— On ferait mieux de se bouger, reprit-elle, même si j'adore ce genre d'interlude romantique.

De nouveau, revinrent à l'esprit de Simon les images de l'anniversaire de Sellers, avec Charlie... Il referma les yeux en grinçant mentalement des dents. Cette journée se révélait plus éprouvante que jamais. Il s'efforça de chasser toute pensée.

C'est alors qu'un déclic s'opéra dans son cerveau. Cette fois, il y était ! Il savait ce qui le tourmentait depuis un bon moment, ce qu'il avait sous les yeux et ne voyait pas.

— Le soir où Laura Cryer a été tuée, commença-t-il. Quand Beer a tenté de l'agresser...

— Tu ne vas pas remettre ça !

— Elle était seule, n'est-ce pas ? Tu as dit qu'elle a regagné seule sa voiture.

Charlie se tourna vers lui :

— Oui, pourquoi ?

— Elle n'avait pas son fils Felix avec elle ?

— Non.

— Il se trouvait pourtant aux Ormes, avec sa grand-mère, puisque sa mère travaillait tard.

— Oui, et alors ?

— Pourquoi son fils ne l'accompagnait-il pas ? Elle ne devait pas le ramener chez elle ? Il vivait avec elle, je suppose ?

Une lueur interrogative traversa le regard de Charlie.

— Eh bien, parce que... parce qu'il séjournait chez sa grand-mère, je suppose.

— Dans ce cas, pourquoi Laura Cryer s'est-elle rendue aux Ormes, ce soir-là ?

9

Vendredi 26 septembre 2003

Ma sage-femme, Cheryl Dixon, est arrivée. La quarantaine avancée, c'est une grande walkyrie aux cheveux blond vénitien qu'elle porte raides et assez courts ; elle est toujours coiffée à la dernière mode, ce qui va bien à son teint clair et à ses taches de rousseur. Aujourd'hui, elle porte un pantalon légèrement trop serré et un pull de velours en V qui met en valeur son avantageux décolleté. Sa passion dans la vie, c'est le théâtre amateur. Actuellement, elle joue dans *Le Mikado*, une pièce donnée dans la petite salle de Spilling pour quinze représentations. La première a eu lieu il y a deux samedis. Je n'ai pas pu y assister à cause de la naissance du bébé, la veille, mais j'ai eu l'impression qu'elle ne considérait pas ça comme une excuse valable.

Cheryl a surnommé Fanny « Flipper » parce qu'elle changeait sans cesse de position dans mon ventre et semblait sauter comme un dauphin. Quand je lui posais des questions bébêtes, elle me traitait de « drôle de numéro ». Parfois, je l'exaspérais quand je devenais parano, exigeais des examens inutiles. « Vous n'allez pas nous faire un fromage ! » disait-elle alors.

Elle était de service à la maternité de l'hôpital de Culver Valley la nuit où Fanny est née. C'est elle qui m'a dit de la prendre avec moi dans mon lit dès qu'elle cesserait de pleurer.

— Rien ne vaut de se blottir contre maman dans de bons draps tièdes, expliqua-t-elle en la déposant au creux de mon bras.

Les yeux pleins de larmes, je me rends compte que je n'arrive pas à supporter de tels souvenirs.

— Quand avez-vous vu Fanny Fancourt pour la dernière fois ? demande Simon à Cheryl. Avant aujourd'hui, bien sûr.

Comme pour s'excuser, il m'adresse un regard navré, mais je détourne les yeux.

Nous sommes dans le petit salon, qui n'a de petit que le nom. C'est là que se passent les soirées ordinaires, entre conversations et télévision. Vivienne refuse d'allumer le poste tant que Felix n'est pas couché et encore, juste pour regarder les informations ou un documentaire. De temps à autre, elle jette un coup d'œil sur des émissions de téléréalité, et s'écrie :

— Quelle horreur !

Ou :

— Quelle différence avec la vie de famille de notre reine bien-aimée !

Le long des murs s'alignent fauteuils et canapés, beaucoup trop à mon goût, comme si on attendait une vingtaine d'invités. Une table basse en verre occupe le centre, un meuble de famille au pied de bronze, orné de motifs en S. Personnellement, je l'ai toujours trouvée hideuse, du genre tape-à-l'œil, qu'on s'attendrait à trouver dans un palais de maharadjah. Pour une fois, on n'y a pas servi de café ; il y a juste le couffin où trône un bébé dans son Babygro Bisounours, qui dort sous une couverture en polaire jaune.

Je suis assise dans un fauteuil, dans un coin, les genoux remontés contre ma poitrine, les bras autour des jambes. Cette posture tire sur les cicatrices de ma césarienne, mais la douleur physique me consolerait presque. Je n'ai pas pris mes pilules d'hypericum, aujourd'hui. Je vais bientôt en manquer. Il me faudra retourner en chercher au cabinet ou me rabattre sur le gelsemium. Apitoyée par ma voisine, dans la salle de travail, je lui ai donné presque toutes mes granules. Mandy. Elle aussi a subi une césarienne qui a provoqué un gros hématome. De petite taille, menue comme un cure-dents, elle avait de méchantes cicatrices d'acné. Je la trouvais trop petite pour pouvoir seulement porter un bébé. Son compagnon l'a houspillée devant tout le monde en lui demandant quand elle allait rentrer à la maison pour s'occuper de lui. Ils n'arrêtaient pas de se disputer au sujet du nom qu'ils allaient donner à leur enfant. Elle semblait de plus en plus fatiguée à mesure qu'elle suggérait de nouvelles idées. Le compagnon insistait pour Chloé et l'injuriait chaque fois qu'elle tergiversait.

Avec David, nous jetions quelques coups d'œil à travers les rideaux de plastique censés séparer les lits les uns des autres; nous n'en avons pas cru nos oreilles quand nous avons fini par entendre pourquoi il tenait tant à Chloé : parce qu'il avait déjà une fille de ce nom, fruit d'une précédente liaison. Mandy n'arrivait pas à le convaincre que c'était la raison pour laquelle elle s'y opposait.

J'en conclus qu'elle avait plus besoin que moi de l'hypericum et le lui donnai après le départ de ce sale type. Elle me remercia un peu brusquement; à croire qu'elle n'avait pas l'habitude qu'on soit gentil avec elle et considérait que c'était un rien mal élevé.

David est assis sur le canapé blanc près de la fenêtre et il marque je ne sais quelle cadence du pied droit contre le sol. De temps à autre, il pousse un énorme soupir et nous le regardons, comme s'il allait parler, mais il se contente de secouer la tête sans rien dire. Il n'arrive pas à croire ce qui se passe. Après que j'ai donné ma déposition, il a effectué la sienne. Cheryl en aura bientôt terminé. On dirait que nous prenons tous part à un rituel bizarre.

J'aimerais pouvoir dire qu'en tant que mère de Fanny, ma parole a valeur de référence, mais je crains qu'on ne me renvoie dans mes buts. Simon ne me laisserait jamais terminer ma phrase. Il n'a cessé de répéter qu'il voulait des faits, rien que des faits. Je ne pouvais même pas utiliser ce qu'il appelait un langage fleuri, ni commencer mes phrases par « il me semble », ou indiquer que selon moi quelqu'un s'était introduit dans la maison pour s'emparer de Fanny pendant que David faisait la sieste. Apparemment, on ne peut ajouter une déclaration que s'il s'agit d'un « Hobstaff », encore que je ne sache même pas ce que signifie ce mot. Simon me dit que cette situation n'a rien de nouveau.

En fin de compte, j'ai dû m'en tenir à une simple énumération de mes actions : quand je suis rentrée du *Débarcadère*, j'ai remarqué que la porte était ouverte, ce qui n'avait rien d'habituel, je suis ensuite montée pour constater que le bébé dans le berceau n'était pas ma fille, même si elle ressemblait à Fanny.

Je refuse de parler en ce moment, je ne contredirai pas David quoi qu'il avance. À quoi bon? Encore, s'il me croyait... mais, là, quoi que je raconte, ça n'y changera rien. Je préfère garder mes forces pour le retour de Vivienne.

— Madame Dixon? Je vous ai demandé quand vous aviez vu Fanny pour la dernière fois.

Cheryl est restée debout sur le tapis persan, au milieu de la pièce, les yeux fixés sur le couffin. Elle me jette de fréquents regards anxieux. Mon silence l'inquiète, elle voudrait que je parle pour lui faciliter la tâche.

— Je l'ai vue mardi dernier. Il y a trois jours.

— Et c'est ce même bébé que vous avez sous les yeux?

Elle se tortille sur place, plisse le front. Je suis obligée de me détourner. Je me sens vidée. J'ai l'impression que mes pensées s'échappent. Je serre davantage mes genoux comme pour me cuirasser contre la réponse à venir de Cheryl.

— Je ne sais pas, dit-elle. Je ne suis pas sûre. Ils changent tellement les premiers temps et je vois tant de bébés, parfois de dix à douze par jour... Je veux dire, si Alice est catégorique...

Elle n'en dit pas plus.

J'en reste stupéfaite, abasourdie. Enfin, quelqu'un qui n'est pas sûr à cent pour cent que je me trompe, quelqu'un qui pense que je pourrais peut-être avoir raison...

— Et maintenant, imploré-je, vous allez faire quelque chose?

— Pas sûre? Qu'est-ce que ça signifie? Vous ne pouvez pas dire ça!

— Monsieur Fancourt, je vous en prie! lâche Simon d'une voix autoritaire. Mme Dixon est là pour nous aider. Si vous essayez de l'intimider, je devrai vous prier de quitter cette pièce.

— Je suis chez moi! rétorque David.

— Non, dis-je, nous sommes ici chez Vivienne et elle va revenir.

Tout d'un coup, j'ai trouvé une bonne raison d'ouvrir la bouche.

— Je suis désolée, reprend Cheryl, je ne peux pas être plus catégorique. Je n'ai pas un souvenir précis du visage de Fanny. Et puis, comme je vous l'ai dit, ils changent tellement les premiers temps !

— De là à devenir quelqu'un d'autre, gronde David en se levant. Tout ça ne sert à rien. C'est l'événement le plus ridicule qui me soit arrivé de ma vie ! Cette enfant est bien Fanny, un point c'est tout !

J'en serais presque navrée pour lui et, surtout, pour Fanny. Moi qui croyais avoir assez d'amour et de détermination pour aider tout un chacun… C'est bien fini.

— Au fait, interroge Cheryl, vous avez vérifié que c'était bien une fille ?

Nous nous dévisageons un instant, muettes, paralysées. Le silence se répand dans la pièce comme un sirop noir et gluant.

— Vous n'avez pas vérifié le sexe du bébé ? insiste-t-elle auprès de Simon.

Il se raidit sous le coup de ce qu'il perçoit comme une évidente critique.

— Il n'a pas vérifié parce qu'il ne l'a pas jugé nécessaire, dis-je. Il ne me croit pas.

— Allez-y ! maugrée David en se détournant, dégoûté. Allez-y, enlevez-lui sa couche ! De toute façon, il va bientôt falloir la changer. Je peux même vous dire la marque qu'elle porte en ce moment.

Et elle a les yeux bleus, des taches de lait sur le nez, pas de cheveux… qu'est-ce qu'il attend pour en rajouter ?

— Ça ne prouve rien, contesté-je tranquillement. Tu as eu tout le temps de la changer pendant que je m'entretenais avec Simon dans la cuisine.

— *Simon ?*

Il nous regarde l'un après l'autre.

— Alors comme ça vous êtes potes, tous les deux ?

— Ne rendez pas les choses plus déplaisantes qu'elles ne le sont déjà, monsieur.

Sans demander la permission à personne, Cheryl entreprend de déboutonner le Babygro.

— On ne peut pas faire ça dans sa chambre ? protesté-je. C'est une enfant, pas une pièce à conviction.

Tout s'insurge en moi, la tête me tourne, le nez me brûle, les yeux me piquent à force de retenir les larmes qui s'y accumulent. Je n'en peux plus.

— Une enfant! s'exclame David.

— On voit bien que c'est une fille, rétorqué-je.

— Là, tu sais bien qu'il s'agit de Fanny! Tu es devenue folle, mais au fond de toi tu sais bien que c'est Fanny!

— Ah oui?

J'ai répondu sans conviction. Il a l'air tellement sûr de lui. Je considère la pièce autour de nous, je m'arrête sur chacun de leurs visages, sur La Frimousse.

— Non, non, je n'en sais rien du tout.

Je quitte la pièce parce que je ne supporte pas de voir manipuler le Babygro de Fanny; je m'en vais attendre derrière la porte et reste là, les yeux fermés, le front collé contre le papier peint.

— C'est une fille! s'exclame Cheryl.

Elle a dû crier pour couvrir les pleurs furieux du bébé. Cela me rappelle la dernière fois que j'ai entendu ces mots, au cours de mon échographie de la vingtième semaine, et mes jambes se mettent à flageoler. *C'est une fille. Vous allez avoir une fille.* Mais, pour combien de temps? Je n'ai pas pensé à poser la question. Combien de temps avant que quelqu'un me l'enlève, ou m'enlève à elle? Personne ne m'a rien dit sur ce point.

— Remettez-lui ses vêtements! imploré-je du vestibule.

— Alice, où est son carnet de santé? interroge soudain Cheryl. On y a noté les caractéristiques physiques de Fanny, son poids, sa taille, ses taches de naissance. Tous les bébés en ont un, ajoute-t-elle à l'adresse de Simon. C'est un moyen de vérification élémentaire. J'ai mes statistiques dans la voiture. Je vais les chercher.

— Son carnet de santé est dans sa chambre, indiqué-je.

— Je vais le chercher, lance David. Ça devrait régler cette histoire une bonne fois pour toutes.

Je ne vois pas en quoi. Les bébés ne cessent de grandir et de prendre du poids. Forcément, les chiffres seront différents.

Mon mari passe devant moi en me regardant d'un drôle d'air, comme s'il ne me reconnaissait pas. J'ai envie de lui tendre la main mais c'est trop tard, nos chemins sont déjà séparés.

— Tu attends ici, petite bonne femme! minaude Cheryl. On ne va pas te rhabiller pour te redéshabiller aussitôt. On va juste t'envelopper dans cette jolie couverture pour te garder au chaud. Alors pas de cinéma, hein?

Elle parle toujours de « cinéma » quand il s'agit de gigotements et autres réactions propres aux bébés. C'est tout juste si elle a l'air de s'étonner de la situation ; sans doute doit-elle parfois faire face à de véritables tragédies. Elle sait garder son calme et son esprit pratique dans les pires circonstances. *Mon Dieu, pourvu que ceci ne soit pas le début d'une vraie tragédie, mais juste un drame passager…*

David redescend armé du livret. Cette fois, il me toise avec mépris. Je le suis dans le petit salon en annonçant :

— On a pesé Fanny mardi dernier, elle faisait 3,9 kilos. Ce bébé m'a l'air un peu plus lourd.

— Ce bébé! marmonne David.

Le dos tourné, il regarde par la fenêtre, sa voix semble provenir de plus loin. Tout d'un coup, il fait volte-face, pâle de colère :

— Bon, bon, d'accord! Je ne voulais pas en venir là mais tu l'as bien cherché. Tu vas raconter à *Simon* tes antécédents de maladie mentale?

— N'importe quoi! Dis-moi plutôt si tu te souviens de cette femme à la maternité appelée Mandy.

— Alice a été sous Prozac pour dépression pendant près d'un après la mort de ses parents. En plus, et Cheryl le confirmera, la nuit qui a suivi la naissance de Fanny, elle a prétendu la voir dans un autre bébé, je ne sais quel bébé de la clinique.

Je me fige. C'est vrai. J'avais complètement oublié. C'était tellement bête, tellement insignifiant! Je ne savais même pas que David l'avait appris. En tout cas, ce n'est pas moi qui le lui ai dit. Cela doit provenir d'une infirmière ou d'une sage-femme, quand il est venu me rendre visite, le lendemain.

Cheryl apparaît sur le seuil, ses statistiques à la main ; à son expression, je constate qu'elle a entendu ce que David vient de dire. Elle me jette un coup d'œil anxieux. Elle ne voudrait pas me trahir mais son bon sens doit lui souffler que cet incident n'a rien d'insignifiant, que sa confiance en ma santé mentale était peut-être un peu prématurée.

Je m'empresse d'expliquer :

— J'étais épuisée. Je venais de subir une césarienne après trois jours de travail. J'étais tellement fatiguée que j'hallucinais, littéralement.

— Et tu continues, tranche David. Regarde où tes délires nous mènent.

— Cheryl avait proposé d'emmener Fanny pour me laisser dormir un peu et j'ai accepté. Et puis je m'en suis voulu. J'estimais que je pourrais passer la première nuit avec ma petite fille, que je la confierais plus tard aux infirmières.

En racontant cette histoire, je n'arrive pas à retenir un flot de larmes. Ce soir-là, j'avais l'impression d'être une mère exécrable. Sinon, j'aurais insisté pour garder avec moi ce petit bout vingt-quatre heures sur vingt-quatre et pour m'assurer qu'il ne pouvait rien lui arriver.

— Au bout d'une dizaine de minutes, je ne m'étais toujours pas endormie ; je regrettais d'avoir laissé emporter Fanny. Alors j'ai décidé de la récupérer ; j'ai sonné et c'est Cheryl qui est arrivée quelques secondes plus tard, portant un nourrisson dans les bras. Je... j'ai cru que c'était Fanny juste parce que Cheryl l'avait emmenée un moment auparavant. Je mourais de fatigue, je n'avais pas fermé l'œil depuis trois jours !

— Et, dès que j'ai ramené Fanny, renchérit ma sage-femme, Alice a compris son erreur.

Ouf ! Elle est toujours de mon côté. Simon s'en rend compte et il semble dès lors vouloir m'accorder un peu plus de crédit. Merci, mon Dieu ! Merci, Cheryl !

— Vous souvenez-vous de Mandy ? lui demandé-je.

— Trois jours pour accoucher, intervient David à l'adresse de Simon. Ce n'était pas seulement l'accouchement proprement dit. Ils ont essayé de le provoquer deux fois, sans succès. Même sous perfusion. Rien ne marchait. Finalement, ils ont décidé de recourir à la césarienne mais l'anesthésique ne donnait pas beaucoup de résultat, n'est-ce pas ?

Du regard, il me défie de dire le contraire.

Je secoue la tête.

— La douleur était telle qu'elle s'est évanouie, continue-t-il. Elle a manqué le meilleur, quand ils ont brandi Fanny. Le temps qu'elle revienne à elle, tout était fini. En outre, comme elle n'a jamais pu l'allaiter normalement, Alice était complètement effondrée. Elle voulait tant pouvoir la nourrir au sein! Vous ne croyez pas que tout cela suffirait à traumatiser n'importe qui, lieutenant? À provoquer une sorte de... je ne sais pas, moi, de délire postnatal?

Trop choquée par cette interprétation de la naissance de Fanny, je ne parviens pas à articuler la moindre parole de défense. Il semble en connaître tous les détails, pourtant pas un ne correspond à la vérité. L'a-t-il dès le début perçue si négativement? Si c'est le cas, il ne l'a pas montré.

Pour la première fois, je visualise son esprit comme un terrain dangereux où je ferais mieux de ne pas me risquer. Voilà des années que j'attends de pouvoir y pénétrer, persuadée que je m'y sentirais comme chez moi. J'imaginais l'angoisse et le sentiment d'insécurité qu'il avait dû tirer d'une enfance sans père mais aussi de la séparation d'avec son fils et du traumatisme de la mort de Laura. Je ne faisais que lui attribuer les pensées et les sentiments que j'aurais éprouvés à sa place.

— Tout ça ne nous mènera à rien, soupire Simon. On va peser le bébé.

Dans ma tête, je commence à échafauder une autre déposition, loin de celle que je viens de signer :

Je m'appelle Alice et j'aime ma fille Fanny plus que tout au monde. Elle s'appelle Fanny Imogen Fancourt et a une tête parfaitement ronde, presque pas de cheveux, des yeux bleu foncé et une bouche aussi ravissante que minuscule, comme une petite fleur rose. Ses doigts, des mains et des pieds, ainsi que ses cils, sont étonnamment longs. Elle sent le propre et le frais, le talc, le neuf. Elle a les oreilles de mon père. Lorsque je la penche sur ma main pour lui faire faire son rot, ses épaules potelées s'affaissent en avant et elle émet un petit bruit de gorge, comme si elle voulait se gargariser. Elle a une façon si délicate de réunir ses mains et ses pieds, qu'on dirait une petite ballerine, et elle ne pleure pas sans arrêt, de façon anarchique comme souvent les bébés. Elle pleure comme un adulte en colère qui aurait de bonnes raisons de se plaindre.

— Quatre kilos, exactement.

— Et alors? Ça ne prouve rien. Elle a pris du poids, c'est tout, comme n'importe quel nourrisson.

Le vendredi 12 septembre 2003, elle est venue au monde par césarienne à l'hôpital de Culver Valley. Elle pesait 3,2 kilos. Ce ne fut pas un cauchemar, au contraire de ce qu'a pu dire mon mari, mais le plus beau jour de ma vie. Tous les médecins, toutes les sages-femmes m'ont transportée de la salle de travail à celle d'opération et j'ai entendu l'une d'elles crier à David : « Apportez des vêtements pour le bébé ! » Alors seulement, je me suis rendu compte que je ne rêvais pas. J'ai tourné la tête, juste le temps d'apercevoir David qui fouillait dans mon sac. Il en a sorti un dors-bien et un Babygro blanc orné de nounours et de tigres. « Winnie l'Ourson aime son miel, mais Tigrou trouve ça drôle. » C'est Vivienne qui l'a acheté. « Le premier vêtement d'un bébé doit être blanc », a-t-elle assuré. Je me rappelle m'être dit que ma fille allait porter ces vêtements. Bientôt.

— Avez-vous pris contact avec la maternité ? demande Cheryl. Il y a une petite chance pour qu'ils aient gardé le placenta et le cordon ombilical. Ainsi, vous pourriez vérifier s'ils proviennent de ce bébé. En principe, on doit s'en débarrasser dans les deux jours qui suivent mais, entre nous, ce n'est jamais le cas. À votre place, je me dépêcherais de les appeler.

— Ça suffit maintenant ! Arrêtez cette comédie ! Vous n'allez pas...

Tandis qu'ils m'emmenaient vers la salle d'opération, j'entendais une chanson de Cher diffusée par les haut-parleurs, celle où sa voix se met à chevroter. Je l'adore et j'ai su dès lors qu'elle me rappellerait toujours la naissance de mon bébé. Ce serait ma chanson, la mienne et celle de l'enfant. L'anesthésiste a versé un gel bleu sur mon ventre. « Ça ne va pas vous faire mal », me dit-il.

— Ça ne devrait pas être trop difficile à réaliser, je suppose, du moins en termes d'hommes et de matériel. En revanche, les résultats n'arriveront pas tout de suite.

— Tu vois ! Il ne veut pas avoir d'ennuis avec son patron, dépenser les deniers publics pour satisfaire un caprice absurde.

— Et les autres femmes dans la salle de travail, cette Mandy dont Alice a parlé ?

— Si vous croyez qu'elles se sont occupées de Fanny !

— Monsieur Fancourt, vous ne nous rendez pas service. Je vous demande à tous de m'accorder une minute, dit Simon.

J'avais froid.

10

Notes tirées du calepin
de l'inspecteur Simon Waterhouse
(rédigées le 3/10/03 à 19 heures)

27/09/03, 11 heures

    Secteur : commissariat de Spilling. Reçu un coup de fil d'Alice Fancourt (voir index). Elle disait vouloir me parler de toute urgence car elle possédait de nouvelles informations se rapportant à ses déclarations selon lesquelles son bébé aurait été enlevé et échangé avec un autre (affaire N° NS1035-03-Q). Je lui ai conseillé d'accompagner sa belle-mère, Mme Vivienne Fancourt (voir index), au commissariat dans la journée (Vivienne Fancourt ayant décidé de rentrer plus tôt et de venir faire une déposition), en promettant de lui parler à ce moment-là. Mme Fancourt s'est mise à pleurer en assurant qu'elle préférait s'entretenir avec moi seule à seul, en dehors de la présence de sa belle-mère et de son mari David Fancourt (voir index). J'en ai discuté avec mon supérieur direct, l'inspecteur chef 326 Charlotte Zailer, qui m'a autorisé à rencontrer Mme Fancourt et à m'entretenir avec elle. Mme Fancourt m'a proposé de nous retrouver au Morfal Café, dans son club de remise en forme, Le Débarcadère (Saltney Road, Spilling), à 14 heures, le dimanche 28 septembre. Je lui ai dit que c'était impossible et lui ai proposé à la place le lundi 29. Mme Fancourt s'est énervée en assurant qu'elle ne pourrait attendre si longtemps mais j'ai déclaré que c'était impossible pour moi de la voir plus tôt et que le commissariat serait de toute façon plus indiqué que le Morfal ; néanmoins, Mme Fancourt s'est obstinée, souhaitant me rencontrer dans « un endroit moins officiel et plus intime ».

Elle a ensuite ajouté que Vivienne Fancourt était également membre du Débarcadère mais qu'elle ne se rendait jamais au Morfal Café qu'elle considérait comme un « bouge ». Pour le cas où Vivienne Fancourt viendrait au club le même après-midi, Alice me recommandait de ne pas arriver par l'entrée principale mais directement par la porte du café sur Alder Street. Ainsi, Mme Fancourt était certaine que, même si sa belle-mère se trouvait sur place, elle ne me verrait pas. J'ai objecté que tout ça me paraissait bien compliqué et l'ai priée à nouveau de se présenter au commissariat. Elle a refusé, s'est emportée en jurant que si je refusais de la retrouver là-bas elle ne me donnerait pas les informations promises et a ajouté que, s'il existait un endroit où Vivienne Fancourt ne mettait jamais les pieds, c'était bien le Morfal, car elle le boycottait par principe.

J'ai promis à Mme Fancourt d'en parler à l'inspecteur chef et l'ai priée de me rappeler dix minutes plus tard. Puis je me suis rendu chez l'inspecteur Zailer pour lui dire que je n'aimais pas beaucoup la demande de Mme Fancourt mais elle m'a conseillé de me plier à ses exigences afin d'en obtenir le maximum d'informations. Mme Fancourt m'a rappelé au bout de quatre minutes et nous sommes d'accord pour nous retrouver au Morfal Café, au club du Débarcadère, à 14 heures, le lundi 29 septembre. Ensuite, Mme Fancourt a ajouté que, si elle n'était pas là à 14 h 30, je ne devrais pas l'attendre, car elle craignait de ne pas pouvoir quitter la maison. Elle semblait avoir peur de quelque chose, mais elle m'a dit au revoir et a raccroché aussitôt.

29/09/03, 14 heures

Secteur : Morfal Café, *club du* Débarcadère, *27 Saltney Road, Spilling. 14 heures : en arrivant, j'ai trouvé Mme Alice Fancourt (voir index) qui m'attendait déjà, à une table de la zone non-fumeurs. Le* Morfal *présentait l'atmosphère suivante : bondé, bruyant, enfumé, étouffant. Avec des cris et des rires, de la musique pop diffusée par les haut-parleurs, un coin enfants plein de jouets, une pataugeoire conte-*

90

nant des balles de plastique, une petite cage à poules et une cabane ; une dizaine de gamins de deux à sept ans s'y ébattaient.

Alors que je m'asseyais, Mme Fancourt m'a dit :

— Regardez les parents. Ils ne jettent pas un seul coup d'œil pour vérifier si leurs enfants vont bien. Visiblement, aucun d'eux n'a jamais eu de bonnes raisons de craindre pour son rejeton.

Comme je lui faisais remarquer qu'ils n'avaient aucune raison de s'inquiéter, Mme Fancourt a répondu :

— Je sais. Je voudrais seulement pouvoir leur dire qu'ils ont beaucoup de chance.

Au début, elle paraissait calme mais, plus elle parlait plus elle m'a paru bouleversée. Elle a dit qu'elle avait un service à me demander. Elle voulait que je l'aide à retrouver le père de son mari (nom inconnu) dont on ne lui avait à peu près jamais parlé, sauf pour préciser qu'il avait quitté la maison familiale quand David Fancourt avait six ans et qu'il n'avait plus donné signe de vie. Je lui ai expliqué que je ne pouvais rien faire sans l'autorisation de mon inspecteur chef et que celle-ci ne me laisserait jamais rechercher le père de David Fancourt car il n'y avait aucune raison de le faire dans le cadre de l'affaire qui nous intéressait.

Je lui ai demandé pourquoi elle voulait retrouver son beau-père et elle a répondu :

— Je veux savoir pourquoi il est parti, pourquoi il a abandonné son fils. Quelle sorte de père faut-il être pour faire une chose pareille ? Pourquoi personne ne fait-il jamais allusion à lui ? Et si… ?

Elle n'a pas complètement formulé sa question, même après que je l'en ai priée.

— Je crois, dit-elle seulement, que si je pouvais parler au père de David, ça pourrait m'aider à mieux comprendre mon mari.

Celui-ci l'avait d'abord trop « idéalisée », pour maintenant la « diaboliser ».

— Savez-vous que les gens qui ont été brutalisés durant leur enfance se conduisent souvent ainsi ? C'est une réaction typique.

Mme Fancourt m'a parlé ensuite d'une autre femme qui avait accouché en même temps qu'elle ; elle voulait prendre contact avec elle mais ne connaissait que son prénom : Mandy. Elle voulait savoir si je pourrais l'aider à la retrouver. Au début, elle a paru hésiter à me révéler la raison de sa demande mais a changé soudain d'avis, sans raison apparente. Elle avait indiqué à Mandy où elle habitait et cette dernière avait reconnu *Les Ormes* (voir index) à la seule description qu'elle lui en avait faite. Mme Fancourt assurait qu'elle se sentirait plus tranquille si elle pouvait rendre visite à Mandy afin de s'assurer que le bébé dont elle s'occupait était bien le sien et non pas Fanny.

— Mandy avait un compagnon affreusement agressif, m'a expliqué Mme Fancourt. Et si elle avait craint qu'il ne s'en prenne au bébé et préféré l'échanger contre Fanny pour protéger sa propre fille? Plus je réfléchis, plus j'estime que ce serait la seule explication plausible.

À cette évocation, Mme Fancourt s'est affolée et a fondu en larmes.

— Ce serait ma faute. J'ai dit à Mandy où j'habitais.

J'ai fait mon possible pour la calmer, mais elle me coupait la parole en affirmant que, même si elle ne connaissait pas le nom du compagnon de Mandy, elle pourrait le décrire. Ce qu'elle a entrepris de faire aussitôt mais je l'ai interrompue en lui disant que je doutais que l'inspecteur Zailer me laisserait me lancer dans cette voie. Sans tenir compte de cette remarque, Mme Fancourt a poursuivi sa description, disant que l'ami de Mandy avait les cheveux bruns.

— Mais, ajouta-t-elle, il devait y avoir un rouquin dans sa famille, vous voyez ce que je veux dire? L'un de ses parents, sûrement. Il a ce teint ivoire qui tire légèrement sur le jaune…

Tout au long de notre entrevue, elle s'est exprimée à sa manière, si spéciale, un peu fébrile mais toujours ferme. Elle semblait avoir du mal à se concentrer sur un seul sujet à la fois, passant du père de son mari à l'ami de Mandy. Je ne voyais pas pourquoi, au juste, elle s'intéressait tant à ces deux hommes. Tout d'un coup, elle s'est rendu compte qu'elle n'avait pas son téléphone mobile avec elle et cela a paru la perturber; elle a prétendu que c'était son mari qui le lui avait « confisqué ». Préoccupé par son état émotionnel, je lui ai conseillé d'aller voir un médecin.

11

Vendredi 26 septembre 2003

Je me tiens devant la porte de notre chambre. David est allongé dans le lit. Il ne me regarde pas. De temps en temps, la réalité glacée de notre situation me frappe de nouveau, comme pour la première fois : cette peur insurmontable, cette possibilité que tout ne se termine pas bien. C'est le cas en ce moment. Je frissone et je dois prendre sur moi pour rester debout.

— Tu veux que j'aille coucher dans une autre chambre ? lui demandé-je.

Il hausse les épaules. Au bout de dix secondes, voyant que je n'ai pas bougé, il répond :

— Non. Ne rendons pas les choses encore plus anormales qu'elles ne le sont déjà.

Tout cela pour Vivienne. Il espère toujours présenter ce qui s'est passé comme un problème bénin :

— Elle se monte la tête, maman. Je t'assure, elle va reprendre ses esprits.

Ni lui ni moi ne voulons affronter l'inquiétude et le chagrin que cette histoire a pu lui causer. Il fut un temps où je croyais que, tant que Vivienne serait contente, je ne risquerais rien puisque j'étais un membre de sa famille proche. Le revers de la médaille, cette crainte que si Vivienne n'était pas satisfaite, le monde allait s'écrouler, semble plus difficile à écarter.

Je suis soulagée que David ne veuille pas me bannir de sa chambre. Peut-être qu'en entrant dans le lit, j'aurai droit à son habituel baiser pour me souhaiter une bonne nuit. Je me sens assez encouragée pour dire :

— Il n'est pas trop tard. Je sais combien c'est difficile de revenir en arrière après ce que tu as dit, mais tu dois vouloir que la police retrouve Fanny. Il le faut ! Et le seul moyen consiste à leur dire que tu sais que j'ai raison… alors ils se lanceront à sa recherche.

Je m'efforce de ne pas élever la voix, de garder un ton raisonnable. Il n'aime pas les débordements émotionnels. Et puis, je ne veux pas le pousser dans ses derniers retranchements.

— J'en ai autant pour toi, grommelle-t-il d'une voix atone. Il n'est pas trop tard pour laisser tomber cette comédie grotesque.

— Tu sais que c'est faux ! Je t'en prie ! Et l'autre mère, celle du bébé dans la chambre d'enfant ? Qu'est-ce que tu en fais ? Elle aussi, elle doit se demander ce qu'est devenue sa fille, comme moi pour Fanny. Tu t'en fiches ?

— De l'autre mère ? ricane-t-il. Ah oui ! Je m'en moque comme d'une guigne. Tu sais pourquoi ? Parce qu'elle n'existe pas.

Je repense à Mandy. Comment son compagnon la traiterait-il dans une telle situation ? Je ne lui ai vraiment parlé qu'une fois. Elle m'a dit vivre dans une chambre et se demandait comment elle allait supporter le manque d'espace lorsque le bébé serait né.

— Vous savez comment sont les hommes quand on interrompt leur sommeil, a-t-elle soupiré.

Alors, quand elle m'a interrogée sur ce que j'allais faire de mon côté, je me suis sentie affreusement gênée. Comme je ne voulais pas lui mentir, j'ai dû reconnaître que je vivais dans une grande maison, tout en précisant bien que je n'en étais pas la propriétaire.

— David, te souviens-tu de Mandy, de la maternité ?

Je lui effleure le bras, mais il se dégage. Je poursuis :

— Je lui ai indiqué où on habitait. Elle connaissait la maison.

Ma voix commence à trembler :

— Elle m'a raconté qu'elle était passée devant plusieurs fois, qu'elle savait où la trouver.

94

— Tu as un de ces culots! Oui, je me souviens d'elle. Elle nous faisait pitié. Et tu l'accuses d'avoir enlevé Fanny? Tu te rends compte de ce que tu dis?

Cette fois, une nouvelle limite a été franchie. Il a déjà essayé de me raisonner cet après-midi, mais je me suis enfermée dans la chambre sans rien vouloir entendre. Le traumatisme est trop violent pour lui. J'ai introduit une sorte d'affolement dans sa vie. Je suis la méchante fée, source de tous ses ennuis.

Cette fois, il se tourne vers moi :

— Tout à l'heure, je croyais juste que tu étais folle, mais ce n'est pas le cas. Tu as toute ta raison, ni plus ni moins que moi.

— Oui! m'écrié-je les yeux pleins de larmes.

Soulagée, je me détends, mes épaules retombent.

— Alors c'est juste que tu es mauvaise, ajoute-t-il plein d'animosité. Tu mens.

Mon cerveau se révolte, comme s'il refusait d'enregistrer ce qu'il vient d'entendre. Comment mon mari ose-t-il me traiter de « mauvaise »? Il m'aime, je le sais. Il le faut. Même maintenant, après les terribles choses qu'il m'a dites toute la journée, je ne saurais oublier les bonheurs qu'il m'a donnés, ses sourires, ses baisers, ses paroles affectueuses. Comment peut-il aussi vite se détourner de moi?

— Je vais me changer, annoncé-je doucement en tirant ma chemise de nuit de sous l'oreiller.

David et moi n'avons pas l'habitude de nous déshabiller l'un devant l'autre. Quand nous faisons l'amour, c'est toujours à demi habillés, dans l'obscurité. J'avais même trouvé sa pudeur peu commune, la première fois que nous sommes sortis ensemble. Et puis cela m'a paru mignon, un rien désuet, certainement très classe. C'était la première fois que j'entretenais une relation avec un garçon de bonne famille. Il a fallu que ce soit David qui me dise que le lait se servait dans un pot, le beurre dans un beurrier. Chez mes parents, on trouvait normal de déposer les bouteilles de lait sur la table de la cuisine, où nous prenions nos repas.

Il sort du lit. Je n'ai pas le temps de lui demander ce qui lui prend qu'il claque la porte et s'y adosse sans rien dire, le regard vide. Alors je répète :

— Je voulais aller me changer dans la salle de bains.

Il secoue la tête, ne bouge pas.

— David, je dois aller aux toilettes! suis-je obligée de préciser.

Je n'ai pas la force de l'écarter de mon chemin, il est beaucoup trop fort.

Il pose les yeux sur moi, puis sur la chemise dans ma main, puis de nouveau sur moi, comme pour m'indiquer ce qu'il veut me voir faire. Pas d'issue possible, surtout quand on a la vessie aussi pleine. Comptant mentalement jusqu'à dix, je commence à me déshabiller, me tourne légèrement pour lui cacher une partie de mon corps car je me sens aussi violée par ce regard que si j'avais affaire à un inconnu; cependant, David se penche pour tout voir, un sourire narquois aux lèvres.

Je crois que j'aurais préféré un coup de poing en pleine figure.

Une fois que j'ai enfilé ma nuisette, je relève les yeux vers lui. Il me considère d'un air triomphant puis, hochant la tête, s'écarte pour me laisser passer. J'ai juste le temps de tirer le verrou et d'atteindre la cuvette que survient une nausée irrépressible. Ce n'est pas tant la peur qui me retourne l'estomac que le dégoût. Je ne sais pas face à quel homme cruel et froid je me trouvais, mais ce n'était sûrement pas David. Je ne reconnais pas mon propre époux. Ce ne peut être celui qui m'a écrit, sur la première carte d'anniversaire qu'il m'a envoyée : «Tu es l'accomplissement de mes rêves.» Par la suite, j'ai découvert, par hasard, que c'étaient les paroles d'une chanson des Pogues. David a souri quand je lui ai dit que je le savais.

— Quoi? m'a-t-il répondu. Tu ne t'attendais tout de même pas à me voir composer mes propres poèmes? Moi, je suis dans l'informatique, je suis capable de charmer des portables, pas des femmes. Crois-moi, Shane McGowan est beaucoup mieux indiqué pour ce genre d'exercice.

Ça m'a fait rire. Il a toujours su me faire rire.

Quand je pense que c'est ce même homme qui vient de me forcer à me déshabiller devant lui! Ça ne lui ressemble pas. Il a dû craquer. Comme souvent les gens qui ne s'expriment pas, il ne supporte pas les fortes tensions.

Je ne dois pas prendre le risque de le provoquer de nouveau, aussi je retourne dans la chambre, me glisse silencieusement sous la couette. Réfugié au bord extrême du matelas, David me tourne le dos. Je sombre rapidement dans un sommeil agité, peuplé de rêves effrayants où je roule à mille à l'heure au cœur de l'enfer. Je vois Fanny seule, en train de pleurer, mais je ne peux pas aller la chercher parce que j'ignore où elle se trouve. Je vois Laura, gisant sur le chemin entre Les Ormes et la route, essayant d'ôter le couteau de sa poitrine.

J'entends un battement rythmé. Une vibration. Je m'assieds sans comprendre, pas vraiment certaine de rêver encore ou d'être éveillée. À côté de moi, la place est vide. Un court instant, je reste paralysée, terrifiée. C'est moi qui me retrouve seule, moi qui ai reçu le coup de couteau, moi qui gis dans le noir. Et puis je me rappelle, un flot glacé m'envahit. Fanny. Je veux Fanny. Un poids énorme pèse sur ma poitrine, mon souffle se coince dans ma gorge. J'ai trop mal pour pleurer. Je regarde la pendule. Presque 5 heures. Je rampe vers la porte, l'ouvre aussi doucement que possible. Celle de la chambre d'enfant est entrebâillée sur une douce lumière jaune qui se répand sur le tapis du couloir. J'entends la voix de David, murmurant des paroles que je ne perçois pas. Le ressentiment m'étreint, menaçant d'exploser par ma bouche, de me trahir. Je devrais être dans cette pièce, pas sur le palier à trembler comme une intruse.

En fait non, personne ne devrait se trouver dans cette chambre, pas encore. Fanny devrait dormir dans son couffin à côté de mon lit. C'était ce que j'avais souhaité mais, comme toujours, Vivienne s'était opposée à « ces idées modernes ».

— Un enfant doit dormir dans sa propre chambre, dans son berceau, dès le jour de sa naissance, avait-elle dit fermement.

Comme David était d'accord, j'ai cédé.

J'ai passé toute ma grossesse à céder. Chaque fois que David a soutenu Vivienne, j'ai ravalé ma fierté, caché ma contrariété de me voir ainsi exclue d'une importante décision concernant mon enfant. Je me disais qu'en fils dévoué, il pouvait difficilement s'opposer à Vivienne. J'ai toujours considéré cela comme une bonne chose. Vu de l'extérieur, je devais passer pour un modèle de soumission, alors qu'au fond de moi je bouillais d'une colère inexprimée. Curieusement, ma passivité ne me dérangeait pas parce que je savais qu'elle n'était que temporaire. J'ai toujours eu l'impression d'être juste en train de rassembler mes forces. Fanny était ma fille, pas celle de Vivienne, et, le moment venu, j'aurais mon mot à dire.

Parfois, j'aurais presque plaint ma belle-mère parce que je l'ai plus ou moins laissée tomber en développant mon propre mode de pensée. Au début, j'adorais cette personnalité qui se mêlait de tout, désirait tout dominer. Je la voulais autant pour belle-mère que je voulais David pour mari.

Entre ma respiration pantelante et les battements de mon cœur, j'ai l'impression que c'est une fanfare qui occupe ma poitrine. Je m'approche sur la pointe des pieds de la chambre de Fanny, m'arrête dès que les paroles de David me deviennent audibles :

— C'est bien ! Quatre kilos tout rond. Exactement ce qu'il faut pour une petite fille de ton âge. C'est bien, La Frimousse.

Encore ce surnom. Et puis un baiser sonore.

— On va faire dodo, maintenant. Je ne suis pas loin.

« Je ne suis pas loin », au lieu de « papa n'est pas loin », comme il disait auparavant. Encore un détail que je vais devoir signaler à Simon Waterhouse. J'ignore si cela peut constituer une preuve quelconque mais, au moins, cela pourrait influer sur son opinion. Je cours regagner le lit sans plus me soucier d'être entendue ou non et trouve encore des larmes dans je ne sais quelle réserve au plus profond de moi. Le son de ce baiser m'a achevée.

J'ai envie d'embrasser ma fille. J'ai envie d'étreindre et d'embrasser mes parents, mais c'est fini à jamais. Et je trouve cela insupportable. J'ai envie qu'ils viennent me border en me soufflant que j'ai juste fait un cauchemar idiot et qu'au matin tout ira bien.

Quand j'étais petite, je ne me couchais jamais sans suivre un cérémonial compliqué. D'abord, mon père me lisait une histoire, puis c'était le tour de ma mère, qui montait me chanter des chansons, en général trois ou quatre. Je lui en demandais constamment davantage et elle acceptait toujours. Aujourd'hui encore, j'en connais les paroles par cœur. Ensuite, mon père remontait pour le final, notre petite discussion nocturne. C'était mon moment préféré. Il me laissait chaque fois choisir le sujet, après quoi je posais autant de questions que je pouvais pour le garder près de moi aussi longtemps que possible.

Je devais alors avoir quatre ou cinq ans. David en avait six lorsque son père est parti. Je ne connais même pas le nom de mon beau-père et j'ignore pourquoi je ne me sens pas le droit d'en parler. Quand je pense à toutes ces soirées où je suis parvenue à retarder l'heure de mon coucher rien qu'en interrogeant papa, à tous ces détails que je demande à mes patients afin de les soigner du mieux possible... C'est dans ma nature de poser des questions. Il n'y a que mon mari pour me refréner. Il réagit comme si je me montrais impolie, indiscrète dès qu'il a l'impression que je cherche à le sonder.

— Qu'est-ce que ça veut dire ? interroge-t-il. Du troisième degré ?

Ou :

— Objection, Votre Honneur. Le procureur harcèle le témoin.

Et il quitte la chambre en éclatant de rire, pour mieux souligner que la conversation s'arrête là. J'ai attribué cette défense à quelque blessure secrète et me suis toujours arrangée pour adapter mon attitude en conséquence.

Voilà une habitude difficile à perdre. Ce soir encore, je ne puis m'empêcher de me sentir responsable de sa conduite. Je lui ai toujours assuré que je ferais n'importe quoi pour lui et il voit maintenant que ce n'était pas vrai. Même pour lui, je ne laisserai pas dire que le bébé présent dans cette maison est Fanny. Je ne voulais pas m'opposer à lui mais il a bien fallu. Certaines situations sont impossibles à prévoir.

J'entends un sourd grondement. Une voiture. Vivienne et Felix. Est-ce cela qui m'a réveillée ? Je sors du lit, vais voir à la fenêtre. Ma main cherche la chaîne dorée. Les rideaux de cette maison ne sont pas des plus faciles à ouvrir. Après quelques essais infructueux, je parviens à tirer la chaîne dans la bonne direction et les deux pans glissent gracieusement sur leur tringle. La lueur des phares de la Mercedes de Vivienne s'étire sur l'allée de l'entrée, deux longs faisceaux blanc doré peuplés de poussières dansantes. Sur le mur de la vieille grange, une lampe plus douce projette sa lumière orangée à travers le parc qui sépare la route de la maison. Elle a été installée après l'agression de Laura. Auparavant, on n'y voyait strictement rien en pleine nuit.

Je me demande si la police sait à quelle heure exacte, à la minute près, Laura est morte, s'ils ont jamais cherché à la préciser. À cette époque, lorsqu'ils nous ont interrogés, David et moi, tout ce qu'ils ont pu nous dire est qu'elle avait été poignardée entre 21 heures et l'aube. Je pense que ce serait encore pire si elle s'était éteinte dans le noir complet. Je ne l'ai rencontrée qu'une fois. Elle ne m'aimait pas. Elle est partie en me prenant pour une idiote creuse et sans caractère.

Comme je n'ai pas très envie que Vivienne sache que je ne dors pas, je me hâte de relâcher la chaîne, le cœur battant. Vite ! Je ne suis pas en état de la rencontrer. Le rideau retombe, ne laissant qu'une fente étroite ouverte sur l'extérieur. Cela me suffit pour apercevoir ma belle-mère en pantalon à pli et manteau de laine noirs. Elle n'a pas l'air contente. Elle jette un regard déterminé sur la maison, comme si elle s'apprêtait à livrer bataille, avant de tendre la main vers Felix qui la saisit. Tous deux remontent l'allée, aussi raides l'un que l'autre, Vivienne tirant derrière elle une grosse valise à roulettes. Ils n'échangent pas un mot. Ils n'ont certes pas l'air de deux vacanciers rentrant de Floride.

Je sens le souffle de David sur ma nuque.

— Tu as raison de trembler, murmure-t-il.

Tout à coup, je manque de perdre l'équilibre. Concentrée sur Vivienne, je ne l'avais pas entendu arriver.

— Elle verra immédiatement clair en toi, ajoute-t-il.

Il a dû tellement espérer, jusqu'à la dernière minute, que je reculerais, que je présenterais mes excuses pour cet accès de folie, que je lui permettrais d'accueillir sa mère avec un rassurant :

— Ne t'inquiète pas ! Tout est réglé !

Il veut me faire peur parce qu'il claque des dents.

En tout cas, il réussit. J'ai envie de téléphoner à Simon Waterhouse, de lui hurler de venir me sauver. J'ai envie de me réfugier dans ses bras, de l'entendre me dire que Fanny et moi serons en sécurité grâce à lui. Je suis devenue le cas d'école de tout thérapeute. Désarmée, incapable de me comporter en adulte responsable, j'ai créé ce qu'on appelle dans la profession un triangle dramatique, avec moi-même dans le rôle de la victime. David est mon persécuteur et Simon mon sauveur.

La porte s'ouvre dans un déclic, se referme dans un claquement. Vivienne est rentrée.

12

— Ce n'est pas un non définitif. Je ne sais pas encore. Je ferai de mon mieux.

Simon se retint d'ajouter : « On n'en a pas déjà parlé ? Il ne s'est rien passé d'important depuis ? » C'était plus facile lorsque sa mère travaillait à plein-temps. Elle ne téléphonait pas si souvent.

— Mais quand sauras-tu ?

— Je ne peux pas dire. Tout dépend de la tournure des événements. Tu sais comment ça se passe dans mon métier.

Apparemment, elle n'en avait pas la moindre idée. À ses yeux, rien ne comptait plus que le repas du dimanche.

— Alors, quoi de neuf de ton côté ? demanda Kathleen Waterhouse.

Inutile de la voir pour deviner qu'elle pressait le combiné contre son oreille, comme si elle allait se l'encastrer dans la tête. Elle craignait que la communication avec son fils ne soit coupée à tout moment si elle n'appuyait pas assez fort. Après, elle aurait l'oreille rouge et douloureuse.

— Rien du tout.

Il aurait répondu cela même s'il avait gagné au loto le matin ou s'il venait d'être désigné pour le prochain vol de la navette spatiale. Par principe, il préférait que ses échanges avec sa mère soient agréables, détendus. Souvent, il préparait ce qu'il allait lui dire, les plaisanteries, les anecdotes qu'il lui raconterait, mais ses belles résolutions disparaissaient dès qu'il entendait la voix timide.

— Bonjour, mon chéri. C'est maman.

Alors il se rappelait l'éternel scénario dont il ne pouvait décidément s'éloigner et finissait par répondre :

— Salut, maman. Comment ça va ?

Ensuite, il n'avait plus qu'à se battre pour trouver un moyen d'échapper au déjeuner du prochain dimanche, et à celui de la semaine suivante et de tous les dimanches de l'année jusqu'à la fin des temps.

— Quoi de neuf ?

Ça, c'était sa réplique à lui. À quoi elle répondrait :

— J'ai rencontré Beryl Peach, aujourd'hui, à la laverie.

— Ah bon !

— Kevin est chez elle pour quelque temps. Il voudra sûrement te voir.

— Je crains d'avoir trop de travail.

Kevin Peach était un camarade d'école. Cela n'avait pas duré longtemps. Simon en avait vite eu assez de jouer les mascottes souffre-douleur de la bande de Kevin. Ils adoraient l'inciter à se battre sans raison, le poussaient à provoquer des filles qui n'étaient pas à sa portée. Ils copiaient ses notes de cours prises soigneusement et l'attrapaient quand ils n'obtenaient pas un A comme lui aux examens. Non merci. Désormais, il fréquentait d'autres amis qu'il rejoignait au *Brown Cow* le soir après le travail, Charlie, Sellers, Gibbs et quelques autres… Le genre de relation qui restait superficielle, car on y parlait boutique, rien de plus. Sauf avec Charlie. Elle essayait toujours d'aller plus loin, d'en savoir davantage.

— Alors, quand est-ce que je te vois, si ce n'est pas dimanche ? demandait Kathleen Waterhouse.

— Je ne sais pas, maman.

Pas tant qu'on n'aurait pas retrouvé Alice. Simon ne supporterait pas de voir ses parents tant qu'il se sentirait encore les jambes flageolantes. Leur compagnie, l'atmosphère pesante de la maison où il avait grandi et qui n'avait pas changé d'un pouce en trente ans avaient le don de transformer un simple accès de mauvaise humeur en supplice mortel.

— On verra ça, conclut-il.

La sonnette retentit et Simon se raidit en priant le ciel que sa mère ne l'ait pas entendue, sinon il aurait droit à toute la panoplie de questions : Qui est-ce ? N'était-il pas mal élevé de se manifester sans crier gare à 21 heures ? Simon connaissait-il donc des gens capables de telles initiatives ? Kathleen Waterhouse se méfiait comme de la peste de tout acte spontané. Simon avait passé le plus clair de sa vie à réfréner tout réflexe de ce genre. Aussi préféra-t-il ignorer ce coup de sonnette dans l'espoir que son auteur se le tiendrait pour dit et s'en irait.

— Comment va la maison ? reprit sa mère.

Elle lui demandait ça chaque fois, comme s'il s'agissait d'un animal ou d'un enfant.

— Maman, il faut que j'y aille. La maison va bien. Elle est parfaite.

— Comment se fait-il que tu doives partir ?

— Parce que. C'est comme ça, d'accord ? Je t'appellerai demain.

— Très bien, mon chéri. Au revoir. Dieu te bénisse. On se reparlera plus tard.

Plus tard ? Simon grinça des dents. Pourvu que ce ne soit qu'une façon de parler, qu'elle n'ait pas l'intention de rappeler plus tard dans la soirée ! Il s'en voulait de montrer si peu de fermeté, d'être incapable de la prier de téléphoner moins souvent. Ça n'avait pourtant rien d'extraordinaire. Pourquoi n'y parvenait-il pas ?

Elle allait bien, sa maison. Un pavillon bas de plafond dans une paisible rue en cul-de-sac, proche du parc, à cinq minutes à pied de la résidence des parents. Beaucoup de charme, certes, mais peu de place et vraiment pas pratique quand on mesurait la taille de Simon mais, sur le moment, cet inconvénient ne l'avait pas frappé. Maintenant, il s'était attaché à cette maison et avait pris l'habitude de se pencher en passant d'une pièce à l'autre.

Les prix de l'immobilier atteignaient des cimes vertigineuses lorsqu'il l'avait achetée, trois ans auparavant, et il se battait encore chaque mois pour payer ses échéances. Sa mère n'avait pas compris qu'il veuille quitter le foyer familial. Elle aurait carrément souffert de le voir s'éloigner au-delà de ce qu'il avait choisi. Au moins pouvait-il encore lui dire :

— Je suis là, au coin de la rue. Ça ne changera rien.

Quoi de plus redoutable que le changement ?

La sonnette retentit encore. Cette fois, il entendit la voix de Charlie en allant ouvrir :

— Laisse-moi entrer, espèce d'ermite !

Simon consulta sa montre en se demandant combien de temps elle comptait rester, déverrouilla.

— Remets-toi ! grommela-t-elle en le bousculant pour entrer.

Elle pénétra dans le couloir, ôta son manteau et s'assit, un paquet brun à la main.

— Je venais juste te donner ça.

Elle lui tendit l'enveloppe matelassée.

— Qu'est-ce que c'est ?

— De l'anthrax ! grimaça-t-elle. Arrête ! C'est un bouquin, voilà tout ! Pas besoin de t'affoler. Désolée de ne pas t'avoir téléphoné avant mais j'étais au pub avec Olivia et c'est elle qui me l'a donné. Elle devait partir plus tôt alors j'ai décidé de passer te le déposer. Pour ta mère.

Simon sortit de son emballage un livre à la couverture blanche, intitulé : *Le Tout pour le tout*, de Shelagh Montgomery, l'auteur préféré de Kathleen Waterhouse. Sous ce nom apparaissait en capitales la mention : « ÉPREUVES RELIÉES NON CORRIGÉES ». Olivia, la sœur de Charlie, était journaliste, critique littéraire. Simon trouvait ses chroniques pour le moins impitoyables.

— Ça veut dire qu'il n'est pas encore publié ?

— En effet.

— Maman sera ravie. Merci.

— De rien. Lis le premier paragraphe et tu pourras constater qu'il s'agit d'un des pires bouquins jamais écrits.

Charlie paraissait gênée, comme chaque fois qu'on lui montrait une quelconque reconnaissance. Elle lui donnait souvent des livres obtenus par Olivia, pour lui ou pour sa mère, selon qu'ils étaient sérieux ou nuls. Chaque fois, elle les descendait en flammes, comme si elle préférait noyer ces petites attentions sous un flot de sarcasmes. À croire qu'elle avait honte de laisser voir ses qualités.

— Ainsi, commenta-t-elle en regardant autour d'elle, tu n'as pas encore touché à la déco ? On jurerait que c'est une veuve de quatre-vingt-dix ans qui vit ici. Tu ne peux pas ôter cette immonde tapisserie, repeindre les murs? Et ces bibelots! Simon, tu es jeune, tu n'as pas besoin de chiens en porcelaine sur ta cheminée! Ce n'est pas normal.

Le cadeau de pendaison de crémaillère offert par ses parents! Comme il était content du livre qu'elle lui apportait, il s'efforça de réprimer son irritation. Il se demandait comment deux êtres aussi différents que Charlie et lui pouvaient encore s'adresser la parole. En ce qui le concernait, jamais il n'aurait osé le moindre commentaire sur la maison de quelqu'un d'autre, mais sa chef semblait sortir d'un monde où l'impolitesse était un signe d'affection. Parfois, elle amenait Olivia au *Brown Cow* et il ne comprenait toujours pas comment ces deux sœurs pouvaient à ce point s'abreuver d'insultes. « Conne intello », « enfoirée de psychorigide », « malformation génétique »... elles échangeaient régulièrement ce genre de qualificatifs, comme s'il s'agissait de gentils compliments. Elles se moquaient réciproquement de leurs vêtements, de leur attitude, de leur comportement. Chaque fois que Simon les voyait ensemble, il appréciait davantage d'être fils unique.

Dans le monde de Charlie, on pouvait se pointer sans prévenir chez les autres à 21 heures pour leur remettre un livre qui aurait fort bien pu attendre jusqu'au lendemain.

— Tu voulais savoir pourquoi Laura Cryer était partie seule des Ormes, continua-t-elle en prenant *Moby Dick* qui traînait sur un fauteuil. J'ai vérifié dans nos dossiers. Elle rapportait le doudou de son fils. Elle avait oublié de le mettre dans son sac. Vivienne Fancourt devait garder le petit cette nuit-là parce que Laura était invitée en boîte de nuit.

— En boîte de nuit?

Simon n'était pas d'humeur bavarde. À cette heure, il avait du mal à sauter d'un sujet à l'autre. Il cherchait encore comment se débarrasser de Charlie pour pouvoir se replonger dans son livre. D'autant qu'elle venait de le fermer sans replacer le marque-page au bon endroit. Une fois de plus, il maîtrisa son irritation grandissante.

— Oui, tu sais, un de ces endroits où les jeunes vont s'amuser. Cryer était célibataire ou presque. Son divorce allait être prononcé.

— Elle avait peut-être trouvé quelqu'un d'autre et Fancourt était jaloux.

— Non, d'après ses amis, elle recherchait activement un partenaire. Elle était seule.

Charlie avait conclu ses explications d'un ton quelque peu agressif.

Simon se sentait contrecarré dans ses thèses, à croire que les circonstances s'acharnaient à protéger David Fancourt. Celui-ci était forcément coupable de quelque chose si ce n'était de meurtre. Mais probablement de meurtre. La disparition d'Alice et la mort de Laura ne pouvaient qu'être liées, d'une façon ou d'une autre, Simon en aurait mis sa main au feu.

— Ça t'ennuierait si je rendais visite à Darryl Beer, à Brimley? demanda-t-il.

— Je veux que ça m'ennuierait! Pourquoi? Il faut absolument que tu résistes à… à ce genre de digression.

— Sauf quand elles sont avérées, je suppose?

— Oui. Sauf. Mais ce n'est pas le cas ici. Pour le moment, il s'agit de reconnaître que tu t'es trompé et de poursuivre l'enquête.

— Ah oui? Ça t'est déjà arrivé de faire ça? Tu es aussi têtue que moi et tu le sais très bien. Ce n'est pas parce que tu dis quelque chose que cette chose est vraie. Tu agis toujours comme ça!

— Comme quoi?

— Tu t'arranges pour que ton opinion personnelle passe pour une valeur universelle.

Charlie eut un mouvement de recul. Après quelques secondes, elle laissa tomber :

— Tu ne te demandes jamais pourquoi tu es si dégueulasse avec moi quand moi je suis si souvent sympa avec toi?

Simon regarda ses mains. Oui, il se le demandait.

— Ce n'est pas mon opinion personnelle, continua-t-elle doucement, ce sont les aveux de Beer, les analyses ADN. La seule personne ici qui garde une opinion fallacieuse et infondée, c'est toi! Darryl Beer a tué Laura Cryer, d'accord? Crois-moi sur parole. Et cette affaire-là n'a rien à voir avec la nouvelle, celle d'Alice et de Fanny Fancourt.

Simon hocha la tête :

— Je ne voulais pas t'offenser.

— Alors comme ça tu es amoureux d'elle? D'Alice?

Charlie paraissait presque effrayée et il comprit alors que là résidait la véritable raison de sa visite. Elle avait envie, besoin peut-être, de lui poser cette question.

Or cela le contrariait. Pour qui se prenait-elle? Comment osait-elle lui demander ça? Seul un vieux fond de remords l'avait empêché de la prier de partir, remords de ne pouvoir éprouver ce qu'elle aurait souhaité.

Charlie était bien la seule femme qui ait jamais poursuivi Simon de ses assiduités. Le flirt avait commencé le jour où il avait été affecté à la Crim. Au début, il avait cru qu'elle le charriait, jusqu'au moment où Sellers et Gibbs l'avaient convaincu du contraire.

Si seulement il pouvait la trouver à son goût! Ça ferait leur bonheur à tous les deux. Lui, parce que ça lui simplifierait singulièrement la vie. Au contraire de la plupart des hommes, en tout cas de la plupart des policiers, Simon se fichait un peu de l'aspect physique des femmes. Qu'est-ce que ça lui faisait à lui que Charlie ait de gros seins et de longues jambes maigres? C'était justement sa silhouette svelte, combinée à son évidente disponibilité qui le rebutaient tant. Elle n'était pas pour lui, pas plus que les filles qui l'obsédaient à l'école avant que d'innombrables humiliations ne lui aient appris à rester à sa place. Et puis elle avait su mener ses différentes carrières. C'était le genre de personne qui réussissait dans tout ce qu'elle entreprenait.

Elle était sortie de Cambridge, section ASNAC, ancien anglais, langues celtiques et scandinaves, avec mention bien. Avant d'entrer dans la police, elle avait enseigné quatre années durant. À la suite d'une promotion refusée par un directeur de département jaloux de son intelligence et de ses publications, elle avait totalement changé d'orientation pour partir de zéro dans la police; elle avait vite grimpé les échelons, devenant inspecteur chef en un temps record. Ses exploits impressionnaient autant Simon qu'ils l'intimidaient. Avant tout, il ne se sentait pas à la hauteur.

Cela ne faisait que souligner à quel point il avait manqué de jugeote. Charlie avait clairement laissé entendre qu'elle le désirait et il ne pouvait nier que la place était libre; l'usage voulait qu'il ait une copine, or elle était la seule volontaire. Dès le premier jour, une petite voix lui avait crié son désaccord. Cependant, il n'en avait pas tenu compte, continuant de se persuader au contraire que Charlie était magnifique et qu'il devait s'estimer heureux.

Finalement, c'était elle qui avait fait le premier pas, l'année précédente, au quarantième anniversaire de Sellers. Abasourdi, aussi réactif qu'un zombie, Simon n'avait pas résisté. Elle avait pris toutes les initiatives, allant jusqu'à réserver la chambre d'amis de Sellers pour eux.

— Si c'est quelqu'un d'autre qui l'a, avait-elle plaisanté, il pourra se chercher un nouveau job.

Ce qui avait alarmé Simon; néanmoins, il n'avait rien dit. Il craignait qu'elle ne se conduise au lit comme dans la vie de tous les jours, passant son temps à lui souffler ce qu'elle voulait qu'il lui fasse, quand et où, d'un ton sans réplique. S'il savait que certains hommes n'y voyaient pas d'inconvénient, de son côté, cette perspective lui donnait des haut-le-cœur. Il risquait seulement de tout bousiller.

Néanmoins, il se laissa entraîner où elle le désirait. Alors qu'ils s'embrassaient, Charlie semblait s'enhardir et il fit mine de trouver la chose à son goût, singeant sa respiration haletante, laissant échapper quelques paroles encourageantes entendues dans des films.

Charlie finit par l'emmener dans la petite chambre de Sellers et le poussa sur le lit étroit. *J'ai de la chance*, ne cessait-il de se répéter. La plupart des hommes échangeraient leur billet pour la finale de la Coupe du Monde contre ma place. Aussi fasciné qu'horrifié, il la regarda se déshabiller. En toute logique, la partie raisonnable de son cerveau admirait la jeune femme pour son émancipation, pour son refus de cette absurdité machiste qui veut que ce soient les hommes qui fassent le premier pas. Pourtant, il devait s'avouer, à sa grande honte, que tout en lui se révoltait face à une femme sexuellement agressive.

Trop tard, se dit-il alors qu'elle se jetait sur lui et entreprenait de déboutonner sa chemise. Mieux valait la laisser agir à présent. Il entreprit de la caresser en faisant ce qu'il avait apparemment à faire.

À ce point de ses souvenirs, la mémoire de Simon se bloquait, ripait les images trop précises, insupportables. Il lui suffisait de se rappeler qu'à un certain moment il s'était bloqué, incapable d'aller plus loin. Il avait repoussé Charlie de ses genoux en marmonnant quelques vagues excuses avant de se ruer au-dehors sans se retourner. Quel lâche, quel pauvre type! avait-elle dû penser. Il s'était attendu à ce que la nouvelle de cet humiliant fiasco ait parcouru tout le commissariat dès le lendemain, pourtant il n'eut droit à aucune réflexion. Lorsqu'il entreprit de présenter ses excuses à Charlie, celle-ci l'interrompit :

— J'étais trop en pétard, j'ai presque tout oublié.

Évidemment, elle s'efforçait de lui épargner une nouvelle bévue.

— Alors? reprenait-elle en ce moment. C'est toute votre réponse? comme dirait Proust. Qu'est-ce qui se passe avec Alice Fancourt? Elle t'intéresse juste parce qu'elle a de longs cheveux blonds?

— Bien sûr que non!

À croire que l'Inquisition espagnole venait de débarquer dans son salon. Vexant de se voir accuser d'une telle puérilité. Les longs cheveux blonds n'avaient rien à voir à l'affaire. C'était le visage ouvert d'Alice, sa vulnérabilité ; il lisait en elle rien qu'en la regardant. Elle avait une gravité qui le touchait. Il voulait l'aider et elle ne demandait que ça. Elle ne se moquait pas de lui, semblant, au contraire, le considérer exactement comme il le désirait. Depuis qu'elle avait disparu, il ne cessait de la voir dans son esprit, de se repasser ce qu'elle lui avait dit, obsédé par l'envie de lui assurer qu'il la croyait, désormais, du plus profond de son cœur. Sans doute était-il désormais trop tard, et voilà qu'elle occupait toutes ses pensées. Il lui semblait que, en s'éclipsant, Alice avait transcendé la réalité pour devenir légende.

— Tu es amoureux d'elle, marmonna Charlie d'un ton lugubre. Méfie-toi, au moins. Tâche de ne pas exploser. L'Homme de glace t'a à l'œil, si tu déconnes encore…

— Il me l'a déjà dit ce matin et je ne comprenais pas de quoi il parlait. D'accord, j'ai eu droit à quelques « Reg. 9 », mais pas plus que la moyenne.

— Un peu plus quand même, soupira-t-elle. Personnellement je n'en ai eu aucun, Gibbs et Sellers non plus.

— Je n'ai pas dit que j'étais parfait.

Il était meilleur flic que ses collègues ne le seraient jamais et elle le savait très bien, de même que Proust.

— Je prends des risques. Je sais que parfois les choses vous échappent, mais…

— Simon, tu n'as reçu que des « Reg. 9 » parce que j'ai supplié Proust à genoux de te ménager. Tu ne peux pas écarter du revers de la main tous ceux qui remettent en question ton jugement !

— Il s'agissait d'autre chose, ne dis pas le contraire !

— L'Homme de glace était sur le point de te virer. J'ai dû lui lécher les bottes à m'en arracher la langue et lui-même a dû en lécher quelques autres plus haut placées. Ce qui n'a pas fait bonne impression.

Simon tombait de haut. Il n'avait perdu patience qu'avec ceux qui le méritaient.

— Alors… qu'est-ce qu'il faut en conclure ? demanda-t-il, mortifié. Pourquoi est-ce que tu ne m'en as rien dit ?

— Je ne sais pas ! Tu aurais encore cru que tout le monde t'en voulait ; tu as l'air de ressentir ça à longueur de journée. Écoute, j'espérais pouvoir… modérer ta conduite. En plus, tu vas beaucoup mieux ces derniers temps, c'est pour ça que je ne veux pas que cette histoire Alice Fancourt vienne tout ficher en l'air. J'ai promis à Proust de te surveiller, donc…

— Donc tu as l'intention de surveiller aussi mes sentiments pour les gens ?

Fou de rage, Simon comprenait soudain que Charlie l'avait protégé sans lui en souffler mot. Quoi de plus condescendant ? Comme si elle avait affaire à un enfant incapable d'affronter les dures réalités de la vie.

— Ne dis pas n'importe quoi ! J'essaie juste de me rendre utile. Si je m'apprêtais à commettre une connerie, j'apprécierais que tu me préviennes. C'est à ça que servent les amis.

Elle paraissait tellement blessée que Simon eut peur de la voir fondre en larmes.

— Excuse-moi ! s'empressa-t-il de répondre.

À première vue, Charlie avait peut-être la peau dure mais il savait qu'elle se vexait pour un rien et se sentait souvent trahie. Comme lui. Encore un point commun, aurait-elle conclu.

Elle se leva.

— Je me casse. Je vais passer la soirée en boîte.

— Merci pour le livre. On se voit demain.

— Ouais, c'est ça!

Quand elle fut partie, il se laissa tomber dans un fauteuil, un peu perdu, comme s'il venait de renoncer à une partie de lui-même. Il avait besoin de réfléchir, de revoir sa vie à la lumière des informations que Charlie venait de lui communiquer. Rien de pire qu'un mensonge, même pour de bonnes raisons. C'était le meilleur moyen de priver les gens de données essentielles sur leur propre existence.

L'instinct de fuite, de repartir de zéro, zéro loin, très loin, le reprenait plus que jamais. Il serait tellement facile de ne pas retourner travailler demain. Si seulement il pouvait se fier à Charlie ou à quiconque pour trouver Alice… Mais sans lui, l'équipe bâclerait l'enquête. Non pas qu'il se croie le seul capable de la mener à bien. Il commençait à se demander s'il était aussi doué qu'il l'avait cru. Peut-être la discipline et la passivité comptaient-elles davantage que la passion et l'intelligence dans ce monde superficiel.

À l'idée que ses supérieurs aient pu envisager de se séparer de lui, il avait désormais l'impression que ses efforts ne serviraient jamais à rien. Autant aller leur casser la figure tout de suite. Et s'il avait tout faux? Ça ne changerait rien à ce qu'il ressentait. Il ne dormirait pas bien cette nuit.

13

Samedi 27 septembre 2003

Vivienne, Felix et moi nous retrouvons au commissariat, dans une salle d'interrogatoire, l'un des lieux les plus désagréables qu'il m'ait été donné de voir, petit, confiné, environ trois mètres sur quatre, avec de sinistres murs verts. En entrant, nos pieds se sont collés au linoléum gris et il a fallu les désengluer à chaque pas. Il y a des barreaux à l'unique fenêtre et les chaises sont fixées au sol. La table devant laquelle on nous fait asseoir est constellée de brûlures de cigarette. Je respire par la bouche pour éviter d'inhaler la déplaisante odeur mêlée d'urine, de fumée et de sueur.

— Quel est cet endroit abominable? demande Vivienne. C'est une pièce réservée aux criminels. Ces policiers auraient pu se rendre compte, rien qu'en nous voyant, que nous ne sommes pas des criminelles, tout de même!

Avec son tailleur de laine grise et ses escarpins de daim, la coupe impeccable de ses cheveux argentés, ses ongles couverts de vernis incolore, comme toujours, Vivienne n'a certes pas l'air d'une hors-la-loi. Elle attend là, en ruminant sa fureur. Elle regarde les murs, la fenêtre, l'air tellement impassible qu'il en devient menaçant. Même pour l'amour de son Felix chéri, elle ne parvient pas à retrouver son animation coutumière. Elle le tient serré dans ses bras, comme si elle craignait que lui aussi ne finisse par lui échapper. Je lui ai dit ce matin qu'il vaudrait mieux le laisser partir jouer avec ses petits camarades mais elle a répondu fermement :

— Personne ne quitte cette maison.

Elle a toujours donné des ordres, comme si elle détenait tous les pouvoirs. Lorsque David me l'a présentée, j'ai beaucoup aimé l'entendre me dire d'autorité quel train il faudrait que je prenne pour rentrer à Londres, et ce que je devrais commander au restaurant où elle nous emmenait. Il me semblait alors que les amis vous soufflaient des suggestions polies avant de vous laisser ramer seul dans l'existence, porter le poids de toutes vos responsabilités. Ils n'insistaient pas assez pour se mêler davantage de vos affaires parce que, dans un certain sens, ils s'en fichaient.

Aussi, voyant que Vivienne s'emparait péremptoirement de ma vie, j'ai cru qu'elle me traitait comme sa propre fille, que j'avais de l'importance à ses yeux, beaucoup d'importance. Sinon pourquoi se serait-elle donné cette peine? D'autant qu'elle avait raison pour le train, ainsi que pour les plats au restaurant. Vivienne n'est pas idiote. Les décisions qu'elle a arrêtées à ma place étaient plus sensées que celles que j'aurais prises moi-même. Deux mois après avoir rencontré David, j'avais changé de coiffure et de garde-robe; cela m'allait beaucoup mieux alors que, seule, je n'aurais jamais osé choisir un tel style.

Nous sommes arrivées au commissariat juste à l'heure pour le rendez-vous de Vivienne. Elle a expliqué qui nous étions et l'homme à la réception, un agent en uniforme d'un certain âge, nous a fait entrer ici en nous disant d'attendre pendant qu'il allait chercher l'inspecteur chargé de notre affaire.

Vivienne est venue faire sa déposition et je l'ai suppliée de me laisser l'accompagner parce que je ne supporte plus de rester en tête à tête avec David. Cependant, je me sens beaucoup plus tendue que je ne l'aurais cru. C'est la première fois que je mets les pieds dans un commissariat et je trouve l'expérience des plus éprouvantes, comme si on allait à tout moment m'accuser de quelque chose.

La porte s'ouvre et c'est Simon qui entre, suivi par une grande et mince jeune femme à la poitrine imposante qui conviendrait beaucoup mieux à une personne plus enveloppée. Son rouge à lèvres vermillon ne lui va pas. Les cheveux courts et brun foncé, des lunettes ovales à monture dorée, un pull rouge et une jupe noire. Elle jette un coup d'œil à Vivienne puis s'adosse au mur et pose sur moi son regard froid. Je me sens mal fagotée dans ma robe de grossesse crème même si j'ai encore le ventre trop gros pour des vêtements normaux. Cette femme me fait peur, je ne l'aime pas. Simon rougit quand je le regarde. Je suis certaine qu'il n'a rien dit à sa collègue sur notre rendez-vous de lundi après-midi. Quand j'ai proposé de venir au commissariat il a répondu hâtivement que c'était impossible. Je ne l'ai pas non plus dit à Vivienne.

Il s'adresse justement à elle :

— Je suis l'inspecteur Waterhouse, commence-t-il. Et voici l'inspecteur chef Zailer.

— Mme Zailer et moi nous connaissons déjà, rétorque Vivienne.

Elle y met assez d'empressement pour me laisser conclure que leur première rencontre avait un rapport avec le meurtre de Laura.

— Maintenant que vous voilà, ajoute-t-elle, pourriez-vous nous conduire dans une salle plus agréable ? Celle-ci laisse plutôt à désirer.

— Nous n'avons pas de salle plus agréable, répond l'inspecteur chef Zailer en prenant place en face de nous.

De son côté, il n'y a qu'une chaise, si bien que Simon doit rester debout.

— Nous avons quatre salles d'interrogatoire, et elles se ressemblent toutes. Nous sommes dans un commissariat de police, pas dans un hôtel.

Avec une moue, Vivienne se redresse, un peu plus raide encore au bord de son siège.

— Inspecteur Waterhouse ? reprend Zailer. Pourriez-vous faire le point sur l'affaire qui nous intéresse pour Mmes Fancourt ?

Il s'éclaircit la gorge, change de pied d'appui. Il n'a pas l'air très à l'aise.

— Aucune disparition de bébé ne nous a été signalée hier ou aujourd'hui, ni depuis quinze jours. En outre nous... euh... avons reçu une réponse décevante de l'hôpital de Culver Valley. Ils n'ont pas gardé le... euh... placenta, ni le cordon ombilical. Ils ne les conservent qu'un ou deux jours. Ce qui signifie, malheureusement, que nous sommes dans l'incapacité d'effectuer des comparaisons ADN avec le bébé...

J'interviens :

— Il y avait une femme à la maternité, en même temps que moi...

Mais Vivienne a également pris la parole et c'est sa voix que tout le monde entend. Je me demande si je devrais insister au sujet de Mandy cependant la présence de ma belle-mère m'arrête. Je sais ce qu'elle répondrait : que Mandy était trop bête pour planifier la substitution d'un bébé à un autre. J'ai sans cesse une petite Vivienne dans ma tête qui réagit comme elle, même en l'absence de ma belle-mère.

— Vous n'avez qu'à prendre des échantillons ADN sur Alice et sur David pour vérifier s'ils sont les parents biologiques du bébé.

Elle dit bien « le bébé », non pas « Fanny ».

— En effet, acquiesce l'inspecteur chef Zailer. Si vous êtes prêts à couvrir les frais, allez-y. Cela nous ferait sans doute gagner du temps. Tout ce que je peux vous dire, en attendant, c'est qu'il n'y a pas matière à enquête, qu'aucun bébé n'a disparu, que nous avons parlé à vos voisins les plus proches et que personne n'a rien remarqué d'anormal. Nous ne disposons de rien qui permettrait de penser que quelque chose cloche quelque part, sauf peut-être dans le cerveau de votre belle-fille. Mon inspecteur ici présent a été extrêmement consciencieux. Il a pris contact avec l'hôpital pour tenter de récupérer ce placenta ou ce cordon ombilical mais comme ni l'un ni l'autre n'existent encore... je ne vois pas ce que nous pourrions faire de plus... notre laboratoire est submergé de demandes d'analyses ADN pour d'importantes affaires criminelles. C'est une question de ressources, mesdames Fancourt, et je suis certaine que vous le comprendrez.

Je me demande ce que ressent Simon d'avoir été présenté comme *son* inspecteur. Elle ne m'a même pas regardée quand elle a laissé entendre à Vivienne que j'avais perdu la raison. Je sens son hostilité irradier à travers la pièce. Elle a trop à faire pour s'arrêter davantage sur moi et ma ridicule histoire de troc de bébés, mais je sens qu'il y a pire. Elle éprouve une authentique antipathie à mon égard.

116

Je dis à mes patients, ou plutôt je leur disais, que le meilleur moyen de répondre à une personne agressive consiste à suivre le programme DESC : description, explication, stratégies, conséquences. Vous décrivez les aspects inacceptables de leur conduite, expliquez l'effet qu'ils produisent sur vous. Ensuite, vous suggérez des stratégies de substitution, en principe pour qu'ils mettent un terme à ce comportement, et indiquez les conséquences positives de tels changements pour toutes les personnes impliquées.

Je ne crois pas que je vais faire appel maintenant au programme DESC.

— Merci pour votre suggestion, dit Vivienne. Je vais évidemment faire procéder à une analyse ADN, afin de rassurer toute ma famille.

Pas la moindre gratitude dans son intonation.

— Dois-je en conclure, demande l'inspecteur chef Zailer, que vous aussi croyez que le bébé présent chez vous n'est pas Fanny Fancourt?

Depuis son retour de Floride, Vivienne n'a rien dit de ce qu'elle pensait. Elle nous observe de près, David et moi. C'est très déstabilisant, pour chacun de nous. Elle préfère poser les questions plutôt que d'y répondre. Depuis toujours. Elle vous en bombarde puis écoute attentivement vos explications. Lorsque j'ai fait sa connaissance, j'ai découvert avec autant d'étonnement que de soulagement qu'aucun détail de ma vie quotidienne, aucune de mes pensées, de mes sensations ne paraissait insignifiante à ses yeux. Le genre d'attention que seul un parent proche pourrait vous accorder. Vivienne paraissait décidée à tout savoir de moi, comme si elle récoltait des données pour un test à venir. Et je ne demandais qu'à l'y aider. Plus ces données allaient s'imprimer dans son esprit, plus je me sentirais vivante. De fait, du jour où j'ai commencé à lui cacher certains détails, je me suis sentie moins solide.

— Je n'ai vu Fanny qu'une fois, le jour de sa naissance, continue Vivienne. Ensuite, je me suis rendue en Floride avec mon petit-fils. En rentrant, hier, je m'étais déjà entretenue avec Alice. Je sais qu'elle croit que le bébé qui vit aux Ormes n'est pas sa fille et j'incline à la prendre au sérieux. La mémoire vous joue parfois des tours, inspecteur, vous le savez très bien. Je ne vois pas d'autre solution qu'une analyse ADN pour résoudre cette histoire.

Elle semble calme mais, intérieurement, elle doit ressentir la même effervescence que moi, comme si on s'employait sans cesse à trancher, à hacher menu le contenu de ma tête. Pourtant, je reste assise là, comme Vivienne, polie, imperturbable. Nous savons fort bien simuler.

— Est-ce que le bébé qui se trouve aux Ormes ressemble à celui que vous avez vu à la maternité? interroge Simon.

La douceur de son ton contraste agréablement avec la brusquerie de sa collègue.

— Hors de propos, inspecteur! laisse tomber celle-ci. Nous n'avons aucune preuve qu'un crime ait été commis là-bas.

Elle se tourne vers lui en murmurant quelque chose comme « ... tomber ».

— Elle lui ressemble beaucoup, en effet, répond Vivienne.

— Évidemment! m'écrié-je. Je n'ai jamais dit le contraire!

— Inspecteur Waterhouse, lâche Zailer, pourriez-vous annoncer l'autre mauvaise nouvelle?

Simon n'a pas l'air d'y tenir. C'est sa supérieure qui le contraint à se rendre odieux.

— Il semblerait que mon inspecteur soit muet, reprend-elle. Alors c'est moi qui vais vous le dire. Vous nous avez remis une pellicule, madame Fancourt.

— Oui!

Je me redresse sur mon siège. Vivienne pose la main sur mon bras.

— Elle était abîmée, voilée par la lumière, à ce qu'on nous a dit. Aucune photo n'était bonne. Désolée.

Elle n'a pas l'air désolée du tout.

— Comment? Non!

J'ai bondi sur mes pieds. J'ai envie de la gifler avec son expression suffisante, narquoise, réjouie. Elle n'a aucune idée de ce que ça peut me faire, elle ne cherche pas une minute à se mettre à ma place. Quand on a si peu d'empathie, on ne devrait pas exercer son métier.

— Mais... c'étaient les premières photos de Fanny. Maintenant je n'ai plus... oh, mon Dieu!

Je me rassieds, les mains serrées sur mes genoux. Surtout ne pas pleurer devant cette femme.

Comment supporter l'idée que je ne verrai jamais ces photos ? Pas une seule fois. Celle que David a prise de moi, la joue appuyée sur celle de Fanny, celle où je l'embrasse sur la tête, celle où elle serre entre ses petits doigts le pouce de David, et puis Fanny en train de bâiller, à plat ventre sur les genoux de la sage-femme, au lieu de faire son rot. Et puis ce gros plan de la pancarte accrochée à son berceau de verre à la maternité : un éléphant rose tenant une bouteille de champagne avec cette mention « fillette d'Alice Fancourt », écrite au stylo à bille bleu sur le ventre de l'animal.

Je préfère écarter ces images de mon esprit avant qu'elles n'achèvent de me détruire.

— C'est quand même bizarre ! s'étonne Vivienne. Moi-même j'ai pris des photos de Fanny avec mon nouvel appareil numérique, le jour de sa naissance.

— Alors ? la presse aussitôt Simon.

Quant à l'inspecteur chef Zailer, elle semble se désintéresser de la question.

— Alors il m'est arrivé la même chose. Pendant que j'étais en Floride, je me suis aperçue qu'elles avaient été effacées. Je ne les trouvais plus. Je n'y comprenais rien. Toutes mes autres photos étaient là, sauf celles de Fanny.

— *Quoi ?*

Elle ne m'avait pas dit ça, et elle choisit ce moment pour me prévenir, devant ces policiers ! Pourquoi ne l'a-t-elle pas mentionné lorsque je lui ai annoncé que Fanny avait disparu ? Parce que David était là aussi ?

C'est moi qui lui ai offert cet appareil pour son anniversaire. En principe, elle n'aime pas tout ce qui lui paraît trop moderne, mais elle voulait prendre les meilleures photos possibles de sa nouvelle petite-fille. Je la vois encore en train de lire avec application le mode d'emploi, bien décidée à ne pas se laisser impressionner par ces technologies nouvelles. Elle a refusé l'aide de David alors qu'il aurait pu lui faire gagner un temps précieux.

Quand elle était petite, ses parents ne cessaient de lui répéter qu'elle réussissait toujours tout ce qu'elle entreprenait. Elle les croyait.

119

— C'est ainsi qu'on donne aux enfants une certaine confiance en soi, me disait-elle.

— Impossible, murmure-t-elle en ce moment comme perdue dans ses pensées.

Et moi de reprendre la parole :

— Vous allez reconnaître maintenant qu'il se passe quelque chose d'anormal ? La voici, votre preuve ! Deux séries de photos fichues, comme par hasard les seules qu'on ait prises de Fanny !

— C'est vous qui le dites, soupire l'inspecteur chef. Je crains que ça ne soit pas suffisant aux yeux des autorités.

— Cheryl Dixon, ma sage-femme, me croit, elle !

— J'ai lu sa déclaration. Elle dit qu'elle n'est pas sûre, qu'elle ne sait pas trop. Elle voit des dizaines de bébés tous les jours. À votre place, madame Fancourt, je prendrais rendez-vous avec mon médecin pour lui demander un petit traitement. Nous sommes au courant de votre précédente dépression...

— Ça n'a strictement rien à voir ! Mes parents venaient de mourir. C'était du chagrin, pas de la dépression !

— On vous a prescrit du Prozac, insiste Zailer avec une patience exagérée. Les dépressions postnatales sont très courantes, il n'y a pas de honte à ça. Ce sont des choses qui arrivent...

— Un instant, je vous prie !

Vivienne a une façon si courtoise de vous interrompre qu'elle laisse planer l'impression que c'est vous qui vous êtes montré impoli en ne vous arrêtant pas à temps.

— Alice a raison pour les photos. Il est totalement impossible que la même chose se soit produite sur nos deux appareils. En ce qui me concerne, ça ne m'était jamais arrivé.

— À moi non plus.

Je me sens un peu lâche de me cacher ainsi derrière les affirmations d'une femme autrement puissante et courageuse que moi.

Les narines dilatées, la bouche molle, l'inspecteur chef Zailer réprime un bâillement.

— Ça arrive, les coïncidences, maugrée-t-elle en haussant les épaules. Ce ne sera malheureusement pas suffisant pour que nous ouvrions un nouveau dossier.

— Est-ce également votre opinion, inspecteur Waterhouse ? demande Vivienne.

Bonne question. Simon tâche de ne manifester aucune sorte d'émotion.

— Madame Fancourt, coupe Zailer. C'est moi le chef, ici, et je vous dis qu'il n'y a pas matière à ouvrir une enquête. Maintenant, vous laissez votre déposition à l'inspecteur Waterhouse si ça peut vous faire plaisir, mais je crains que les choses ne s'arrêtent là. Vous devez reconnaître que nous avons fait preuve de la plus grande patience en la matière...

— Je ne reconnais rien du tout !

Ma belle-mère se lève. Elle me fait penser à un ministre sur le point de terrasser les membres de l'opposition. Je suis contente de l'avoir de mon côté.

— Au contraire ! poursuit-elle, je n'ai jamais vu personne d'aussi pressé. Vous l'étiez déjà la dernière fois que nous nous sommes rencontrées, pour autant que je me souvienne. Vous êtes une femme qui préfère abattre un maximum de tâches, quitte à mal s'en acquitter, pour pouvoir cocher le plus d'articles possibles dans sa liste, plutôt que d'en faire moins, mais correctement. Je regrette que vous soyez la supérieure de l'inspecteur Waterhouse. Tout le monde se porterait mieux si c'était le contraire. À présent, je vous prie de me communiquer le nom de *votre* supérieur, afin que je puisse lui faire part de votre attitude.

— Comme vous voudrez : l'inspecteur principal Giles Proust. N'oubliez pas de préciser que votre affaire repose sur des preuves solides telles que deux appareils photo foutus et la paranoïa d'une femme qui vient d'avoir un bébé !

L'inspecteur chef a dit cela d'une traite, froidement.

— Alors, je prends quand même la déposition de Mme Fancourt ? coupe Simon avant que le ton ne monte trop.

Il la toise avec mépris. Il lui en veut d'entretenir ce climat d'hostilité. Il trouve son attitude inutilement méchante mais il ne peut la critiquer parce que c'est sa supérieure, et cela le dérange. Je me demande si je dois vraiment le compter parmi mes alliés ou si je ne lui ai pas monté la tête en y introduisant les idées qui m'intéressaient. Ce ne serait pas la première fois que je me serais forgé un ami imaginaire.

— Avec ou sans votre aide, continue Vivienne, j'irai au fond de cette histoire. Mes petits-enfants représentent tout pour moi, inspecteur, vous comprenez? Je ne vis que pour ma famille.

C'est vrai. Elle aurait pu réussir dans n'importe quelle profession mais elle n'a cherché à devenir ni Premier ministre, ni directeur de la police, ni avocat de la couronne. Un jour, elle m'a dit que les titres de mère et de grand-mère étaient les seuls qui l'intéressaient.

— Quand on fait carrière, on passe au moins cinq jours par semaine au milieu de gens qui vous admirent et vous respectent. Mais quand c'est la vie de famille qui constitue la trame de votre existence, on passe tout son temps avec des gens qui vous admirent, vous respectent *et* vous aiment. Pour moi, il n'y a pas de comparaison. Ma mère n'a jamais travaillé et ça ne m'aurait pas plu.

Pourtant, une famille ne constitue pas une entité monolithique, en particulier celle de Vivienne, dont chaque membre a des besoins si différents. En accordant à l'un sa confiance et son dévouement, on risque de décevoir l'autre. Parfois, il faut choisir entre fils et petit-fils, époux et fille, fils et belle-fille.

Vivienne reconnaît que les photos perdues ne sauraient constituer une coïncidence, pourtant, je me demande si elle a mené son intuition jusqu'à sa conclusion logique. Trop occupée à contredire l'inspecteur chef Zailer, combien de temps va-t-il lui falloir pour s'aviser que, s'il ne s'agit pas d'un accident, cela signifie que quelqu'un a saboté les clichés de Fanny, quelqu'un qui devait avoir à la fois le mobile et l'occasion? Quelqu'un comme David.

14

Simon avait regagné la salle d'attente du Centre de Spilling pour les médecines alternatives. Il s'était entretenu avec une réflexologiste, avec un acupuncteur, avec un guérisseur reiki et, maintenant, il considérait d'un air absent les livres rangés dans une vitrine près de la porte. Il n'avait aucune envie d'aller y voir de plus près. *Comment vous guérir vous-même. Le Chemin spirituel vers la lumière.* Ce n'étaient pas les pages jaunies de ces volumes usagés qui allaient le guérir ou le conduire à l'illumination de quelque façon que ce soit. Il ne croyait pas une seconde aux méthodes véhiculées par ces charlatans, selon lesquels la spiritualité conduisait au bonheur. En fait, il croyait exactement le contraire : les personnes de haute spiritualité souffraient davantage que les autres.

Le centre occupait une maison délabrée à deux étages en plein cœur piétonnier de Spilling, avec des fenêtres encadrées de peinture noire écaillée, une façade sillonnée de profondes fissures et maculée de taches de rouille. À l'intérieur, en revanche, on voyait qu'on n'avait pas regardé à la dépense, grâce à l'argent des malades et des déprimés. La moquette gris-vert était épaisse, si douce que Simon avait l'impression de sentir ses fibres pousser comme des brins d'herbe. Les murs ivoire, les meubles réduits à leur plus simple expression : bois clair, coussins crème. On avait à l'esprit le souci de l'harmonie des âmes.

Mais pas celle de Simon. Il s'avisa que les vêtements d'Alice, chaque fois qu'il l'avait vue, suivaient à peu près le même schéma de couleurs : beiges, gris-vert, crème. Il se trouvait à l'intérieur d'un bâtiment habillé comme Alice. Cette idée lui donna un haut-le-cœur. Elle avait disparu, pourtant elle demeurait omniprésente.

Sans trop vouloir se l'avouer, il se sentait seul sans elle. Comment était-ce possible, alors qu'il la connaissait à peine ? En tout et pour tout, il l'avait vue quatre fois. C'était l'idée qu'il se faisait d'elle qui lui tenait compagnie, et non elle. Il aurait dû insister ; le désir ne lui en avait pas manqué, il craignait juste de devoir ensuite la repousser.

Plus de vingt-quatre heures s'étaient écoulées depuis que David Fancourt avait signalé la disparition de sa femme et de sa fille. On avait ouvert un dossier et Simon avait passé la matinée à visionner les vidéos de surveillance des alentours. L'après-midi, Charlie l'avait chargé d'interroger les collègues d'Alice. Une ruse pour le tenir éloigné des Ormes et de David Fancourt. Il la comprenait. Elle devait croire que n'importe quel autre inspecteur, moins enclin à prendre ce dernier pour un escroc, aurait davantage de chances de le faire parler. Néanmoins, Simon s'en était senti humilié, mis à l'écart.

Il avait parlé à tous les animateurs du centre, sauf au psychothérapeute de libération des émotions. C'était une femme, du nom de Briony Morris. Elle était en pleine consultation et Simon attendait. À la rigueur, il avait déjà entendu parler de réflexologie et d'acupuncture, ce qui rendait ces deux techniques presque respectables à ses yeux, tandis que la thérapie de libération des émotions lui semblait dénuée de tout sens. Sa seule dénomination l'emplissait de mépris et d'inquiétude. Lui qui avait passé sa vie à tenter de maîtriser ses émotions, comment pourrait-il comprendre qu'une quelconque praticienne puisse vous encourager dans la démarche opposée ?

Le cabinet d'Alice n'avait strictement rien révélé ; il ne contenait qu'une quantité de livres et de revues sur l'homéopathie, deux mallettes remplies de doses et de granules aux noms aussi évocateurs que « *pulsatilla* » ou « *cimicifuga* », et une boîte pleine de bouteilles de verre marron. Une brochure sur l'école de filles Stanley Sidgwick à la couverture marron vernie, ornée des armoiries et de la devise de l'établissement, était glissée dans un tiroir du bureau. Simon ne comprit pas le sens de la maxime car elle était en latin mais pour lui, cela devait signifier quelque chose comme « Pas de fric, dégagez ». Un Post-it jaune était collé dessous, sur lequel Alice avait écrit :

Voir pour F. – date d'inscription ? Liste d'attente ?

Pauvre petite Fanny ! songea Simon. Elle n'était pas née qu'on l'imaginait déjà inscrite en lettres classiques à Oxford. À la vue de l'écriture d'Alice, il se sentit le cœur retourné. Il effleura le papier des doigts puis, grinçant des dents, le détacha pour découvrir la photo de trois enfants souriants en uniforme turquoise, deux filles et un garçon, visiblement appliqués et bien nourris.

Dans le tiroir du dessous, Simon avait trouvé une photo de groupe sous verre, représentant Alice, David, Vivienne et probablement Felix, qui semblait avoir été prise dans le jardin des Ormes. Vivienne était assise sur l'herbe avec son petit-fils sur les genoux, l'entourant de ses bras, flanquée de David et d'Alice de chaque côté. Vivienne et David souriaient, mais pas Alice, ni Felix. Derrière eux coulait la rivière. La jeune femme était visiblement enceinte.

Sur le bureau trônait une seule photo, dans un imposant cadre de bois. Elle représentait un homme et une femme d'une cinquantaine d'années, tous deux arborant un large sourire, comme s'ils plaisantaient avec l'auteur du cliché. Les parents d'Alice. Sa mère avait les mêmes grands yeux clairs. De nouveau, Simon sentit son cœur se serrer.

Il n'avait vu Alice en personne que quelques jours auparavant et elle ne lui avait pas fait le même effet que maintenant. Que s'était-il passé, à part sa disparition ?

Il s'avisa soudain qu'il n'était plus seul dans la salle d'attente. Une femme au long corps athlétique et aux cheveux blond cendré mi-longs se tenait près de lui, le toisant de toute sa hauteur. Elle portait des lunettes carrées, sans monture, et une robe noire, très moulante. À sa façon de se tenir, il la trouva envahissante.

— Inspecteur Waterhouse ? Je suis Briony Morris. Désolée de vous avoir fait attendre si longtemps. Voulez-vous me suivre ?

À travers le couloir puis dans l'escalier, elle vérifia deux fois s'il la suivait, jusqu'au deuxième étage. Elle prenait des airs responsables, telle une institutrice supervisant ses élèves au cours d'une sortie scolaire. Trop sûre d'elle, songea Simon : la malédiction de notre époque.

— Nous y sommes, annonça-t-elle devant son cabinet.

C'était le seul au dernier étage. Elle ouvrit la porte, fit entrer Simon.

— Installez-vous sur le canapé.

Dans la pièce régnaient des arômes de fruits, de pamplemousse. Deux tableaux sautèrent aux yeux de Simon et il ne les aima pas : trop colorés, trop pleins de bâtiments, de fleurs, de chevaux et de personnes désossées, semblait-il, qui flottaient dans les airs, leurs membres pour la plupart orientés à l'envers.

Simon prit place sur le vieux canapé beige qui sembla s'enfoncer sous son poids, comme s'il était prévu pour avaler ceux qui s'y asseyaient. Quant à Briony, elle s'installa derrière un bureau identique à celui d'Alice, sur une chaise au dossier rigide, ce qui la plaçait à quelques centimètres au-dessus de Simon. Il se sentit piégé, claustrophobe.

— Vous êtes donc ici pour Alice et Fanny, à ce que m'a dit Paula.

Paula était la réflexologiste.

— Oui. Elles ont disparu hier, au petit matin.

Il n'avait dit à aucune des personnes interrogées que le bébé disparu des Ormes n'était pas, selon Alice elle-même, sa fille. Après l'avoir entendue déclarer qu'il y avait eu échange d'enfants, il avait eu envie d'interroger les amis et les collègues de la jeune femme pour s'assurer qu'ils la trouvaient fiable, pour vérifier s'ils ne savaient pas quelque chose sur son passé qui pût éclairer son étrange attitude d'aujourd'hui. Mais Charlie ne voulait rien savoir.

— Pas question de s'y attarder, avait-elle décrété. On sait qu'Alice Fancourt est du genre neurasthénique, qu'elle a été sous Prozac, qu'elle vient de mettre au monde un bébé dans des conditions traumatisantes. Dommage pour elle, je veux bien le reconnaître, mais la police ne s'intéresse pas aux dépressions post-partum.

Devant son air perplexe, elle avait ajouté :

— Bon, d'accord. Alors, selon toi, pourquoi irait-on échanger un bébé contre un autre ? Pour quelle raison, au juste ? Je

126

veux bien croire qu'on enlève des nourrissons mais c'est en général parce qu'on n'en a pas soi-même et qu'on en souffre désespérément.

Simon savait qu'il ne servirait à rien de mentionner Mandy, la femme de la maternité dont Alice lui avait parlé, celle dont le compagnon voulait absolument appeler leur petite fille Chloé, comme son premier enfant. Cela ne prouvait rien, ainsi que Charlie n'aurait pas manqué de le souligner. En outre, elle aurait voulu savoir en quel honneur Alice lui avait raconté ça. Et quand.

Et voilà qu'il s'entendait dire à Briony Morris qu'Alice et Fanny avaient disparu la veille, au petit matin. Cela sonnait faux. Fallait-il en conclure qu'au fond il croyait Alice ? Deux personnes avaient disparu, pourtant il restait encore ce mystère préalable, plus important.

La confiance de Simon en son propre jugement avait été violemment secouée par ce que Charlie lui avait dit la veille au soir. D'habitude, il se fiait à son instinct, plus sûr que celui de la plupart des gens. Cependant, il s'était largement fourvoyé, sans même s'en douter. Et si autre chose encore lui échappait ?

— Que puis-je pour vous ? demanda Briony Morris. Vous voulez savoir quand j'ai vu Alice pour la dernière fois ? Je peux vous l'indiquer avec précision : le 9 septembre. C'est-à-dire plus récemment que n'importe qui d'autre ici.

— En effet, approuva Simon en consultant son calepin. Personne d'autre ici ne l'a revue depuis qu'elle est partie en congé maternité.

— J'avais pris ma journée, et elle est venue me voir. Chez moi, à Combingham. Oui, j'habite ce coin immonde pour expier mes fautes !

Tout à coup, elle paraissait gênée, comme si elle regrettait de lui avoir révélé cette tare. Simon se fichait de l'endroit où elle pouvait vivre.

— Mais, ajouta-t-elle, si on veut acheter une maison de taille humaine à Spilling ou à Silsford, ça devient carrément impossible. Alors j'ai trouvé ce pavillon individuel à Combingham, avec quatre grandes chambres à coucher. Sauf qu'autour de chez moi ce ne sont sans doute que des labos de crack...

— Quel était le but de la visite d'Alice ? coupa Simon.

Le discours décousu de son interlocutrice ne l'intéressait guère; elle ne devait pas être aussi sûre d'elle qu'elle voulait s'en donner l'air.

— Vous connaissez ma spécialité? La thérapie de libération des émotions?

Soudain mal à l'aise, il changea de posture.

— Alice était plutôt tendue. Elle devait se rendre à la clinique le lendemain matin à 9 heures. Vous savez ce que ça signifie? C'est lorsque...

— Je sais ce que ça signifie.

Voilà qu'il l'interrompait encore.

— Ainsi, elle est venue vous rendre visite en tant que patiente?

— Elle voulait une séance avec moi, oui. Pour stimuler sa confiance. On a un peu improvisé. Je veux dire, comme nous sommes amies... encore qu'Alice n'ait pas vraiment d'amis.

Briony se pencha en avant, chassa ses cheveux derrière son épaule.

— Écoutez, vous n'avez sans doute pas le droit de me le dire, mais... est-ce que vous savez quoi que ce soit sur Fanny? Je veux dire, elle n'a que deux semaines. Je sais que ce sont les premiers jours...

— En effet, dit Simon.

Il se demandait pourquoi Alice ne s'était pas tout simplement prescrit des médicaments homéopathiques si elle appréhendait l'accouchement. C'était pourtant l'un des avantages de sa profession : on pouvait se soigner à l'œil.

Huit années auparavant, il était allé voir un homéopathe. Pas à Spilling; il avait préféré choisir un cabinet plus discret à Rawndesley, assez loin de chez lui pour que ses parents ne l'apprennent jamais. Il avait découvert cette thérapie au cours d'une émission sur Radio 4, entendu les témoignages sur les guérisons tant physiques que mentales qu'on pouvait en espérer et avait voulu essayer. Comme si cette bizarrerie allait l'aider à s'évader un peu de son quotidien.

Il n'avait pas tenu plus d'une heure, coupant court à ce que son homéopathe, un aimable ex-généraliste barbu du nom de Dennis, appelait la séance d'introduction : au moment crucial, il n'avait su dire ce qui l'amenait au juste. Il avait évoqué des difficultés secondaires : son inaptitude à garder un emploi, sa crainte de décevoir sa mère, sa colère contre ce monde vain et amoral, colère qu'il ignorait d'ailleurs jusqu'à ce que Dennis la lui eût révélée par un faisceau de questions.

Mais lorsque la conversation en vint à ses relations avec les femmes, il se leva et prit la porte sans un mot d'explication. Maintenant il s'en voulait – pour son impolitesse, pas pour son départ. Dennis était certainement un brave type, qui avait un peu trop bien cerné Simon, au point que ce dernier avait eu peur, s'il restait, de finir par parler. Impossible d'imaginer ce que serait sa vie si quelqu'un d'autre savait.

— Selon vous, Alice n'a pas d'amis proches?

— Ne me faites pas dire ce que je ne dis pas : elle est très aimable. Nous l'aimons tous, ici, moi la première. Personne ne vous a raconté le contraire, je suppose?

De nouveau ce torrent de paroles qu'elle semblait à peine pouvoir refréner. Mais qu'en savait Simon, au juste? Toutes les personnes en thérapie de libération des émotions s'exprimaient-elles ainsi?

— Non, assura-t-il.

Il pouvait tout de même lâcher cette information. Les collègues d'Alice la trouvaient charmante, gentille, sensible. Et parfaitement saine d'esprit.

— Seulement, elle n'avait pas le temps d'entretenir des relations amicales poussées. Sa famille l'absorbait trop. Nous l'invitions parfois, à boire un verre après le travail, à déjeuner, à des anniversaires, mais elle ne pouvait jamais. À croire que tout son temps était consacré à ce ridicule...

Briony s'interrompit, porta une main à sa bouche :

— Désolée. Je me mêle de ce qui ne me regarde pas.

— Vous avez raison. Si on ne prête pas l'oreille, on ne saura jamais où trouver Alice et le bébé. Tout ce que vous avez à dire pourrait nous aider.

— Je ne vois pas qui voudrait faire du mal à un bébé de quinze jours... Enfin, je sais que ce genre de personne existe mais, la plupart du temps...

Simon reprit la parole pour tâcher de dominer cette logorrhée :

— Tout le temps d'Alice était consacré à... quoi?

— Eh bien...

Briony se frotta le cou de sa main gauche, laissant des marques roses sur sa peau blanche.

— Bon, après tout, je peux bien vous le dire. C'était sa belle-mère.

Elle exhala un soupir, comme si elle venait de se libérer d'un grand poids.

— Vivienne Fancourt.

— Oui, cette vieille chouette. Je ne peux pas la blairer. Elle passait son temps à venir ici pour annoncer à Alice je ne sais quelles imbécillités qui auraient pu attendre son retour à la maison, des conneries... pardon!... alors qu'elle était en plein travail. Pour peu qu'Alice ait organisé une sortie entre collègues, elle était obligée d'annuler parce que Vivienne lui rappelait qu'ils allaient ici ou là, qu'elle-même avait préparé une soirée surprise ou qu'elle avait pris des billets pour tel ou tel spectacle à Londres. Elle semblait adorer cette vieille sorcière. Vous avez vu le genre d'Alice, tolérante, patiente et gentille. J'ai l'impression qu'elle se cherchait une mère de substitution à la suite de la mort de ses propres parents, mais bon Dieu!... Pardon, vous n'êtes pas pratiquant, j'espère? Je préférerais entrer dans une secte que d'avoir affaire à Vivienne Fancourt, j'y jouirais de plus de liberté, c'est certain.

Simon s'efforça de ne pas s'offenser du blasphème.

— Ainsi, Alice et Vivienne étaient proches?

— Je ne sais pas si c'est le mot. Elle restait bouche bée devant sa belle-mère. Au début, quand elle venait travailler ici, elle parlait d'elle tout le temps. Vivienne avait un proverbe ou une règle pour tous les événements de la vie. Quelque part, ça tenait presque de la religion. Je crois qu'Alice appréciait la sécurité d'esprit que ça lui procurait.

— Quel genre de règle?

— Oh, je ne sais pas! Enfin, si. Par exemple, tous les tapis devaient être cent pour cent laine; voilà ce qu'Alice m'a dit quand j'ai acheté ma maison. Et ne jamais prendre une voiture blanche. C'est avec ce genre de devise qu'on progresse dans la vie, non?

130

— Pourquoi? Je veux dire, la voiture blanche?

— Dieu seul le sait! Heureusement, elle s'est calmée de ce côté-là, sinon, je crois qu'on aurait fini par l'étrangler. Si je peux vous poser la question, est-ce qu'il y a une chance pour qu'on retrouve Alice et Fanny saines et sauves?

— Je m'y emploie et, quand je fais de mon mieux, c'est mieux que la plupart des gens, croyez-moi.

Briony sourit, parut se détendre.

— Et votre pire, il est pire ou toujours mieux?

Question de psychothérapeute s'il en était. Jamais il n'y répondrait, il n'y réfléchirait même pas.

— Auriez-vous aimé partager une amitié plus forte avec Alice? demanda-t-il.

Et si Briony était tout simplement jalouse? Cela pourrait affecter son jugement. N'en voulait-elle pas à Vivienne de son influence tout simplement parce qu'elle eût aimé dominer Alice elle-même? Et si cette dernière avait du temps pour tout et se servait de sa belle-mère comme excuse pour se défiler? Elle aussi trouvait peut-être la présence de Briony quelque peu étouffante.

— Non, nos relations me convenaient parfaitement. Mais ça m'ennuie de voir les gens s'empêtrer dans leurs sottises, surtout les gens intelligents. Alice aurait dû tenir tête à Vivienne, s'arranger pour vivre sa vie.

Elle semblait défier Simon d'oser dire le contraire.

— C'est elle qui vous a confié cela?

Quel effet cela pouvait-il faire de recevoir une thérapie d'une personne aux opinions si arrêtées?

— Non. Ce n'est pas le genre de femme qui se confie facilement. Voyez-vous, elle a... elle fixe la frontière à ne pas dépasser.

C'est ce que j'aime chez elle, songea Simon. Quoique en l'occurrence « j'aime » fût un peu léger, trop proche de « je tolère ».

— Elle protège sa vie privée, comme durant les deux mois qui ont précédé l'accouchement : on voyait bien que quelque chose l'ennuyait. À moins qu'il ne se soit agi que d'une certaine appréhension à l'idée de devenir mère, mais...

— Mais? demanda Simon en prenant des notes dans son calepin.

— Je ne crois pas qu'il n'y ait eu que ça. En fait, je suis certaine que non. La dernière fois que je l'ai vue, j'avais l'impression qu'elle avait envie de me confier quelque chose.

Briony sourit en ajoutant :

— Il m'arrive de bien cerner les gens. Par exemple, je sais que vous vous demandez comment une harpie telle que moi peut exercer une profession exigeant un tel contact avec les patients. N'est-ce pas ?

— Je croyais que, dans votre métier, il valait mieux ne pas porter de jugement, railla Simon.

En réalité, comment exercer le moindre poids en ce monde si l'on n'appliquait pas son jugement ? Simon détestait l'empathie molle propagée par la plupart de ces charlatans, l'hypothèse que tout un chacun méritait le même degré de compassion et de considération. N'importe quoi ! Rien ni personne ne saurait le convaincre que la vie constituait un combat incessant entre le salut moral et les abysses.

Si bien qu'il fut surpris d'entendre Briony lui répondre :

— Toute cette emphase sur le monde paisible et bienheureux des médecines alternatives n'est qu'une ânerie. Nous éprouvons des sentiments négatifs, nous détestons autant certaines personnes que nous en aimons d'autres. On ne saurait atteindre une quelconque libération des émotions à moins de reconnaître que le monde comporte autant de mal que de bien. Moi, j'aime les westerns, par exemple quand John Wayne tue les méchants.

Simon sourit.

— Moi aussi.

— Vous voyez. Alors qu'Alice doit détester ça. En fait, si j'avais une critique à émettre à son égard, je dirais qu'elle est naïve. Elle est tellement gentille et généreuse qu'elle voit toujours un côté positif chez les gens, même quand ils n'en ont pas.

— Comme chez Vivienne ?

— À vrai dire, je pensais à David. Son mari. Elle passe son temps à répéter combien il est profond, sensible, mais franchement, je trouve que quand on gratte un peu le vernis, il ne reste plus rien.

— C'est-à-dire ?

132

— Il y a des gens comme ça, on peut les rencontrer mille fois, leur parler des heures, on n'a jamais l'impression de les connaître. J'ai déjà rencontré des personnes de ce genre, personnellement et professionnellement. Parfois, ça peut être un mécanisme de défense, ils ont peur de tout ce qui s'approche trop d'eux, alors ils se cachent derrière un bouclier impénétrable. Mais il existe aussi des êtres totalement creux. Je ne sais pas trop à quel groupe David appartient; disons que je n'ai vu aucune ressemblance entre l'homme que j'ai rencontré à plusieurs reprises et celui dont parle Alice. Pas la moindre. Au point que j'en suis arrivée à me demander s'il n'existait pas deux David qui se substituaient l'un à l'autre sans que personne ne s'en aperçoive.

Surpris, Simon releva la tête.

— J'ai dit quelque chose de bizarre? s'étonna-t-elle.

Il fit signe que non.

Briony jouait avec ses cheveux.

— Vous me tiendrez au courant si vous avez du nouveau?

— Bien sûr.

— Je n'arrête pas de penser à Fanny, la pauvre petite! Vous ne croyez pas que…?

Elle n'acheva pas sa phrase, comme si le seul fait de poser la question la rassurait déjà.

En partant, Simon la remercia de lui avoir consacré du temps. Deux David Fancourt. Et deux nouveau-nés. Quoi qu'ait pu dire Charlie, il savait désormais que cela ne saurait l'empêcher de se pencher sur le dossier Laura Cryer dès qu'il en aurait l'occasion.

15

Dimanche 28 septembre 2003

Le téléphone sonne alors que nous dînons. Un soulagement désespéré nous envahit. Soudain nous pouvons de nouveau respirer. Vivienne file vers le vestibule, David et moi nous penchons en avant comme si cela pouvait nous permettre de gagner du temps sur la nouvelle.

— Oui, oui, répond promptement Vivienne. Vendredi? Mais… j'espérais que vous pourriez nous prendre avant. C'est urgent, il me semblait vous l'avoir dit, pourtant. Je suis prête à payer davantage si cela peut vous permettre de nous recevoir immédiatement. Aujourd'hui ou demain.

Elle a passé toute la matinée à donner des coups de fil dans diverses cliniques. J'aurais pu insister pour me charger moi-même de trouver des gens aptes à nous faire ces analyses ADN, mais j'ai besoin du soutien de Vivienne et je ne le conserverai que si je ne m'oppose pas à elle. Je me demande si elle se rend compte à quel point j'ai besoin d'elle.

— Bien. Il semblerait que je n'aie pas beaucoup le choix, dit-elle froidement.

Je ferme les paupières. Vendredi. Presque une semaine. Je ne suis pas certaine de pouvoir supporter une telle attente. Quand j'ouvre les yeux, je vois devant moi ma part de tarte au citron meringuée qui semble tournoyer, jaune, gluante, avec sa mousse blanchâtre et figée. Tout à l'heure j'ai pu avaler un quart de mon hachis parmentier avant qu'un nœud dans la gorge m'empêche d'aller plus loin.

David a tout dévoré. Je jurerais que Vivienne en a été surprise. Il mangeait plus vite que d'habitude, en rajoutait dans la démonstration, comme s'il voulait que ce repas s'achève enfin. À table, nous n'avons pas échangé un regard.

Vivienne apparaît sur le seuil, les bras croisés.

— Vendredi matin, 9 heures, énonce-t-elle d'une voix cassée par la déception. Ensuite, il faudra encore patienter deux jours avant d'obtenir les résultats.

Je demande :

— Où ?

— Clinique Duffield, à Rawndesley.

— Je n'ai pas besoin de ces résultats, marmonne David, furieux.

— Il faudra bien que l'un de vous deux s'explique, lance-t-elle encore. Autant reconnaître tout de suite que vous avez menti, ça nous éviterait une semaine d'attente insupportable.

Elle nous regarde l'un après l'autre.

— Alors ? Il y en a un des deux qui ment !

Silence.

— Mes photos de Fanny ont été effacées de mon appareil avant mon départ pour la Floride. Ce qui veut dire que ça n'a pu se passer qu'à la clinique puisque je me suis ensuite rendue directement à l'aéroport. Celui qui a fait ça savait ce qui allait se passer.

Mandy était à la maternité, ainsi que son compagnon. De plus, Vivienne ne s'est pas rendue directement à l'aéroport. Elle est passée par *Le Débarcadère* pour y prendre Felix. Je n'ose pas le lui rappeler. À quoi bon ? Cela prouve seulement qu'elle se trompe sur un détail, pas que je dis la vérité ni que je suis aussi saine d'esprit qu'elle.

Je me demande ce qu'elle a fait de son appareil pendant qu'elle était au *Débarcadère*. L'a-t-elle gardé dans son sac ? L'a-t-elle rangé dans son casier pour l'y mettre en sécurité ? Je sais qu'on conserve sa clef à la réception, sans compter qu'il doit en exister une copie. Théoriquement, cela voudrait dire que n'importe quel membre du personnel pourrait s'en être servi pour trafiquer les photos. Cependant, je sais ce que Vivienne répondrait : le personnel du club l'adore et n'oserait jamais s'immiscer dans ses affaires. De plus, qu'auraient-ils à voir dans cette histoire ? C'est inconcevable.

— Alors ? Alice ? David ? Personne ne dit rien ?

Elle attend des aveux. Si seulement David pouvait reconnaître que j'ai raison, que le bébé là-haut n'est pas notre fille ! La Frimousse. Je me demande si je peux l'appeler ainsi. Il faut bien que je lui donne un nom. « Le bébé », avec la distance que cela implique, me rend malade.

En face de moi, le regard éberlué de Felix me dévore. Nous occupons toujours la même place autour de la table d'acajou : Vivienne et David à chaque bout, Felix et moi au milieu. La salle à manger est l'endroit que j'aime le moins aux Ormes, avec sa tapisserie veloutée, violet foncé, ses rideaux bleu marine et son parquet aux lattes mal jointes qui laissent passer l'air froid en hiver.

Aux murs sont accrochés les portraits noir et blanc des parents adorés de Vivienne et d'elle-même enfant. Sa mère était une petite femme grassouillette aux épaules tombantes et son père un athlète de haute taille aux yeux proéminents et à la moustache masquant la lèvre supérieure. Ils ne sourient jamais à l'objectif. J'ai du mal à croire qu'il s'agisse de ces mêmes personnes aimantes, indulgentes dont Vivienne parle avec tant d'émotion.

— Ils m'achetaient tout en double, m'a-t-elle dit un jour.

Pas question qu'elle ait à souffrir de ses amis, quand ils venaient à la maison et lui cassaient ses jouets ; les « vrais » étaient rangés, à l'abri.

— Bon, conclut-elle, glaciale, comme vous voudrez. Je finirai bien par découvrir la vérité.

Il s'agit bien de vous ! pensé-je, impatientée. *C'est la police qui doit savoir ce qui se passe.*

— Que fait le bébé à cette heure-ci, normalement ? demande-t-elle encore. Elle devrait dormir, non ?

Normalement. Ce mot me donne envie de pleurer. *Ce n'est qu'un bébé !* me hurle une voix dans ma tête. Vivienne s'attend à ce que tout le monde suive un strict emploi du temps, même les nourrissons.

— De quel bébé parles-tu ? interroge David. Oh, pardon ! Tu voulais dire Fanny ? Elle porte un nom, tu sais ?

136

Jamais je ne l'avais entendu parler ainsi à sa mère. Durant ma grossesse, je rêvais de le voir lui tenir tête. Je sais qu'il a été aussi stupéfait que moi lorsqu'elle nous a montré la lettre de l'école de filles Stanley Sidgwick confirmant qu'une place était réservée pour Fanny à la maternelle dès le mois de janvier qui suivrait son deuxième anniversaire. J'aurais voulu qu'il refuse, qu'il dise que nous nous opposions à ce que notre fille soit envoyée si jeune à l'école. Mais il n'a rien dit, pas plus que lorsque Vivienne a ajouté que c'était elle qui paierait.

— Je ne tolérerai pas une dissension, dit-elle encore. Que ce soit bien clair ! Tant que cette histoire ne sera pas réglée, il va falloir se comporter comme des gens civilisés. C'est compris ? David, réponds-moi ! Quels sont les horaires de l'enfant ?

— Elle va dormir toute la nuit mais se réveillera deux fois pour ses biberons.

Le voilà redevenu un bon petit garçon obéissant.

— Ce soir, c'est moi qui nourris La Frimousse, annoncé-je. David le fait toujours mais… je veux…

Je ne peux en dire davantage, c'est trop dur. J'ai tellement besoin de faire ce que font toutes les mères, de congeler de petits cubes de purée de légumes dans le bac à glaçons, de lui brosser les dents à mesure qu'elles pousseront, de chanter des berceuses, de m'entendre appeler « maman » pour la première fois. Je m'éclaircis la gorge et continue, en regardant Vivienne :

— J'espère que Fanny, où qu'elle soit, a une femme qui veille sur elle et la protégera jusqu'à ce que je la retrouve. Je veux faire la même chose pour le bébé là-haut. Si je ne peux être la mère de ma propre fille, qu'au moins je fasse de mon mieux pour l'enfant qu'on m'a laissé.

Mes yeux s'emplissent de larmes.

— Comme vous avez su remplacer ma mère.

C'est le charme de Vivienne. Lorsqu'elle vous prend sous son aile, elle vous donne l'impression que les coups de la vie ne sauraient vous atteindre. Quand David et moi étions fiancés, j'ai été flashée au radar. Je dépassais la vitesse limite de treize kilomètres heure et j'ai reçu une convocation au tribunal. Il a suffi d'une lettre de la part de Vivienne pour que cette désagréable histoire soit aussitôt enterrée, de même lorsque ma carte de crédit a été bloquée à la suite d'une erreur.

— Je m'en occupe ! dit-elle.

Et vos ennuis s'évaporent comme par miracle.

Cette fois, je vois à son expression que ce ne sera pas le cas. Elle n'est pas de mon côté. Pas encore, ou pas entièrement, en tout cas pas autant que j'en aurais besoin. Je me sens exilée, abandonnée. Avec le soutien de Vivienne la chose serait déjà difficile mais, si je ne peux plus compter dessus, les jours à venir seront un vrai supplice.

— Pas question ! intervient David. Tu as désavoué Fanny. Ne t'approche pas d'elle.

Ses paroles me secouent comme jamais. Je ne comprends pas comment elles peuvent encore m'atteindre chaque fois qu'il se montre cruel, chaque fois qu'il me décrit sous le jour le plus affreux et refuse de m'accorder le bénéfice du doute. Je me rends compte à quel point ma vie a été protégée. On a vite fait de s'habituer au bonheur et à la sécurité. Je n'en trouve que plus difficile de croire aux cataclysmes, à la méchanceté, à l'horreur, sauf quand je les vois à la télévision ou en lis le compte rendu dans les journaux. Quant à y faire face dans ma propre vie, c'est une autre histoire. J'aurais tendance à imaginer qu'il s'agit d'un malentendu, qu'il existe forcément une explication innocente.

— Maman, Alice est méchante ?

Felix continue à me dévisager comme s'il n'avait jamais rien vu de plus fascinant ni de plus mystérieux que moi en ce moment.

— Finis ton dessert, Felix, et monte te mettre en pyjama. Tu pourras lire dix minutes au lit, ensuite, je viendrai te border.

Sur le moment, je m'en veux presque d'éprouver un tel soulagement de ne pas entendre Vivienne répondre :

— Oui, Alice est très méchante !

— Maman Laura était méchante, hein, papa ?

Le petit garçon se tourne vers David comme s'il espérait le faire davantage parler. Mon sang se glace. Jamais encore il n'avait fait allusion à sa mère, pas en ma présence.

Aussi surpris que moi, David interroge Vivienne du regard. Felix continue de sa voix flûtée :

— Maman Laura était méchante et elle est morte. Alice va mourir aussi ?

138

— Non! m'écrié-je. Felix, ta maman n'était pas... elle ne...

Je m'interromps. Tous ces yeux posés sur moi...

Vivienne ou David vont sûrement répondre qu'évidemment je ne vais pas mourir. Mais non. Ma belle-mère commence par sourire avant de lâcher :

— Tout le monde meurt un jour ou l'autre, mon chéri. Tu le sais.

La lèvre tremblante, Felix hoche la tête.

Vivienne a la ferme conviction qu'il faut endurcir les enfants sans rien leur cacher des dures réalités de la vie. C'est ainsi que ses parents l'ont éduquée. Agnostiques, ils lui ont inculqué l'idée que le ciel et l'enfer n'étaient que des fictions inventées par les humains, trop faibles, trop imparfaits pour faire face à leurs responsabilités. Il n'existe pas de vie éternelle au cours de laquelle les gens se voient punis ou récompensés ; il faut se battre pour la justice dans ce monde tant qu'on est vivant. La première fois que Vivienne m'a dit ça, je n'ai pu m'empêcher d'admirer sa philosophie, alors que mes propres croyances sont nettement plus incertaines.

— Seulement tu ne vas pas mourir avant très très longtemps, quand tu seras très vieux, ajoute-t-elle.

Je me rends compte que je guettais les mêmes paroles rassurantes à mon endroit. Mais je n'y ai pas droit.

— Maintenant, jeune homme, c'est l'heure d'aller dormir pour les petits...

La formule familière déride aussitôt l'enfant :

— Pour les petits singes ! enchaîne-t-il.

Dès qu'il a quitté la pièce, je profite de ce que mon courage ne m'a pas encore abandonnée pour me jeter à l'eau :

— Qu'est-ce que vous lui avez dit sur la mort de Laura ? Pourquoi croit-il qu'elle était méchante ? Vous lui avez raconté qu'elle l'avait bien cherché *parce qu'*elle avait fait quelque chose de mal ? Vous ne vous rendez pas compte que c'est monstrueux ? Rien que de le lui faire croire ? Quoi qu'elle ait pu faire, quoi que vous ayez pensé d'elle, c'est quand même sa mère !

Serrant les dents, Vivienne pose le menton sur ses mains. Elle ne dit rien. J'ai remarqué qu'elle ne voulait plus parler de la mort de Laura. Elle refuse d'embrayer sur ce sujet lorsque je le lance. J'ai ma petite idée là-dessus. Toutes deux étaient rivales, sur un pied d'égalité, et voilà que, subitement, Laura se fait assassiner et que tout le pays se met à la plaindre. On l'a hissée sur un piédestal, élevée à jamais au rang de victime, de femme opprimée. Aux yeux de Vivienne c'est de la triche, comme si ce coup de couteau avait constitué un moyen facile de s'attirer la sympathie des gens.

D'autant qu'elle n'y peut plus rien. Impossible de se mesurer à Laura, désormais, impossible de la vaincre comme elle a toujours aimé le faire. Elle sait qu'elle n'entendra jamais sa belle-fille avouer :

— Je suis désolée, Vivienne. Je comprends maintenant que vous aviez raison depuis le début.

Encore que je n'imagine pas un instant Laura lâcher ce genre de phrase.

— Laura est morte, dit David. Et toi tu mens comme tu respires.

Il me fait penser au compagnon de Mandy. En pire. Et si je téléphonais à l'hôpital pour demander le nom de famille de cette jeune femme, son adresse, que me répondrait-on ?

— Ça suffit, tous les deux ! lâche Vivienne. Vous n'avez pas entendu ce que j'ai dit ? On est prié de rester courtois dans cette maison ! On ne profère pas d'injures pendant les repas. On n'est pas dans une cité ouvrière, ici !

Tremblante, je repousse ma chaise et me lève :

— Comment pouvez-vous parler de bonnes manières en ce moment ? Fanny est peut-être morte ! Et il faut attendre jusqu'à vendredi pour les prélèvements, ce qui veut dire que la police ne se lancera pas à sa recherche avant. Vous vous en fichez, tous les deux ? Eh bien, moi, je hurlerai si j'en ai envie ! Je veux ma fille, le temps passe et je ne peux rien y faire ! Chaque jour, chaque heure… vous ne voyez donc pas ?

Une lueur de triomphe pétille dans l'œil de Vivienne. Elle adore quand on perd patience. Elle croit que cela prouve combien les autres ont tort et elle raison, que cela trahit leur besoin de recourir aux hyperboles émotionnelles. Je me hâte de rectifier le tir :

— Pardon. Ce n'est pas après vous que j'en ai. Seulement… je n'en peux plus, je vais devenir folle.

140

— Je vais voir ce que fabrique Felix, indique Vivienne d'une voix rauque. Je ne redescendrai pas. Bonsoir.

J'écoute ses pas dans le vestibule. Je sais que mes paroles « Fanny est peut-être morte » résonnent dans ses oreilles. Tant mieux si elle peut trembler de terreur autant que moi !

David quitte la pièce sans un mot. Nous nous couchons beaucoup plus tôt maintenant que nous souffrons tous. Je débarrasse lentement le couvert pour laisser à David le temps de s'assoupir avant de monter le rejoindre. Alors que j'arrive sur le palier, j'essaie les poignées de toutes les chambres vides, les trouve fermées. Je ne peux pas dormir en bas. Vivienne s'y opposerait. Cela fait partie des règles de la maison et je ne doute pas un instant que David s'empresserait de l'informer que j'ai quitté la chambre conjugale. Je l'imagine très bien venir me secouer en pleine nuit pour me dire que Les Ormes ne sont pas une auberge de jeunesse. Je n'ai pas envie de me confronter à elle.

Je prie pour trouver David endormi. Il est réveillé, allongé sur le dos, un biberon à portée de main sur sa table de nuit. Je suis épuisée, mais je me force à ne pas fermer les yeux. Peut-être entendrai-je La Frimousse avant lui. Je pourrais alors la nourrir, voir l'ombre de sa petite tête ronde projetée par la lampe sur le voile de son berceau. Cette image me poursuit, si seulement elle pouvait devenir réalité !

— Tu es vraiment prête à tout ! marmonne David. D'abord tu veux me rendre fou, me faire croire que Fanny n'est pas Fanny, et maintenant tu essaies de m'empêcher de la nourrir ! Qu'est-ce que je t'ai fait pour mériter ça ?

Je fonds en larmes :

— Je ne veux pas t'empêcher de nourrir le bébé. Je voudrais juste le faire un peu moi aussi ! Pas toujours, quelquefois seulement.

— Même si, d'après toi, ce n'est pas ta fille ?

— Ce n'est pas parce qu'on a perdu son enfant que l'instinct maternel vous quitte.

— Bravo ! Très convaincant ! Il t'a fallu combien de temps pour pondre cette réplique ?

— David, je t'en prie…

— À qui parlais-tu sur ton portable, hier ? Tu as raccroché au moment où j'entrais.

Les yeux baissés, je maudis mon étourderie. Il va falloir que je fasse plus attention.

— À personne, murmuré-je.

Il n'insiste pas. Je sors ma chemise de nuit de sous l'oreiller, l'étale sur le lit devant moi. Tout à coup, je décide de ne pas quitter la chambre pour me changer. Je suis certaine que David voudrait m'en empêcher, alors je ne lui donne pas ce plaisir. Comme je commence à me tortiller bêtement pour quitter mes vêtements, il fait exprès de détourner les yeux, comme s'il ne pouvait supporter ma vue. Je croyais qu'il n'existait rien de pire que la façon dont il m'a reluquée la nuit précédente, mais si. Ce dégoût ostensible me blesse tellement que je ne peux le supporter. Moi qui pensais avoir renoncé à me disputer avec lui, je me surprends à lui dire :

— Tu te rends compte de ce que tu fais ? Je suis sûre qu'au fond tu ne veux pas te montrer cruel avec moi, si ?

— Je ne fais rien du tout. Je me mêle de mes affaires.

— Je sais que c'est difficile, je sais que c'est horrible, mais... ça ne te ressemble pas. Tu n'es pas comme ça. Je te *connais*. Tu n'es pas méchant. Tout le monde sait que dans les situations extrêmes, dans les moments de crise, les gens perdent la tête et ne se maîtrisent plus, qu'ils persécutent les autres et commettent toutes sortes d'horreurs parce qu'ils ont peur.

— Ferme-la !

Sa férocité me fait sursauter. Il s'assied sur le lit.

— Je me fiche de ce que tu peux raconter ! Tu es une menteuse. Tout ce baratin ne sert qu'à masquer la vérité. Tu veux bien parler de tes sentiments, mais pour les faits, on repassera.

— David, je parlerai de tout ce que tu voudras. Quels faits ?

— Les faits ! Si Fanny n'était pas Fanny, est-ce que je prétendrais le contraire ? Tu crois que je ne voudrais pas la retrouver autant que toi ? À moins que tu ne veuilles laisser entendre que je suis une espèce de débile incapable de faire la différence entre sa propre fille et un autre bébé ? Tu ferais mieux de réviser ton histoire parce qu'elle ne tient pas debout. D'après toi, qu'est-ce qui s'est passé ici, au juste ? Un intrus serait venu dans cette maison pour échanger Fanny contre un autre bébé ? Mais pourquoi ? Ou alors tu m'accuses de l'avoir fait moi-même ?

Encore une fois, pourquoi? C'est ma fille que je veux, pas n'importe quel enfant!

Je lève les mains pour le faire taire.

— Je ne sais pas. J'ignore qui a enlevé Fanny, pourquoi, et qui est l'autre bébé, d'accord? Je n'en sais rien! Et je ne sais pas non plus ce que tu sais, ce que tu penses, ou pourquoi tu dis tout ça. Tu as raison! Mon histoire ne tient pas debout, parce que j'ignore ce qui a pu se passer. J'ai l'impression de ne plus rien savoir et c'est terrifiant. *Voilà* ce que tu ne comprends pas. Et moi je ne peux que m'accrocher à la seule chose dont je sois certaine sans l'ombre d'un doute : le bébé qui est ici n'est pas Fanny!

David se retourne :

— Bon. On n'a plus rien à se dire.

Pourtant, je l'implore :

— Ne te détourne pas! Je pourrais te renvoyer la question : d'après toi, je suis une espèce de débile incapable de reconnaître sa propre fille?

Il ne dit rien. J'en suis tellement malade que j'ai envie de gémir, de crier *Je n'ai pas encore fini! Je te parle!* Impossible de croire qu'il est aussi sûr de lui qu'il le prétend. Je dois bien pouvoir le convaincre, au moins de façon subliminale. Je dois m'accrocher à cette idée.

Un à un, je laisse tomber mes vêtements sur le lit; lorsque je veux prendre ma chemise, David est plus rapide. Il la saisit, la roule en boule dans sa main. Ce geste brusque me surprend tellement que je pousse un cri. Il rit. Sans me laisser le temps d'anticiper ses gestes, il attrape mes autres habits et se lève, court ouvrir la porte de ma penderie, y jette le tout et referme. À clef.

Puis il contemple mon corps. Je sens son regard s'attarder sur ma peau glacée.

— Tu n'iras nulle part ce soir, raille-t-il.

Le dilemme est simple : je pourrais appeler Vivienne mais, le temps qu'elle arrive, David m'aurait rendu ma chemise. Il n'aurait qu'à prétendre que j'ai tout inventé. Il s'attend à ce que je dise que je veux aller aux toilettes mais je n'en ferai rien, pas plus que je ne traverserai le palier toute nue. Je sais très bien ce qui se passerait si j'agissais ainsi. Il rouvrirait mon placard, mettrait ma chemise de nuit sur le lit et convoquerait Vivienne qui rappliquerait aussitôt. Il veut semer le doute sur mon comportement, sur mon jugement, mais je ne le laisserai pas faire. Je préfère passer la nuit à me retenir, la vessie pleine. Je grimpe dans le lit, remonte l'édredon sous mon menton.

David fait de même. Je me raidis mais il ne me touche pas. J'attends qu'il éteigne sa lampe pour pouvoir pleurer tranquillement, sur Fanny, sur la personne que devient mon mari et, c'est encore vrai, sur son chagrin. Parce que sa méchanceté le blesse lui-même au moins autant que moi. Pour lui, c'est tout ou rien : si les choses ne se passent pas normalement, il préfère tout casser, le plus vite possible. Au moins n'aura-t-il plus rien à craindre.

Ma mère estimait que j'avais le don rare d'imaginer et de partager les souffrances des autres. Elle considérait que cela expliquait pourquoi, adolescente, je ramenais tant de petits amis inadaptés, « de drôles de zigotos », comme elle disait. À vrai dire, dès qu'on se donne la peine d'envisager une situation à travers les yeux de quelqu'un d'autre, il devient impossible d'oublier cette personne. C'est ainsi que j'ai toujours approché le monde, avec compassion. Bien entendu, j'étais folle d'imaginer que le monde allait bien me le rendre.

Je ne dois pas trouver sans cesse des excuses à David dans l'espoir qu'il finira par changer. Il faut que j'apprenne à me défendre, comme je le ferais d'un ennemi, s'il continue à se comporter comme tel. Moi qui ai recommandé à d'innombrables patients de ne pas penser en termes de bien et de mal, d'alliés et d'ennemis ! Je devrais reprendre mes billes.

Je ne sais pas à quelle heure David va se lever demain, ni quand il me rendra mes vêtements. Va-t-il m'obliger à le supplier ? Cette idée m'est trop pénible. Quoi qu'il arrive, je dois m'en sortir. Il faut que je tienne jusqu'à demain après-midi, jusqu'à mon rendez-vous avec Simon.

16

— Quoi? demanda David Fancourt. Qu'attendez-vous de moi? Ma mère vous a déjà tout dit. Alice et Fanny étaient ici jeudi soir. Elles sont allées se coucher, normalement. Vendredi matin, il n'y avait plus personne. C'est votre boulot de les chercher et ce n'est pas ici que vous les trouverez. Si elles étaient là, je n'aurais pas signalé leur disparition. Alors qu'est-ce que vous attendez?

Il était assis au bord de la chaise la moins confortable de la pièce, la petite en bois au siège de velours bleu marine et au dossier sans coussin. Charlie percevait sa colère aussi sûrement que si elle l'avait frappé en plein visage. Elle se sentait navrée pour lui et comprenait sa colère. Vivienne se tenait en face d'elle, sur un canapé blanc. Elle appartenait à la vieille école : on ne faisait pas étalage de ses sentiments en public.

— Nous avons parfaitement l'intention de retrouver Alice et Fanny, dit Charlie.

David Fancourt n'était coupable que d'impolitesse, elle en avait eu l'intime conviction dès les trente premières secondes de leur entretien. Les thèses parano de Simon avaient du plomb dans l'aile. D'abord parce que Fancourt tenait un alibi des plus solides : il se trouvait à Londres, au théâtre avec Alice, lorsque Laura avait été tuée.

— Nous commençons toujours par l'habitation de la personne disparue même si nous sommes persuadés que c'est le seul endroit où elle ne saurait se trouver. Je sais que ça peut paraître déroutant.

145

— Je me fiche de l'endroit où vous commencez, pourvu que vous retrouviez ma fille !

Charlie remarqua qu'il n'avait pas mentionné Alice.

— Tâchez de vous calmer, dit-elle. Je sais à quel point vous devez être bouleversé, surtout après ce qui est arrivé à Laura...

— Non ! s'exclama-t-il les joues rouges. Je vais parfaitement bien, ou plutôt, ce sera le cas dès que vous m'aurez ramené Fanny. En revanche, je suis furieux. D'abord, j'ai failli perdre Felix, maintenant c'est Alice qui m'enlève Fanny. Sauf que personne ne croit que *c'est* Fanny. Même...

Il marmonna quelque chose d'inaudible en jetant un coup d'œil vers sa mère.

— Je n'ai jamais dit que je ne te croyais pas, rétorqua fraîchement Vivienne en haussant le menton.

Charlie se demanda si ce n'était pas ainsi que la reine eût réagi dans de semblables circonstances. Elle se souvenait vaguement qu'on lui avait dit, à l'époque du meurtre de Laura Cryer, d'où provenait la fortune du père de Vivienne, mais impossible d'entrer dans les détails. Il avait fondé une grosse entreprise de plastique ou d'emballage ; ce n'était pas un héritage de famille ancienne, même si elle jouait les aristocrates à la perfection.

Le salon paraissait plus petit à cause des meubles qui l'encombraient, trois canapés, sept chaises, une monstrueuse table basse, deux énormes bibliothèques autour d'une cheminée et une petite télévision sur un pied, curieusement installée derrière un fauteuil dans un coin comme pour bien montrer que, dans cette maison, on ne passait pas sa vie devant le petit écran. Presque tous les livres étaient reliés, nota Charlie.

Aujourd'hui, elle était venue seule. La veille, c'était toute une équipe qui avait fouillé Les Ormes et, plus particulièrement, les affaires d'Alice Fancourt. Ils avaient trouvé son sac et ses clefs dans la cuisine, sa Volvo dehors. Aucun de ses vêtements, pas plus que ceux de Fanny ne semblaient manquer à l'appel, à part ceux qu'elles portaient. C'est Vivienne qui avait fourni cette information et elle paraissait sûre d'elle. Charlie devait reconnaître qu'il fallait y voir un très mauvais signe.

D'autant plus que, selon Vivienne, Alice ne possédait que trois paires de chaussures et qu'elles se trouvaient toujours dans sa penderie.

Le jeudi soir, Vivienne avait fermé la porte d'entrée et celle du fond, comme toujours avant de se coucher. Le lendemain matin, Alice et Fanny étaient parties et les portes étaient restées fermées. Aucun signe d'effraction. Vivienne, David et Felix avaient dormi profondément ; aucun bruit, aucun mouvement suspect, aucun pleur de bébé n'était venu troubler leur sommeil. Charlie trouvait ces éléments, pris dans leur ensemble, extrêmement troublants.

Se pouvait-il que quelqu'un ait persuadé Alice de le laisser entrer avant de les enlever, elle et l'enfant ? Dans ce cas, ils avaient dû partir par la porte du fond. La fenêtre contiguë présentait un étroit panneau supérieur d'environ quinze centimètres sur quarante, resté ouvert, et les clefs d'Alice se trouvaient sur le plan de travail en contrebas. Le kidnappeur aurait donc dû faire sortir Alice et Fanny dans un silence à peu près total, refermer la porte derrière lui et jeter les clefs par la fenêtre.

À moins qu'Alice n'ait elle-même agi ainsi. Charlie se demandait si elle était assez dérangée, même en état avancé de dépression post-partum, pour filer sans emporter aucun bagage. Simon, quand elle lui avait parlé ce matin, avait répété qu'il croyait Alice saine et sauve.

— Je la retrouverai, avait-il assuré.

Il y avait mis une détermination tellement passionnée que Charlie s'était détournée.

— Inspecteur Zailer, David et moi ferons tout notre possible pour vous aider, dit Vivienne Fancourt. Mais il faut retrouver ce bébé. Vous comprenez ? Fanny est…

Elle s'interrompit, comme pour examiner sa jupe.

— Excusez-moi, murmura-t-elle. Vous n'avez pas idée combien cela peut être stressant pour moi. Non seulement ma chère petite-fille a disparu mais je ne sais même pas si elle a disparu vendredi dernier ou le vendredi précédent. Je ne sais pas si je l'ai jamais vue, ou…

Elle serra les dents.

— Vous avez entendu parler de ces femmes qui craquent et tuent leurs bébés, coupa David, furieux. Non? Ces femmes qui dépriment après une naissance. Elles étouffent leur enfant ou le jettent par la fenêtre. De quoi Alice est-elle capable? Combien de fois ces femmes ramènent-elles leurs enfants? Vous devez bien le savoir!

Il se cacha le visage dans les mains.

— Alice était totalement désorientée quand elle a disparu. Elle était obsédée par cette femme à la maternité avec qui elle n'avait échangé que quelques mots…

— Monsieur Fancourt, rien ne prouve que votre femme ait enlevé votre fille. Elle n'a rien pris avec elle. Nous devons tenir compte de l'éventualité qu'elle a pu partir contre sa volonté.

David secoua la tête.

— Elle s'est enfuie en emmenant Fanny.

— Vous auriez failli perdre Felix? Que vouliez-vous dire, tout à l'heure?

Après un silence pesant, Vivienne prit la parole :

— Il voulait dire que Laura a fait tout ce qu'elle a pu pour éloigner Felix de nous. Elle ne le laissait nous voir qu'une fois tous les quinze jours, vous rendez-vous compte? Deux ou trois heures qu'elle s'arrangeait pour passer avec nous afin de tout superviser. Il devenait impossible de bâtir une quelconque relation avec cet enfant. Et puis elle ne voulait pas l'amener ici, ni laisser David ou moi entrer chez elle. Il fallait toujours que nous nous rencontrions en terrain neutre.

Elle marqua une pause, le temps de reprendre son souffle. Deux petites taches roses apparurent sur ses joues.

Charlie fronça les sourcils.

— Pourtant, le soir où elle a été tuée, Felix était bien ici, seul avec vous! Vous le gardiez.

— Oui, confirma Vivienne avec un sourire triste. C'est la première et la dernière fois que cela nous est arrivé. Parce qu'elle n'avait pas trouvé de baby-sitter et qu'elle devait absolument se rendre à cette soirée dans un night-club.

À son ton, on devinait qu'elle n'avait jamais mis les pieds dans un tel endroit et n'y tenait pas. Simon avait répété « en boîte de nuit? » sur le même ton, même si, de par son métier, il entrait souvent dans les miteuses boîtes aux éclairages strobos-copiques de Spilling ou de Rawndesley.

— David et moi avons suivi les desiderata de Laura pendant près de trois ans, continua-t-elle. Nous espérions qu'en nous conformant à son... monstrueux régime, nous pourrions suffisamment la rassurer pour qu'elle nous laisse voir plus souvent Felix. Mais nous nous faisions des illusions. Jamais elle n'a donné l'impression qu'elle allait changer d'avis. À tel point que nous envisagions de faire de nouveau appel à mon avocat ; c'est alors que... qu'elle a été tuée.

— Laissant à David seul la garde de son fils.

Soudain, Charlie sentait ses certitudes s'émousser quelque peu. Elle imaginait Darryl Beer errant dans les parages des Ormes, un couteau de cuisine caché quelque part dans ses vêtements. Pour la première fois, elle avait l'impression que quelque chose clochait. Pourquoi s'amener avec un couteau de cuisine quand on a juste l'intention d'examiner le terrain en vue d'un éventuel cambriolage ?

Une fois Laura écartée, David pouvait épouser sa petite amie et prendre son fils en charge en laissant à sa mère le plus gros de son éducation. Voilà qui tombait à pic pour lui comme pour Vivienne, mais aussi pour Alice. La folle. De quoi était-elle capable pour contenter ce fiancé si triste de l'absence de son fils ?

Derrière la chaise de David, sur un rayon de la bibliothèque, apparaissait une photo de son deuxième mariage. Alice, rayonnante au bras de son mari, portait une robe crème et un diadème. Elle avait les cheveux plus courts, à hauteur du menton, bouclés pour l'occasion. La semaine dernière ils étaient raides. Un peu plus grand qu'elle, David souriait fièrement à sa nouvelle épouse. Ils formaient un joli couple, songea Charlie en chassant un pincement de jalousie. Pourquoi cette femme déjà mariée, déjà aimée attirait-elle davantage l'attention de Simon qu'elle-même ? C'était injuste.

Depuis que ce dernier l'avait repoussée si brutalement à l'anniversaire de Sellers, elle avait développé un véritable complexe qui la rendait inutilement brusque et agressive. Si elle était assez intelligente pour le reconnaître, elle ne voyait pas comment le surmonter. Un an après ce triste événement, elle en souffrait encore. Rien dans sa vie n'avait frappé son psychisme ni son amour-propre avec une telle brutalité que cet affront. Le plus triste étant qu'elle savait très bien à quel point Simon s'en voulait, même s'il ne l'avait pas fait exprès. Elle le portait toujours dans son cœur, elle était toujours aussi amoureuse. Et si le mal ne venait pas de lui, c'était donc qu'il venait d'elle.

Combien de fois s'était-elle repassé les événements dans son esprit ! Au début, il avait paru très attiré.

— Ce ne sera pas une simple passade, lui avait-il soufflé à l'oreille alors qu'ils entraient dans la chambre d'amis de Sellers. Ça durera longtemps entre nous.

Aucun doute possible, à ce stade-là, il la désirait. Charlie n'avait que trop bien déterminé l'instant exact où son attitude avait changé, assez radicalement pour qu'il la repousse avec une telle brutalité qu'elle en était tombée assise par terre, et détale de la chambre comme s'il fuyait la peste. Sur le moment, il n'avait pas dû se rendre compte, et sans doute jamais depuis, que dans sa hâte il avait laissé la porte grande ouverte. Plusieurs visages, y compris celui de la femme de Sellers, Stacey, étaient apparus dans l'encadrement alors que Charlie se rhabillait en vitesse.

Par la suite, elle n'en avait soufflé mot à personne, pas même à sa sœur Olivia. Et sans doute ne le raconterait-elle jamais. C'était un souvenir encore trop douloureux. Le pire étant que ce désastre (Charlie estimait que le mot n'avait rien d'exagéré) ne laissait pas entrevoir le moindre espoir de rectification. Cela s'était bel et bien produit. Impossible de revenir là-dessus, même si elle tâchait par tous les moyens du monde de l'effacer. Au cours de l'année qui avait suivi, elle avait eu des relations sexuelles avec à peu près un homme différent chaque mois. Aucun d'eux n'avait pris la fuite, mais Charlie voyait que cela ne lui servait à rien. Elle se sentait toujours importune, et maintenant, en outre, elle avait l'impression d'être une fille facile. Néanmoins, cette conduite avait un aspect compulsif. La prochaine fois cela marcherait. Le prochain partenaire saurait effacer Simon...

De tous les types les plus compliqués, il a fallu, songeait-elle, que je tombe sur lui, encore que je ne l'aie pas vraiment choisi. Jamais elle n'avait rencontré un homme comme lui. Elle n'aurait pu se mentir, faire comme s'il n'était qu'un parmi tant d'autres. Qui d'autre aurait été nostalgique, comme il le lui avait un jour confié, d'une époque où il aurait risqué en tant que catholique de mourir sur le bûcher?

Sur le coup, elle avait cru qu'il se fichait d'elle.

— Tu veux être brûlé vif?

— Non, bien sûr. Mais à cette époque, c'était quelque chose d'être croyant. On courait des risques. Je trouve que nos convictions devraient nous engager. Qu'on puisse vouloir mourir pour elles. Aujourd'hui, on dirait que plus rien ne compte.

Là, Charlie avait réprimé le désir de lui dire combien il comptait pour elle.

Vivienne brisa le silence :

— Je me suis sentie soulagée quand Laura est morte.

Voyant Charlie lever les yeux, elle s'empressa d'ajouter :

— Pas contente, bien sûr, mais soulagée. Notre rêve s'est réalisé lorsque Felix est venu vivre avec nous. Je me moque que ça ait l'air sans cœur. Même si…

— Oui?

— Peu de temps après la mort de Laura, je me suis rendu compte que je ne lui avais pas demandé *pourquoi* elle tenait tant à m'éloigner de Felix. Maintenant je ne le saurai jamais. Elle ne croyait tout de même pas que je pourrais lui faire du mal, j'adore cet enfant!

Vivienne se rembrunit, se mordit les lèvres comme si elle s'empêchait de dire autre chose; cependant, cela finit par sortir malgré elle :

— Tous les jours je regrette de ne pas lui avoir posé la question. Voyez-vous, bizarrement, il est aussi dur de perdre un ennemi qu'un être aimé. On a beau garder son animosité, on n'a plus personne à qui l'appliquer. Quelque part, on se sent… trahi.

— Monsieur Fancourt, je sais que ça pourrait sembler déplacé, commença doucement Charlie, mais j'aurais bien une question qui pourrait nous aider à y voir plus clair…

— Oui?

Pour la première fois depuis le début de l'entretien, le regard de David Fancourt s'était teinté d'espoir.

— Alice a mentionné votre père à l'inspecteur Waterhouse. Je sais que n'avez pas gardé de contact avec lui mais...

Des plis de dégoût se creusèrent sur son visage :

— Quoi? Elle *lui* a parlé de...?

Furieuse, Vivienne se raidit.

— Je ne vois vraiment pas ce qui aurait pu l'intéresser chez Richard!

— Je ne sais pas. Vous n'en avez aucune idée?

— Aucune. Elle ne m'a jamais interrogée sur lui.

Une pointe d'irritation perçait dans sa voix. Charlie avait l'impression que Vivienne n'était pas femme à se laisser facilement mettre de côté.

— Savez-vous où nous pourrions prendre contact avec Richard Fancourt?

— Non, désolée. Je ne garde pas un très bon souvenir de lui et je préférerais ne plus en parler.

Charlie hocha la tête. Avec sa fierté, son interlocutrice ne devait pas apprécier de se voir ainsi rappeler l'un des échecs de sa vie. Elle-même ressentait ce genre de chose avec la plupart des hommes qu'elle avait fréquentés, par exemple Dave Beadman, un inspecteur de la protection de l'enfance qui, lorsque le préservatif s'était déchiré, n'avait rien trouvé de mieux à dire que :

— Ne t'inquiète pas, je sais où se trouve la clinique d'avortement. Ce sont des choses qui arrivent!

Avant lui, il y avait eu ce comptable, Kevin Mackie, qui n'était pas, comme il le disait lui-même, « du genre à embrasser ».

Charlie s'était toujours méfiée des gens qui restaient en bons termes avec leurs ex. Il lui semblait contre nature, malsain même, de tolérer la présence tiède, édulcorée d'un être qu'on avait autrefois aimé ou désiré, de conserver les restes sinistrés d'une liaison qui se parait dès lors du nom d'amitié. Tandis que Simon n'était pas un ex. Il resterait à jamais inaccessible, songeait-elle tristement, et donc beaucoup plus difficile à écarter de sa vie.

Les relations ratées contaminent tout ce qui arrive après, comme les accidents radioactifs. Cela lui rappela qu'elle n'avait pas encore évoqué un élément qui pourrait expliquer, directement ou indirectement, pourquoi Alice avait disparu.

— Pourquoi vous et Laura Cryer vous êtes-vous séparés ? demanda-t-elle à David Fancourt.

17

Lundi 29 septembre 2003

— Il l'a appelée Miss Bisounours dès l'instant où il l'a vue. C'est plus qu'un surnom. Elle *était*... elle est l'incarnation de cette peluche. Mais l'autre bébé, il l'appelle La Frimousse. Il *sait* que ce n'est pas Fanny. Et je l'ai entendu se désigner lui-même par « je », quand il lui parlait la nuit et qu'il ne savait pas que je l'écoutais. S'il s'était adressé à Fanny, il aurait dit « papa ». Je sais que je devrais articuler, parler lentement, que si je m'exprimais clairement j'aurais l'air plus rationnelle, mais j'ai tellement attendu pour vous dire cela que je ne peux plus empêcher les mots de sortir.

Simon et moi sommes au *Morfal*. Assis en face de moi à une table vernie, il me regarde délirer. Il est anxieux. Il suit les veines du bois du bout de l'index. Autour de nous résonnent toutes sortes de bruits, musique, rires, conversations, mais je n'entends que son silence une fois que je me tais. Il a les cheveux propres, il vient de se donner un coup de peigne. Sa chemise en jean et son pantalon noir paraissent tout neufs, même si l'une ne va pas très bien avec l'autre, encore moins avec ses chaussures marron. Je ne sais pas pourquoi l'ensemble ne fonctionne pas mais, quand il est entré, j'ai aussitôt pensé : David préférerait mourir plutôt que de se balader dans cette tenue. Moi je trouve les fautes de goût vestimentaires de Simon plutôt attendrissantes, presque rassurantes.

— Je crains que ça ne prouve pas grand-chose, lâche-t-il après une longue pause, l'air de presque s'excuser. Il y a beaucoup de parents qui donnent plus d'un surnom à leurs enfants ou qui en trouvent de nouveaux, les uns après les autres. Quant au fait que votre mari se désigne par « je » au lieu de « papa », c'est également normal.

— Alors, je ne sais pas quoi vous dire pour vous convaincre. Si ma parole ne suffit pas…

Je suis écrasée par un sentiment d'impuissance. Il n'est donc pas de mon côté. Je ne peux pas compter sur lui. J'ai presque envie de lui raconter ce qui m'est arrivé ce matin, après ma longue et inconfortable nuit sans sommeil. J'ai dû supplier David de me rendre mes vêtements, de me laisser aller aux toilettes. À la fin, il a rouvert le placard et choisi une robe qu'il savait trop petite pour moi, une horrible chose verdâtre que je n'avais pas portée depuis des années.

— Tu es devenue énorme pendant ta grossesse.

J'avais trop besoin de filer aux toilettes pour discuter avec lui, alors j'ai enfilé la robe tant bien que mal, prête à perdre à tout instant le contrôle de ma vessie. David le savait très bien. Il riait de ma faiblesse.

— Encore heureux que tu n'aies pas accouché par les voies naturelles. Les muscles de ton périnée n'y auraient pas résisté.

Il a fini par me laisser passer. J'ai couru, je suis arrivée juste à temps.

Je ne peux me résoudre à rapporter ces petites séances de torture à Simon. Je ne suis pas prête à partager mon humiliation avec lui, surtout si c'est pour l'entendre dire que la cruauté de David ne prouve pas que La Frimousse n'est pas Fanny. Je porte toujours mon affreuse robe verte. David n'a pas voulu me rendre la clef de la penderie et je n'ai pas pu me changer. Vivienne ne m'aurait jamais crue si je lui avais raconté cela, d'autant que son fils aurait sûrement affirmé que c'était moi qui avais perdu la clef, que je devenais folle.

J'ai honte de me sentir si mal fagotée en public. Je suis sûre que Simon aurait davantage prêté attention à ce que je dis si j'avais porté des vêtements appropriés. Mais ce n'est pas le cas, si bien qu'il croit lui aussi David.

— Je ne sais pas quoi penser, avoue-t-il. Je n'ai jamais rencontré quelqu'un comme vous.

Je ne me rappelais pas exactement son visage. Je n'avais pas remarqué, par exemple, la largeur de sa mâchoire inférieure, ses dents un peu de travers, qui se chevauchent parfois. J'avais repéré son nez asymétrique mais oublié la texture de sa peau, bosselée, ses pores dilatés, cette surface rugueuse autour de sa bouche qui lui donne un air mature et dur.

Je lui demande où il veut en venir.

— Tout me pousse à croire que je ne devrais pas vous faire confiance…

— C'est l'inspecteur chef Zailer qui vous pousse à penser ça!

Jamais je ne pardonnerai à cette femme son total manque de compassion au commissariat.

— Non, pas seulement elle. Tout. Vous prétendez qu'un ou plusieurs inconnus ont pénétré chez vous pendant que votre mari dormait, qu'ils ont échangé votre fille contre une autre sans qu'il n'entende rien. Comment voulez-vous qu'on vous croie?

— Je n'ai jamais dit que c'était un inconnu!

— À moins que votre mari ne soit plus ou moins complice et qu'il n'ait ensuite délibérément détruit toutes les photos de Fanny afin que personne ne puisse rien prouver. Mais, encore une fois, pourquoi?

Si je réponds que je n'en ai aucune idée, c'est juste parce que je ne vois pas d'explication plausible sur le moment, ce qui ne signifie pas pour autant qu'il n'en existe pas. Quoi de plus exaspérant que de marteler une évidence à une personne en principe intelligente?

— On ne nous a signalé aucune disparition de bébé et vous êtes une femme dépressive.

Mon cri d'indignation doit le surprendre car il ajoute aussitôt:

— Excusez-moi. Je sais que vos parents venaient de mourir. Néanmoins, de notre point de vue, vous avez des antécédents marquants. On aurait donc tendance à se contenter de la plus simple explication qui vienne à l'esprit: vous souffrez d'une sorte de…

— Délire consécutif à un traumatisme? Mais ce n'est pas ce que vous vous pensez, n'est-ce pas? Vous avez beau vous y efforcer, vous n'y parvenez pas. C'est d'ailleurs pour ça que vous êtes là en ce moment.

Après tout, je pourrais peut-être l'influencer. Je me sens prête à tout.

— Normalement, dans ce genre de situation, je ne *devrais* pas être là.

Il a l'air peiné, mortifié. Je m'impatiente :

— Alors en quel honneur vous êtes-vous déplacé?

On dirait qu'il s'intéresse davantage à ses propres motivations qu'à Fanny ou qu'à ma sécurité.

— Mon intuition me souffle de vous faire confiance, répond-il paisiblement. Mais qu'est-ce que cela signifie? Il y a là une contradiction. Franchement, ça me donne le vertige.

Il m'interroge du regard, comme s'il avait encore besoin de mes encouragements.

Enfin une lueur d'espoir! S'il m'écoutait, s'il se laissait persuader de m'aider, quoi qu'en dise cette arrogante inspecteur chef Zailer! Je réponds aussi calmement que possible :

— C'est comme moi avec l'homéopathie. Je sais qu'en théorie ça n'a pas de sens, il faut être fou pour croire qu'une méthode aussi saugrenue puisse fonctionner. Pourtant ça marche, j'ai pu le constater à de nombreuses reprises. Je m'y fie totalement même si, en toute logique, ça paraît invraisemblable.

— Un jour j'ai consulté un homéopathe, dit Simon en examinant ses ongles. Je n'y suis jamais retourné.

Je m'en fiche! me crie ma tête. *Il ne s'agit pas de vous!* Pourtant je tempère :

— Ça ne convient pas à tout le monde. Ces remèdes peuvent même vous donner au début l'impression que votre état empire; bien des gens s'y sont laissé tromper. Et puis il y a des homéopathes qui ne prescrivent pas les bonnes doses ou ne vous écoutent pas suffisamment.

— Oh, Dennis m'écoutait très bien! Ce n'était pas de lui que venait le souci, mais de moi. Je me suis dégonflé, je n'ai jamais osé lui dire ce qui m'avait amené chez lui.

Simon conclut abruptement son récit :

— J'y ai perdu mon temps et quarante livres.

Je saisis qu'il vaut mieux ne pas insister. À sa façon un peu empruntée, il tente de se confier à moi mais il n'ira guère plus loin. Tant mieux. Plus vite il la bouclera, plus vite nous en reviendrons à Fanny. Je suis sur le point de lui demander ce qu'il compte faire pour m'aider, lorsqu'il s'enquiert :

— Aimez-vous votre métier?

Qu'est-ce qu'il en a à faire de mon stupide métier?

— Je l'ai beaucoup aimé, oui.

— Plus maintenant?

— Avec ce qui m'arrive, la perte de Fanny, je n'arrive plus à considérer les gens avec autant d'intérêt. Je crains d'être devenue un peu cynique.

— Ce n'est pas un qualificatif que je vous appliquerais. Je crois que vous pouvez aider beaucoup de gens.

Une fois de plus, il me surprend par ses déclarations. On dirait qu'il me connaît bien alors que ce n'est jamais que la troisième fois que nous nous rencontrons.

Je n'ai plus aucune envie d'aider personne, surtout pas des inconnus. Je veux que Simon m'aide à retrouver Fanny. Peut-être le mot « cynique » n'est-il pas approprié en l'occurrence, peut-être vaut-il mieux dire « égoïste ». Toujours est-il que je perds ce qui me restait de patience.

— Est-ce que vous allez rechercher ma fille, oui ou non?

Je me rends compte à quel point mon ton était agressif, trop sans doute...

— Je vous ai expliqué...

— Je voulais amener La Frimousse avec moi, aujourd'hui. Je vous ai raconté ça? On ne m'a pas laissé la prendre.

Je suis trop épuisée pour refouler ma rancœur. J'ai les nerfs en pelote.

— Alice, calmez-vous...

— Si David et Vivienne sont vraiment convaincus que La Frimousse est Fanny, pourquoi ne me laisseraient-ils pas la voir? Ils devraient considérer comme un bon signe que je veuille l'emmener avec moi. Eh bien non! Ils m'en ont empêchée.

Ma déception est si forte que je n'arrive plus à la contenir. J'attendais avec une telle impatience de me retrouver seule avec La Frimousse! Je m'imaginais déjà en train de l'installer à l'arrière de la Volvo, d'emporter des couches de rechange, des mouchoirs, du lait, un autre Babygro. Elle aurait sans doute fini par s'endormir, comme tous les petits bébés. De temps à autre, j'aurais tourné le rétroviseur pour la regarder, observer ses minuscules paupières nacrées, sa bouche entrouverte.

— Vivienne a dit que je tentais de substituer La Frimousse à Fanny, dis-je en pleurant. Elle estime que j'ai tort de vouloir m'y attacher et que je la mettrais en danger si je la sortais. Comme si j'allais faire du mal à un nourrisson sans défense !

— Alice, il faut absolument vous calmer, tâcher de prendre du recul, dit Simon en me tapotant le bras.

Vivienne m'a dit à peu près la même chose. Tout le monde a l'air tellement prévenant, tellement raisonnable ! Tout le monde sauf moi.

— « Mets-toi à ma place, a-t-elle expliqué. Tu affirmes une chose, David une autre. Je suis *obligée* d'envisager l'éventualité que tu mens, Alice. Ou que tu n'es... que tu ne vas pas bien. Ne fais pas cette tête, tu dois comprendre que je ne peux écarter cette hypothèse. Comment veux-tu que je te laisse emmener le bébé toute seule ? Tu dois savoir d'expérience que la moindre frayeur peut grandir, devenir dévorante. Je serais morte d'inquiétude si je quittais le bébé des yeux. » Si c'est mon bébé, je dois pouvoir l'emmener où je veux ! criai-je à Simon.

J'aperçois aux autres tables des visages qui se tournent vers nous, mais je m'en fiche.

— Quand vous vous serez un peu calmée, je suis sûr...

— Qu'ils me laisseront faire ? Certainement pas ! Et je ne pourrai l'emmener nulle part sans leur autorisation. Ils n'auront aucun mal à m'imposer leur volonté. Même Vivienne, prise toute seule, est plus forte que moi grâce aux appareils de gym dans ce fichu, fichu... endroit !

J'accompagne mes paroles de grands gestes. Je déteste le monde entier.

— C'est toujours elle qui décide de tout. Le berceau, presque tous les vêtements de Fanny. Elle lui a réservé une place à l'école Stanley Sidgwick sans même me demander ce que j'en pensais !

— Mais... c'est dingue ! Déjà ?

— Oh, oui ! Alors que j'étais encore enceinte. Pas une minute à perdre ! Il faut inscrire les enfants avant leur naissance ou ils n'ont aucune chance de trouver une place. Il y a une liste d'attente de cinq ans, comme Vivienne n'arrête pas de me le répéter. Et moi, naïve, qui croyais que cette petite fille allait pouvoir… juste connaître une enfance paisible avant de se voir mettre la pression pour… réussir!

— Il faut vraiment vous calmer!

Simon s'éclaircit la gorge, puis :

— David ne vous… bat pas, ni rien de ce genre?

— Non! Vous n'avez pas écouté un mot de ce que je viens de dire?

Jamais David ne me toucherait. J'allais le clamer lorsque je m'avise qu'au fond je ne sais pas de quoi il est capable. Pas plus que lui, sans doute. Il n'est pas comme Vivienne dont les idées et les actes, aussi peu respectueux qu'ils soient de l'avis des autres, sont basés sur la raison. Avec elle, on sait qu'il existe des règles, des garanties. De la cohérence. Elle a tout d'un dictateur, d'un chef mafieux. Si on l'aime, si on lui obéit, on peut bénéficier de tous les privilèges imaginables.

Tandis que David est anéanti par une vague d'émotions qu'il ne parvient pas à dominer, qu'il se laisse complètement aller. Je sais désormais que, même lorsqu'il s'est renfermé sur lui-même après la mort de Laura, c'était déjà une façon de baisser les bras.

— Je ne veux pas parler de David.

Simon me tapote à nouveau le bras. La première fois, je lui en ai été reconnaissante. Maintenant, ça me semble superflu. J'ai besoin d'aide, pas de réconfort.

— Charlie… l'inspecteur chef Zailer m'a raconté ce qui est arrivé à sa première épouse.

Son commentaire me surprend tellement que je manque d'en avaler mon eau de travers.

— Qu'est-ce qui se passe? Pardonnez-moi, si…, commence Simon.

— Non, non, ça va! Je ne m'attendais pas à vous entendre dire ça, c'est tout. Je… s'il vous plaît, est-ce qu'on pourrait changer de sujet?

— Ça va?

— Je ne me sens pas très bien.

Il m'a prise au dépourvu. Je n'ai aucune envie de parler de la mort de Laura, il me faut du temps pour préparer ce que j'ai à dire. Je sais très bien que tout ce que je pourrai raconter

160

à Simon sera intégralement transmis à l'inspecteur chef Zailer. Ne serait-ce que parce qu'il s'agissait d'un meurtre. Et l'inspecteur chef Zailer ne lèvera pas le petit doigt pour m'aider, j'en suis certaine.

— Voulez-vous encore de l'eau? Ou prendre un peu l'air? J'espère que je ne me suis pas montré trop brusque.

— Non, je vais bien maintenant. Vraiment. Il faut que je m'en aille.

Son portable sonne. Alors qu'il le sort de sa poche, je me demande pourquoi le mien n'a pas vibré. Comment se fait-il que Vivienne n'ait pas téléphoné pour vérifier si j'allais bien? J'étais dans un tel état lorsque je l'ai quittée! Alors que Simon s'entretient avec quelqu'un qui, à entendre la conversation, insiste pour le voir dimanche, je prends mon sac pour vérifier si je n'ai pas manqué un appel.

Mon téléphone n'y est pas. Le cœur battant à tout rompre, je retourne mon sac, le vide sur la table. Je ne me trompe pas. Mon portable a disparu. On me l'a pris. Confisqué. Je me lève, remets tout en vrac dans le sac, laisse tomber mes clefs à plusieurs reprises, ce qui me fait pleurer encore plus fort. Les larmes me brouillent les yeux. Je n'y vois plus rien. Je retombe sur ma chaise. Simon informe à voix basse son interlocuteur qu'il doit le laisser.

— Là, me dit-il, laissez-moi vous aider.

Il entreprend de ranger mes affaires. Je suis trop bouleversée pour le remercier. Tous les clients du restaurant nous regardent.

— Mon téléphone était dans mon sac ce matin. C'est forcément David qui me l'a pris!

— Vous l'avez peut-être laissé…

— Non! Je ne l'ai laissé nulle part! Qu'est-ce qu'il vous faut encore pour vous décider à m'aider? Qu'est-ce qu'il doit m'arriver? Vous allez attendre que je me fasse assassiner, comme Laura?

Je récupère mon sac et file vers la porte, heurtant plusieurs tables au passage. Quand je déboule dans la rue, c'est pour continuer à courir, sans savoir où je vais.

18

Simon n'entretenait pas de bonnes relations avec Colin Sellers. Il était de notoriété publique que ce dernier, malgré son mariage avec Stacey et ses deux jeunes enfants, entretenait depuis trois ans une liaison avec une femme du nom de Suki. Un nom de scène. Elle s'appelait en réalité Suzannah Kitson. Sellers aimait rapporter à ses collègues les moindres détails de sa vie intime avec son amie, si bien que Simon savait que Suki se produisait comme chanteuse dans les restaurants de la région et, parfois, sur les bateaux de croisière. Elle n'avait que vingt-trois ans et vivait encore chez ses parents. Sellers était toujours de mauvaise humeur quand elle partait en croisière, comme il disait.

Simon ignorait ce que cela faisait d'être marié, de se coucher et de s'éveiller auprès de la même personne, jour après jour, année après année. On devait finir par s'ennuyer. Il avait pu constater que l'amour était avant tout une question de hasard. Aussi avait-il du mal à supporter les fanfaronnades de Sellers sur ses exploits avec Suki.

— Pas un mot au dragon! concluait celui-là à la fin de ses anecdotes obscènes.

Il savait que ses collègues rencontraient parfois son épouse au cours de soirées.

Peut-être se fichait-il que Stacey découvre la vérité. Simon ne voyait là aucune trace d'amour, de remords ou d'angoisse, pas la moindre émotion. Un jour il avait demandé à Charlie :

— Tu crois que Sellers est amoureux de sa maîtresse ?

Elle avait hurlé de rire :

— Sa maîtresse ? Tu vis au XIXe siècle ?

— Sa quoi, alors ?

— Je ne sais pas. Sa partenaire ? Son associée sexuelle ? Non, je ne crois pas qu'il l'aime. Je crois qu'il est attiré par elle. Et puis c'est une chanteuse. Ça fait un peu de glamour dans sa vie. En plus, il a besoin d'une petite amie qu'il puisse brandir comme un trophée. Je te parie qu'il a un tout petit zob. Et les femmes auront beau dire, la taille ça compte !

Tout en écoutant Sellers informer Proust du travail qu'il avait accompli avec Chris Gibbs sur le dossier Alice et Fanny Fancourt, Simon s'efforçait de ne pas s'interroger sur la taille du sexe des hommes. Si Charlie disait vrai, Sellers n'aurait pas le culot de parler sans arrêt de son organe comme il le faisait.

— Je viens de recevoir la visite du capitaine Bandur, disait-il chaque fois qu'il croisait une jolie femme.

Ce matin, il se tenait à carreau sous l'œil sévère de Proust. L'inspecteur principal écoutait attentivement, buvant de temps à autre une gorgée dans sa tasse de « meilleur grand-père du monde ». Sellers s'exprimait avec la sobriété d'un moine qui aurait fait vœu de chasteté. C'était l'effet Homme de glace : plus efficace qu'une centaine de douches froides.

— Les vidéos n'ont rien donné. Pas plus que la fouille des Ormes. Nous avons examiné le carnet d'adresses d'Alice Fancourt, il ne contient à peu près que les noms d'anciens amis de Londres. Nous les avons tous appelés, aucun d'eux n'a rien pu nous dire de nouveau. Rien non plus sur son téléphone mobile, ni dans l'ordinateur de la maison ou celui de son cabinet. Pas un indice. Jusqu'ici, on n'a aucune trace non plus du père de David Fancourt, mais on continue à chercher. Il n'a pas pu s'évaporer comme ça.

Proust clignait des yeux, fronçait les sourcils en l'écoutant ; il ne faisait pas confiance aux gens qui parlaient trop vite. Or le discours de Sellers n'avait rien de pondéré, si bien que Proust craignait qu'il ne bâcle son travail. En fait, Sellers était un inspecteur assez méticuleux, à défaut d'être particulièrement dynamique. Il n'avait simplement pas la patience de décrire une à une toutes les étapes de ses enquêtes, préférant présenter ses conclusions. Simon savait que Charlie devait souvent montrer à leur supérieur le calepin de Sellers pour prouver qu'il n'avait brûlé aucune étape.

Simon tâchait de bien se concentrer sur la réunion, sur la physionomie sévère de Proust, sur les couleurs poisseuses des murs et de la moquette, ou sur ses chaussures, enfin sur n'importe quoi pourvu que ce ne soit pas la photo géante d'Alice punaisée sur le tableau devant lui. En vain. Même lorsqu'il ne la regardait pas, il la voyait dans son esprit. Alice avec sa queue-de-cheval, avec son sourire, la tête légèrement penchée sur le côté. Jolie femme, même si ce n'était pas vraiment elle, du moins telle qu'il la connaissait. Là, on ne voyait pas le plus beau. Son âme.

Il rougit, gêné de ses propres pensées. Parfois, il avait l'impression de porter la conscience d'Alice sur ses épaules. Il avait peur de constater, si on la retrouvait, qu'il s'était trompé. Il avait peur de trop bien s'habituer à son absence, comme s'il s'agissait d'un trait de son caractère. Quelle bêtise! Il devait la retrouver au plus vite, avant que ça ne tourne mal. Lui, et personne d'autre. Si Sellers parvenait à la repérer, si un indice provenant d'un interrogatoire mené par Gibbs se révélait décisif, Simon ne savait pas s'il serait capable de le supporter. C'était lui qui devait démêler l'affaire.

— Inspecteur Waterhouse?

La voix rude de Proust interrompit ses réflexions.

— Avez-vous quelque chose à ajouter?

Simon rapporta au reste de l'équipe la teneur de ses interrogatoires au Centre de Spilling pour les médecines alternatives.

— Donc rien là non plus, conclut Charlie quand il eut fini.

Elle avait du rouge à lèvres sur les dents.

— C'est-à-dire...

Simon était d'un autre avis. À moins qu'il ne se soit tant rêvé en chevalier sauveur d'Alice qu'il voyait des indices là où il n'y en avait pas?

— C'est-à-dire, Waterhouse? s'enquit Proust.

— J'ai tout de même été frappé par quelque chose de bizarre. Briony Morris, la psychothérapeute de libération des émotions, semblait vraiment s'inquiéter pour Fanny, et beaucoup moins pour Alice. Ça m'a paru bizarre. Elle n'a jamais vu ce bébé, alors qu'Alice et elle étaient amies depuis un moment.

— Certainement une de ces connes qui se pâment devant les bébés! suggéra Sellers en opinant de la tête avec componction. Ça court les rues. Elle serait encore plus affolée si c'était un chaton qui disparaissait.

— Je ne crois pas, marmonna Simon. C'était étrange, j'avais l'impression qu'elle s'inquiétait davantage pour Alice *avant* sa disparition.

— C'est une femme, dit Chris Gibbs. Elles pètent un câble dès qu'il est question de bébé.

Comme Charlie le fusillait du regard, il ajouta :

— Je me fiche de passer pour un sale sexiste. Il y a des généralisations qui correspondent à la réalité.

— Où voulez-vous en venir, Waterhouse? demanda Proust. Si ce n'est que, comme Sellers a voulu le laisser entendre, Mme Morris est trop sentimentale et devient hystérique dès qu'un bébé entre en scène?

Il jeta un regard entendu vers Sellers qui approuva le langage plus châtié de son chef en baissant les yeux.

— Je ne sais pas trop encore, répondit Simon. Il faut que j'y réfléchisse.

— Pardon! s'écria Proust. Excusez-moi d'avoir interrompu les pensées d'un si brillant esprit! Vous nous tiendrez au courant de leur progression, j'espère!

Il espaçait tellement ses mots que c'en devenait gênant. Mais Simon refusa de se laisser intimider.

— Oui, patron.

— J'ai une hypothèse, lança Charlie. Briony Morris connaît très bien Alice Fancourt, elle sait qu'elle a affaire à une de ces soi-disant thérapeutes en médecine alternative qui a été mise sous Prozac pour dépression et qui tourne en rond à cause de l'histoire débile qu'elle a inventée au sujet de son bébé qui ne serait pas son bébé...

— Briony Morris n'en savait rien, rappela Simon. Et c'est également une thérapeute en médecine alternative.

Charlie l'agaçait. Elle savait très bien que ce qu'elle racontait était faux. Était-il le seul dans cette salle à conserver un semblant de logique dans ses raisonnements?

— Elle a travaillé plus d'un an avec Alice, rétorqua Charlie. Et puis, patron, il suffit de voir une fois cette bonne femme pour comprendre qu'on a affaire à une barge...

— Une barge, répéta lentement Proust.

— Une cinglée, si vous préférez. En tout cas, ceux qui connaissent Alice Fancourt en arriveront aux mêmes conclusions que moi...

— Inspecteur chef Zailer, dois-je vous rappeler que vous n'en êtes pas encore au stade des conclusions ? dit Proust posément. L'enquête continue.

L'atmosphère s'alourdit soudain. Chacun parut alors se plonger dans ses pensées.

— Bien sûr, patron. Je voulais juste dire que, enfin, que ça explique pourquoi Briony s'inquiéterait plus pour Fanny. Elle doit penser que, vraisemblablement, c'est Alice qui l'a enlevée et, comme Alice est une déséquilibrée, incapable de veiller sur un poisson rouge, alors un bébé...

Proust se tourna vers elle :

— Je vois. Donc nous pouvons exclure l'idée qu'Alice Fancourt ait été enlevée avec sa fille par une tierce personne, c'est ça ? Inspecteur chef, nous parlons ici d'une femme qui a disparu en pleine nuit, sans emporter aucune de ses affaires, ni d'argent, ni même de chaussures. Quelles conclusions en tirez-vous ?

Tous les membres de l'équipe en profitèrent pour vérifier l'état de leurs souliers. Sans se mouiller.

— Autrement dit, pas de réponse ! rugit l'Homme de glace. Il n'y a pas eu d'effraction, personne n'a entendu de bruit. Alors voici ce que j'aimerais savoir : pourquoi ne traite-t-on pas davantage David Fancourt comme un suspect ? Le principal suspect ? Comment se fait-il que son nom n'apparaisse pas sur ce tableau, entouré d'un cercle, accolé du numéro 1 ? Et juste en dessous, le numéro 2 pour Vivienne Fancourt ? Ça, c'est la procédure habituelle, rien que du bon sens. Quand il n'y a pas d'effraction, on commence par l'examen de la famille. Ce ne devrait pas être à moi de vous dire ça, inspecteur chef !

— Patron, commença anxieusement Charlie, quand je l'ai interrogé, j'ai eu l'impression que David Fancourt était sincèrement stupéfait...

166

— Je me fiche de son air stupéfait! C'est un homme dont la première femme a été assassinée, dont la seconde l'a accusé pas plus tard que la semaine dernière d'avoir menti sur l'identité de leur bébé, et qui elle-même disparaît avec le bébé en question cette semaine! Cela nous donne tellement de faits équivoques autour de ce Fancourt que vous commettriez une négligence pure et simple en omettant d'enquêter sur lui.

Simon leva les yeux, surpris. Il avait émis le même avis vendredi et Proust l'avait envoyé promener. Encore un dont l'esprit logique semblait connaître des hoquets. Quel culot il avait de plagier ses idées sans faire un instant allusion à leur auteur! Merci quand même, vieil abruti!

— Oui, patron, dit Charlie.

— Mettez-vous au travail!

— Tout de suite, patron.

Simon se racla la gorge :

— Patron. Je me demandais, à la lumière de ce que vous venez de dire…

À la lumière de mes idées volées, espèce de sale enfoiré chauve…

— Quoi?

— Est-ce qu'on ne devrait pas en profiter pour rouvrir l'affaire Laura Cryer? Vous savez, revoir le dossier, les déclarations, l'interrogatoire de Darryl Beer?

— Ce n'est pas vrai! maugréa Charlie, les yeux brillants d'indignation. Beer a *avoué*. David Fancourt se trouvait à Londres le soir où sa femme a été tuée. Réfléchissez, patron. Fancourt avait quitté Cryer.

Elle se mit à feuilleter son calepin à la recherche d'éléments pour soutenir ses arguments.

— Tenez, il disait qu'elle cherchait à tout dominer. Qu'elle voulait prendre toutes les décisions concernant le bébé, même avant sa naissance, qu'elle n'a d'ailleurs pas demandé à Fancourt son avis pour le nom, etc. À ce qui se disait, elle était autoritaire, dominatrice, elle l'étouffait complètement. Il a tenu aussi longtemps qu'il a pu, surtout parce qu'il se sentait gêné de se séparer d'elle si vite après le mariage mais, à la fin, il n'en pouvait plus. Il ne supportait plus Cryer à l'époque où ils ont rompu. Il la trouvait, je cite, « physiquement répugnante et assommante », mais il ne la détestait pas. Il a juste été soulagé de se voir débarrassé d'elle. Elle ne lui inspirait pas une passion suffisante pour qu'il en vienne à la frapper à coups de couteau de cuisine. Il avait trouvé une nouvelle femme, Alice, avec qui il était heureux. Enfin, tout allait mieux pour lui. Il n'avait même pas besoin de verser une pension alimentaire à Cryer. Elle gagnait beaucoup plus que lui. Pourquoi aurait-il voulu la tuer ?

— Et Darryl Beer, Cryer lui inspirait une telle passion ? demanda Simon. Après tout, c'est toi qui prétends qu'*il* l'a tuée.

— C'est différent et tu le sais très bien ! gronda Charlie.

— Le fils de Fancourt est allé vivre chez son père après la mort de Cryer, laissa tomber Proust en plissant le nez. La grand-mère a été trop contente de pouvoir jouer les Mary Poppins, quant à Fancourt, il pouvait faire ce qu'il voulait avec sa petite amie. Il était gagnant sur tous les plans. Dans le genre mobile, on ne fait pas mieux.

Charlie secoua la tête :

— Vous ne le connaissez pas, patron. Tout ce que voulait Fancourt, après sa séparation d'avec Laura, c'était commencer une nouvelle vie. Il n'aurait pas risqué la prison pour tuer Laura. Tandis qu'Alice Fancourt, d'un autre côté... je l'imagine assez bien prendre ce genre de risque.

— Vous pouvez toujours *imaginer*, ricana Proust. Si je voulais travailler avec John Lennon, j'engagerais une voyante.

— Patron, si je pouvais..., insista Simon.

L'Homme de glace attendait la suite, il allait bien pouvoir lui soumettre quelques-unes de ses pensées.

— Hier, j'ai jeté un coup d'œil au dossier Laura Cryer.

— Je vois. Ainsi vous demandez mon accord pour quelque chose que vous avez déjà fait.

Néanmoins, Proust semblait intéressé. L'atmosphère de plomb semblait quelque peu s'alléger.

— J'ai remarqué plusieurs détails qui ne paraissaient pas coller. Il n'y avait aucune entaille sur les bras ni sur les mains de Cryer. Si Beer avait tenté de lui prendre son sac et qu'elle s'était débattue, elle se serait sûrement blessée.

Charlie semblait pétrifiée.

— Pas forcément, dit Chris Gibbs. Il est facile d'imaginer que Beer ait pu paniquer et lui balancer d'un seul coup son couteau dans la poitrine. Comme il l'a fait, d'ailleurs.

— Auquel cas Cryer aurait cessé de se débattre tout de suite après avoir reçu le coup fatal. Alors pourquoi a-t-on trouvé tellement de cheveux et de peau de Beer sur son corps? Sauf sous ses ongles où il n'y avait aucune cellule étrangère, rien du tout.

— Évidemment! intervint Charlie. Elle devait tenir son sac des deux mains, pour l'empêcher de le lui prendre. Quant aux cheveux et à la peau récupérés sur son corps, c'est que Beer a dû s'agenouiller et se pencher sur elle une fois qu'elle est morte. Il a dû vérifier le contenu de ses poches, pour le cas où il y trouverait un objet de valeur.

— Et pourquoi a-t-il coupé la bandoulière avec son couteau? dit Simon qui avait déjà préparé sa réponse. On l'a trouvée entaillée à chaque extrémité. Ça prend du temps, sur un cuir de bonne qualité. Si Cryer gisait à terre dans son sang après le coup fatal, Beer n'avait qu'à saisir le sac et à s'enfuir.

— Elle devait le porter en diagonale sur sa poitrine, suggéra Sellers. Beaucoup de femmes font ça. Quand elle est tombée, il a pu se coincer sous son corps. Si Beer n'avait pas de gants, il n'aura pas voulu trop manipuler le corps.

— La bandoulière a été retrouvée à côté de Cryer, pas en dessous.

Une fois de plus, Simon s'étonnait de devoir rappeler à ses collègues des éléments aussi fondamentaux. Après tout, c'était Sellers qui avait enquêté sur cette affaire. Personne dans l'équipe n'avait-il remarqué ce détail crucial? Qu'est-ce qui clochait avec eux?

— Ça ne colle pas, reprit-il. On dirait plutôt que la bandoulière a été coupée et abandonnée près du corps pour attirer l'attention sur le sac disparu. Pour donner l'impression que ce coup de couteau ne correspondait qu'à une agression qui serait allée trop loin.

Proust semblait contrarié.

— Inspecteur chef, il va falloir vous repencher attentivement sur cette affaire. Allez voir Beer, faites-le parler. De toute façon, ça va se retrouver dans les journaux de demain, si j'en crois notre service de presse. Je ne sais quel plumitif a déjà fait la relation entre les noms de Cryer et de Fancourt. Si on ne reprend pas le premier dossier, on va se faire accuser de négligence et de bêtise. Et ils auront raison !

Ainsi c'était la peur des tabloïds qui avait poussé l'inspecteur principal à changer d'avis et non ce que Simon avait dit. Ce dernier se sentit encore une fois invisible.

Proust s'adressa de nouveau à Charlie :

— Toutes les observations de Waterhouse me semblent tenir la route. Vous auriez dû vous y mettre depuis longtemps.

Charlie rougit et baissa les yeux. Simon comprit qu'elle n'en sortirait pas indemne. Personne ne dit plus rien. Tous semblaient attendre que Proust atténue le coup en ajoutant :

— Il ne s'agit évidemment que d'une formalité. Comme l'inspecteur chef Zailer l'a justement fait remarquer, Beer est coupable.

Mais Proust n'était pas du genre à consoler. Il se contenta de grommeler :

— Inspecteur chef Zailer, puis-je vous voir dans mon bureau, je vous prie ?

Charlie n'avait d'autre choix que de le suivre dans son aquarium. Absurdement, Simon se sentait coupable, comme un collabo. Et puis merde ! Après tout, il n'avait fait qu'introduire un peu de logique dans le processus. Charlie avait l'air complètement bouchée sur cette affaire. Et si c'était pour le contrarier qu'elle se montrait si bornée ?

Sellers envoya un coup de coude dans les côtes de Simon :

— L'inspecteur chef est bonne pour une belle pipe si elle veut s'en tirer, cette fois-ci !

19

Lundi 29 septembre 2003

Je me sens dans un état abominable après avoir vu Simon. Je gare la voiture et m'apprête, une fois de plus, à pénétrer dans la grande maison froide et blanche que je suis censée appeler ma maison. J'aperçois Vivienne qui me regarde par la fenêtre de la chambre d'enfant. Elle ne recule pas quand elle me voit la fixer. Pas plus qu'elle ne m'adresse de signe ou ne me sourit. Ses yeux ressemblent à deux parfaites petites caméras qui enregistrent et suivent ma progression le long du chemin.

Lorsque j'ouvre la porte, elle est dans le vestibule et je ne comprends pas comment elle a pu y arriver si vite. Vivienne s'arrange pour toujours se trouver partout, même si je ne l'ai jamais vue se presser. David se tient derrière elle, qui nous surveille d'un œil avide. Pas un regard pour moi cependant. Il se lèche fiévreusement les babines en attendant que sa mère prenne la parole.

— Où est La Frimousse ? demandé-je.

En effet, je n'entends aucun bruit de bébé, juste le silence qui retentit à travers la maison. Un silence profond, assourdissant.

L'affolement me prend :

— Où est-elle ?

— Alice, où étais-tu ? demande Vivienne. Je croyais que nous n'avions aucun secret l'une pour l'autre. J'avais confiance en toi et je croyais que c'était réciproque.

— Qu'est-ce qui se passe ?

— Tu m'as menti. Tu m'as dit que tu allais faire des courses en ville.

— Je n'ai rien trouvé de ce que je voulais.

Lamentable mensonge, en effet. Comme si dans ma détresse j'allais songer à faire des courses ! Vivienne a dû tout comprendre dès le début.

— Tu es allée au commissariat, c'est ça ? Ce policier a téléphoné, l'inspecteur Waterhouse. C'est vrai que tu lui as dit qu'on avait *volé* ton portable ?

Elle met une telle intonation de dégoût dans le mot « volé » ! Cependant, je réfléchis à toute vitesse :

— Je suis vraiment partie faire des courses. Mais quand j'ai constaté que mon téléphone n'était plus dans mon sac...

— L'inspecteur Waterhouse a dit que tu étais hystérique. Il s'inquiétait beaucoup pour toi. Et moi aussi.

La méfiance monte en moi.

— Mon portable était dans mon sac ce matin et je sais que je ne l'en ai pas enlevé ! C'est donc forcément l'un de vous deux. Vous n'avez pas le droit de me prendre mes affaires sans mon autorisation ! Je sais que vous me considérez comme une folle, et Simon aussi d'ailleurs. Mais même les fous ont le droit de ne pas se voir soutirer leurs affaires.

— *Simon !* marmonne David.

C'est tout ce qu'il dit.

— Alice, tu te rends compte de l'impression que tu donnes ? dit Vivienne d'une voix douce. Tu ranges mal un objet et tu songes aussitôt à en alerter la *police.* J'ai trouvé ton téléphone dans ta chambre, juste après ton départ. Personne ne t'a rien pris du tout.

— Où est La Frimousse ? demandé-je à nouveau.

— Chaque chose en son temps.

Vivienne ignore tout du flux et du reflux d'un dialogue. Enfant, elle s'amusait à rédiger des sujets de conversation pour chaque repas. Avec sa mère et son père, ils prenaient chacun leur tour pour parler, pour fournir leur « rapport quotidien », comme elle l'appelait. C'était toujours elle qui parlait la première, et elle notait tout dans son carnet.

— Très bien, où est mon portable ? Je peux le récupérer ? Rendez-le-moi !

172

Vivienne pousse un soupir :

— Alice, qu'est-ce qui te prend? Je l'ai mis à la cuisine. Le bébé dort. Il n'y a aucun complot contre toi. David et moi sommes très inquiets pour toi. Pourquoi nous as-tu menti? N'importe quel observateur impartial verrait en moi une gentille personne d'un certain âge qui s'efforce de raisonner une femme hystérique et tremblante dans une affreuse robe verte.

Cette fois, l'épuisement m'écorche le cerveau, l'intérieur de mes paupières me semble granuleux et les tendons de mes mains me font mal, comme lorsque je manque de sommeil. Je n'ai plus envie de parler. Je passe en trombe devant Vivienne pour me ruer dans l'escalier.

Arrivée devant la chambre d'enfant, j'ouvre grande la porte, plus violemment que je ne l'aurais voulu. Elle claque contre le mur. J'entends des pas derrière moi. La Frimousse n'est pas dans le berceau. Je fais volte-face dans l'espoir de la voir dans son couffin ou sur son fauteuil gonflable, ne l'aperçois nulle part.

Je me tourne pour partir mais, lorsque j'atteins la porte, je la trouve fermée. De l'extérieur, la clef tourne dans la serrure.

— Où est-elle? crié-je. Vous m'avez dit qu'elle dormait! Laissez-moi au moins la voir, je vous en prie!

J'entends mes paroles se heurter. Je ne sais pour ainsi dire plus ce que je dis ni ce que je fais.

— Alice, répond la voix quasi désincarnée de Vivienne sur le palier. Je t'en prie, tâche de te calmer! Le bébé dort dans le petit salon. Elle va très bien. Tu te comportes comme une malade. Je ne peux pas te laisser te déchaîner ainsi à travers la maison. J'ai peur de ce que tu pourrais faire, à toi-même autant qu'au bébé.

Je me laisse tomber à genoux, la tête contre la porte.

— Laissez-moi sortir!

Bien entendu, cela ne sert à rien. L'image de Laura me vient à l'esprit. Si seulement elle me voyait en ce moment, elle rirait, rirait.

Roulée en boule, j'éclate en sanglots, inonde de larmes le haut de ma robe verte. Je m'avise soudain que c'était déjà ce que je portais la seule fois où j'ai vu Laura et que, ce jour-là également, j'ai pleuré toutes les larmes de mon corps après son départ, lorsque j'ai compris à quel point elle s'était moquée de moi. C'est peut-être même pour ça que je déteste tant cette robe.

À l'époque je travaillais encore à Londres, je ne vivais pas avec David. Laura avait pris rendez-vous avec moi sous un faux nom, Maggie Royle. Par la suite j'ai appris que c'était celui de sa mère avant qu'elle n'épouse Roger Cryer. J'ai rencontré ses parents à l'enterrement et j'ai eu la naïveté, l'effronterie de me sentir blessée de leur attitude glaciale à mon égard.

David et moi ne voulions pas nous rendre à cet enterrement. Vivienne avait insisté. Elle avait utilisé un étrange argument :

— Vous devriez avoir envie d'y aller.

La plupart des gens auraient seulement dit :

— Vous devriez y aller.

J'ai supposé qu'elle faisait allusion à l'importance d'accomplir son devoir de grand cœur plutôt qu'à contrecœur.

Maggie Royle fut mon premier rendez-vous ce jour-là. Elle avait insisté pour me voir le plus tôt possible car elle avait une réunion de travail à 10 heures. Au téléphone, je lui demandai, avec l'intérêt que je pouvais montrer à l'égard de n'importe quel nouveau patient, quel métier elle exerçait. Elle répondit qu'elle était dans la « recherche », ce qui, quelque part, correspondait à la vérité. C'était une scientifique qui travaillait sur la thérapie génique mais elle avait évidemment omis d'entrer dans ce genre de détail.

Elle arriva à mon cabinet d'Ealing à peine maquillée, dans un tailleur Yves Saint Laurent, celui-là même dans lequel on devait la retrouver assassinée. C'est Vivienne qui m'a fourni ce détail.

— Il était plein de sang séché, a-t-elle même ajouté.

Après un instant de réflexion, elle a précisé :

— C'est épais, le sang, tu sais. Comme de la peinture à l'huile.

Vivienne n'a jamais caché sa joie de voir Felix venir s'installer aux Ormes.

— Il est tellement heureux ici! assure-t-elle. Il *m'adore*.

Je reste persuadée qu'elle n'a aucune notion de la différence qui existe entre ce qui vaut mieux pour les autres et ce qu'elle désire personnellement.

Laura était petite, avec des mains minuscules comme celles d'un enfant, mais ses escarpins de daim à hauts talons la hissaient presque à ma taille. Son teint mat me frappa tout de suite, d'autant qu'il ne faisait que souligner le bleu électrique de ses yeux, le blanc brillant qui entourait ses iris, tellement brillant que cela lui donnait une peau quasi cireuse. Elle portait ses cheveux sombres longs et bouclés. Elle avait une large bouche presque trop grosse mais l'ensemble ne manquait pas d'allure. Je me souviens d'avoir pensé qu'elle paraissait puissante, très sûre d'elle, de m'être sentie flattée qu'elle soit venue chercher de l'aide auprès de moi. J'avais plus envie que jamais de savoir ce qui l'amenait dans mon cabinet. La plupart de mes patients avaient plutôt l'air minables, abattus; elle, c'était le contraire.

Nous nous sommes serré la main en souriant et je lui ai proposé de s'asseoir. Elle s'est installée sur le canapé, face à moi, en croisant les jambes deux fois, aux genoux et aux chevilles, les mains posées sur son giron.

Je lui ai demandé, comme à tous mes patients pour leur première visite, de me parler d'elle, de me dire tout ce qu'elle pouvait, tout ce qui lui semblait important. Il est plus facile de traiter les bavards parce qu'ils révèlent beaucoup d'eux-mêmes, et Laura était bavarde. Plus elle en disait, plus j'étais certaine de pouvoir l'aider.

Aujourd'hui, cela me gêne de penser que je restais là à prendre des notes et qu'elle, pendant ce temps, devait me considérer comme la dernière des idiotes. Je ne savais même pas à quoi ressemblait la femme de David. Laura comptait certainement dessus, car elle devait se douter que David allait détruire toutes leurs photos, à commencer par celles du mariage.

Elle s'exprimait d'une voix grave et sérieuse. Je croyais que j'en arriverais même à bien l'aimer si je la connaissais mieux.

— Mon mari et moi avons récemment rompu. Nous allons divorcer.

— Mes condoléances...

— Surtout pas! s'écria-t-elle avec un rire amer. Je me sens beaucoup mieux comme ça. Mais je ne me contenterai pas d'un divorce. J'aimerais obtenir une sorte d'annulation, un certificat, un document officiel qui dirait que nous n'avons jamais été mariés. Qui efface tout, comme si rien ne s'était jamais produit entre nous. Je devrais me faire catholique.

— Combien de temps avez-vous passé ensemble?

Je me demandais si son mari ne s'était pas montré violent.

— Onze malheureux mois. On sortait ensemble, je suis tombée enceinte, il a fait sa demande, vous imaginez la suite. Sur le moment, j'ai cru que ce serait une bonne idée. Je crois que nous n'étions mari et femme que depuis deux mois quand je l'ai quitté.

— Ainsi, vous avez eu un enfant de lui?

Laura hocha la tête.

— Et... pourquoi l'avez-vous quitté?

— J'ai découvert qu'il était possédé.

Dans mon métier, les gens racontent tout le temps de drôles de choses. Mon rendez-vous suivant, après Maggie Royle, était un patient qui explosait de fureur chaque fois qu'un inconnu articulait son prénom, même si cette personne parlait de quelqu'un d'autre qui portait le même que lui. Cette phobie avait plus d'une fois provoqué des bagarres dans les pubs.

Je n'en étais pas moins surprise d'entendre Maggie Royle prononcer le mot « possédé ». Elle paraissait si rationnelle, si professionnelle, dans son élégant tailleur! Pas du tout le genre de personne à croire aux fantômes.

— Je ne lui permets de voir notre enfant que le plus rarement possible et toujours sous ma supervision. J'aimerais lui interdire tout droit de visite mais je ne suis pas certaine d'y arriver. Ne vous inquiétez pas, je sais que ce n'est pas votre spécialité; vous êtes homéopathe, pas avocate. J'ai un excellent avocat.

Je tâche de la ramener sur les rails qui m'intéressent :

— Quand vous dites qu'il est possédé...

— Oui?

— Vous voulez dire ce que je crois?

Laura posa sur moi un regard inexpressif.

— Je ne sais pas ce que vous croyez, finit-elle par répondre.

— Pouvez-vous définir le mot « possédé »?

— Dominé par l'esprit d'un autre.

— Un esprit malin?

— Oh, oui!

Elle éloigna des mèches de ses yeux.

— Malin entre tous.

Les gens les plus dérangés peuvent paraître normaux jusqu'à ce qu'on approfondisse un peu la conversation. Je décidai de jouer le jeu, de cerner autant que possible les délires de Maggie Royle. Si je découvrais, comme je m'y attendais, qu'elle avait l'esprit trop malade pour que je puisse la traiter efficacement, je l'enverrais chez un psychiatre.

— Est-ce l'esprit d'une personne décédée ? demandai-je.

— Oui.

Prête à l'attaque, elle s'assit au bord du canapé.

— Vous croyez aux fantômes ? s'enquit-elle d'un ton protecteur.

— Tenons-nous-en à ce que vous croyez, pour le moment.

— Je suis une scientifique. Je crois en un monde matériel.

J'aimerais dire qu'à ce moment-là, un signal d'alarme avait commencé à résonner dans mon esprit, mais ce ne fut pas le cas. Je n'avais aucune raison de croire que la femme assise en face de moi fût quelqu'un d'autre que Maggie Royle.

— Je ne suis pas certaine de croire en l'homéopathie, continua-t-elle. Vous allez me donner un de vos remèdes à la fin de la séance, c'est ça ?

— Oui, mais vous n'avez pas besoin d'y penser pour le moment. Concentrons-nous sur...

— Et en quoi consistera ce remède ? Qu'est-ce qu'il y aura dedans ?

— Tout dépend de ce que j'estimerai devoir vous administrer, en fonction des informations que vous me fournirez. C'est encore un peu tôt.

— J'ai lu quelque part que les remèdes homéopathiques ne consistaient en rien d'autre que des pilules de sucre dissous dans de l'eau. Que si on procédait à une analyse de chacune d'elles, on n'y trouverait la trace d'aucune autre substance.

Elle sourit, amusée.

— Comme je vous l'ai dit, je suis une scientifique.

Je n'étais pas très contente de la voir faire dévier notre conversation avec une telle agressivité, la colère qui émanait d'elle, mais c'était sa séance. Elle me payait quarante livres de l'heure. Je devais la laisser parler de ce qui lui paraissait important. Je me disais de ne pas m'en faire, que certains patients avaient besoin d'être rassurés sur l'efficacité de l'homéopathie avant de s'y fier.

— C'est vrai, dis-je. Les substances que nous dissolvons dans l'eau pour préparer les remèdes ont été tellement diluées qu'il n'en reste aucune trace chimique, que ce soit de la caféine, du venin de serpent ou de l'arsenic...

— De l'arsenic?

Laura haussa ses sourcils parfaitement épilés.

— Charmant!

— Il se trouve que, plus ils sont dilués, plus ils produisent de l'effet. Je sais que ça peut sembler bizarre, mais les experts commencent tout juste à comprendre exactement comment cela fonctionne. Disons que ce serait un peu comme si l'élément de base imprimait sa substance moléculaire dans l'eau. C'est plus proche de la physique quantique que de la chimie.

— Ce n'est pas n'importe quoi? demanda Laura d'un ton charmant.

Comme si sa question devait me ravir au lieu de me mettre en fureur.

— Ne dirait-on pas plutôt que je vais échanger ce matin, dans ce cabinet, de l'argent durement gagné contre un verre d'eau?

— Maggie...

J'allais faire une observation sur son hostilité qui commençait à sérieusement me compliquer l'existence.

— Ce n'est pas mon nom.

Elle sourit calmement en croisant les bras.

— Pardon?

Même à ce point-là, je n'avais pas encore deviné son identité.

— Je ne suis pas Maggie Royle.

— Vous êtes journaliste?

Les tabloïds ne manquaient jamais une occasion d'attaquer l'industrie de la santé alternative.

— Je vous l'ai dit, je suis une scientifique. Mais je vous retourne la question : qu'est-ce que vous êtes, vous? Vous croyez vraiment à ce trafic de conneries ou est-ce que vous riez sous cape des pauvres pigeons que vous exploitez? Ça doit bien rapporter, en plus. Vous devez être pleine aux as. Allez, dites-moi tout! Je vous promets de ne le répéter à personne. Vous n'êtes qu'un charlatan, au fond!

Là, je me suis levée :

— Je vais devoir vous demander de vous en aller, dis-je en désignant la porte.

— Alors, pas d'ordonnance? Vous n'allez pas trouver un moyen de me réconcilier avec le fait que j'ai laissé un bref désir pour David me gâcher la vie?

— David? m'entendis-je répéter.

Ce ne fut pas ce prénom qui me mit la puce à l'oreille. Il est trop répandu. Ce fut la façon dont Laura le prononça. Comme si je le connaissais.

— Ne l'épousez pas, Alice. Sauvez-vous pendant qu'il en est encore temps. Et, surtout, n'ayez pas d'enfant avec lui!

Mes yeux durent s'écarquiller d'horreur. Je sentis la tête me tourner. Mon gentil petit monde en était tout secoué.

— Vous n'avez rien d'un charlatan, soupira Laura. Vous êtes juste une poire. Tant mieux pour David, tant pis pour vous.

Je n'aime pas les combats singuliers, pourtant, je tenais à lui démontrer ma loyauté :

— Allez-vous-en! Vous m'avez menti, vous avez profité de ma bonne volonté…

— Et il n'y a rien de plus facile. Je vous assure que la petite comédie que je viens de vous servir ne sera rien en comparaison de ce que David et cette créature vont faire de vous.

— David m'aime. Vivienne aussi.

Je disais cela en tournant sur mon doigt ma bague de fiançailles en diamants et rubis, celle qui avait appartenu à la mère de Vivienne. Lorsque celle-ci me l'a donnée, j'en ai été tellement touchée que j'ai fondu en larmes. Elle n'avait pas voulu l'offrir à Laura, m'a-t-elle expliqué, mais moi j'y avais droit.

— Je suis désolée pour vous, ajoutai-je. Je ne reconnais même pas le portrait que vous avez fait d'eux…

Elle partit d'un rire méprisant :

— Ça viendra avec le temps.

Nous étions toutes les deux debout, face à face.

— À vous entendre, ils ressemblent à des caricatures tirées d'un mélodrame victorien. Que vous ont-ils fait pour mériter que vous les traitiez ainsi, que vous teniez Felix éloigné d'eux ? Vivienne ferait une extraordinaire grand-mère mais vous ne voulez pas lui en laisser l'occasion. Ce n'est pas juste, vis-à-vis de Felix.

Son visage se tordit de rage :

— Je vous interdis de prononcer le nom de mon fils à tort et à travers !

— C'est peut-être ce qui vous fait peur, qu'elle soit plus proche de votre fils que vous ne le serez jamais.

Malgré l'agressivité du moment, je me rappelle avoir pensé que j'étais contente de sauter sur l'occasion pour défendre Vivienne contre sa principale détractrice. Vivienne avait pris ma défense lorsqu'un de mes patients m'avait accusée, dans une lettre, de lui avoir donné de faux espoirs de guérison. Elle avait rédigé une réponse qui démolissait ses arguments un à un dans un style aussi courtois que foudroyant. Le patient me récrivit, quelques semaines plus tard, pour me présenter ses excuses.

— Ne me dites pas que c'est Vivienne qui vous a soufflé cette tirade ! siffla Laura. Voyons, je n'arrive pas à être une bonne mère et à forger un lien solide avec Felix parce que je n'ai pas laissé tomber mon emploi et que je ne supporte pas l'idée que quelqu'un d'autre puisse combler le vide que j'ai laissé dans son existence.

Staphisagria, pensai-je : le remède parfait pour une patiente pleine d'amertume.

— Vous croyez vraiment que David et Vivienne sont de tels monstres ? Mais pourquoi ? Ont-ils assassiné quelqu'un ? Torturé quelqu'un ? Commis un génocide ?

— Alice, réveillez-vous !

Elle m'avait saisie par les épaules et me secouait comme un prunier, au point que je sentis mes joues vibrer ; j'étais furieuse qu'elle ose me toucher sans que je l'y aie autorisée.

— Il n'y a pas de David ! clamait-elle. La personne que vous connaissez sous le nom de David Fancourt n'est pas un être humain mais la marionnette de Vivienne. Elle dit qu'il ne faut pas faire de gymnastique pendant la grossesse, David approuve. Elle dit qu'il n'est pas question d'envoyer l'enfant dans une école publique, David approuve. Toute sa personnalité repose sur quelques instincts à moitié formés, sur des contraintes et des peurs qui se bousculent au milieu d'un grand vide.

J'ouvris la porte de mon cabinet, m'adossai à l'encadrement.

— Partez, je vous en prie!

Cette description excessive commençait à me faire peur. Je ne la croyais pas, mais je ne pouvais pas davantage préserver mon esprit de telles paroles.

— C'est bon, soupira-t-elle en tirant sur sa veste.

Ses talons carrés laissèrent des marques sur la moquette.

— Seulement, conclut-elle, quand il sera trop tard, ne venez pas pleurer sur mon épaule.

Ce fut la dernière chose qu'elle me dit, la première et la dernière fois que je la vis vivante.

Après sa mort, un bon moment plus tard, je me mis à rêver que je voyais sa sépulture. Les mots « Ne venez pas pleurer sur mon épaule » étaient gravés sur la pierre tombale gris-vert. Mais, dans mes rêves, nuit après nuit, les gens venaient pleurer auprès d'elle. Les amis, la famille, les collègues; d'énormes foules en deuil venaient chaque jour au cimetière, le visage bouffi par les larmes. Pas moi, cependant. Je n'y allais jamais et je ne pleurais pas. J'étais la seule à obéir.

20

Les oreilles bourdonnantes, Charlie ferma la porte du bureau de Proust derrière elle. Elle était tellement furieuse qu'elle préférait ne rien dire. Mieux valait compter jusqu'à dix, très vite, recommencer à plusieurs reprises tout en se répétant, comme d'habitude dans ces cas-là, que les circonstances n'étaient pas aussi graves qu'elles en avaient l'air.

— Asseyez-vous, inspecteur, dit Proust d'un ton las. On ne va pas tourner autour du pot : vous laissez vos sentiments personnels affecter votre travail. Je veux que cela cesse.

Charlie contemplait l'épingle de cravate de son supérieur. Elle ne s'assit pas. Ce que Proust appelait ses « sentiments personnels » se manifestait en ce moment par des envies de meurtre de plus en plus explosives. Elle ressentait exactement la même chose qu'après l'anniversaire de Sellers l'année précédente : un blocage total à l'idée de ce que Simon avait pu lui faire. Il venait encore de la blesser, de la trahir, de l'humilier publiquement. Il ne lui en aurait pourtant rien coûté, absolument rien, de lui raconter en privé ce qu'il venait de dire à Proust et au reste de l'équipe. Mais non, il avait fallu qu'il la double, qu'il la mette en position de rester là, bouche bée comme un poisson ahuri, tandis qu'il débitait ses impressionnantes thèses.

— Patron, c'est vous qui supervisiez le travail de l'équipe sur l'affaire Laura Cryer. Vous savez aussi bien que moi que Darryl Beer est coupable. Il a avoué.

Elle reprit sa respiration. Avant tout paraître calme, sûre de soi. Il ne fallait pas que Proust la perçoive en situation de défense mais d'attaque, prête à remettre les pendules à l'heure.

— Je ne dis pas le contraire, soupira Proust. Mais raison de plus pour tout vérifier. Les remarques de Waterhouse sont justes. Cette histoire de bandoulière, en particulier, présente une contradiction qu'il faut examiner de près.

Jamais Charlie ne s'était sentie aussi idiote. Évidemment, ce détail avait quelque chose de préoccupant. Elle s'en voulait à mort de ne pas l'avoir remarqué à l'époque. Elle passait plutôt pour une bonne flic, remarquable, même. C'était d'ailleurs là-dessus qu'elle s'appuyait, cette satisfaction de son amour-propre contre une vie privée des plus frustrantes. Jamais elle ne supporterait de perdre cette unique source de fierté.

— Inspecteur, je m'estimais satisfait à l'époque, et j'estime encore que vous et votre équipe avez réalisé un bon travail. Comme vous l'avez dit, j'en ai moi-même supervisé le déroulement, or cet élément m'a échappé autant qu'à vous. Nous avions les preuves par l'ADN, les aveux du coupable, le manque d'alibi solide, le passé de Darryl Beer, je le sais bien !

Charlie acquiesça de la tête. Loin de la rassurer, ces paroles la rendaient encore plus malade. Proust qui jouait les gentils ! Depuis des années qu'elle travaillait pour lui, c'était la première fois qu'elle percevait de la pitié dans sa voix, ce qui colorait cet échange d'un aspect infiniment mortifiant.

— Mais, maintenant que cette famille reparaît dans une nouvelle affaire et que Waterhouse a soulevé quelques… singularités, disons, il faut reprendre de zéro, relire tous les comptes rendus, revoir tous les alibis, avec encore plus d'attention. D'après Waterhouse, avant sa disparition, Alice Fancourt semblait se méfier et avoir peur de son mari. Elle croyait qu'il savait que sa fille avait été échangée contre un autre bébé et qu'il mentait délibérément.

— Enfin, patron, vous *reconnaissez*, comme moi, que cette histoire d'échange, c'était du pipeau et qu'on peut l'oublier !

Charlie s'en voulait de sa petite voix timide mais elle commençait à perdre pied. Et si Proust se référait encore une fois à Simon comme à une sorte d'oracle, elle allait vomir.

L'inspecteur principal s'assit à son bureau, joignit le bout des doigts.

— Tout bien réfléchi, je crois que j'ai commis une erreur.

À cinquante-huit ans, il essayait pour la première fois de sa vie de paraître humble.

— Étant donné que la famille Fancourt s'est déjà illustrée dans une autre affaire criminelle, nous devrions peut-être prendre cette histoire d'échange de bébés au sérieux. Nous aurions dû procéder à une analyse ADN...

— C'est ça ! coupa Charlie hors d'elle. Et on aurait mis des semaines à nous donner les résultats, le temps que Vivienne Fancourt fasse faire ses propres prélèvements dans un labo privé. C'est *vous-même* qui l'avez dit.

Proust lui jeta un regard noir :

— Inspecteur Zailer, votre détermination à toujours avoir raison, à tout prix, n'est pas de mise, c'est le moins qu'on puisse dire. Si je peux admettre que j'ai eu tort, vous pourriez en faire autant.

Le cœur de Charlie dégringola dans ses chaussettes. Encore une insulte à ajouter à la liste. Et puis c'était la toute première fois qu'elle entendait Proust remettre en question son propre jugement. Elle ne serait pas plus surprise que ça si elle apprenait que ce salaud adoptait délibérément cette attitude pour la prendre au piège, souligner son intransigeance.

Elle ne comprenait pas pourquoi il tenait tant à la voir sous un angle tellement négatif. Elle n'était ni têtue ni irrationnelle, elle avait juste une peur mortelle de passer pour l'imbécile qui avait tout fait foirer. Quand elle pensait à certaines phrases qu'elle avait prononcées, plus tôt, au cours de la réunion d'équipe, elle avait envie de se rouler par terre. Proust avait raison, elle se laissait aller. Ses sentiments pour Simon déformaient tout le reste. Il fallait qu'elle s'isole le plus vite possible, le temps d'alimenter le creuset de sa fureur.

— Je veux que vous considériez David Fancourt comme votre suspect n° 1, reprit Proust. Que vous l'examiniez sous toutes les coutures, que vous le jugiez coupable de quelque chose tant que vous n'aurez pas prouvé, sans le moindre doute possible, qu'il ne l'est pas. En revanche, je ne veux pas que vous le plaigniez sous prétexte qu'il a épousé une folle qui lui aurait mené la vie dure et aurait enlevé son enfant. Je ne veux pas non plus vous entendre raconter à votre équipe les « conclusions » auxquelles vous êtes parvenue sans la plus petite preuve pour les étayer. Il reste encore tant de points obscurs qu'il serait pour le moins prématuré d'en déduire quoi que ce soit. C'est clair ?

Charlie hocha vivement la tête. Elle n'avait jamais pleuré devant Proust ni devant aucun autre policier. Si cela lui arrivait maintenant, elle démissionnerait. C'était aussi bête que ça.

— Donnez le dossier Laura Cryer à Waterhouse. Laissez-le s'entretenir avec Beer et avec tous les gens qu'il aura envie de voir. Et ne le prenez pas comme une brimade. C'est seulement qu'il n'a pas enquêté sur cette affaire, au contraire de vous, de Sellers et de Gibbs. Il la verra forcément avec un regard neuf.

Pianotant sur son bureau, Proust haussa un sourcil :

— Alors ?

— Alors quoi, patron ?

— Ne me prenez pas pour un crétin ! Je sais qu'en ce moment vous priez pour que je contracte une sale maladie et que je meure dans d'atroces souffrances pour aller danser sur ma tombe, mais je vous assure que vous vous trompez de cible. J'essaie de vous aider à mieux travailler, c'est tout. En ce moment, vous prenez les choses trop personnellement. Ne dites pas le contraire !

— Si, rétorqua-t-elle automatiquement.

C'était déjà assez difficile d'être une femme dans ce métier, s'il fallait en plus reconnaître des réactions émotionnelles...

— Vous niez ! lâcha Proust stupéfait.

Elle comprit qu'elle était allée trop loin :

— Non. Peut-être...

Elle avait le feu aux joues.

Trop tard.

— Vous voulez donner le mauvais rôle à Alice Fancourt parce que Waterhouse en est gaga. Depuis qu'elle a disparu, il traîne l'air hagard, comme un gamin de treize ans en mal d'une amourette de vacances. Il passe des heures à regarder sa photo sur le tableau. Et vous êtes jalouse parce que vous avez envie de vous le farcir. Oh, pardon si je choque votre sensibilité délicate ! Vous avez tous l'air de croire que je ne suis qu'un grand-père rétrograde, marié depuis si longtemps que je ne sais plus comment les choses se passent, mais je sais tout aussi bien que n'importe qui d'autre. J'entends les rumeurs qui courent dans les couloirs. Il n'est pas nécessaire d'être grand clerc pour voir que vous bavez de jalousie. Vous écartez systématiquement les hypothèses où Alice Fancourt n'apparaît pas comme une mégère hystérique qui fait perdre son temps à la police. Ça vous empêche de considérer les faits avec objectivité.

— Et Simon, alors? explosa Charlie. Il est objectif peut-être? Si vous me trouvez partiale, vous devriez lui parler. Pour lui, Alice Fancourt est une sainte. C'est lui qui devrait se faire remonter les bretelles! C'est lui qui...

— Assez!

Il avait crié si fort qu'elle en sursauta.

— C'est indigne de vous, reprit-il plus calmement. Waterhouse est loin d'être parfait mais je le surveille depuis quelque temps et, puisqu'on en est aux comparaisons, j'ai l'impression que son jugement est autrement moins embrouillé que le vôtre.

Ce fut comme si on venait de la frapper avec une massue. Tu n'es pas au courant du remplacement de son calepin plein de mensonges, songea-t-elle, sinon les deux rencontres illicites de Simon avec Alice Fancourt lui auraient coûté son job. Et puis qu'est-ce que ça veut dire, « J'entends les rumeurs qui courent dans les couloirs »? Le sang de Charlie ne fit qu'un tour quand elle s'avisa que Proust devait être au courant de sa mésaventure chez Sellers. Elle avait toujours compté sur le fait que Simon n'en dirait rien à personne. Maintenant elle ne savait plus vraiment...

Comme pour remuer le couteau dans la plaie, Proust ajouta :

— Waterhouse, voyez-vous, possède une importante qualité qui semble vous faire défaut : il sait se remettre en question.

— Oui, patron.

Jamais elle ne s'était sentie plus maladroite, plus salie, plus rabaissée. Elle aurait voulu se trouver ailleurs, devenir quelqu'un d'autre. Se remettre en question? Proust devait faire allusion aux quelques rares instants où Simon émergeait de son écœurante arrogance.

— Ressaisissez-vous, inspecteur! Au lieu de chercher quelqu'un à qui vous en prendre, faites un effort et remettez-vous au travail. Laissez de côté cette jalousie idiote, arrêtez vos enfantillages. Si vous ne plaisez pas à Waterhouse, vous n'y pouvez rien. J'ai dit ce que j'avais à dire sur ce sujet et je le considère comme clos.

D'un geste de la main, il lui fit signe de s'en aller.

Écrasée de honte, Charlie prit la direction de la porte. Elle savait que Sellers, Gibbs et Simon, qui se trouvaient encore dans le bureau de la Crim, détourneraient les yeux quand elle sortirait de l'aquarium de Proust. Impossible d'aller leur parler boulot l'air dégagé comme si de rien n'était, pourtant, si elle les évitait, ils croiraient qu'elle avait pris le savon de sa vie et ne s'en remettait pas; elle n'arrivait pas à déterminer quelle option était la pire des deux.

— Au fait, inspecteur?

— Oui?

— Cette femme à laquelle Alice Fancourt a fait allusion auprès de Waterhouse, qu'elle aurait connue à la maternité...

— Mandy. Je vais la localiser.

Après tout, libre à lui de gaspiller le budget du service à vérifier les spéculations sans fondements d'Alice Fancourt. Ce serait lui qui se ferait ensuite taper sur les doigts.

— Prenez donc un échantillon de son ADN et de celui de son bébé, et vérifiez s'ils correspondent. Ça ne mange pas de pain.

Et puis quoi encore? Pourquoi pas les ADN de toutes les femmes qui avaient accouché à l'hôpital de Culver Valley depuis un an? Genre roi Hérode? Ça devenait complètement ridicule.

Elle ferma doucement la porte de Proust et passa devant ses équipiers sans leur laisser le temps d'ouvrir la bouche. Simon leva la tête, mais pas Sellers ni Gibbs. Charlie fonça vers les toilettes, le seul endroit où elle puisse se réfugier au cas où Simon la poursuivrait en lui demandant si tout allait bien. Le genre de question qu'elle détestait entre toutes.

Elle poussa la première porte et s'y adossa en respirant à fond plusieurs secondes, le temps d'évacuer un peu de tension. Puis elle se laissa tomber à terre, éclata en sanglots.

21

Mardi 30 septembre 2003

Je suis assise dans le petit salon, à moitié endormie, aussi désorientée qu'hier lorsque je manquais de sommeil. En face de moi se tient un médecin que je ne connais pas. Elle dit s'appeler Rachel Allen. Je n'ai pas envie de la croire. Qui sait si ce n'est pas Vivienne qui l'a engagée? Ce pourrait aussi bien être une actrice. Elle est très jeune, blonde, elle a le teint trop rose, sans une trace de maquillage. Elle a laissé ses gros mollets à l'air, alors qu'ils sont pleins de marbrures et de poils blonds. Chaque fois qu'elle capte mon regard, elle me décoche un sourire enthousiaste. Je sais que Vivienne écoute à la porte, qu'elle attend le diagnostic, quel qu'il soit.

Le Dr Allen se penche, me prend la main, la serre entre ses paumes.

— Ne vous inquiétez pas, Alice.

Je n'ai jamais rien entendu de plus bête. Comme si, à ma place, il ne fallait pas s'inquiéter!

— Ne craignez rien, nous allons vous remettre sur pied.

Elle sourit de nouveau, me tend un morceau de papier. Une quantité de questions. M'arrive-t-il de songer à me faire du mal? Souvent, parfois, jamais. Ai-je l'impression de ne plus pouvoir me réjouir de rien? Souvent, parfois, jamais.

— Qu'est-ce que c'est?

J'ai faim, à tel point que je me sens défaillir, comme si des griffes m'étreignaient l'estomac sans rien y trouver.

— C'est notre enquête de dépression post-partum. Je sais ce que vous pensez : des formulaires, encore des formulaires, toujours des formulaires! Je suis d'accord. Remplissez-le et ensuite on pourra discuter.

— Où est le Dr Dhossajee? C'est à elle que j'ai affaire d'habitude.

— Elle n'est pas libre pour le moment. Je la remplace. Si vous remplissiez ce formulaire maintenant? Voulez-vous de quoi écrire?

Elle fouille dans sa poche, en sort un stylo à bille bleu.

Je lis toutes les questions. Trop simplistes.

— Ça ne sert à rien, dis-je. Ces questions n'ont rien à voir avec ma situation. Mes réponses ne nous apprendront rien d'utile.

Le Dr Allen hoche pensivement la tête et se penche en avant.

— Avez-vous pleuré ce matin?

— Oui.

Je n'ai à peu près rien fait d'autre que pleurer ces derniers jours. J'ai pleuré quand Vivienne m'a enfermée dans la chambre d'enfant. Je me suis pelotonnée sur la moquette pour sangloter en étreignant Hector, le gros ours en peluche de Fanny, jusqu'à ce que je m'endorme. Quand je me suis réveillée, seize heures plus tard, j'ai encore pleuré. Je n'ai pas vu La Frimousse depuis que je suis sortie pour retrouver Simon. J'ai un besoin désespéré de la voir, ne serait-ce qu'une fois, même si je ne peux pas la toucher.

— Ma pauvre! Combien de fois avez-vous pleuré?

Le Dr Allen est tellement pleine de bonne volonté qu'elle en devient pesante.

— Beaucoup. La plupart du temps. Mais c'est parce que ma fille a été enlevée, que j'ignore où elle se trouve et que personne ne veut me croire.

— Vous avez l'impression que personne ne veut vous croire?

On la dirait elle-même au bord des larmes.

— En effet.

— Avez-vous l'impression que les gens et les circonstances sont contre vous?

— Oui, parce que c'est le cas. Ma fille a disparu et je ne peux pas le prouver, ni à mon mari ni à la police. C'est un fait, pas une impression.

Je dois avoir l'air froide et sans cœur. Mais c'est parce qu'on me l'a arraché. Il n'existe plus.

— Bien sûr ! s'empresse d'approuver le Dr Allen. Je suis convaincue que les impressions *sont* des faits. Je prends très au sérieux les impressions de mes patients. Je veux vous aider. Vous avez parfaitement le droit de ressentir ce que vous ressentez. Il est très répandu chez les femmes qui viennent de mettre au monde un bébé de souffrir d'une insupportable impression de persécution, d'aliénation...

— Docteur, ma fille a été kidnappée.

Ça lui coupe le sifflet.

— Bon... et qu'en pense la police ?

— Elle ne réagit pas. Elle dit que ce n'est rien. Elle ne me croit pas.

Cette expression de soulagement sur son visage... me voilà encore trahie. Elle a l'air enchantée que d'autres professionnels abondent dans son sens.

— Vous paraissez fatiguée, reprend-elle. Je vais vous prescrire des somnifères...

— Non, je n'ai pas besoin de médicaments. Je viens de dormir plus de douze heures d'affilée. Je vais remplir votre questionnaire mais je ne prendrai rien du tout. Je me porte très bien. Si j'ai l'air fatiguée, c'est parce que j'ai trop dormi. Donnez-moi ce stylo.

Elle me le tend. Je coche quelques cases, de préférence des réponses qui me fassent paraître le plus équilibrée possible.

— Comment vous sentez-vous physiquement en général ?

— J'éprouve parfois quelques vertiges, dois-je reconnaître.

— Vous prenez du Co-codamol ?

— Oui. C'est pour ça que j'ai des vertiges ?

— C'est un analgésique très puissant. Quand avez-vous eu votre césarienne ?

— Je vais arrêter de le prendre.

Il faut que je garde l'esprit clair. De toute façon, je n'ai jamais aimé les analgésiques allopathiques mais Vivienne m'a dit que j'en avais besoin. Je l'ai crue.

190

— Je prends également deux remèdes homéopathiques, de l'hypericum et du gelsemium.

— Très bien, déclare-t-elle avec un sourire tolérant. Si ça ne vous fait pas de bien ça ne peut pas vous faire de mal.

Cette condescendance ! Quelle peste !

Je lui rends le formulaire. Question à cent points : Alice est-elle folle ou non ?

— Merci ! s'enthousiasme-t-elle.

Comme si je venais de lui remettre les bijoux de la couronne. Elle se met à lire mes réponses avec une grande attention, respirant lourdement comme si elle tentait de résoudre un problème incompréhensible. Elle me fait penser à un cheval.

— Et si le bébé était malade ? murmuré-je. La Frimousse. Et si elle était malade ?

Cette idée nouvelle me donne le tournis.

— C'est peut-être pour ça qu'on l'a échangée, contre Fanny qui est en bonne santé.

Je me souviens des tests de Guthrie, du sang qu'on lui a prélevé au talon. David a même plaisanté en disant qu'il consistait à fredonner quelques chansons de Woodie Guthrie aux nouveau-nés pour voir combien ils en reconnaissaient. Les résultats de Fanny étaient bons ; elle allait bien.

— Elle paraît en bonne santé, ajouté-je, mais... vous ne pourriez pas procéder à quelques analyses ? Sur le bébé ? Sur La Frimousse ?

Ma respiration s'accélère.

— C'est ça ! dis-je en joignant les mains. Ça expliquerait pourquoi Mandy ou quelqu'un d'autre a échangé les bébés. Dans ce cas, Fanny serait saine et sauve ! Vous voyez ce que je veux dire ?

Le Dr Allen me considère d'un regard vaguement épouvanté.

— Excusez-moi un instant, lâche-t-elle soudain. Il faut que je voie Vivienne une minute.

Si je m'intéressais un tant soit peu à son opinion, je m'opposerais à ce qu'elle en fasse part à ma belle-mère plutôt qu'à moi mais, comme je sais que je ne suis pas folle, je me moque de ce qu'elle peut raconter et à qui. Je la regarde filer de la pièce. J'aimerais qu'elle fiche le camp. Qu'elle ne revienne jamais.

Et que Vivienne et David l'accompagnent. Je prendrais La Frimousse avec moi, pour l'emmener loin des Ormes et ne jamais revenir. David ne pourrait plus me torturer. Mais je sais que je ne peux pas agir ainsi, sur un simple coup de tête. Les gens verraient ma voiture. Ils me verraient avec La Frimousse. On nous retrouverait et on nous ramènerait.

J'entends le Dr Allen qui s'entretient avec Vivienne derrière la porte.

— Mon Dieu! Elle m'inquiète beaucoup, dit la première.

Pas plus que Vivienne elle ne semble se soucier que je puisse les entendre. Elle répète à ma belle-mère à peu près tout ce que je viens de lui dire. J'éprouve un choc lorsqu'elle va jusqu'à préciser que j'ai l'air de vouloir que La Frimousse soit malade, car cela prouverait que Fanny va bien. Mais non! Je ne veux pas le moindre mal à aucun bout de chou! Ça devrait aller de soi.

— Regardez ça, dit encore le Dr Allen. À la question « Avez-vous souvent l'impression de ne pouvoir vous débrouiller seule? » elle a répondu « Jamais ». C'est un de nos principaux signaux d'alarme. Quand on vient d'avoir un bébé, on a souvent l'impression d'être dépassé par les événements. Alors ceux qui le nient...

— ... se trompent eux-mêmes, conclut Vivienne.

— Oui. Et courent droit vers de possibles ennuis. Cette espèce de déni vous met trop de pression sur les épaules. On finit par craquer. Je suis désolée! Je recommande qu'Alice consulte un psychothérapeute ou un psychiatre.

J'aimerais bien. Car il se mettrait aussitôt de mon côté, comme le veut son rôle. Il me suffirait d'une personne de mon côté pour que je me débrouille. Mais Vivienne ne laisserait jamais aucun psy s'emparer de mon esprit. Elle croit que ce genre de personne tente de prendre le contrôle de vos pensées.

— ... semble s'enferrer dans de profonds délires, conclut le Dr Allen.

— Qui vous dit qu'il s'agit d'un délire? interroge Vivienne.

J'ai le cœur qui bat à tout rompre. Qu'est devenue ma confiance en moi pour que je me laisse émouvoir par le plus petit indice laissant entendre que tout le monde n'est pas dressé contre moi?

192

— Puis-je vous poser une question, docteur?

— Bien sûr!

— Fanny est nourrie au biberon depuis sa naissance. Voyez-vous, elle refusait le sein. Le bébé là-haut semble très bien apprécier le même lait. Est-ce que ça signifie qu'il doit s'agir de Fanny?

Je hoche la tête. Bonne question. Vivienne a l'esprit ouvert, elle tente de mêler la logique au problème.

— Eh bien...

Le Dr Allen hésite.

— Un bébé nourri au sein pourrait protester si on le met brusquement au biberon. Mais s'il en a toujours été ainsi...

— Il existe pourtant plusieurs sortes de laits maternisés, non? rétorque Vivienne, impatientée. Un changement de marque ne poserait aucune difficulté?

— Peut-être ou peut-être pas. Tous les bébés sont différents. Certains n'acceptent que le sein, d'autres se mettent au biberon sans peine, prennent n'importe quelle marque. Le fait que ce bébé consomme la même que Fanny ne prouve rien non plus.

Le Dr Allen semble mal à l'aise. On dirait qu'elle n'a plus qu'une envie : s'en aller. Elle doit se demander si tous les habitants des Ormes sont aussi cinglés.

Voilà qui m'encourage. En l'absence de preuve concrète, ces dames ont l'air perdues. Je suis peut-être malheureuse, tourmentée par mon mari, désespérée de ne pas retrouver ma fille, seule sans pouvoir compter sur une aide quelconque, mais, au moins, je connais la vérité. J'ai cet avantage.

22

7/10/03, 14 heures

Simon n'avait jamais pu s'habituer aux visites en prison. Il détestait faire la queue parmi les autres visiteurs dont il savait que certains n'hésitaient pas à cacher, parfois dans les parties les plus intimes de leur personne, des paquets d'héroïne qu'ils passaient sous la table à leur prisonnier à un moment ou à un autre. Les matons, pour la plupart corrompus, le savaient très bien mais n'intervenaient pas.

Il se tenait au milieu des petites amies, à peine vêtues et sous-alimentées, de gangsters notoires ou de simples prévenus sans envergure. Elles allaient jambes nues, marbrées par le froid, sur des talons vertigineux, gloussaient et murmuraient entre elles. Simon entendit le mot « poulet ». Uniforme ou pas, il se faisait tout de suite repérer.

Après la queue vint la fouille, puis tous les visiteurs passèrent devant des chiens renifleurs. Finalement admis, Simon pénétra dans le parloir miteux de la prison de Brimley et, de là, dans la cour intérieure, prêt à subir l'habituel concert :

— Enfoiré de poulet ! Ordure ! Connard de flic !

Accompagnés par les cliquetis des cages qui encerclaient la cour, les glands reprenaient avec enthousiasme leur éternel refrain. Ils n'avaient pas grand-chose d'autre à faire.

Simon regardait droit devant lui ; il parvint ainsi au bloc des cellules sécurisées. Le maton qui l'accompagnait le fit entrer dans une petite pièce aux murs couleur moutarde et à la moquette brune complètement élimée. La table réglementaire, les deux chaises. Une caméra fixée au mur avec son objectif carré. Sur la table un épais cendrier en plastique. N'importe quel inspecteur savait qu'il était inutile de se présenter là sans un paquet de cigarettes. Les glands les attendaient, aussi sûr que les serveurs attendaient leur pourboire. Obligation optionnelle.

Mal à l'aise dans cet endroit qui puait la sueur et la fumée, Simon s'assit sans s'attarder sur l'odeur salée qui évoquait des exploits sexuels auxquels il préférait ne pas penser. Il avait pris une douche ce matin, dans l'espoir de se sentir propre malgré cet environnement.

Regarde où tu es, lui soufflait une petite voix. Démoralisant de penser que c'était pourtant le milieu sordide où il vivait, un tout autre monde que celui d'Alice Fancourt, et des Ormes. Il se la représenta, telle qu'il l'avait vue pour la première fois, debout, très droite, en haut de l'escalier, puis assise sur le canapé crème du living, ses longs cheveux blonds éparpillés sur le dossier. Les gens comme elle ne devraient pas avoir à partager la planète avec la racaille qui aboutissait ici… Simon ne savait trop qui il entendait par là, Beer ou lui-même.

Sans croiser un instant son regard, Charlie lui avait donné pour instruction d'interroger Beer sur l'arme du crime et sur le sac de Laura Cryer. Quoi que Proust ait pu dire à l'inspecteur chef durant leur tête-à-tête, il en voyait déjà les résultats. Elle faisait étalage de sa nouvelle approche de l'affaire, à commencer par cet énorme et inutile numéro 1 tracé sur le tableau du bureau de la Crim, avec le nom de David Fancourt à côté; elle s'était même donné la peine de recommander à haute voix de reprendre le dossier Laura Cryer. Simon ne s'y trompait pas, et sans doute Proust non plus. Charlie avait déjà fait ce genre de chose, se comportant d'une façon exemplaire tout en laissant entendre que son cœur autant que sa tête s'y opposaient violemment.

Immature, aucune dignité. Mais ce qui agaçait le plus Simon, c'était qu'il semblait être le principal objet de cette hostilité. Il ne comprenait pas ce qu'il avait pu faire pour la mettre dans cet état. Il avait émis de bonnes remarques sur l'affaire Cryer. Il s'était attendu à des compliments, à une admiration un peu forcée et à une controverse pimentée. Au lieu de quoi Charlie ne le regardait plus. Elle lui parlait comme un zombie qui lirait son texte sur un téléprompteur. Sellers et Gibbs ne semblaient pas avoir remarqué ; elle était tout charme, tout sourires avec eux, comme pour mieux souligner son propos.

Il avait entendu dire que les femmes étaient irrationnelles mais il classait volontiers Charlie parmi les exceptions. Elle devait pourtant savoir qu'il n'était pour rien dans la réprimande qu'elle venait de subir de la part de Proust. Elle ne pouvait s'en prendre qu'à sa seule négligence, aux paroles idiotes qu'elle avait prononcées à la réunion de l'équipe et qui tenaient davantage du potin que de l'enquête policière.

La porte de la salle fétide s'ouvrit sur un jeune homme poussé en avant par un maton plus jeune encore. Il fallut quelques secondes à Simon pour reconnaître Darryl Beer, ce petit merdeux dégingandé qui avait tout d'un rongeur, y compris les manières fuyantes et la queue de rat qui lui servait de catogan. Maintenant son visage s'était enveloppé, ce qui lui donnait un air plus humain, il avait adopté la coupe GI et pris du poids. On aurait plutôt dit un père de famille qui passait son dimanche après-midi à jardiner et à préparer des barbecues.

Simon se présenta. Beer haussa les épaules. Il se moquait éperdument de l'identité de son visiteur ou même de ce qui l'amenait. Simon avait l'habitude : un poulet restait un poulet et n'avait jamais rien de bon à vous annoncer.

— J'ai quelques questions à vous poser au sujet du meurtre de Laura Cryer.

— Violences avec voies de fait, rectifia Beer machinalement.

Il croisa ses bras poilus. Sa chemise était trop serrée, laissant apparaître un petit bedon tout blanc.

— Un coup de couteau de cuisine sur une femme qu'on laisse ensuite se vider de son sang, j'appelle ça un meurtre.

Beer ne cilla pas.

Simon produisit un paquet de Marlboro et un briquet. Beer tendit la main, celle sur laquelle il avait tatoué « HATE ». Il alluma une cigarette, inhala une longue bouffée, puis une autre.

— C'est vous? demanda Simon.

La question parut surprendre le prisonnier.

— Vous vous foutez de moi? J'ai plaidé coupable, non?

— Qu'avez-vous fait de son sac? Et du couteau?

— Vous savez qui était Laura Cryer? interrogea Beer sur le ton de la conversation. Quel métier elle faisait? Si elle avait vécu, elle aurait peut-être trouvé un remède contre le cancer. Son équipe de recherche y arrivera sans doute, grâce à ce qu'elle a lancé. Vous saviez que c'était elle qui avait persuadé Morley England d'investir quarante millions de dollars chez BioDiverse, pour financer ses recherches? Peut-être qu'un jour elle sera célèbre. Et moi aussi.

— Qu'avez-vous fait du sac et du couteau?

— Sais plus.

Beer affichait un sourire satisfait. Il se gratta le ventre des ongles trop longs de sa main marquée « LOVE ».

— J'étais défoncé. Pourquoi ça vous intéresse, d'abord?

— Vous souvenez-vous seulement d'avoir frappé Laura Cryer?

L'attitude de son interlocuteur commençait à taper sur les nerfs de Simon. Il bouillait intérieurement. Cela en valait-il la peine pour cet abruti? À moins que sa colère ne soit que l'expression d'un sentiment latent qui le travaillait sans qu'il en prenne vraiment conscience? Il s'imagina en train de tourner un extincteur sur les flammes qui l'habitaient, comme Charlie le lui avait une fois conseillé.

— Imagine la mousse humide. Ça calme.

Effectivement. Comment cette fille avisée avait-elle pu se transformer en cette gamine capricieuse et mal embouchée qu'il avait vue ce matin gâcher la réunion?

— Ça doit bien être moi, non? psalmodia Beer d'une voix chantante. Avec toutes ces preuves qu'on a trouvées!

Simon se retint de lui plaquer le visage dans le cendrier.

— Écoute, connard! Il y a une femme et son bébé qui ont disparu, un nouveau-né de moins d'un mois. Si tu me dis la vérité, ça pourrait nous aider à les retrouver.

Enfant, Simon s'était fait savonner la bouche un jour où il avait juré devant sa mère. Depuis, il avait entendu le langage peu châtié de ses collègues de la police. Quant à lui, il aimait les grossièretés pour ce qu'elles lui apportaient : une véritable délivrance. Il savourait chaque mot provenant d'un monde qui excluait ses parents.

Beer haussa les épaules.

— Vous perdez votre temps, poulet. Je suis sûr que votre bonne femme et son môme sont morts.

Simon inspira longuement. C'était faux. Charlie elle-même n'en était-elle pas convaincue ? Pourquoi n'avait-il pas osé le lui demander ? Avant sa disparition, Alice l'avait mis mal à l'aise en soulignant son inaptitude à la protéger. Sa mort confirmerait tout ce qu'il redoutait pour lui-même. Il n'avait d'autre moyen de s'en sortir, pour le moment, que de continuer à la croire saine et sauve, de se concentrer sur la confiance qu'elle avait commencé par lui témoigner. Cela lui donnait encore un peu de temps. L'histoire n'était pas terminée.

— Voici ce que je crois, dit-il. Votre avocat vous a conseillé de conclure un accord. Après l'analyse ADN, vous étiez fichu. Il vous a dit que si vous plaidiez non coupable vous seriez condamné à perpète, parce que aucun jury ne voudrait croire un salopard de votre espèce.

Devant la gêne soudaine de Beer, il insista :

— Un innocent aurait été furieux et aurait voulu à tout prix prouver cette innocence. Mais ça c'est bon pour les bourges, pas vrai ? Tu sors du ruisseau, tu as déjà eu droit aux mauvais traitements et tu t'es rattrapé avec les cambriolages et les abus sexuels ; quand on a connu ce genre de vie et qu'un magistrat vous annonce que vous allez être condamné pour quelque chose que vous n'avez pas commis, on le croit, pas vrai ? Parce que c'est exactement le genre de merde qui arrive aux ordures comme toi.

— C'est les ordures comme *vous* qui nous fourrent dans cette merde ! rétorqua Beer enfin piqué au vif.

Simon se demanda à qui au juste il faisait allusion avec ce « nous ». Beer n'était pas marié, n'avait pas d'enfants. À moins qu'il n'ait voulu parler de la population criminelle à laquelle il se flatterait donc d'appartenir ? Une sorte de classe défavorisée d'un nouveau genre ?

Simon avança sa chaise vers la table.

— Écoute-moi bien ! Si tu n'as pas tué Laura Cryer, je crois savoir le nom du coupable, une espèce de fils à maman trop gâté, qui vit dans une super maison et à qui tu rends un grand service en te faisant condamner à sa place.

— Je ne rends service à personne.

De nouveau le masque maussade.

— On t'a vu dans le domaine des Ormes deux fois au cours des semaines qui ont précédé la mort de Laura Cryer. Qu'est-ce que tu fabriquais là-bas ?

— Les quoi ?

— Les Ormes. Où tu as poignardé Cryer.

— Le *Dr* Cryer, si vous voulez bien ! C'est rien qu'un cadavre pour vous, ou quoi ?

— Qu'est-ce que tu fichais aux Ormes ?

— Sais plus.

— Si tu as peur de te voir condamner à plus de prison pour avoir indûment plaidé coupable, tu te trompes. Tu seras sans doute condamné, mais à une peine que tu as déjà largement effectuée et qui sera prise en compte... À moins que tu n'aies peur de sortir plus tôt ? Tu t'es attiré pas mal d'ennemis en témoignant contre tes vieux potes, pas vrai ? Tu as peur de ne pas faire de vieux os une fois dehors ?

— C'est vous qui avez l'air de vous inquiéter, poulet.

Beer alluma une autre cigarette. Impénétrable. Simon n'arrivait plus à rien lire sur son visage.

— Si quelqu'un est chargé de t'abattre, il pourra bien attendre encore cinq, six ou sept ans que tu sortes. De toute façon, tu auras besoin de notre protection. Alors moi, à ta place...

Simon reprit le paquet de Marlboro qu'il glissa dans sa poche.

— À ta place, je réfléchirais au meilleur moyen d'obtenir notre protection.

Derrière un nuage de fumée, Beer plissa les paupières.

— La prochaine fois que vous viendrez ici, tâchez de savoir qui était Laura et ce qu'elle a fait. Vous voulez me faire parler parce que ça vous aidera sur un autre dossier, ça n'a rien à voir avec elle. Ni avec moi.

Laura. Et il prétendait ne pas la connaître. Combien de temps Simon avait-il évoqué Alice sous le titre de « Mme Fancourt »? Considération et familiarité n'allaient pas bien ensemble.

— Vous vous foutez pas mal de la vérité! Vous voulez juste m'entendre dire ce qui vous intéresse.

— Qu'est-ce que tu me chantes?

— Les petits poulets furent heureux et ils eurent beaucoup de poussins. Fin de l'histoire.

Et il en fut ainsi. Simon eut beau s'échiner, il ne put tirer une parole supplémentaire de Darryl Beer.

23

Mercredi 1ᵉʳ octobre 2003

J'ouvre les yeux en gémissant. Le pire, c'est le réveil, quand il faut replonger dans la réalité du cauchemar. David n'est pas dans le lit. Vivienne se tient dans l'encadrement de la porte, vêtue d'un élégant pantalon noir et d'un pull à col roulé gris. Son visage porte l'habituel maquillage discret, je hume son parfum, Madame Rochas. Je me sens sale, dégoûtante. Je n'ai pas pris de bain, je ne me suis même pas lavée depuis lundi. J'ai la bouche sèche, les cheveux poisseux.

— Ça va mieux après une bonne nuit de sommeil? demande-t-elle.

Je ne réponds pas. Trop sonnée. J'arrive à peine à soulever les paupières. Trop lourdes. La douleur sans doute. Ce ne peut être que ça, j'ai cessé de prendre les cachets de Co-codamol depuis que j'en ai parlé au Dr Allen.

— Si tu t'offrais un bon bain? me conseille Vivienne avec un sourire déterminé.

Je fais non de la tête. Je ne pourrai sortir du lit tant qu'elle restera là.

— Alice, ce combat nous concerne tous, pas seulement toi. Il n'empêche que nous sommes des personnes civilisées et devons continuer de nous conduire comme telles.

J'entends David dans la chambre d'enfant, en train de parler à La Frimousse d'une voix suave. La petite gazouille. Je me sens exilée, à un million de kilomètres du bonheur.

— Je veux m'occuper du bébé, dis-je sans pouvoir retenir mes larmes. Pourquoi David m'en prive-t-il? Il refuse de me laisser l'approcher.

— Le bébé va bien, soupire Vivienne. Et David s'inquiète pour toi, c'est tout. Tu ne crois pas que tu ferais mieux de t'occuper un peu de toi avant tout? Tu as subi une terrible épreuve.

Sa bienveillance m'étonne. D'autant qu'elle continue :

— Ce long accouchement et puis cette césarienne d'urgence. Je trouve que tu te mets beaucoup de pression sur les épaules.

Et puis elle répète qu'il faut apprendre à surmonter son chagrin, comme elle me l'a déjà dit à propos de la mort de mes parents.

— Ne lutte pas. Assume-le, fais-en un allié. Laisse-le s'installer en toi aussi longtemps qu'il le faudra. Il finira par devenir supportable.

C'était le meilleur conseil qu'on m'ait jamais donné et ça a marché, exactement comme elle me l'avait prédit.

— Je vais prendre le bébé avec moi aujourd'hui, m'annonce-t-elle. Nous accompagnerons Felix à l'école, ensuite nous ferons des courses.

— Vous ne voulez pas la laisser avec David et moi, c'est ça? Vous ne nous accordez aucune confiance ni à l'un ni à l'autre.

— Les bébés aiment prendre un peu l'air. Ça leur fait du bien. À toi, c'est un bain qui fera du bien. Je t'assure que tu iras mieux quand tu te seras lavée et correctement habillée. Ça ne chassera pas tes soucis mais tu te sentiras plus humaine. Du moins si tu es assez forte. Je ne veux pas que tu te fatigues trop si tu n'es pas prête.

Je crois qu'elle veut que je l'aime. Mieux, elle considère que c'est dans l'ordre des choses. De son point de vue, peu importe qu'elle m'ait enfermée dans la chambre d'enfant ou qu'elle sape ma perception de la réalité en me traitant comme une invalide, tant qu'elle continue à m'inonder de sa gentillesse et de ses bienfaits.

Je me tourne sur le côté pour ne plus la voir. Maintenant que je comprends le pourquoi de sa sollicitude, je me sens idiote. Vivienne veut que je sois souffrante. Évidemment. Cela signifierait que Fanny n'a jamais disparu, que c'est juste moi qui déraille. Quand je pense à cette brave Dr Allen qui croyait que je souhaitais voir La Frimousse malade !

— Eh bien, repose-toi encore.

Vivienne ne se laissera pas désarçonner par ma conduite irresponsable. Elle se penche, m'embrasse sur la joue.

— À tout à l'heure, ma chérie !

Je ferme les yeux, me lance dans un rapide calcul mental. Vivienne emmène La Frimousse faire des courses. Tout le monde peut aller et venir comme il veut, sauf moi. Que se passerait-il si j'annonçais, comme Vivienne, « j'emmène le bébé aujourd'hui » ? On m'en empêcherait, bien sûr.

Quand j'entends claquer la porte d'entrée et, quelques minutes plus tard, démarrer la voiture de ma belle-mère, j'ouvre les yeux, regarde la pendule. Huit heures moins le quart. Elle est partie. Je sors du lit et gagne le palier d'un pas incertain, à croire que je n'ai pas marché depuis des années. Mes pieds nus effleurent la moquette gris velouté ; je jette un coup d'œil dans le long corridor bordé de portes blanches. J'ai l'impression d'évoluer dans un rêve où chaque porte offrirait une nouvelle perspective et une issue distincte de la précédente. Pourquoi un tel silence ? Où est David ?

La chambre d'enfant est ouverte. Mon envie d'aller aux toilettes ne tient pas face à cette possibilité qui m'est offerte de me glisser chez ma fille sans être vue de personne ni surveillée.

J'entre prudemment, comme si je franchissais un seuil interdit, me dirige vers le berceau vide, me penche pour humer l'odeur du bébé, cette adorable odeur si fraîche. Je tire la ficelle qui pend au soleil souriant accroché au mur, au-dessus du berceau, et c'est la chanson du *Magicien d'Oz* qui emplit la pièce de sa mélodie. « *Somewhere over the rainbow* »... J'en ai le cœur retourné. Je peux seulement espérer que Fanny ne souffre pas aussi vivement que moi.

J'ouvre la penderie pour caresser les piles de linge propre, jaune, rose et blanc, les pompons de laine, la polaire douce comme un nuage. Ce tableau de joie et d'optimisme qui devrait me rendre si heureuse et qui me donne envie de pleurer...

Écrasée de chagrin, je referme le placard. Je ferais mieux de m'en aller. Pourtant, malgré un besoin de plus en plus urgent de filer aux toilettes, je ne peux me résoudre à sortir. Cette chambre reste la preuve la plus éclatante de ce que j'ai une adorable petite fille. Elle me relie à Fanny. Je m'assieds dans le fauteuil à bascule, là où j'ai cru un jour pouvoir passer des heures à la nourrir en caressant Monty, son lapin en peluche aux longues oreilles tombantes. Mon bébé me manque tellement que j'en ai les nerfs à fleur de peau.

Finalement, je me sens si mal à l'aise que je décide de sortir de la pièce. Je laisse bien la porte entrouverte, exactement telle que je l'ai trouvée. Puis je m'avise que personne ne m'a dit explicitement que je n'avais pas le droit d'entrer ici. Suis-je en train de devenir parano ?

Je crie depuis le palier :

— Hé ! David ?

Pas de réponse. L'affolement me gagne. Ils sont tous partis. Je suis seule. J'ai toujours été seule.

— David ?

J'ai appelé plus fort, mais il n'est pas dans la salle de bains ; je soulève l'abattant des toilettes lorsque je me rends compte qu'un bain est prêt. Pas d'huile ni de mousse, juste de l'eau. Vivienne y ajoute toujours des parfums et moi aussi, quoique en moins grande quantité. J'ai adoré cette immense baignoire émaillée à l'ancienne, d'une belle couleur ivoire, qui pourrait accueillir deux personnes sans difficulté. Cela nous arrive parfois, à David et à moi, lorsque nous sommes certains que Vivienne est sortie pour au moins une heure. Du moins, cela nous arrivait.

Je ne comprends pas. David n'est pas du genre à oublier de vider l'eau de son bain. Pour sa mère, ce serait le comble de la mauvaise éducation. J'effleure la surface. Elle est froide. Et, à vrai dire, parfaitement propre, sans une trace de savon. Comment imaginer que David se serait contenté de plonger dans l'eau en omettant de s'y laver ?

Un lourd fracas retentit derrière moi. Je sursaute et me retourne pour découvrir le sourire de David. Il a claqué la porte et s'y adosse, les mains dans les poches. Je vois à l'expression de son visage que j'ai foncé droit dans le piège. Il devait guetter mon arrivée.

— Bonjour, ma chérie ! lance-t-il d'un ton sarcastique. Je t'ai préparé un bain. C'est pas gentil, ça ?

J'ai peur. Sa cruauté prend une forme désinvolte qui remplace l'amertume des jours précédents. Et qui n'a rien de rassurant. Soit il ne s'intéresse plus à moi, soit il a découvert, presque par hasard, que le sadisme désespéré insufflé par son chagrin avait pour lui quelque chose de jouissif.

— Laisse-moi, dis-je. Ne me fais pas de mal!

— *Ne me fais pas de mal.* Charmant! Je n'ai fait que te préparer un bain pour t'offrir une belle trempette.

— Il est glacé.

— Entre dedans, Alice.

Le ton est menaçant.

— Non, j'ai besoin des toilettes.

Le besoin se fait de plus en plus urgent.

— Je ne t'en empêche pas.

— Pas devant toi. Sors, laisse-moi tranquille!

David ne bouge pas. Nous nous défions du regard. J'ai les yeux complètement secs, l'esprit vide.

— Alors? dit David. Vas-y!

— Va te faire foutre!

C'est tout ce que j'ai trouvé.

— Oh, que c'est élégant!

Je n'ai pas le choix puisque je ne suis pas assez forte pour l'éjecter de la pièce. Je me dirige vers la cuvette mais, une fois encore, David est plus rapide. Il se plante devant moi.

— Désolé! dit-il. Tu as laissé passer ta chance.

— *Pardon?*

À quoi joue-t-il? On dirait qu'il a planifié chaque détail de cette sinistre comédie. Je ne vois pas comment on pourrait improviser une telle perversion.

— Tu m'as injurié. Donc tu vas directement dans le bain.

— Non.

Je plante les ongles dans mes paumes.

— Pas question, ajouté-je. Écarte-toi et laisse-moi utiliser les toilettes.

— Tu sais que je pourrais prendre des mesures pour t'empêcher de jamais revoir Fanny. Ça ne me serait pas difficile. Pas difficile du tout.

— Non! Je t'en prie! Tu ne peux pas faire ça! Promets-moi que tu ne feras jamais ça.

Une vibration de terreur me vrille les nerfs. Il a l'air d'y tenir.

— De nous deux, c'est moi qui te ferai le plus de mal, Alice. Beaucoup plus. Ne l'oublie pas. Je ne me gênerai pas.

— Ainsi tu reconnais que tu sais où se trouve Fanny? Où est-elle, David? Dis-le-moi, je t'en prie! Elle va bien? Où la caches-tu? Qui s'occupe d'elle?

Il examine ses ongles en silence. J'ai envie de crier, de me taper la tête contre les murs. La personnalité de mon mari s'est changée en cette espèce de monstrueuse incarnation. Il joue le rôle du bourreau et ça lui plaît. C'est certainement ainsi que cela se passe. Je pense à toutes les atrocités commises dans le monde, à ceux qui les perpètrent. Voilà sans doute une explication. Il y en a toujours, pour tout.

Néanmoins, je ne peux m'empêcher d'espérer que les choses vont s'arranger. Je dois être complètement folle. Je me représente David comme le seul survivant d'un désastre naturel, répétant « Je ne sais pas ce qui m'est arrivé ». Si c'est bien cela, une sorte d'aberration, une possession temporaire par quelque force destructrice, je pourrai peut-être lui pardonner. Tout l'amour que j'ai éprouvé pour lui existe encore, embusqué sous la surface, altérant mes pensées telle une ancienne tapisserie gondolée sous une peinture neuve.

Il faut que je tienne jusqu'à vendredi. Maintenant que David a proféré cette affreuse menace, je ne veux plus prendre aucun risque. Je dois sacrifier ma fierté et ma dignité si c'est le seul moyen de protéger Fanny. Mes jambes tremblent. Je sens l'adrénaline qui parcourt mon corps. Mon ventre plein me fait mal.

— C'est bon, dis-je. Ne t'en prends pas à Fanny. Je ferai tout ce que tu voudras.

L'air écœuré, il plisse le nez.

— M'en prendre à elle? Tu crois que je ferais du mal à ma propre fille?

— Non. Pardon. Pardon pour tout! Dis-moi ce que tu veux que je fasse.

Sur le moment, il paraît se radoucir.

— Ôte ta chemise et entre dans le bain, articule-t-il comme s'il s'adressait à une demeurée. Et tu y resteras le temps que je voudrai.

206

Je m'exécute tout en fredonnant dans ma tête une chanson que m'avait apprise ma mère, pour m'évader de l'épreuve présente. Mes pieds, mes chevilles, mes mollets se raidissent à mesure que je pénètre dans l'eau. David me dit de m'asseoir. J'obéis et je sursaute sous le choc. L'eau froide produit sur mon corps l'effet prévu, tant par moi-même que par David, j'en suis certaine. La douleur, l'humiliation sont tellement violentes qu'un instant j'en reste le souffle coupé. Pour la première fois de ma vie, je comprends ce que peuvent ressentir les gens qui attentent à leur propre vie.

Lorsque retentit de nouveau la voix de David, j'ai l'impression qu'elle provient de très loin.

— Tu es répugnante! Regarde ce que tu as fait! Je n'ai jamais rien vu de plus immonde.

Je bégaie en claquant des dents :

— Je suis désolée.

Il se tient au-dessus de moi, les bras croisés, poussant de petites exclamations d'indignation, savourant ma honte.

— Jamais je n'aurais dû t'épouser! Tu n'étais qu'un pis-aller après Laura. Tu le savais?

— Laisse-moi sortir, je t'en prie! Je gèle. Ça fait mal.

— Reconnais d'abord que tu as menti à propos de Fanny. Je veux que tu dises à maman et à la police que tu as inventé toute cette histoire. D'accord?

Je me cache le visage dans les mains. Il me demande la seule chose que je ne pourrai jamais faire, mais je suis terrifiée à l'idée de refuser, à l'idée qu'il me punisse davantage, par exemple en s'assurant bel et bien que je ne revoie jamais Fanny. Je crois que, pour David, tout le plaisir réside dans l'énoncé même de ses menaces, dans la revanche psychologique qu'elles lui assurent, mais je ne peux courir ce risque.

Poussant un soupir, il s'assied sur le couvercle des toilettes.

— Je ne suis pas violent, Alice. Ai-je jamais levé le petit doigt sur toi?

— Non.

— Non. Et je ne suis pas déraisonnable. Je préférerais ne pas avoir à en passer par là, mais tu ne me laisses pas le choix.

Il continue à se justifier un moment, tout en s'interrompant de temps à autre pour m'insulter et se moquer de moi. Lorsque je remonte mes genoux sur ma poitrine, il me dit que je n'en ai pas le droit. Je dois garder les jambes allongées sur le fond de la baignoire. Je ne dois pas cacher ma poitrine avec mes bras. Je fais ce qu'il dit tout en m'efforçant de ne pas l'écouter. Je n'entends que les harcèlements féroces d'un homme qui, des années durant, s'est laissé dominer par sa mère. Dans mon esprit je vois l'image d'une fleur attachée à un tuteur pour pousser dans une direction précise. Voilà David. Et maintenant, il fait une overdose de puissance, s'en gave, comme un affamé craignant de n'avoir jamais d'autre occasion de se nourrir.

J'ignore combien de temps il me laisse tremper dans cette eau glaciale et souillée. Je finis par ne plus sentir mes membres inférieurs qui prennent une teinte bleutée. Je me vois comme un animal, pire qu'un animal. Une ignominie. Je suis seule responsable de ce qui m'arrive. Et cela n'arrive pas aux autres, à personne d'autre. Je suis au-dessous de tout. Je ne suis pas capable de protéger ma propre fille.

Finalement, David pousse un soupir et va rouvrir la porte de la salle de bains.

— J'espère que tu retiendras la leçon. Et lave-toi bien, maintenant. Ainsi que la baignoire. N'oublie pas que tu es dans la maison de ma mère.

Il s'en va en sifflotant.

24

Quittant Spilling par Silsford Road, Simon suivit les panneaux blancs à lettres noires sur les petites routes sinueuses qui menaient à Hamblesford, le village où vivaient les parents de Laura Cryer. Il était sorti du bureau de la Crim une heure plus tôt que nécessaire car il ne se voyait pas passer une minute supplémentaire avec Charlie.

Elle avait passé la matinée à le tourmenter.

— Je parie qu'elle a de gros nichons et un beau petit cul, maugréait-elle à propos de Suki, la maîtresse de Sellers. Et puis il faut voir les choses en face, Stacey a deux enfants. Sellers doit nager en elle comme un cornichon dans un garage à bateaux.

Simon identifia aussitôt la menace. Quand les conversations de Charlie prenaient un tour anatomique, il valait mieux prendre ses jambes à son cou. Elle invoquait le corps féminin comme un moyen de l'exciter, ce qui l'exaspérait et le mettait mal à l'aise. Il craignait que ce ne fût une façon pour elle de lui rappeler son inqualifiable lâcheté à la fête de Sellers.

Si elle ne changeait pas très vite d'attitude, il allait devoir en parler à Proust. En principe, Charlie devait diriger une équipe, mais sa colère et ses railleries rendaient parfois le travail impossible. Il devait sans cesse penser à ce fichu extincteur pour ne pas lui répondre aigrement ou la gifler. Mais il n'allait pas en arriver là. Pas maintenant! Il ne comprenait pas ce qui avait pu provoquer cette soudaine et rapide détérioration dans ses relations avec Charlie. Jusque-là, ils étaient plutôt bons amis ; elle était même sa seule véritable amie, maintenant qu'il y réfléchissait. Il n'avait pas envie de la perdre. Que lui resterait-il alors? Sellers et Gibbs? Qu'est-ce que ça leur ferait de ne jamais le revoir?

Or Charlie s'était franchement moquée de son incapacité à tirer quoi que ce soit de Darryl Beer.

— Pauvre chou! Toi qui voulais faire éclater l'erreur judiciaire, voilà que ce gland te fait tout foirer! Tu sais ce qu'on dit dans ces cas-là? « Désolée, mais je t'avais prévenu! » Sauf que moi, je ne suis pas désolée du tout! Ça me fait très plaisir de te dire ça!

Simon se fichait que sa première visite à Brimley n'ait rien donné. Il n'avait pas perdu espoir : un de ces jours, Beer finirait par parler, dès qu'il en aurait assez d'exercer le peu de pouvoir qu'il s'était découvert à faire transpirer Simon.

L'alibi de David Fancourt était solide. Il se trouvait avec Alice à Londres, pour une représentation de *La Souricière*. Plusieurs témoins avaient confirmé les avoir vus au théâtre toute la soirée. Selon Simon, c'était presque trop beau pour être vrai. Il s'était pris à envisager, tout en se garant derrière le monument aux morts de Hamblesford, que cette pièce avait été choisie pour son titre symbolique. David Fancourt était intelligent. Éditeur de jeux vidéo, il passait sa vie à mettre au point des scénarios. Il pouvait également se montrer vindicatif, ainsi que Simon avait eu l'occasion de le constater. Peut-être l'homme avait-il poussé l'ironie jusqu'à emmener sa fiancée voir une célèbre pièce policière le soir même où il chargeait une tierce personne de tuer sa femme.

Cette tierce personne pouvait-elle être Darryl Beer? Auquel cas Beer et Fancourt seraient tous deux coupables. Simon eût volontiers exposé cette thèse à Charlie si elle s'était montrée plus ouverte à la discussion. Au lieu de quoi il avait tenté de communiquer par télépathie avec Alice. Il ne croyait pas à ces inepties, encore que... Parfois, il sentait le regard d'Alice posé sur lui, l'air de se demander combien de temps encore il lui faudrait avant de se décider à les sauver, elle et sa fille. Elle lui accordait un certain pouvoir, du moins l'avait-elle cru, au début. Il n'avait qu'à la retrouver, retrouver Fanny, et elle saurait qu'elle ne l'avait pas surestimé. À l'idée de ce qu'il pourrait lui dire, le moment venu, il en avait les sangs retournés.

Les parents de Laura vivaient dans un petit pavillon blanc près d'une boucherie. Ils n'avaient pas de jardin sur le devant, la maison donnait sur la rue principale du village et son toit de chaume évoquait une résille à cheveux. Simon actionna le heurtoir et attendit. Il se sentait toujours intimidé dans ce genre de moment, à l'idée de se présenter à des gens inconnus. Son éducation ne l'incitait pas aux civilités. Toute son enfance, il avait vu sa mère se crisper chaque fois que la sonnette retentissait, à moins qu'elle n'ait attendu le prêtre ou un ami proche.

— Qui cela peut-il être encore ? s'interrogeait-elle les yeux écarquillés par la peur de l'inconnu.

Tant qu'il avait vécu chez ses parents, Simon n'avait pas eu le droit d'inviter des amis à la maison. Sa mère estimait que les repas constituaient une activité trop intime pour qu'ils se déroulent en compagnie d'inconnus. Trop jeune pour planifier une stratégie, il n'avait pas pensé à cacher ce point de vue à ses petits camarades qui s'étaient empressés de le mettre au pilori dès qu'ils avaient appris la chose. À présent qu'il était adulte, il se rendait compte à quel point Kathleen l'avait desservi avec ces règles rétrogrades, pourtant il ne pouvait lui en vouloir. Elle lui avait toujours paru trop fragile pour mériter une critique frontale. Adolescent, Simon avait ravalé sa frustration et s'était montré indulgent envers sa mère bien qu'il se trouvât à une époque de sa vie où le moindre regard de travers, la moindre réflexion le faisaient exploser de rage, au point de cogner ses petits camarades et de tout casser autour de lui, ce qui lui valut de nombreuses exclusions temporaires de l'école. S'il n'en avait pas été l'élève le plus brillant, on l'aurait certainement renvoyé.

Kathleen l'avait de nouveau appelé sur son portable ce matin, pour savoir s'il viendrait dîner dimanche. Ce qu'il avait fait la semaine précédente ne comptait pour rien. Elle ne lui laissait aucun répit. La pression ne tombait jamais.

Au bout de quelques secondes, la porte des Cryer s'ouvrit sur un monsieur d'une soixantaine d'années au torse puissant, aux lunettes à double foyer, au pull et pantalon de golf bleu marine, sur des pantoufles assorties.

— Inspecteur Waterhouse ? Roger Cryer.

Simon serra la main qu'il lui tendait.

— Entrez. Ma femme prépare du thé. Ah, la voilà !

Il s'exprimait avec un puissant accent du Lancashire.

Maggie Cryer paraissait vingt ans de plus que son mari, mais il était évidemment impossible de leur demander leur âge. Toute menue, la mère de Laura devait à peine dépasser le mètre cinquante et ses mains déformées par l'arthrite faisaient trembler le plateau qu'elle portait. Elle s'assit près de son mari sur un petit canapé d'osier, face à Simon dont le fauteuil, également d'osier, crissait et se révélait plus qu'inconfortable.

— J'espère que vous n'en aurez pas pour longtemps, déclara-t-elle. C'est une épreuve pour nous, malgré le temps passé. Un appel de la police...

— Je comprends, madame. Ne m'en veuillez pas, mais c'est important.

Un feu brûlait dans la cheminée, si bien qu'il régnait dans le salon une chaleur étouffante. Comme beaucoup de pavillons, celui des Cryer ne comportait que de petites fenêtres qui le rendaient sombre même en plein jour. Simon avait l'impression de se trouver dans une cave. Il y avait trois photos de Laura sur la cheminée, pas une seule de Felix.

— Nous avons vu aux informations que sa nouvelle femme avait disparu.

— Roger ! souffla Maggie Cryer d'un ton de reproche.

— Et le bébé aussi. C'est pour ça que vous êtes là ?

— Oui. Nous rouvrons le dossier de Laura.

— Mais je croyais qu'il ne subsistait aucun doute ! dit Mme Cryer. C'est ce qu'on n'a cessé de nous répéter. Ce... Beer serait le coupable. C'est ce qu'on nous a affirmé.

Ses doigts tordus s'accrochaient à ses manches.

— Si je pouvais juste vous poser quelques questions, dit Simon d'un ton aussi apaisant que possible.

Ce serait ainsi qu'il agirait face à sa propre mère même si cette douce approche n'était qu'une perte de temps. Comment consoler, comment rassurer Maggie Cryer ? Simon était prêt à parier que la malheureuse vivait dans un état d'agitation permanente. Depuis le meurtre de sa fille ou depuis toujours ?

— Vous ne buvez pas de thé ? demanda-t-elle.

— Non merci.

— Tu as oublié le lait, ma chérie, dit le mari.

— Je ne prends rien, assura Simon. Ne vous dérangez pas.

— Moi je n'ai rien contre, dit Cryer.

— J'y vais.

Maggie se leva et sortit du salon.

Une fois seul avec l'inspecteur, il se pencha vers lui :

— Entre nous, souffla-t-il, je ne dirai pas un mot devant ma femme pour ne pas la bouleverser. Mais c'est du côté de David Fancourt que vous devriez regarder. D'abord le meurtre de Laura, maintenant la disparition de sa seconde femme et de son bébé. Ça fait beaucoup, vous ne trouvez pas ? Et pourquoi Darryl Beer aurait-il tué notre Laura ? Pourquoi ? Elle le lui aurait donné, son sac, s'il l'avait attaquée. Elle n'aurait pas laissé les choses s'envenimer à ce point. C'était une fille intelligente.

— Avez-vous dit ça à la police à l'époque ?

— Ma femme ne voulait pas. Elle pensait que ça pourrait nous attirer des ennuis, au plan légal, vous savez, si nous déclarions des choses qui n'avaient pas vraiment eu lieu. Mais, neuf fois sur dix, il s'agit de quelqu'un qui connaissait la victime. Neuf fois sur dix... j'ai entendu un expert le dire à la télévision.

Simon n'avait soudain qu'une envie : entendre quelqu'un soutenir la même thèse que lui.

— Pourquoi David Fancourt aurait-il voulu tuer Laura ?

Roger Cryer lui jeta un regard interrogateur, comme si la question en soulevait plusieurs autres, fondamentales. Questions sur la compétence de la brigade criminelle de Culver Valley, songea Simon amèrement. Oui, évidemment, la réponse allait de soi, pour tout le monde sauf pour Proust, Charlie, Sellers, Gibbs, et les autres.

— Pour la garde de Felix, dit Roger Cryer. Et pour se venger de l'affront qu'elle lui avait infligé en le quittant. Il n'a pas aimé. Je pense qu'il a craqué.

Simon prit des notes dans son calepin. Ce n'était pas vraiment la version des événements que Vivienne Fancourt avait donnée à Charlie. Qu'avait-elle dit à la réunion ? *Il la trouvait physiquement répugnante et assommante. Il a été soulagé de se voir débarrassé d'elle.* Mot pour mot. La mémoire de Simon était plus fiable que celle de Roger Cryer ou de David Fancourt. À un petit détail près cependant :

— Comment savez-vous qu'il a craqué ?

— C'est Vivienne Fancourt qui nous l'a dit, la mère de David. Elle a fait tout ce qu'elle a pu pour donner à leur couple une nouvelle chance. Elle est même venue nous parler, voir si nous ne pourrions pas la persuader, nous. Laura ne s'est jamais entendue avec sa belle-mère. Pourquoi aurait-elle tant insisté si ce n'était pour David ? Elle avait vu dans quel état cette histoire le mettait et, comme n'importe quelle mère, elle faisait ce qu'elle pouvait pour l'aider. Ça n'a pas marché. Laura a toujours su ce qu'elle voulait. Une fois qu'elle avait pris une décision, plus personne ne pouvait la faire revenir en arrière.

— Voilà ! annonça Maggie Cryer en entrant avec un petit pot bleu.

Elle se mit à verser le thé, dans trois tasses, malgré le refus de Simon.

Son mari semblait avoir d'autres choses à dire. Il ne put tenir sa langue longtemps :

— Pure vengeance ! lança-t-il en hochant la tête. David est comme ça. Après la mort de Laura, on nous a empêchés de voir Felix.

— Oh, Roger, arrête, je t'en prie ! À quoi ça sert ?

— Vous savez depuis combien de temps nous n'avons pas vu notre petit-fils ? Deux ans. Ça nous est égal maintenant. Nous faisons comme s'il n'existait plus. Pourtant c'est le seul que nous ayons. Mais cette histoire devenait trop insupportable. Tout a changé après la mort de Laura, du jour au lendemain. Littéralement. Ils ont modifié son nom, de Felix Cryer à Felix Fancourt. Ils l'ont arraché à la maternelle qu'il aimait, où il était si heureux, pour le flanquer dans cette fichue école de riches. On aurait dit qu'ils voulaient que ce petit garçon devienne quelqu'un d'autre. Nous n'avions plus le droit de le voir qu'une fois tous les deux mois, pas plus de deux heures, et jamais seuls. Vivienne l'accompagnait toujours, le chaperonnait. L'air navré.

À mesure qu'il parlait, son visage s'empourprait davantage. Raide comme un piquet, sa femme avait fermé les yeux en attendant qu'il achève sa diatribe.

Quant à Simon, il n'en revenait pas. D'après Charlie, Vivienne s'était plainte dans le même sens de Laura Cryer, disant que c'était elle qui empêchait Felix de voir la famille de David et ne le laissait jamais seul avec eux. Se pouvait-il que David ait infligé la même chose aux parents de Laura après la mort de cette dernière? Considérait-il la chose comme une bagarre entre Cryer et Fancourt, avec Felix comme enjeu?

— Nous avons parlé avec David, continuait Roger, nous l'avons même supplié. Mais cet homme a un cœur de pierre. Quoi que nous lui demandions, il refusait. Sans jamais dire pourquoi.

— Vous avez indiqué que Vivienne paraissait navrée pour vous. Qu'entendez-vous par là?

Maggie Cryer secoua la tête, comme si elle se sentait incapable d'aborder un tel sujet.

— Elle savait que nous voulions voir Felix plus souvent, dit Roger, mais que David nous en empêchait. On sentait bien qu'elle avait pitié de nous. Elle répétait sans cesse que ce devait être terrible pour nous, et ça l'était, mais elle n'arrangeait rien en disant cela, au contraire. D'autant qu'elle n'arrêtait pas de raconter tout ce qu'elle faisait avec Felix.

— C'est pour ça que j'ai abandonné, murmura Maggie.

Sur ses mains tremblantes, Simon remarqua d'innombrables taches brunes.

— Parce que, chaque fois qu'on voyait Felix, il fallait la subir, elle aussi et… et j'étais souvent malade après, parfois plusieurs jours. Le pire a été quand elle nous a dit que Felix s'était mis à l'appeler maman. Alors là, j'ai renoncé.

— Elle manquait sacrément de tact! commenta Roger en tapotant le bras décharné de sa femme. Aussitôt après elle ajoutait qu'elle avait dû rappeler à Felix, ce matin-là, qui nous étions. Il avait oublié, à force de nous voir si rarement. Elle a dû ensuite se rendre compte de ce que ça nous faisait parce qu'elle s'est excusée mais, enfin, qu'est-ce qu'elle avait besoin de nous sortir tout ça?

À la surprise de Simon, Maggie Cryer tressaillit et repoussa la main de son mari comme si elle venait de découvrir qu'il s'agissait d'une araignée.

— Roger ne connaît rien aux femmes! commenta-t-elle. Manque de tact! Cette femme l'a fait exprès, oui! Ça et tout le reste. Elle n'était pas navrée du tout.

— Qu'est-ce que tu racontes? s'étonna son mari. Bien sûr que si. Elle n'arrêtait pas de le dire!

— Parce qu'elle savait très bien que c'était le meilleur moyen de nous faire du mal. Et nous n'avons jamais pu prouver sa méchanceté.

— Mais, pour vous, c'était de la pure méchanceté? insista Simon déconcerté.

— Évidemment! Quand on blesse quelqu'un sans le vouloir, on s'arrange au moins pour ne pas recommencer. Ce n'est pas par hasard qu'une personne intelligente comme Vivienne Fancourt enchaîne les remarques malveillantes.

Simon regardait les mains de Maggie Cryer. Crispées l'une à côté de l'autre, deux petits poings rageurs.

25

Mercredi 1ᵉʳ octobre 2003

La baignoire est immaculée. Plus aucune trace. Certaine de ne pouvoir faire briller davantage l'émail, je prends une douche, me savonne tout le corps en me demandant si je me sentirai un jour de nouveau propre.

Enveloppée dans deux grandes serviettes, je me précipite dans la chambre. Ma penderie n'est pas bouclée, la clef est sur la porte. Je choisis une tenue : pantalon large et pull. Cela m'ira très bien. Je m'en veux de me sentir soulagée. Quoi de plus naturel que de pouvoir choisir ses vêtements ? Rien ne m'empêchera de franchir la porte des Ormes pour ne plus revenir. Rien à part la menace de David : *Je pourrais prendre des mesures pour t'empêcher de jamais revoir Fanny.*

Le téléphone sonne. Je sursaute. Je suis sûre que c'est Vivienne qui veut vérifier ce que je fais. Je me demande si je vais répondre, jusqu'à ce que retentisse la voix de David, en bas. Il commence tout bas pour que je ne saisisse pas ses paroles. Quand il élève le ton, je me rends compte qu'il a l'air irrité, qu'il cherche beaucoup plus à imposer son opinion qu'à ménager celle de son interlocuteur. Il ne peut donc s'agir de Vivienne.

Je l'entends dire :

— Exactement, pour les ados. Et je te garantis qu'ils adoreront. Non. Non, parce que ce n'est pas comme ça qu'on pourra le commercialiser. Non, je ne pourrai pas vendredi. Parce que c'est comme ça, d'accord ? Et alors, qu'est-ce qui nous empêche d'en parler maintenant ?

Russell. L'associé de David.

L'occasion ou jamais. Cette idée me paralyse. David va passer au moins un quart d'heure au téléphone. Ses conversations avec Russell durent toujours un certain temps, surtout lorsqu'il y a controverse. Il ne m'a jamais raconté de quoi ils pouvaient discuter, tous les deux.

Sur la pointe des pieds, j'entre dans la chambre de Vivienne. Le lit est fait, comme toujours. Pas un faux pli sur l'édredon lilas. Quatre photos de Felix sur la coiffeuse, dont deux avec sa grand-mère. Dans la pièce règne l'odeur de la crème qu'elle se met sur le visage. J'aperçois ses mules chinoises blanches sous le lit, bien alignées, dans la position où elles seraient si Vivienne les portait aux pieds. Je frémis, comme si elles allaient s'avancer vers moi.

Mon téléphone. C'est pour ça que je suis là. Je m'arrache à ma vision superstitieuse et me dirige vers la table de nuit, en ouvre le tiroir. Il est là, exactement où je pensais le trouver. Éteint. Si je suis folle, comme tout le monde semble le croire, comment ai-je pu deviner qu'il était là ? Vivienne a prétendu l'avoir laissé à la cuisine.

Je l'allume, compose le numéro de portable de Simon. Il me l'a donné la dernière fois qu'on s'est rencontrés car il n'avait pas l'air de tenir à ce que je l'appelle au commissariat. Après l'avoir mémorisé, j'ai déchiré le papier. Je lui laisse un message à voix basse, disant qu'il faudrait nous revoir le lendemain au *Morfal*, que je dois lui parler de toute urgence. Je me promets que, cette fois, notre conversation se déroulera bien ; qu'il ne quittera pas notre rendez-vous sans que je l'aie convaincu ; que nous serons alliés et qu'il m'aidera ; qu'il fera tout ce que je lui demanderai.

Je regagne le palier, m'arrête une seconde pour vérifier si David discute toujours avec Russell. C'est le cas. Je ne perçois plus un mot, il chuchote, mais d'un ton tellement régulier qu'apparemment la conversation n'est pas près de finir.

Pour bien faire, je devrais remettre mon téléphone dans la table de nuit de Vivienne afin de ne pas éveiller les soupçons, mais impossible de m'y résoudre. J'en ai trop besoin. C'est le symbole de mon indépendance. Et tant pis si Vivienne estime qu'en m'introduisant dans sa chambre et en récupérant ce qui est à moi je ne fais que prouver davantage ma folie.

Où le cacher? Si je le mets dans mon sac, Vivienne le reprendra, ainsi qu'elle l'a déjà fait, j'en suis intimement persuadée. Il n'existe qu'une pièce où elle ne mette jamais les pieds : le bureau de David. Personne n'y pénètre à part lui, et encore, il n'y est pas entré depuis la disparition de Fanny. Les femmes de ménage qui investissent la maison une journée par semaine pour la nettoyer n'y ont pas davantage accès. Résultat, l'endroit est sale et mal rangé. On y trouve des ordinateurs, du matériel musical, des rangées de CD classiques, tous les disques d'Adam and the Ants, sa collection de romans de science-fiction, rangées de titres plus déroutants les uns que les autres, et plusieurs classeurs.

Je regarde autour de moi et finis par opter pour le fond d'un de ces meubles. Je m'en approche et c'est alors que j'aperçois l'écran d'un des ordinateurs. Encore un moyen de communication avec le monde extérieur, le monde normal au-delà des Ormes.

Installée dans le fauteuil pivotant, j'allume la machine en espérant que son léger bourdonnement restera inaudible hors du bureau. Je me dis que je n'aurai pas à m'inquiéter longtemps; si David a entendu quoi que ce soit, il surgira dans quelques secondes. Le cœur battant, j'attends. Rien ne se produit. Le volume de sa voix augmente de nouveau; il s'énerve contre Russell. Je soupire longuement. Ouf! Ça va pour le moment.

Sur l'écran on me demande un mot de passe. Je jure intérieurement. J'aurais cru que David faisait comme moi au travail, qu'il avait mémorisé son mot de passe, rendant le démarrage automatique.

Je tape « Felix » mais la réponse clignote : mot de passe incorrect. J'essaie « Alice », puis « Fanny ». Encore raté. Un frisson de peur me traverse lorsque je tape « Vivienne ». Pas davantage de succès. Dieu merci!

À l'inverse des femmes, les hommes ne choisissent sans doute pas forcément le nom d'un être cher. À quoi pourrait penser David? Il n'est pas fan d'une équipe de football. Et s'il s'était montré plus malin que ça? S'il avait opté pour un mot

que personne ne songerait à lui associer? Un truc complètement au hasard : tombola, candélabre... Ou le nom d'un lieu,
par exemple. J'essaie « Spilling » sans succès.

Je ferme les yeux en tâchant furieusement de réfléchir. À
quoi bon me donner cette peine? Il existe des millions de mots,
comment savoir? Même si j'avais le temps d'éliminer tout ce
qu'il n'aurait certainement pas pris... une idée me fait soudain
rire. Et si je vérifiais? Après tout, je sais que mon mari ne déteste
pas les plaisanteries de mauvais goût.

Je tape « Laura » puis entrée. L'écran vire au bleu. Dans le
coin inférieur droit, un sablier apparaît tandis que l'ordinateur
démarre. Je n'en reviens pas. David a acheté cet appareil il y a
moins de six mois. Encore maintenant il utilise le nom de son
ex-femme honnie comme mot de passe? Pourquoi? *Tu n'étais
qu'un pis-aller après Laura. Tu le savais?* Non, ce n'est pas possible! Je suis absolument certaine qu'il n'a dit ça que pour me
vexer.

Mais je n'ai pas le temps d'y réfléchir pour le moment. Je
me connecte immédiatement sur Hotmail, ouvre un nouveau
compte. Le processus prend plus de temps que je n'aurais cru
et je commence à transpirer tandis que je procède aux diverses
étapes. Après ce qui m'a paru des heures, je possède une nouvelle adresse : AliceFancourt27@hotmail.com.

En bas retentit la voix de David :

— Comme tu voudras.

Quelque chose m'effraye dans son intonation. Cela sent
la fin de conversation. Il va bientôt raccrocher. Il se demande
peut-être déjà ce que je fabrique. Il m'a laissée trop longtemps
sans surveillance.

J'appuie sur le bouton de l'unité centrale et l'écran s'éteint
immédiatement. Je cours vers notre chambre, laisse la porte
entrouverte, me cache derrière.

— Non, je te rappelle ce week-end! dit-il. Oh! Quand est-
ce que tu rentres? Non, ça va. Lis-moi leur lettre si tu l'as sous
la main.

Je voulais envoyer un e-mail à Briony pour la remercier de
la peluche qu'elle a envoyée à Fanny et lui dire que ce serait
sympathique de se revoir dans quelques semaines, dès que les
choses s'arrangeraient. Je dois absolument croire que les choses

vont s'arranger. Si j'en avais eu le temps, je lui aurais raconté les terribles événements de la semaine passée, la disparition de Fanny, l'arrivée de La Frimousse. J'ai tellement besoin de lui parler ! Elle, au moins, me croirait sans poser de question. Mais je ne peux pas prendre le risque de rallumer l'ordinateur. Dans l'état de nervosité où je suis, je ne sais trop si je dois regretter de ne pas avoir pu expédier ce message.

Laura. Combien de fois n'ai-je pas entendu Vivienne la traiter de monstre, de despote, de vipère, de harpie, aussi bien avant qu'après sa mort ? Je croyais que David était de son avis mais maintenant, pour la première fois, je m'avise que, même s'il n'était pas d'accord, il n'aurait pas eu le courage de contredire sa mère en public. Après tout ce qu'il m'a fait, je n'arrive pas à croire que j'aie envie de pleurer parce qu'il y a six mois, il a choisi le nom de Laura en guise de mot de passe sur son ordinateur, au lieu du mien.

— Attends, attends ! l'entends-je dire à Russell. Ils n'ont rien compris. On *avait* un fournisseur parfait et ils nous ont proposé des conditions qui...

Je regarde mon téléphone portable. Ce serait tenter le diable que de retourner dans le bureau de David, mais j'ai beau chercher un autre endroit où le cacher, je ne vois rien, surtout pas dans ma chambre. Je décide de courir le risque d'aller à nouveau dans le bureau, essentiellement parce que je sais qu'il ne viendrait jamais à l'esprit de David ou de Vivienne que j'aie pu y camoufler quoi que ce soit.

À tâtons, j'explore l'espace entre le mur et le classeur le plus proche de la porte ; il me semble convenir, quoique un peu juste, peut-être. Mes doigts tombent sur un coin de chemise cartonnée mais je n'ai pas assez de place pour la saisir.

Je me relève et, aussi doucement que possible, je déplace le classeur vers l'avant. Un dossier bleu marine coincé à la verticale tombe par terre. Je le prends et l'ouvre. Il contient trois revues pornographiques. J'ai un mouvement de recul devant la photo d'une femme nue ligotée sur une table. Ce n'est pas vrai ! David ne peut considérer un tel spectacle comme érotique ! Que fait cette saleté dans son bureau ? Ce n'est pas possible ! Pourtant c'est bien ce que je suis en train de feuilleter.

Je m'aperçois que deux feuillets se sont échappés d'un des magazines. Le premier est une missive rédigée sur du papier à lettre bleu filigrané. Cela commence par : « Cher David ». Je regarde le bas de la page. C'est signé : « Ton père qui t'aime, Richard Fancourt ».

J'écarquille les yeux. Enfin un nom ! Et la preuve que le père de David existe. Ce qui pourrait expliquer les magazines. Ils sont là pour détourner l'attention de ce qu'il veut vraiment cacher. Ce devait être sa raison première, pour le cas où Vivienne ou moi trouverions le dossier et l'ouvririons ; nous en aurions été tellement effarouchées que nous n'aurions pas poussé plus loin notre exploration.

Aux aguets, surveillant la conversation de David qui se poursuit en bas avec Russell, je lis la lettre en diagonale pour en relever l'essentiel. Le père de David est remarié. Il envoie ce courrier aux Ormes parce qu'il vient d'apprendre que son fils y vivait toujours. Il regrette de n'avoir pas été un bon père, de n'avoir pas gardé le contact, ajoutant que cela valait peut-être mieux. Ce texte est trop long. J'essaie d'en capter tous les mots à la fois : *femme enceinte… petit frère ou petite sœur… si ce n'est pour moi, au moins pour lui ou elle… espère que nous pourrons rétablir le contact… bébé doit naître en septembre… retraité de l'université… envisage une réunion…*

— Alice ! Qu'est-ce que tu fais ?

— Je m'habille.

Une nausée de terreur m'empêche d'en dire davantage. Je fourre les lettres et les magazines dans leur dossier que je replace derrière le classeur que je repousse… J'ai tellement peur d'être prise sur le fait que je perds l'équilibre et trébuche en arrière, écrasant au passage un petit objet dur sous mon pied. Je le ramasse, ainsi que mon téléphone, et me rue dans la salle de bains où je m'enferme à double tour. David s'entretient toujours avec Russell. Il a interrompu sa conversation pour s'assurer de ce que je faisais. Comme pour un gosse.

Une fois à l'abri, j'examine ce que j'ai apporté. Un Dictaphone avec une bande à l'intérieur. Il n'y a sans doute rien dessus, que des notes sur le prochain jeu auquel travaille David, mais j'ai quand même envie de l'écouter. Je jette un coup d'œil vers la mince porte de bois. Ce ne serait pas prudent de le faire maintenant. Il m'est tellement facile d'imaginer une présence immobile derrière... Aux Ormes, les rais de lumière sont souvent coupés par deux taches de la taille de pieds.

J'enterre mon téléphone sous une pile de serviettes propres. Il devrait y être à l'abri un certain temps. Puis je glisse le Dictaphone dans la poche de mon pantalon. Il disparaîtra sous mon pull-over. Ensuite, je descends d'un air détaché.

26

Notes tirées du calepin
de l'inspecteur Simon Waterhouse
(rédigées le 5/10/03 à 4 heures)

2/10/03, 11 h 15

Secteur : Morfal Café *au club de remise en forme du* Débarcadère, 27 Saltney Road, Spilling. *Je suis arrivé avec un quart
d'heure de retard et j'ai retrouvé Alice Fancourt (voir index) qui
m'y attendait déjà, debout au bar, la main sur le téléphone public. Je
lui ai demandé si elle voulait passer un coup de fil, elle m'a répondu
qu'elle s'apprêtait à m'appeler sur mon portable pour vérifier que
j'arrivais.*

*Nous nous sommes assis à une table. Nous n'avons pas commandé
de consommations. Mme Fancourt semblait fatiguée, elle avait les
yeux rouges et gonflés. Elle ne pleurait pas à mon arrivée mais, dès
qu'elle m'a vu approcher, elle a fondu en larmes. Elle m'a dit d'une
voix qui m'a parue hystérique que je devais envoyer une équipe de
police à la recherche de sa fille et que chaque jour qui passait ame-
nuisait les chances de Fanny (voir index) d'être retrouvée saine et
sauve.*

*J'ai dit à Mme Fancourt qu'il n'était pas en mon pouvoir de lan-
cer ce genre d'opération mais elle ne voulait rien savoir.*

*— Vous pouvez bien faire quelque chose, tout de même ! C'est
vous qui êtes chargé de cette affaire. Je n'arrive pas à croire que vous
refusiez de m'aider.*

Je l'ai interrogée sur le vol de son téléphone mobile dont elle m'avait parlé à notre précédent rendez-vous (voir index). Elle m'a répondu qu'il n'avait pas été volé. Elle l'avait égaré et sa belle-mère (voir index) l'avait retrouvé. Je lui ai demandé pourquoi, dans ce cas, elle s'apprêtait à utiliser un téléphone public et elle a dit avoir oublié le sien à la maison. Elle l'avait caché pour qu'on ne puisse plus le lui voler. Apparemment, elle oubliait que, quelques instants plus tôt, elle venait de déclarer qu'il n'avait pas été volé mais qu'elle l'avait égaré. Je le lui ai fait remarquer et ça l'a mise sur la défensive. Elle a répondu ne plus vouloir parler de cette histoire.

Ensuite, je lui ai demandé si son mari, David Fancourt (voir index), la maltraitait d'une façon ou d'une autre. Question qui a semblé la déstabiliser mais elle n'a voulu ni confirmer ni infirmer. Selon moi, soit elle avait peur, soit elle était gênée de répondre.

Sans cesser de pleurer, Mme Fancourt m'a demandé si je croyais qu'on pouvait jeter un mauvais sort à une famille tout entière. J'ai répondu que non. Elle m'a raconté que la famille Fancourt avait connu plusieurs « ruptures » (selon son expression) de relations parent-enfant. Elle s'est mise à énumérer (voir index pour tous les noms) : Richard Fancourt abandonnant David Fancourt quand celui-ci était encore un enfant, Laura Cryer et Felix Fancourt (séparés par la mort de Cryer), et maintenant, elle prétendait elle-même avoir été séparée de sa fille Fanny.

Elle a exprimé l'idée selon laquelle toute la famille Fancourt était maudite, qu'elle-même jouait de malchance depuis son mariage, qu'elle avait été personnellement sélectionnée pour entrer chez les Fancourt parce que ses parents étaient morts dans un accident d'auto.

Je lui ai demandé par qui elle avait été sélectionnée et elle a répondu :

— Par Dieu, par le destin, appelez-le comme vous voudrez.

Je lui ai dit qu'à mon avis ce n'était là que de la superstition et qu'elle n'avait rien pour étayer ces faits.

Mme Fancourt a poursuivi en m'exposant sa théorie sur ce qui pouvait être arrivé à Fanny ou, comme elle l'a exprimé :

— Une possibilité d'enquête, si vous voulez bien vous y mettre.

Selon elle, David Fancourt devait avoir une maîtresse qu'il aurait mise enceinte à peu près à la même époque qu'elle-même et, avec sa complicité, ils auraient échangé les deux bébés ; si bien que Fanny pourrait se trouver dans la maison de la maîtresse de David

Fancourt. *Voilà qui expliquerait pourquoi aucun bébé n'était porté disparu.*

Je lui ai demandé pourquoi M. Fancourt aurait voulu faire ça. Elle a dit qu'il souhaitait peut-être, avec sa maîtresse, qu'elle (Alice Fancourt) disparaisse de la circulation afin que tous deux puissent s'installer ensemble avec leurs deux bébés mais que David savait que, s'il divorçait, sa femme obtiendrait sans doute la garde de Fanny, ce qu'il ne pourrait supporter étant donné qu'il avait déjà perdu celle de Felix au profit de sa femme Laura.

Selon elle, David et sa maîtresse avaient donc préféré échanger les bébés afin de faire croire à tout le monde qu'Alice Fancourt avait disjoncté et, ainsi, soit obtenir la garde après avoir prouvé qu'elle rejetait le bébé ou, pire, le scénario pouvait peut-être aller jusqu'au meurtre, en le faisant passer pour pour un suicide, ce qui semblerait plausible à tous ceux qui l'avaient vue en pleine hystérie postpartum.

J'ai dit à Mme Fancourt que cette hypothèse était extrêmement improbable et ne reposait sur aucune base solide. Elle a haussé les épaules en répondant :

— C'est la seule idée qui me soit venue à l'esprit.

Elle a ajouté que ce qui était arrivé était déjà tellement invraisemblable que toute explication semblerait forcément extravagante. Je lui ai rappelé qu'elle avait d'abord cru qu'une femme qui se trouvait dans la même maternité qu'elle avait pu échanger son bébé avec Fanny Fancourt parce qu'elle craignait que son compagnon ne fasse du mal à l'enfant et qu'elle désirait lui assurer une vie heureuse.

J'ai dit à Mme Fancourt que je communiquerais les deux théories à l'inspecteur chef Zailer qui pourrait dès lors décider si elle voulait poursuivre ou non l'investigation, mais j'ai bien précisé qu'une suite me semblait peu probable. J'ai ajouté qu'il faudrait une forte coïncidence pour que M. Fancourt ait mis enceintes deux femmes qui auraient ensuite accouché presque au même instant. J'ai dit également que M. Fancourt ne pourrait jamais imaginer s'en tirer avec un tel plan, alors que la première analyse ADN le confondrait.

Mme Fancourt m'a dit avoir trouvé une lettre, la veille, adressée à son mari, de la part du père de celui-ci, Richard. Il l'informait que sa nouvelle épouse attendait un bébé, un demi-frère ou une demi-sœur pour David Fancourt. Mme Fancourt m'a demandé ce que je pensais du fait que son mari ne lui ait jamais parlé de sa deuxième famille.

— Et c'est pourtant lui que vous croyez, vous et votre chef, a-t-elle ajouté d'un ton que j'ai interprété comme de la colère.

Elle était très contrariée de ne pas avoir remarqué de date sur la lettre.

— Et si La Frimousse était l'enfant de Richard, la demi-sœur de David ? Je suis certaine d'avoir lu que ce bébé devait naître en septembre. Fanny est née le 12 septembre. Il faut que vous interveniez.

J'ai tenté de lui expliquer que l'affaire était close aux yeux de la police et que le mieux serait d'attendre les résultats de l'analyse ADN. Je lui ai également dit qu'à mon avis il ne fallait pas tirer de conclusions trop hâtives en supposant que le bébé qui se trouvait aux Ormes était l'enfant de Richard Fancourt, alors qu'on n'en avait pas la moindre preuve.

— Ça expliquerait pourquoi David est si gentil avec La Frimousse, a dit Mme Fancourt, pourquoi il s'occupe si bien d'elle, si c'est sa sœur.

J'ai répété qu'il n'y avait aucune raison de croire une chose pareille et lui ai rappelé que quelques minutes auparavant elle avait tenté de me persuader que le bébé aux Ormes était l'enfant de son mari et de sa maîtresse. Mme Fancourt s'est emportée en disant :

— De toute façon j'ai tort, c'est ça ?

Au cours de l'entretien, l'attitude de Mme Fancourt à mon égard était tour à tour hostile, suppliante et apathique. J'ai décidé de faire part de mon inquiétude à l'inspecteur chef Zailer dans le but éventuel de prendre contact avec le médecin de Mme Fancourt.

27

Jeudi 2 octobre 2003

Vivienne, David et La Frimousse sont dans le jardin quand je reviens de ma rencontre avec Simon. Il fait beau mais frais et ils prennent le soleil qui passe à travers les feuillages. Ils ne bougent pas à mon approche, comme trois silhouettes lointaines d'un tableau.

La Frimousse dans son landau, enveloppée de couvertures, avec son bonnet de laine jaune. Je ne peux m'empêcher de repenser au jour où nous avons acheté cette voiture d'enfant. J'avais appris la veille que j'étais enceinte. Je ne voulais pas trop tenter le sort mais Vivienne tenait à fêter la nouvelle, alors nous nous sommes rendus au magasin *The Mamas and Papas*, à Rawndesley, où nous avons passé des heures à examiner des poussettes, des landaus et autres. Nous étions heureux, alors. Vivienne s'est même laissé taquiner par David quand elle a voulu opter pour une voiture à capote ancien modèle.

— Tu n'es pas du genre à te plier à la tradition, maman!

Vivienne a souri. D'habitude, elle réagit contre toute forme de taquinerie, estimant que c'est un manque de respect qui cache son nom.

— Où étais-tu?

Elle agrippe les poignées du landau à l'ancienne que nous avons fini par choisir. Comme toujours, elle a obtenu ce qu'elle voulait.

— Pourquoi n'as-tu pas dit où tu allais?

— Je voulais juste conduire un peu.

Je détourne les yeux de David. Je fais comme s'il était mort. Si seulement c'était vrai! Je ne crois pas qu'il m'infligera de nouveaux outrages, il n'en a pas besoin, puisqu'il se souvient aussi bien que moi de ceux que j'ai déjà subis.

Vivienne n'a pas l'air contente. Elle ne me croit pas.

— J'allais emmener promener le bébé dans le parc. Tu viens avec moi?

— Oh… oui, s'il vous plaît!

Je suis ravie. Le domaine des Ormes est immense. Je vais pouvoir passer une demi-heure en compagnie de La Frimousse. Peut-être plus.

— Tu peux pousser le landau? propose Vivienne.

— Avec plaisir! Merci.

Je regarde David. Il est furieux. Je résiste à la tentation de lui sourire et découvre avec stupéfaction qu'une petite partie de moi, que je n'avais jamais soupçonnée, se délecte de sa souffrance.

— David va porter ton sac à la maison, dit Vivienne.

Je le détache de mon épaule et le lui tends. Il s'en empare brusquement avant de tourner les talons.

— Viens maintenant, reprend ma belle-mère.

Elle a lâché le landau pour que je le manœuvre seule. Mon cœur éclate presque alors que je pousse La Frimousse sur la pelouse. C'est un acte des plus naturels pour toute mère et cela me ferait presque pleurer de joie.

— Qu'est-ce qu'il y a? interroge Vivienne. Tu as l'air bouleversée.

— Je me disais… c'est très agréable, mais… j'ai beau aimer La Frimousse, je préférerais tellement promener mon propre bébé!

J'essuie une larme. Vivienne se détourne et j'ai l'impression qu'elle regrette d'avoir posé la question.

Nous longeons l'ancienne grange en direction du potager.

— Ça ne t'a pas ennuyée qu'il prenne ton sac, j'espère? Tu n'avais pas besoin de t'encombrer.

Je m'étonne :

— Non. Pas pour me promener dans le jardin.

— Tu n'as pas besoin d'argent pour l'avenir proche. Ni de ton journal ni de rien. Pas tant que tu es encore en convalescence. Tu dois beaucoup te reposer, te donner toutes les chances de récupérer. Les clefs de ta voiture sont dans ton sac?

Malgré l'effroi qui me saisit, je hoche la tête.

— Bien, conclut Vivienne. Dans ce cas, je vais te le confisquer un certain temps. Je le déposerai sur le comptoir de la cuisine, tu le verras mais... tu n'es pas assez bien pour sortir seule en ce moment.

— Vous me traitez comme une enfant, murmuré-je.

— Exactement, et dans tous les sens du terme. Pourquoi t'accroches-tu tellement à tes affaires? J'avais déjà remarqué, quand tu étais enceinte, que tu les conservais sur toi quand tu te promenais autour de la maison, comme si tu étais dans un train de banlieue et que tu avais peur qu'on te les vole.

Autrement dit, Vivienne me trouvait paranoïaque durant ma grossesse? C'est vrai que je sortais souvent avec un cahier et un crayon, ou avec mon sac, ou avec le roman ou le manuel de conseils aux femmes enceintes que je lisais alors, mais seulement parce que je voulais garder certaines affaires sous la main pour le cas où j'en aurais eu besoin. Les Ormes sont une si grande maison et je me sentais tellement lourde et mal à l'aise, les derniers mois, que je m'arrangeais pour avoir à retourner le moins possible chercher ce qu'il me fallait dans ma chambre.

Je sais que je ne devrais pas répondre. Vendredi approche. Vendredi commence jeudi soir, à minuit. Nous traversons le parc en direction de la rivière. Je me penche pour caresser la joue de La Frimousse. Je ne peux pas m'empêcher de rouspéter :

— Je veux emporter mon sac et mes clefs de voiture. Je ne veux pas les laisser dans la cuisine!

Vivienne soupire :

— Alice, je regrette de devoir aborder ce sujet...

— Quoi?

Alarmée, je me demande ce qu'ils peuvent encore me prendre. Il ne me reste rien, à part le stupide Dictaphone de David, toujours dans la poche de mon pantalon. Je l'avais complètement oublié.

230

— En rentrant à la maison, hier, j'ai trouvé la salle de bains d'en haut dans un état indescriptible.

Je rougis en repensant aux événements du matin. Pourtant, je ne vois pas de quoi elle veut parler. J'ai tout nettoyé à genoux, j'ai tout fait briller.

— Je vois que tu sais à quoi je fais allusion, dit Vivienne.

— Non, non, je...

Elle m'interrompt d'un geste de la main :

— Je ne tiens pas à entrer dans les détails, je t'assure. J'ai dit ce que j'avais à dire.

Prise de vertige, je sens à nouveau que tout m'échappe. Tout bascule. J'ai soudain besoin de violence et j'agrippe le landau à m'en blanchir les jointures des doigts. Je préfère ne pas imaginer ce que Vivienne veut dire, en arriver aux conclusions qui s'imposent. Comment David a-t-il pu s'abaisser à ce point?

— Quand j'ai quitté la salle de bains, elle était propre, dis-je, mortifiée.

— Alice, tu sais aussi bien que moi que c'est faux! articule patiemment Vivienne.

Sur le coup, je pourrais presque croire que je suis effectivement devenue folle.

— Visiblement, tu es encore plus touchée que je ne l'aurais cru. Reconnais que tu ne sais pas ce que tu fais en ce moment. Tu as perdu toute maîtrise de toi-même.

Je déglutis, je hoche la tête, je chancelle. Si je reconnais que je ne suis pas bien, elle me croira. Parce que cela ira dans son sens.

— J'ai aussi trouvé ton téléphone mobile dans le placard de la salle de bains, sous les serviettes. Tu voulais le cacher?

— Non, murmuré-je.

— Je ne te crois pas. Alice, tu dois regarder la réalité en face. Tu es malade. Tu souffres d'une forme extrême de dépression post-partum.

Elle me tapote l'épaule.

— Tu n'as pas à en avoir honte. Nous avons tous besoin qu'on s'occupe de nous de temps à autre. Et toi, tu as une chance unique : je suis là pour m'occuper de toi.

28

9/10/03, midi

Charlie et Simon étaient assis l'un à côté de l'autre sur un large canapé vert constellé de taches blanches et beiges. Ils se trouvaient chez Maunagh et Richard Rae, c'est-à-dire Richard Fancourt, dans une maison mitoyenne à deux étages donnant sur la grand-route de Gillingham, dans le Kent. Le trajet depuis Spilling s'était déroulé dans un silence gêné ponctué d'observations polies, mais, au moins, Charlie ne s'était pas montrée hostile.

En face de Simon, dans un fauteuil au dossier maculé d'une large tache graisseuse, se tenait un jeune garçon en pull marron et pantalon noir. La tignasse en bataille, un sandwich entamé à la main, il dégageait des remugles évoquant irrésistiblement Gore Hill, l'école que Simon avait fréquentée durant les années soixante-dix, quatre-vingt.

— Maman et papa arrivent dans une minute, dit Oliver Rae.

Son école était fermée pour l'après-midi parce que le chauffage central venait de tomber en panne. Simon le regardait mâcher un pain compact, plein de graines peu appétissantes mais très saines. Le demi-frère de David Fancourt. Dans les treize ans. Rien d'une petite fille, de La Frimousse qui eût comblé les espérances d'Alice.

La porte du salon ne cadrait pas avec le chambranle ; elle s'ouvrit soudain sur un énorme labrador noir qui vint en aboyant furieusement plonger la truffe dans l'entrejambe de Simon.

— Couché, Moriarty ! cria Oliver. Allez, couché !

Le chien obéit à contrecœur. Maunagh Rae entra dans un nuage de parfum musqué. C'était une femme ronde aux cheveux gris et raides coupés au carré, le nez et les joues pleins de taches de rousseur. Simon repéra immédiatement la ressemblance avec Oliver. Elle portait un pull à col roulé mauve, un pantalon noir, des escarpins et un discret petit collier de perles et d'or. Une femme de goût, eût apprécié la mère de Simon.

Son élégance le surprit. Devant le désordre de sa maison, il se serait attendu à une personne à l'aspect plus négligé. Il était pourtant habitué aux logis autrement délabrés que celui-ci, aux logements sociaux souvent pleins de cailloux de crack, de dealers et d'argent sale. Et de chiens beaucoup plus maigres que le dénommé Moriarty.

Deux grandes fenêtres, surmontées d'un panneau en vitrail, ouvraient sur la rue ; avec leur encadrement cassé, les vitres crissaient au moindre souffle de vent. Le mince tapis élimé passait presque inaperçu sur le plancher de la même couleur. Cependant, les six tableaux, disposés asymétriquement sur les murs, semblaient être des originaux ; autrement dit, les Rae disposaient d'assez d'argent pour s'en acheter. Comment pouvaient-ils le dépenser dans ces immenses toiles parsemées de taches de couleurs ? Sans doute Maunagh ou Richard avaient-ils un ami artiste peintre dans la dèche et lui achetaient-ils ses croûtes par amitié. Les quatre coins du plafond étaient noircis, comme par un incendie.

— Je parie qu'il vous a fallu un moment pour retrouver Richard, commença Maunagh.

— Oui, il a changé de nom, dit Charlie.

Une fois qu'il eut repéré le père de David Fancourt, Colin Sellers ne s'était pas gêné pour critiquer les hommes qui adoptaient le nom de leur femme en se mariant. Charlie l'avait traité de brute épaisse mais, au fond, Simon approuvait son collègue. Il fallait savoir respecter certaines traditions.

— Il y a de plus en plus d'hommes qui le font, expliqua Maunagh sur la défensive.

Une sorte de nain de jardin aux épaules voûtées et à la barbe blanche entra en traînant des pieds. Son cardigan gris était boutonné de travers, les lacets de ses chaussures défaits. L'état de la maison devenait soudain plus compréhensible. Richard Rae se précipita pour venir serrer la main de ses visiteurs, se balançant d'avant en arrière au point qu'il faillit heurter la tête de Charlie au passage.

— Richard Rae! annonça-t-il. C'est gentil d'avoir parcouru tout ce chemin. Comme je l'ai dit au téléphone, je ne suis pas sûr de pouvoir vous aider.

— Avez-vous des nouvelles d'Alice Fancourt, ou l'avez-vous vue depuis jeudi dernier? interrogea Charlie.

Simon l'avait entendue poser la même question au téléphone. Ce voyage dans le Kent n'allait sans doute servir à rien.

— Non.

— Avez-vous fait une rencontre inhabituelle? Auriez-vous remarqué un événement bizarre au cours des semaines passées, ou un inconnu qui aurait traîné dans les parages?

Les trois Rae secouèrent ensemble la tête.

— Non, dit Richard. Rien. Comme je vous l'ai dit, je n'ai jamais rencontré Alice. Je ne savais pas que David s'était remarié.

— Vous étiez tout de même au courant de son premier mariage?

— C'est-à-dire…

Richard marqua une pause. Il croisa le regard de sa femme et tous deux posèrent les yeux sur leur fils.

— Oliver, mon chéri, va faire tes devoirs, dit Maunagh.

Le petit frère de David Fancourt sortit d'un pas indolent, finalement pas très passionné par la présence des deux inspecteurs. À son âge, Simon aurait également fait ce que sa mère lui disait sans rouspéter, tout en mourant d'envie de savoir ce qui se passait.

Richard Rae se balançait toujours au milieu de la pièce.

— Où en étions-nous? marmonna-t-il.

— Nous n'avons appris l'existence de Laura qu'après sa mort, dit Maunagh en jetant un coup d'œil exaspéré à son mari.

Elle s'était assise à la place de son fils, les mains croisées sur ses genoux.

— Vous n'êtes donc pas en contact avec David? s'enquit Simon.

— Non, se rembrunit Richard. Malheureusement pas.

— Puis-je vous demander pourquoi?

— Sa mère et moi sommes séparés.

— Ça n'aurait pas dû vous empêcher de continuer à voir votre fils, observa Charlie.

Jamais elle ne laisserait un homme l'éloigner de ses enfants. Qu'ils essaient pour voir!

— Oui, mais vous savez, c'était comme ça. On ne se rend pas toujours compte de ce qu'il aurait mieux valu faire.

Simon et Charlie échangèrent un regard. Toute rouge, Maunagh Rae se mordait la lèvre.

— Parce que sur le moment, vous aviez conclu qu'il valait mieux couper les ponts avec votre fils? conclut Charlie d'un ton sec.

— Il avait sa mère qui était plus que capable de l'élever seule. Vivienne remplit sans peine le rôle des deux parents. Je me suis toujours senti de trop.

Maunagh Rae poussa un lourd soupir.

— Il n'est pas bon pour les enfants de les ballotter d'un parent à l'autre après le divorce, acheva Richard, davantage à l'attention de sa femme que des deux inspecteurs.

— David a dû vous manquer, insista Charlie. Vous n'avez jamais été tenté de lui écrire? Pour Noël ou pour son anniversaire? À la naissance d'Oliver?

Richard Rae se balançait de plus en plus fort.

— Vivienne et moi avons décidé qu'il valait mieux ne pas le troubler.

Maunagh murmura quelque chose d'inaudible. Simon se demanda si elle savait que son mari mentait. Il avait écrit au moins une lettre, celle dont Alice lui avait parlé. Pourquoi Rae ne la mentionnait-il pas?

Visiblement, Charlie commençait à s'impatienter. Elle ôta ses lunettes, se frotta les yeux. Le signal pour Simon. On pouvait passer à la petite comédie qu'ils avaient jouée d'innombrables fois.

— Pourriez-vous me dire où sont les toilettes ? demanda-t-il en se levant.

Leurs hôtes parurent soulagés, comme s'ils redoutaient toute autre forme de question. Maunagh lui indiqua trois possibilités. Il choisit la porte la plus proche, tomba sur une salle plus grande que sa propre chambre mais pleine de courants d'air et qui contenait la sculpture voluptueuse d'un buste de femme. Comment pouvait-on supporter un objet pareil chez soi ?

Il s'enferma, sortit son téléphone et appela Charlie sur son portable. Qui décrocha en déclinant son nom. Il ne dit rien.

— Oui, récita-t-elle à l'adresse des Rae. Excusez-moi un instant, il faut que je sorte pour prendre cet appel.

Lorsqu'il entendit claquer la porte d'entrée, il tira la chasse d'eau et sortit sur la pointe des pieds, s'approcha doucement du salon, écouta. Maunagh Rae était déjà lancée :

— … ne peux pas supporter de rester assise là à t'entendre défendre cette femme ! rouspétait-elle en colère. Pourquoi leur as-tu dit que Vivienne et toi étiez *d'accord* pour que tu laisses tomber David ? Tu n'étais pas d'accord du tout ! Elle t'a viré et elle l'a monté contre toi !

— Ma chérie, calme-toi. Je suis certain que ça ne s'est pas passé comme ça.

La voix de Maunagh grimpa d'un ton :

— Qu'est-ce que tu racontes ? Bien sûr que c'était ça !

— C'est passé, maintenant. Ne te mets pas en colère. Ça ne sert à rien de remuer tous ces désaccords.

Maunagh ne semblait pourtant pas vouloir lâcher le morceau :

— La réponse de David quand tu lui as annoncé la naissance d'Oliver était pourtant claire, on l'a poussé à te détester…

— Je t'en prie, ma chérie, je vais m'énerver…

— Tu devrais peut-être t'énerver, justement ! Te mettre en pétard comme moi ! David t'adorait et Vivienne ne le supportait pas, voilà tout ! Elle voulait rester la seule. Si une femme comme elle voulait avoir des enfants aujourd'hui, elle ferait appel à un don de sperme. C'est une mégalomane, tu le sais très bien. Pourquoi ne le dis-tu pas ?

236

— Ma chérie, à quoi bon ? Ça n'a rien à voir avec la disparition de la femme et de la fille de David...

— Tu n'es qu'une chiffe molle !

— Je sais, tu as raison, mon amour. Mais tu penses bien que si je savais quelque chose sur Alice ou sur le bébé, je le leur dirais.

— Tu sais ce qui est arrivé à la première femme de David.

Immobile dans le couloir, Simon haussa un sourcil. Il avait une étrange sensation d'improvisation.

— Elle a été assassinée, bon sang !

— Maunagh, arrête !

Richard Rae semblait quelque peu irrité mais Simon doutait qu'il fût capable d'une véritable crise de colère.

— On ne peut pas accuser les gens de meurtre comme ça ! continuait-il. Tu es injuste.

— Injuste ? J'ai l'impression de parler à une éponge ! Tu n'as même pas osé leur dire que tu avais écrit à David au sujet d'Oliver.

— Je ne vois pas à quoi ça servirait. Ils recherchent Alice et le bébé. Que vient faire ma lettre dans l'histoire ?

— Et tu recommencerais de la même façon, pas vrai ? continua sa femme amèrement. Si je rompais et décidais de jouer les garces en éloignant Oliver de toi, tu me laisserais faire. Tu es incapable de te battre pour quoi que ce soit.

— Ne dis pas de bêtises, Maunagh ! Ça ne sert à rien. On ne se disputait pas avant l'arrivée de la police. Rien n'a changé depuis.

— Non. Rien ne change jamais.

— Allons, allons...

— Tu connais le nom du professeur principal d'Oliver ? Tu connais sa matière préférée ?

— Ma chérie, calme-toi...

— Tu n'as écrit à David que parce que je t'ai pratiquement forcé la main ! Je t'ai préparé le brouillon mot à mot. Tu n'as eu qu'à recopier ! Si je t'avais laissé faire, tu n'aurais même pas essayé et c'est l'unique frère d'Oliver, le seul qu'il aura jamais...

Simon se demandait ce qui se serait passé si ses propres parents s'étaient séparés. Kathleen aurait voulu garder son fils. Son père aurait-il contesté, lutté pour obtenir les mêmes droits?

Exaspéré par les récriminations de Maunagh Rae, il allait frapper à la porte du salon quand il sentit une présence derrière lui. Il se tourna et vit Oliver dans l'escalier, maintenant en jean trop grand pour lui et en tee-shirt Eminem.

— J'allais...

À quoi bon? Depuis combien de temps l'enfant l'épiait-il ainsi? Maunagh et Richard n'avaient pas tenté de baisser la voix.

— Mme Pickersgill. C'est le nom de ma prof principale.

D'un seul coup, Oliver paraissait plus grand que son âge.

— Et ma matière préférée, c'est le français. Vous pouvez le dire à mon père si vous voulez.

29

Jeudi 2 octobre 2003

Je suis assise dans le fauteuil à bascule de la chambre d'enfant et je donne le biberon à La Frimousse. C'est Vivienne qui me l'a conseillé. David en a verdi de rage mais il n'a rien osé dire. J'ai montré ma gratitude avec ce qu'il fallait d'effusion pour que cela ne sonne pas faux. Voilà bien longtemps que je ne prenais plus la gentillesse de quiconque pour argent comptant.

Vivienne change les draps du berceau en me surveillant du coin de l'œil pour vérifier que je me comporte comme il faut. La Frimousse me regarde de temps à autre, l'air grave. D'après les experts, les nouveau-nés ne sont pas capables de fixer quoi que ce soit avant six semaines, mais je n'y crois pas. Je suis sûre que ça dépend de l'intelligence de chaque bébé. Vivienne serait d'accord avec moi. Elle aime raconter l'histoire de sa propre naissance, de la sage-femme qui a dit à sa mère :

— Oh ! Celle-là, elle connaît son monde !

Impossible d'imaginer une Vivienne désorientée, pas même quand elle était bébé.

La Frimousse ne veut pas boire et gigote sur mes genoux. Sa bouche se tord, elle va pleurer. Mais non, aucun son ne lui échappe.

À présent qu'elle en a fini avec le berceau, Vivienne ouvre la penderie de Fanny. Elle vide les piles de vêtements dans un grand sac en plastique. Je regarde le Babygro Bisounours tomber à son tour, ainsi que le pyjama à cœurs roses, la robe de velours rouge. Un à un, Vivienne arrache les ensembles à leurs portemanteaux. Jamais je n'ai rien vu de plus brutal. Je tressaille.

— Que faites-vous?

— Je vais mettre les affaires de Fanny au grenier. Pour t'éviter de le faire toi-même. Je sais que ça te perturbe de les voir ici.

Malgré son sourire bienveillant, je suis prise d'une nausée. Vivienne ignore où est passée Fanny, ce qui a pu lui arriver et voilà qu'elle vide ses placards comme si la petite n'existait plus.

— David m'a laissé entendre que tu ne voulais pas que le bébé porte les tenues de Fanny, ajoute ma belle-mère.

— Non! Arrêtez!

Je n'arrive pas à réprimer la colère qui fait enfler ma voix :

— Il faut bien que La Frimousse porte quelque chose! J'ai dit ça au début parce que je souffrais, j'étais choquée de la voir dans le Babygro de Fanny, mais c'est tout!

Vivienne pousse un soupir :

— Je vais aller faire un tour à la solderie du coin. La Frimousse, comme vous l'appelez, David et toi, pourra s'en contenter. Je regrette si j'ai l'air un peu cruelle mais ces vêtements appartiennent à ma petite-fille.

Je serre les dents pour ne pas laisser échapper le cri qui monte dans ma gorge.

La Frimousse se met à pleurer; au début, ce n'est qu'un vagissement mais cela tourne vite aux braillements. Elle est toute rouge. Je ne l'ai jamais vue dans cet état. Je m'affole.

— Qu'est-ce qui lui arrive? Qu'est-ce qui se passe?

Imperturbable, Vivienne hausse un sourcil.

— C'est normal pour un bébé. Il a besoin de pleurer. Si tu ne le supportes pas, tu n'aurais pas dû en avoir.

Elle reporte son attention vers le placard. Je retourne La Frimousse sur mon bras et lui tapote le dos mais la petite hurle encore plus fort. Sa détresse m'émeut tellement que je fonds en larmes à mon tour.

David apparaît sur le seuil.

— Qu'est-ce que tu lui as fait? me crie-t-il. Donne-la-moi.

Vivienne le laisse m'arracher le bébé des mains. Il serre le petit corps contre lui, appuie les joues rouges sur son épaule et elle se tait aussitôt, contente. Ferme les paupières. Parfaite image du père à l'enfant, ils quittent la chambre. J'entends David murmurer :

— Là, là, mon trésor. Ça va mieux, maintenant que papa est là?

Je m'essuie le visage avec le carré de mousseline que je gardais à portée de la main pour nettoyer ses renvois de lait. Vivienne s'est plantée devant moi, les mains sur les hanches.

— Les bébés n'ont d'autre moyen que les pleurs pour communiquer. C'est pour ça que ça leur arrive si souvent. Parce qu'ils ne peuvent pas se maîtriser.

Elle marque une pause afin de s'assurer que j'ai bien saisi, avant d'ajouter :

— Tu sais que je désapprouve les excès d'émotivité. Nous vivons des moments difficiles mais il faut tâcher de te reprendre.

Petit à petit, mon amour-propre achève de se consumer.

— Tu auras beau dire, je constate que tu es très attachée à… La Frimousse.

— C'est un pauvre petit bout de chou. Je ne vais pas pour autant me persuader qu'il s'agit de Fanny. Vivienne, convenez que je suis aussi saine d'esprit que vous!

Elle a l'air d'en douter. Je reprends :

— La police n'a rien dit au sujet de bébés… vous savez. Trouvés. Je suis sûre que nous allons récupérer Fanny. Je ne souhaite rien d'autre. Hormis que La Frimousse retrouve elle aussi sa vraie mère.

— Il faut que j'aille chercher Felix à l'école. Tu crois que tu pourras te passer de moi une heure ou deux?

Je fais oui de la tête.

— Bon. Je vais dire à David de te préparer un repas. Je suis sûre que tu n'as rien mangé aujourd'hui. Tu deviens squelettique.

J'ai la gorge tellement nouée que je ne respire plus. Je sais que mon estomac protesterait violemment si je tentais d'y introduire davantage qu'un verre d'eau. Silencieusement, je regarde Vivienne quitter la chambre. Demeurée seule, je pleure en silence un moment, je ne sais combien de temps au juste. Je me sens tellement vide qu'il me faut prendre sur moi pour recommencer à penser, à bouger, pour continuer d'exister. Je n'aurais jamais cru, si on m'avait posé la question avant ces événements, qu'on pouvait se démolir aussi vite. Il ne m'a pas fallu une semaine.

Je vais devoir descendre, si Vivienne a dit à David de me préparer quelque chose. Je m'apprête à le faire lorsque je me souviens du Dictaphone, toujours dans la poche de mon pantalon. J'ai écouté la bande dans la salle de bains il y a quelques heures et n'y ai rien trouvé de significatif, juste une lettre d'affaires qu'il préparait.

Je n'ai pas le courage de retourner dans son bureau. Impossible d'imaginer que j'aie eu le courage de le faire une fois. Alors je glisse l'appareil dans sa penderie, dans la poche d'un vieux pantalon qu'il n'a pas porté depuis une éternité. Et puis je m'assieds devant la coiffeuse, me brosse les cheveux, non parce que j'attache la moindre importance à mon apparence mais parce que c'est une chose que j'avais l'habitude de faire tous les jours avant que ma vie ne soit brisée.

Le cerveau brumeux, comme en décomposition, je descends l'escalier, trébuche plusieurs fois sur les marches. Au milieu de mon brouillard mental surgissent des pensées plus ou moins cohérentes. Par exemple qu'il vaut mieux aller à la rencontre de David plutôt que de me laisser convoquer. S'il éprouve une quelconque horreur à mon endroit, je préfère l'affronter maintenant, la surmonter.

Je le trouve dans la cuisine avec La Frimousse, allongée près de la porte sur son matelas à langer, agitant vigoureusement les jambes. Radio 3 joue en sourdine, à moins que ce ne soit Classic FM. David n'écoute jamais d'autres stations. Un relent de fumée de viande grillée me soulève le cœur. David se met à réciter d'une voix atone :

— Œufs au bacon, saucisses, haricots, champignons, tomates, pain grillé.

— Quoi?

— Quand on est bien élevé, on dit « pardon ». C'est ce qu'il y a au menu. Tu n'as pas pris de petit déjeuner, aujourd'hui,

242

alors autant commencer par là. Tu n'aurais pas préféré autre chose au moins? Du saumon fumé? Du caviar?

— Je n'ai pas faim.

— Maman m'a dit de te préparer quelque chose et c'est ce que je fais.

Je repère mon sac, mes clefs et mon téléphone sur le comptoir devant la fenêtre; Vivienne avait dit qu'elle les mettrait là. Elle tient toujours parole.

— C'est prêt! annonce David. Je t'ai même réchauffé ton assiette.

Je le remercie. Son visage s'empourpre de fureur. Triste tâche que de vouloir cerner les pensées d'un sadique mais je m'y efforce: est-ce qu'il ne préférerait pas que je commence par me révolter? Ainsi, il pourrait ensuite observer ma faiblesse face à sa cruauté. Peut-être est-ce ce qui le stimule secrètement. Alors je rectifie:

— Je ne crois pas pouvoir avaler quoi que ce soit. Excuse-moi. Je... je ne me sens pas très bien.

— Essaie. Prends un haricot grillé, un champignon et voyons ce que ça va donner. Ça t'ouvrira peut-être l'appétit.

— Bon.

Je m'assieds à table et attends qu'il me serve.

— Qu'est-ce que tu fais? demande-t-il.

— Je croyais que tu voulais que je mange.

— Pas là, idiote!

Il éclate de rire. Je me retourne et m'aperçois qu'il a déposé l'assiette par terre, près de la poubelle.

— À genoux et mange, ordonne-t-il.

Je ferme les yeux. Comment peut-il me faire ça devant La Frimousse, cette pauvre petite innocente? Sa présence, son babil inconscient rendent la scène encore plus pénible.

— Je t'en prie, David, ne me demande pas ça!

Je le vois se rengorger. Je ne sais plus à qui je m'adresse du tyran ou de l'homme gentil et posé que j'ai épousé.

— Tu n'es pas propre, dit-il. Tu peux manger par terre, comme un animal.

Mon esprit se recroqueville. Si je refuse, David ne sera que trop content de me rappeler qu'il a le pouvoir de me séparer à jamais de Fanny. J'ignore si c'est vrai, s'il en est seulement capable, mais je serais folle d'imaginer qu'il fait plus de bruit que de mal. J'ai été trop longtemps naïve.

Je m'agenouille devant l'assiette fumante et l'odeur me donne la nausée.

— Je ne peux pas, murmuré-je. Je vais vomir. Ne m'oblige pas, je t'en prie!

— Tu commences à m'énerver, Alice!

Je prends un champignon du bout des doigts.

— Repose ça! crie-t-il. Pas avec les mains! Mets-les derrière le dos. Tu n'as le droit d'utiliser que ta bouche.

Je tremble trop. Je ne suis pas certaine d'y arriver sans perdre l'équilibre. Quand je le lui dis, il répond :

— Essaie.

Il y a une sorte de défi moqueur dans sa voix. J'inspire longuement puis baisse la tête, me laisse envahir par l'odeur graisseuse. Je ne sais par quel miracle je parviens à ne pas vomir la bile qui m'inonde l'estomac, mais je ne peux retenir mes larmes qui coulent sur mon menton et atterrissent dans l'assiette.

— Mange! ordonne David.

Je voudrais bien, parce que j'aimerais que ça s'arrête mais, physiquement, je ne parviens pas à mettre le visage dans ce brouet jaunâtre d'œufs et de haricots. Je tourne la tête, aperçois le talon rose de La Frimousse, le matelas marron près de la porte, les pieds de la table et de la chaise, les chaussures italiennes de David contre les plinthes blanches. Tout a l'air si normal, si ordinaire! Un orchestre joue une mélodie que je connais, la musique de *Brève Rencontre*.

En larmes, désespérée, je relève la tête vers David qui grimace de fureur. Il s'approche de moi, la main levée. Aussitôt je comprends qu'il va me battre, si ce n'est me tuer. Alors je recule pour lui échapper, tombe à la renverse, accrochant au passage l'assiette que j'envoie valser dans les airs. Le repas me retombe sur le visage, sur le cou et sur la poitrine, me brûle à travers mon pull.

— Ne me fais pas de mal!

— Te faire du mal? Alice, je n'ai pas l'intention de lever le petit doigt sur toi.

Allongée sur le dos, je hurle de terreur. Il feint l'indignation :

— Je voulais juste écraser une mouche sur la poubelle, mais elle est partie, maintenant!

Je m'assieds en m'essuyant tant bien que mal.

— Je ne suis pas violent, Alice. Tu m'as mis à bout avec tes mensonges et tes machinations toute cette semaine mais j'ai su me dominer. Il y a beaucoup de maris qui ne se seraient pas montrés aussi tolérants. Tu as de la chance de m'avoir épousé, tu ne trouves pas?

— Oui.

Qu'il crève!

— Si tu te voyais, avec cette nourriture partout! Tu es sale comme un porc!

Il prend la pelle et la brosse dans le placard sous l'évier et entreprend de frotter mon pull-over mais il ne fait qu'étaler la grosse tache orangée au milieu de la laine crème.

Quand j'essaie de me nettoyer le visage, il me prend la main et la place fermement sur le côté.

— Oh non! Quand on a fait de telles saletés, on ne s'en tire pas comme si de rien n'était. Je t'ai laissée faire pour la baignoire, mais il serait temps que tu apprennes à assumer les conséquences de tes actes. Tu n'as pas voulu manger le bon repas que je t'avais préparé.

Il me tend la pelle et la brosse.

— Maintenant tu nettoies par terre et tu remets tout ça dans l'assiette. Ce sera ton dîner. Tu auras peut-être faim d'ici là.

Je soutiens son regard. À quel jeu étrange jouons-nous? Il semble se troubler, comme s'il se posait la même question, comme si nous lisions tous deux un scénario bizarre sans comprendre en quoi consistait notre rôle.

30

Le *Brown Cow Pub* se trouvait à si courte distance du commissariat de Spilling qu'on aurait aussi bien pu installer un passage couvert entre les deux à l'usage des innombrables agents et inspecteurs qui le fréquentaient. Il avait été récemment redécoré de bois sombre, équipé d'une salle non fumeurs, et le menu proposait désormais aussi bien des blancs de poulet fourrés de brie et de mousse au raisin que des plats plus traditionnels tels que Simon les aimait.

Ce soir, il n'avait pas très envie de manger. Alice et le bébé avaient disparu depuis six jours et rien ne bougeait, sauf dans sa tête où l'inquiétude grandissante et ce que la jeune femme représentait au juste pour lui commençaient à le perturber profondément. Son esprit devenait une sorte de piège où se perdaient les pensées les plus obscures. Il n'avait pas su l'aider, il avait sans doute mis sa vie en danger, ainsi que celle de deux bébés.

Alors il se sentait mal à l'aise. Une idée nouvelle semblait se former dans son inconscient. Mais laquelle? Sur les Cryer? Sur Richard et Maunagh Rae?

Il n'avait aucune envie de boire un verre avec Charlie, cependant celle-ci avait insisté. Ils avaient des choses à se dire, selon elle; c'est pourquoi ils se retrouvaient devant une pinte de bière blonde, dans une déplaisante atmosphère. Jusque-là, ils n'avaient guère parlé que des comptes en banque des Fancourt. Pendant que Charlie et Simon interrogeaient les Rae, Sellers et Gibbs avaient passé l'après-midi à examiner leurs finances. Ils n'avaient rien trouvé de louche, aucune mystérieuse somme d'argent disparue sans laisser de trace. En d'autres termes, rien qui laissât entendre que David Fancourt ou quiconque de son proche entourage ait payé Darryl Beer pour se charger de leur sale travail.

Il contemplait le tableau accroché au mur derrière Charlie, qui représentait joliment une vache brune, de profil, au milieu d'une clairière. Simon ne le trouvait pas mal, du moins jusqu'au moment où il s'aperçut que la lumière n'avait rien de naturel, comme dispensée par un projecteur plutôt que par le soleil. Un court instant, il crut saisir l'idée qui lui échappait, mais elle disparut et, à son grand agacement, il ne s'en trouva pas plus avancé. Cela avait-il ou non trait à l'argent ?

— Si Fancourt a une liaison, il la cache remarquablement bien, trancha soudain Charlie. C'est l'avis de Sellers et... il est expert en la matière.

Simon s'attendait à ce qu'elle lâche un commentaire grivois sur la vie sexuelle de leur collègue mais, à sa grande surprise, elle n'en fit rien. Ce qui ne lui ressemblait pas du tout.

— Au fait ! s'écria-t-elle. Cette Mandy ! Il paraît qu'avec son mec et le bébé ils sont partis faire une virée en France d'après certains voisins. Pour s'acheter de l'alcool. Je ne sais pas comment ils ont fait pour obtenir si vite une carte d'identité pour le bébé, et les voisins peuvent toujours se tromper ou mentir, après tout, on parle bien de la cité de Wistanley... Tu en connais beaucoup, toi, qui prennent le ferry pour se bourrer la gueule quinze jours après la naissance d'un bébé ?

Simon sentit les battements de son cœur s'accélérer.

— Intéressant, commenta-t-il.

Et sans doute plus que ça. Significatif. Ils tenaient peut-être une piste.

— Ouais, marmonna Charlie avec un sourire mauvais. L'Homme de glace ne doit plus savoir quoi faire. Soit il décide de poursuivre l'enquête, en partant uniquement des déclarations d'Alice Fancourt, soit il attend que Mandy et sa famille veuillent bien montrer le bout de leur nez.

— D'après toi ?

— Proust se fiche de ce que j'en pense. Je ne sais pas. Si c'était à moi de décider, il me semble que je poursuivrais. C'est vrai, Mandy était encore sous surveillance médicale. Elle n'a dit à personne qu'elle s'en allait, ni à la sage-femme, ni au médecin, ni à l'infirmière à domicile. À personne. Ça ne signifie pas pour autant qu'elle ait pris Fanny Fancourt, mais...

Elle inclina la tête de côté :

— Simon, excuse-moi, j'ai été un peu vache avec toi.

— Ce n'est pas grave, souffla-t-il, soulagé.

Voilà qui devait donner le signal d'un retour à leurs relations normales. Il ne demandait que cela. Jusqu'au moment où le ressentiment prit le dessus. Maintenant qu'il la savait repentante, maintenant qu'elle avait reconnu son erreur, il n'avait plus envie de pardonner. Mais il garderait ça pour lui. Elle n'en saurait rien.

Elle lui sourit et, aussitôt, il fut pris de remords. Après tout, c'était lui qui l'avait laissée tomber chez Sellers et elle lui avait pardonné. Charlie était incapable de cacher ses sentiments. Il savait qu'elle le portait toujours dans son cœur malgré tout. Alors pourquoi lui en vouloir encore ? Et si elle avait raison ? S'il entretenait lui-même l'idée qu'elle le lui faisait toujours payer ?

— Il faut absolument qu'on ait une longue et franche explication, ajouta-t-elle. Sinon les choses vont devenir impossibles entre nous.

Un lourd silence s'ensuivit. Simon se raidit. Où voulait-elle en venir ?

— Bon, enchaîna-t-elle, alors c'est moi qui commence. Ça m'a vraiment choquée que tu dises tout ça devant Proust et les autres sans m'en avoir parlé avant.

— À propos de l'affaire Cryer ?

De nouveau, Simon perçut cette intuition obsédante. Qu'est-ce que c'était, à la fin ?

— Oui. Tu tenais absolument à me faire passer pour une conne ?

— Non.

Qu'allait-elle chercher là ?

— Non, à vrai dire, je n'avais pas vraiment l'intention de raconter quoi que ce soit ni à toi, ni à Proust, ni à personne. Je croyais que vous m'enverriez promener. Je ne me rendais pas compte que le patron avait décidé de reprendre l'affaire mais, au moment où il l'a annoncé, j'ai saisi ma chance.

Charlie se renfrogna :

— Il ne t'est pas venu à l'idée que j'aurais aimé en avoir la primeur ?

— Qu'est-ce que ça peut faire ? On travaille ensemble, oui ou non ?

— Grâce à toi, j'ai eu l'air de l'idiote de service. Je devrais être la première informée de ce qui se passe dans mon équipe et tu as clairement souligné que ce n'était pas le cas.

— Écoute, tu sais qu'en temps normal je te tiendrais au courant mais, à ce moment-là, je ne te sentais pas du tout réceptive. Tu avais déjà déclaré à qui voulait l'entendre que Beer était coupable.

Charlie soupira :

— Tu as soulevé quelques points intéressants, ce qui ne m'empêche pas de continuer à croire que Beer est notre homme, mais je ne suis pas tête de mule au point de ne pas vouloir entendre une nouvelle thèse. Ou bien tu crois que je sabote le boulot.

— Absolument pas !

— C'est peut-être pourtant le cas. Comment se fait-il que pas une de tes idées ne m'ait effleurée, alors que c'est moi qui dirige l'enquête ?

Jamais encore Simon n'avait entendu Charlie exprimer de tels doutes sur ses propres capacités. Cela le mit mal à l'aise.

— Alors ? demanda-t-elle.

— Alors quoi ?

— Tu crois que je sabote le boulot ?

— N'importe quoi ! Je te trouve hyper douée et tout le monde est de mon avis.

— Tu pourrais me le dire, putain ! Pourquoi dois-je te supplier de me rassurer ?

— Tu ne dois rien du tout.

— Sinon, tu ne l'aurais pas fait.

La conversation prenait une tournure de plus en plus imprévisible. Simon respira profondément.

— Jamais il ne nous viendrait à l'idée, à moi ou au reste de l'équipe, de te rassurer. Tu n'en as pas besoin. Tu as toujours l'air si sûre de toi! Trop sûre, parfois.

Charlie se tut un instant. Avant de poser la question fatale :

— Tu n'as pas parlé à quiconque de... ce qui s'est passé à la soirée de Sellers?

Voilà exactement pourquoi Simon fuyait les longues et franches explications.

— Non, absolument pas!

— À personne? Je ne te demande pas de nom. Je veux juste savoir s'il n'y a pas quelqu'un qui se fiche de moi dans mon dos, c'est tout.

Le portable de Simon sonna dans sa poche. Il interrogea Charlie du regard.

— Laisse tomber, dit-elle en allumant une cigarette. Prends l'appel.

C'était l'agent de police Robbie Meakin. Sauvé par le gong!

— Vous et votre équipe avez rouvert l'affaire Laura Cryer, je crois?

— Qui est-ce? demanda Charlie.

Elle détestait ne pas savoir à qui Simon parlait et l'interrompait régulièrement quand il répondait à un appel devant elle. Une de ses manies les plus insupportables.

— C'est Meakin. Pardon, mon vieux, oui, c'est nous. Pourquoi?

— On vient d'arrêter un jeune du nom de Vinny Lowe, un pote de Darryl Beer, pour possession de drogue de catégorie A. Et on a récupéré dans sa planque un énorme couteau de cuisine. Lowe jure qu'il est à Beer.

— Où l'avez-vous trouvé?

— Dans un club de gym, figurez-vous. *Le Débarcadère*, sur Saltney Road.

Le club de Vivienne Fancourt. Et d'Alice. Soudain cela lui revenait. Les paroles exactes de Roger Cryer prenaient tout leur sens. Il faillit se tourner vers Charlie dans un mouvement de triomphe mais s'arrêta juste à temps. Pas question de la voir confier cette tâche à Sellers ou à Gibbs. Pour les choses importantes, Simon préférait travailler seul.

31

Jeudi 2 octobre 2003

— Que se passe-t-il…

Vivienne recule de dégoût quand elle découvre mon visage et mon cou pleins de nourriture desséchée, mon pull-over taché de gras. Je suis assise à la table de la cuisine. David n'a pas voulu me laisser sortir de la pièce.

— Je croyais que tu tenais à passer du temps avec le bébé, a-t-il dit. Mais tu ne vas pas la toucher dans l'état où tu es !

Vivienne lui lance un regard courroucé.

— Est-ce trop te demander que de maintenir l'ordre une petite matinée ?

Felix se tient derrière elle, dans son blazer et son pantalon turquoise, l'uniforme de Stanley Sidgwick. Il me contemple avec le même effarement fasciné que les témoins d'un accident sur le bord de la route.

Vivienne le fait monter dans sa chambre tandis que David geint comme un môme :

— Ce n'est pas ma faute ! Je lui avais préparé un déjeuner mais elle a refusé de le manger. Elle a voulu me le jeter à la figure. Je lui ai pris le bras pour l'en empêcher et c'est tombé sur elle. Comme tu peux le voir.

— Pourquoi ne l'as-tu pas envoyée se changer immédiatement ? Elle est dégoûtante ! Elle en a plein la figure.

— Elle a refusé ! Elle a dit qu'elle se fichait de son apparence.

Il attrape La Frimousse qu'il appuie sur son torse, repose sa petite tête dans le creux de son cou. Elle est réveillée mais, comme David lui caresse le dos, elle ferme les yeux.

Vivienne s'approche lentement de moi :

— Alice, ta conduite est inqualifiable. Je ne veux pas de ça dans ma maison. C'est clair?

Je hoche la tête.

— Debout! Regarde-moi quand je te parle!

Je fais ce qu'elle me dit. Derrière elle, David affiche un sourire moqueur.

— Tu vas me mettre ces vêtements dans la machine. Tu dois prendre une douche et te changer. Je ne tolérerai pas une telle… ignominie chez moi, même si tu n'es pas dans ton état normal. Je croyais pourtant m'être clairement expliquée sur ce point après l'incident de la salle de bains, mais apparemment ce n'était pas le cas.

Comme je ne sais que répondre, je garde le silence.

— Tu n'as même pas la politesse de t'excuser!

C'est le signal d'une punition à venir et j'ai peur de ce qui m'attend. On dirait qu'elle est à bout. Si je m'excusais, cela pourrait peut-être la calmer, mais je ne parviens pas à émettre un son. Je suis complètement paralysée.

— Très bien, comme tu voudras. À partir de maintenant, tu ne t'habilleras plus. Je vais te supprimer tous tes vêtements pour les mettre au grenier, avec ceux de Fanny. Tu porteras une chemise de nuit et ta robe de chambre, comme une malade mentale, jusqu'à ce que je te dise le contraire. C'est compris?

— Mais… l'analyse ADN. Il va bien falloir que je m'habille pour ça.

Ma voix chevrote.

Vivienne s'empourpre. Mon observation justifiée la met hors d'elle. Dans son emportement, elle avait dû oublier notre rendez-vous à l'hôpital Duffield, et le fait que je ne pourrais m'y rendre à cause de la pénitence qu'elle vient de m'infliger.

Les lèvres serrées, blanches de fureur, elle siffle :

— Plus un mot! Je ne supporte pas de te voir dans cette tenue répugnante. Ce n'est pas acceptable! Enlève-moi tout ça, que je le lave. Tu devrais avoir honte de donner ainsi du travail aux autres avec ton… tes manifestations malpropres!

Elle se tourne vers la fenêtre. David me sourit.

Tout en ôtant mon pull-over, je me mets à compter dans ma tête. Mon soutien-gorge blanc est lui aussi maculé d'orange, je le quitte donc également. Le sourire de David s'élargit. Du menton, il désigne la ceinture de mon pantalon où traîne une petite tache de graisse brune. Je sais que Vivienne estime inacceptable la moindre trace de saleté sur un vêtement. Les mains tremblantes, j'entreprends de le défaire en priant pour que rien n'ait giclé plus loin.

Vivienne se retourne et reste bouche bée en voyant ce que je fais; la peau de son cou se met à trembler.

— Seigneur, qu'est-ce que tu fabriques?

Je m'arrête sans comprendre.

— Remonte ton pantalon! Tu n'as pas honte? Où te crois-tu? Dans un salon de massage? Comment oses-tu te déshabiller dans ma cuisine?

— Mais…, sangloté-je. Vous m'avez dit d'enlever mes habits pour que vous puissiez les laver!

David se plaque une main sur la bouche pour cacher sa joie. De toute façon, Vivienne ne risque pas de le surprendre. Elle brûle de rage, croit que je le fais exprès pour la provoquer. Le visage baigné de larmes, je croise les bras pour cacher ma poitrine. Je ne peux plus supporter cette injustice, ces humiliations.

— Je croyais que vous vouliez que je fasse ça tout de suite!

À quoi bon tenter de m'expliquer? Vivienne me trouve abjecte.

— Je voulais que tu montes tout de suite le faire dans ta chambre, avant de te laver, de te changer et de me descendre ton linge sale! Pas que tu te déshabilles devant tout le monde dans ma cuisine. Les stores ne sont même pas baissés. N'importe qui pourrait te voir!

— Je suis désolée.

— Ça suffit, Alice! Monte te laver et mets une chemise. Allez!

Je m'exécute en pleurant. Moi qui croyais avoir affronté le pire, que rien de plus horrible ne pourrait m'arriver. Je me suis trompée. Ce dernier incident me touche tout particulièrement parce que c'est moi-même qui me le suis infligé. Bien sûr que

Vivienne ne voulait pas me voir me déshabiller dans la cuisine. J'aurais dû le savoir… je l'aurais su si David, dans sa folie, ne m'avait pas éreintée depuis quelques jours, au point de distordre la façon dont je vois les choses. Il a dû être enchanté de me voir me rabaisser plus qu'il n'aurait lui-même pu le rêver, de se rendre compte qu'il m'avait avilie au point que je m'humilie désormais moi-même.

Je m'enferme dans la salle de bains et pleure jusqu'à ce que mes yeux ne voient plus rien, réduits à l'état de fentes bouffies. Je n'ose me regarder dans la glace. J'avais tellement attendu ce vendredi, c'était mon but, mon point de départ. Ensuite, la police n'aurait eu d'autre choix que de s'impliquer. J'aurais enfin obtenu de l'aide. Mais quelle sorte de personne suis-je devenue entre-temps? Serais-je en état de me comporter comme une bonne mère pour Fanny, en supposant qu'on me laisse la récupérer? Tout à coup, je ne suis plus sûre de rien.

32

— Je comprends pas! s'écria Vinny Lowe. Je vois pas pourquoi vous en faites toute une histoire.

— La cocaïne est une drogue de catégorie A, dit Simon.

Il se trouvait dans une salle d'interrogatoire du commissariat face à Lowe qui ressemblait à un bouledogue sous tranquillisants. Son avocate, petite souris entre deux âges en tailleur bon marché, était assise à côté de lui. Jusque-là, elle n'avait ouvert la bouche que pour pousser quelques soupirs.

— Ouais, mais je la vendais pas. Il y en avait très peu, c'était pour ma consommation personnelle. C'est pas la peine d'en faire tout un foin.

— Le directeur du *Débarcadère* n'a pas l'air de cet avis. Tu avais caché la came dans son établissement, à la crèche. En plein espace change-bébé. C'est malin!

— C'est ma copine qui dirige la crèche.

Simon fronça les sourcils :

— Et alors?

— Alors je pouvais pas trouver un autre endroit. J'avais accès qu'à la crèche quand je passais voir Donna. Elle va perdre son boulot?

— Évidemment! Elle t'a aidé à cacher de la drogue.

Lowe secoua la tête d'un air consterné, comme s'il trouvait excessive la réaction des gens autour de lui à une si petite infraction; son avocate soupira de nouveau.

— Écoutez, j'ai déjà tout raconté aux poulets qui m'ont arrêté. Et d'un seul coup on vient me dire qu'il faut que je vous parle, à vous. Comment ça se fait ?

— Ce qui nous intéresse, c'est le couteau qu'on a trouvé avec la drogue.

— J'ai déjà dit que c'était pas à moi. Ça doit être à Daz.

— Darryl Beer ?

— Ouais. Cette lame y est depuis une éternité. J'y ai même pas touché.

— Quelle éternité au juste ?

— J'en sais rien. Plus d'un an. Peut-être deux. Je me rappelle plus. Elle a toujours été là.

Simon essaya de capter le regard de l'avocate. Pas étonnant qu'elle ne participe pas à la conversation avec un tel abruti pour client.

— Le couteau est arrivé dans l'espace change-bébé avant ou après l'arrestation de Beer ?

— Qu'est-ce que vous voulez que j'en sache ? Avant, je suppose.

— Tu as vu Beer l'y déposer ? Il t'en a parlé ?

— Non, mais ce doit être lui. Personne d'autre connaissait la boutique.

Lowe sourit en ajoutant :

— C'est comme ça qu'on l'appelait.

— En supposant que je te croie, comment Beer avait-il accès à la crèche du *Débarcadère* ? Lui aussi il avait une copine qui y travaillait ?

— Non, mais il était pote avec Donna. On était potes tous les trois.

— Et il aurait pu cacher ce couteau sans que Donna le voie ?

— Ouais, c'est sûr. Le change-bébé est dans une pièce à part, près des chiottes, alors c'est facile d'y cacher des trucs en douce.

Content de lui, Vinny Lowe se rengorgeait :

— C'est pour ça que la boutique était si pratique.

Simon réfléchissait. On avait arrêté Darryl Beer chez lui, le samedi matin, jour qui suivait la mort de Laura Cryer. La crèche du *Débarcadère* n'ouvrait le samedi qu'à 9 heures, à 8 h 30 les jours de semaine. Beer pouvait s'y être rendu à la première heure, y avoir caché le couteau avant de rentrer chez lui. Mais alors pourquoi n'y avoir pas également caché le sac de Laura? À moins qu'il ne l'ait jeté dans une poubelle sans que l'équipe de Charlie ne l'ait jamais retrouvé. Tout ce que Simon désirait, c'était que le lendemain arrive afin qu'il puisse passer le coup de fil le plus important de sa vie ou presque. Ensuite, ce serait plus facile; il en saurait davantage.

— La crèche prend des enfants de tous les âges? interrogeat-il encore.

Lowe prit un air ahuri:

— De la naissance à cinq ans, finit-il par répondre. Pourquoi, vous avez des mouflets?

Sans répondre, Simon se contenta de sortir la photo de Vivienne, Alice, David et Felix Fancourt trouvée dans le tiroir du bureau d'Alice à son cabinet.

— Tu reconnais quelqu'un là-dessus?

— Ouais. Le petit allait à la crèche. Donna l'appelait le petit lord Fauntleroy à cause de son accent snob. Et ça, c'est Son Altesse.

Lowe souriait, comme s'il se moquait de ce qui pouvait lui arriver. Peut-être était-il trop bouché pour comprendre ce qu'il risquait pour possession de drogue de catégorie A.

— Alors, elle a quelque chose à voir avec le petit snobinard?

— Tu les as déjà vus ensemble?

— Non.

— Pourquoi Son Altesse?

— C'est comme ça qu'on l'appelait avec Daz. On la retrouvait toujours à la piscine ou au Jacuzzi.

— Ah bon? Parce que Beer et toi, vous étiez membres du club?

— Arrêtez vos conneries! Je paierais jamais un prix pareil! Non, on se faufilait directement par le *Morfal*, comme le premier enfoiré venu, sauf qu'il y en avait pas beaucoup qui faisaient ça.

L'avocate jeta un regard méprisant sur son client puis se remit à examiner son vernis rose pâle qui s'écaillait.

— Son Altesse était là presque tous les jours, alors nous aussi. On avait du temps à perdre, figurez-vous. Vous connaissez pas ça. Je vous jure, elle aimait notre compagnie. On rigolait, on lui disait qu'elle aimerait bien se taper des gars comme nous, que c'était pour ça qu'elle nous suivait partout. Elle devait savoir qu'on n'était pas membres, mais elle nous a jamais dénoncés. Je peux vous dire qu'elle prenait son pied à nous écouter.

— De quoi lui parliez-vous ?

Lowe prit un air important :

— De nos affaires. De l'époque où on en faisait. Quand elle écoutait, on en rajoutait, on parlait de flingues et d'enlever des gens. Daz disait que ça la faisait… vous savez. On racontait des craques. Son Altesse nous cherchait pas, elle voulait juste se donner des sensations.

— Avec Beer, avez-vous jamais fait allusion à votre boutique devant elle ?

— Possible. Ça nous faisait toujours marrer que ces bêcheurs de parents se doutent pas qu'on changeait les fesses de leurs mômes au-dessus de notre marchandise.

— Je croyais que cette drogue était réservée à votre consommation personnelle.

— Façon de parler.

En temps normal, Simon aurait été furieux de se laisser embobiner par un lascar comme Vinny Lowe, mais trop d'idées se bousculaient en ce moment dans sa tête. La colère lui aurait demandé trop d'énergie ; plus qu'il ne pouvait dépenser en ce moment. À présent qu'un lien matériel était établi entre les Fancourt et Darryl Beer, il sentait monter la tension et s'efforçait surtout de combattre les pensées contradictoires qui le saisissaient à ce stade. Quelque part, il avait peur de découvrir la vérité et ne savait pas pourquoi. Cela avait quelque chose à voir avec le fait que l'étau se resserrait. Il avait la sensation de pénétrer dans un tunnel. Il aurait juré que ni Charlie, ni Sellers, ni Gibbs n'avaient jamais ressenti cela.

Si seulement on était le lendemain matin ! Mais il ne s'agissait certainement plus que d'une formalité. Ce coup de fil ? Il connaissait déjà la vérité. À moins qu'un détail ne lui échappe encore ? Redoutait-il d'entrevoir autre chose ? Il ne pouvait se débarrasser d'une sorte de prémonition sordide, quelque chose qu'il ne pourrait éviter parce qu'il ne cessait de progresser...

Alice. C'était elle qui lui inspirait de terrifiantes pensées. Qu'allait-il découvrir à son sujet? Pourvu qu'il n'y ait rien de mal, songeait-il en regardant la photo qu'il tenait à la main, ce portrait de famille. Il frémit. Il ne voulait pas le regarder, pas y penser, mais pourquoi?

— Une dernière chose, reprit-il à l'adresse de Lowe pour se changer les idées. Laquelle de ces deux femmes appeliez-vous Son Altesse?

Lowe désigna Vivienne Fancourt. Une onde de soulagement envahit Simon.

33

Jeudi 2 octobre 2003

Je suis assise devant ma coiffeuse en train de me brosser les cheveux quand David entre dans la chambre.

— Tu te rappelles notre lune de miel? lui demandé-je pour prendre la parole avant lui. Tu te rappelles M. et Mme Table et la famille Rod Steward? Les soirs sur le balcon à boire du retsina? Tu te rappelles comme on était heureux alors?

Je sais que ce ne sont pas quelques surnoms qui vont nous ramener à cette époque mais je veux que David se souvienne au moins qu'elle a existé. Qu'il en souffre autant que moi.

Une grimace de mépris lui tord le visage.

— Toi, tu l'étais peut-être, maugrée-t-il, mais pas moi. Je savais que tu ne remplacerais jamais Laura.

— Ce n'est pas vrai! Tu dis ça pour me faire mal.

— On est juste partis en Grèce. C'est à la portée du premier venu. Avec Laura, nous avons passé notre voyage de noces à l'île Maurice. Ça ne me dérangeait pas de dépenser autant d'argent pour elle.

— Ce n'est pas une question d'argent, David. Ta mère t'en donne autant qu'il t'en faut. Combien de fois a-t-elle renfloué ton affaire? Plus d'une, je parie. Sans elle, tu travaillerais aujourd'hui à l'usine.

Les dents serrées, il sort en claquant la porte. Je continue de me coiffer en attendant la suite. Quelques minutes plus tard, il revient.

— Pose cette brosse, ordonne-t-il. J'ai à te parler.

— Et moi je n'ai rien à te dire, David. Il est un peu tard pour se parler, tu ne crois pas?

— Pose cette brosse! Regarde ça.

Il me montre une photo de mes parents et moi enfant. Il a dû la prendre dans mon sac. C'est ma préférée et il le sait. Comme il sait que, si elle est détruite, je ne pourrai jamais la remplacer.

— Ta coiffure t'allait mieux à l'époque.

J'avais cinq ans et mes cheveux étaient coupés comme ceux d'un garçon. Mes parents n'avaient pas trop le sens de la coquetterie. En fait, ils ne s'arrêtaient pas à l'aspect physique des gens.

— Je n'aime pas les femmes velues, reprend David. Moins elles en ont mieux c'est.

— Laura avait les cheveux longs, ne puis-je m'empêcher de remarquer.

— Oui, mais ils n'étaient pas raides et gras comme les tiens. Et elle n'était pas poilue. J'ai remarqué, au cours de ton petit strip-tease de tout à l'heure dans la cuisine, que tu ne t'étais pas rasée depuis longtemps sous les bras.

— Ma fille a été enlevée, énoncé-je d'un ton monocorde. Je me fiche de mon apparence.

— Ça se voit. Je parie que tu ne t'es pas non plus épilé les jambes.

— Non.

Je pressens la suite mais, pour une fois, je connais la solution. D'abord, toutefois, il faut faire mine de jouer le jeu :

— Pourquoi as-tu fait ça?

— Fait quoi?

— Raconté que j'avais refusé de me changer alors que c'est toi qui ne m'as pas laissée ôter mon pull-over sale.

— Parce que tu le méritais. Parce que tu *es* sale et qu'il serait temps que maman s'en aperçoive.

Je hoche la tête.

David se rapproche et sort de sa poche la paire de ciseaux blanche qu'il a prise à la cuisine, ainsi qu'un rasoir jetable. Il brandit la photo noir et blanc devant mon visage.

— Tu étais plus heureuse à cette époque-là, n'est-ce pas? Je parie que tu aimerais remonter le temps.

— Oui.

— Tu ne mentais pas, alors. Tu n'étais pas dégoûtante et poilue.

Je ne dis rien.

— Alors je te donne une chance, reprend-il en désignant ses outils du menton. Coupe-toi les cheveux pour te refaire cette coiffure. Ensuite, tu enlèveras ta chemise et tu te raseras tous les poils.

— Non. Ne m'oblige pas à faire ça!

— Je ne t'oblige à rien. Tu es libre de faire ce que tu veux. Mais moi aussi. N'oublie pas ça, Alice. Moi aussi.

— Qu'est-ce que tu veux? Dis-le exactement.

Il commence lentement, comme s'il s'adressait à une attardée mentale :

— Prends les ciseaux. Coupe-moi ces cheveux fins, hirsutes, décolorés. Ensuite ôte ta chemise et rase-toi les jambes et les aisselles. Tant que tu y seras, profites-en pour te raser aussi entre les cuisses, et puis les bras, et puis les sourcils. Je ne te laisserai pas te coucher avant. On va rigoler demain.

— Et si je refuse?

Il brandit la photo :

— Je déchire ça en petits morceaux. Tu pourras dire au revoir maman et papa. Encore une fois.

Une violente douleur perce la carapace que je m'étais bâtie. Je frémis et David sourit, ravi d'avoir marqué encore un point.

— Bon, d'accord, dis-je. Mais pas devant toi.

— Je reste ici. C'est moi que tu as trompé, alors j'ai le droit de regarder. Au travail! Je suis fatigué, je voudrais me coucher.

— Et tu vas dire à Vivienne, j'imagine, que c'est moi qui ai voulu faire ça. Pour donner une nouvelle preuve de ma folie.

— J'ai eu toutes les preuves que je voulais vendredi dernier quand tu as décidé que notre fille n'était pas de la famille. Seulement, parfois il faut mettre les points sur les *i*. D'habitude, maman réagit plus vite, mais je crois qu'elle commence à comprendre. Cette histoire, cet après-midi... et quand elle verra ce que tu auras fait à tes cheveux, quand elle verra tes sourcils et trouvera le sol de la salle de bains jonché de mèches... parce que tu es beaucoup trop sale pour nettoyer après avoir...

Il en a dit assez pour mes besoins. Je me dirige vers sa penderie, l'ouvre et en sors le Dictaphone que j'avais glissé ce matin dans un de ses pantalons. J'appuie sur le bouton « stop » en m'assurant qu'il me voit bien et je reviens, la machine à la main.

— Tout ce que tu viens de dire depuis ton entrée dans la chambre se trouve sur cette bande, annoncé-je.

Il vire à l'écarlate, fait un pas vers moi.

— Ne bouge pas! dis-je. Ou je hurle. Tu n'auras pas le temps de me prendre cette bande et de l'enlever avant l'arrivée de Vivienne. Tu sais comme elle est rapide quand elle sait que quelque chose lui échappe. Alors, à moins que tu ne veuilles qu'elle apprenne quel sale type dément elle a pour fils, on va faire comme je dis.

David s'est arrêté net. Il essaie de ne pas avoir l'air inquiet mais je sais qu'il l'est. Il a toujours joué les petits garçons modèles devant sa maman. Son amour-propre ne supporterait pas qu'on l'accuse de sadisme. Je reprends :

— Tu as de la chance que je ne sois pas aussi malade que toi. Je te demande seulement de me ficher la paix. Ne me parle pas, ne me regarde pas. Arrête de chercher de nouveaux moyens de me torturer. Fais comme si je n'étais pas là. Je n'ai plus rien à faire avec toi, pauvre mec, lamentable ordure!

Il hausse les épaules, l'air de se moquer de ce que je raconte.

— Oh! ajouté-je. Encore une chose.

— Quoi?

— Où est Fanny? Qu'est-ce que tu as fait d'elle? Dis-le-moi et je détruis cette bande.

— Ah, ça, c'est facile! lâche-t-il avec mépris. Elle est dans la chambre d'enfant. Aux Ormes, qu'elle n'a jamais quittés.

Je secoue tristement la tête :

— Bonne nuit, David!

Je quitte la chambre en gardant le Dictaphone bien serré dans ma main et je ferme doucement la porte derrière moi.

34

10/10/03, 9 heures

— On vient de découvrir une nouvelle fosse au huitième cercle de l'enfer ? interrogea Charlie devant le brouhaha qui régnait autour d'eux.

Ils se trouvaient au *Morfal* avec Simon, le café américain du *Débarcadère* aux couleurs criardes, envahi de parents en tenue de sport, au bronzage artificiel, accompagnés de leurs marmots pleurnichards. Survivor braillait *Eye of the Tiger* à plein tube.

— Ça grouille de monde !

— Ils attendent l'ouverture de la crèche, indiqua Simon. Normalement, elle aurait dû avoir lieu il y a une demi-heure. La direction a sans doute eu du mal à embaucher une nouvelle directrice après avoir viré la copine de Lowe. Regarde.

D'un mouvement de la tête, il désigna une jeune fille rousse à queue-de-cheval qui venait d'entrer. Elle resta devant la porte, fit un signe de la main. Aussitôt, la plupart des adultes sautèrent de leur siège pour rassembler les affaires de leurs enfants.

— Lisa Feather, dit Simon. C'était l'assistante de Donna. Elle a dû récupérer son poste.

— Tu en sais des choses !

Il frappa sa montre de l'index.

— Je suis arrivé tôt. Je suis entré tout de suite. Je ne voulais pas faire ça en présence des gamins.

— Et ? dit Charlie.

Et une fois qu'il eut fouillé la crèche, tout en attendant l'inspecteur chef, il avait passé deux coups de téléphone. La veille, il avait cru qu'un suffirait mais, en pleine nuit, il s'était soudain assis sur son lit car il savait exactement pourquoi il s'était senti tellement inquiet à la vue de cette fichue photo d'Alice, David, Vivienne et Felix dans le jardin des Ormes. En fait, il devait passer deux appels.

Maintenant que c'était fait, il avait vu se confirmer ses espoirs autant que ses pires appréhensions. Au moins, le désagréable bourdonnement avait cessé dans sa tête, puisque tout était remonté à la surface. Simon voyait le tableau aussi clairement que le visage de Charlie en face de lui.

— Simon ? La crèche ?

— Lowe avait raison. L'espace change-bébé près des chiottes. Il y a une porte fermée entre cette salle et la crèche proprement dite. Il était facile d'y cacher ce qu'on voulait.

Charlie acquiesça. Elle avait l'impression d'être en convalescence à la suite d'une grave maladie. Elle avait été mise en pièces et il ne lui restait qu'une alternative : achever de se désintégrer ou lutter pour retrouver son équilibre. Elle choisit la seconde option. Simon ne l'aimait pas et ne l'aimerait jamais. Elle ne savait pas pourquoi il l'avait repoussée à la soirée de Sellers, ni s'il avait parlé à quelques-uns ou à tous leurs collègues de l'incident, et elle ne le saurait jamais. Quelque part, il était réconfortant d'admettre que, finalement, certaines choses lui échappaient.

Mais pas toutes. Elle comprit, lorsqu'elle fut capable de mener à nouveau deux raisonnements de front, que sa valeur personnelle n'avait rien à voir avec l'opinion de Simon. C'était une femme sûre d'elle avant de le connaître, elle allait le redevenir. D'ici là, aussi désespérée soit-elle, elle tiendrait le coup. Elle resterait amicale envers Simon au lieu de rejeter toutes ses suggestions sous prétexte que c'était lui qui les émettait. Elle espérait ne pas être nulle au point de laisser un homme qui ne l'appréciait pas lui bousiller son travail, la seule chose pour laquelle elle se savait douée.

— C'est par ici que Beer et Lowe entraient, indiqua Simon en montrant la porte donnant sur Alder Street. Moi-même je l'ai empruntée quand j'ai rencontré Alice Fancourt. Les deux fois.

— D'accord. Donc Beer utilisait le club de gym sans payer et il a caché dans la crèche le couteau avec lequel il a tué Cryer. C'est ça? C'est *tout*?

Simon n'avait pas encore décidé s'il allait ou non révéler à Charlie une partie de ce qu'il avait découvert, ou tout, ou rien. Certainement pas tout. Mais s'il n'en disait qu'une partie, elle pourrait à son tour passer un coup de fil et découvrir le reste. Merde! Il détestait se retrouver coincé ainsi.

— Beer et Lowe appelaient Vivienne Fancourt Son Altesse, commença-t-il. Elle les écoutait se vanter de leurs nombreuses infractions. Elle devait savoir que l'ADN de Beer se trouvait dans notre base de données, elle n'est pas idiote. Elle voulait la mort de Cryer parce que celle-ci l'empêchait de voir son petit-fils comme elle le désirait, mais elle n'allait pas prendre le risque de la tuer sans être certaine de s'en tirer. Quel meilleur moyen que de faire accuser quelqu'un d'autre, en déposant des preuves matérielles sur la scène de crime? D'autant qu'elle avait affaire à un gland déjà connu de la police.

— Et alors? Un beau jour, elle s'est penchée sur le Jacuzzi et elle a arraché une mèche de cheveux sur la tête de Beer?

— Quelle est la chose que tout le monde emporte avec soi dans un endroit tel que *Le Débarcadère*? Allez, piscine, Jacuzzi, sauna... qu'est-ce que tu prendrais avec toi?

— Des clopes.

— Une serviette! Vivienne n'avait qu'à échanger la sienne avec celle de Beer. Ou attendre qu'il la jette au sale pour la récupérer. Ainsi, elle disposait de tous les cheveux et de toutes les cellules qu'elle voulait.

— Il aurait pu la voir, objecta Charlie. Et s'il laissait sa serviette dans un casier du vestiaire sans l'emporter à la piscine?

— Et s'il l'emportait? insista Simon. Et si Vivienne l'avait observé des semaines, des mois durant tout en mettant son plan au point? Elle connaissait ses habitudes, non? Elle a dû trouver l'occasion idéale pour prendre sa serviette.

Qu'elle le croie, à la fin! Il ne pourrait se résoudre à lui en dire davantage, même s'il savait qu'il finirait par le faire, un jour ou l'autre. À moins que Vivienne Fancourt ne passe aux aveux... mais pourquoi ferait-elle cela?

— Tu ne fais que spéculer, soupira Charlie.

— Je sais, gronda-t-il les lèvres serrées. Mais, pendant qu'on y est, si on allait vérifier comment ils s'organisent pour ces histoires de serviettes ?

Charlie finit par accepter. Cela valait sans doute la peine d'y regarder de plus près.

— David et Vivienne Fancourt ont dû être enchantés quand Beer a plaidé coupable, murmura Simon.

— Parce que tu crois qu'ils étaient complices ?

Il croyait beaucoup de choses et Charlie s'en voulait de céder à ses fantaisies. Putain ! En aurait-elle fait autant avec Sellers et Gibbs s'ils avaient voulu examiner une thèse aussi fumeuse ? Était-ce là un moyen de tenir ses bonnes résolutions ou accordait-elle à Simon un traitement de faveur ?

— Même si tu as raison, ce n'est qu'un postulat. Tu n'as aucune preuve.

Les yeux brillants, l'inspecteur ne l'écoutait plus.

— Je vais retrouver Alice, annonça-t-il.

Charlie songeait aux vêtements, aux chaussures, à la voiture, aux cartes de crédit qu'Alice n'avait pas pris avec elle. À toutes les affaires de Fanny laissées aux Ormes. Elle craignait le pire.

— Tu es amoureux d'elle, avoue !

On avait le droit de dire ça à un ami.

— Tu ne l'étais peut-être pas avant, mais ça t'est tombé dessus après sa disparition. C'est ça qui l'a rendue parfaite à tes yeux.

Elle sentait qu'il manquait encore plusieurs pièces à son puzzle.

— On a du boulot, répliqua sèchement Simon. On descend à la piscine par l'ascenseur.

Charlie lui emboîta le pas dans un couloir moquetté qui sentait le lys. En face d'eux, apparut un panneau de cuivre marqué « Réception » au-dessus d'un flèche noire. Ils se dirigèrent côte à côte sans rien dire dans la direction indiquée. L'esprit de Charlie bourdonnait d'idées d'où elle échafaudait sa propre théorie. Simon, encore rouge, évitait soigneusement son regard. Elle devait le reconnaître. Il ne voulait pas de femme dans sa vie, pas vraiment. Il préférait la rêver, plutôt inaccessible, imaginaire. Quoi de mieux qu'une femme disparue ?

Elle le suivit dans l'ascenseur tout en miroirs à mi-hauteur, et appuya sur le bouton marqué sous-sol. Il leur fut encore plus difficile de ne pas se regarder. La descente parut durer une éternité. Charlie s'aperçut soudain qu'elle retenait son souffle. Maintenant, elle savait ce qu'on pouvait ressentir, enfermé dans un ascenseur.

L'arrivée lui procura un soulagement inédit. Encore un couloir moquetté. Cette fois, le panneau devant eux indiquait « Piscine », au-dessus d'une autre flèche noire. Charlie perçut des clapotis, des murmures, une vibration sous ses pieds.

— C'est là, dit-elle.

Sur leur gauche, deux portes. L'une marqué *Vestiaire dames*, l'autre, *Vestiaire messieurs*.

— Ils doivent donner directement sur la piscine, maugréa Simon. Bon sang, n'importe quel taré pourrait venir ici! Pour la sécurité, tu repasseras.

— Je ne suis pas sûre qu'il y ait beaucoup de gens qui veuillent se faufiler sans payer dans ce genre d'établissement. D'abord parce qu'on aurait tendance à croire que c'est impossible. Le club de ma sœur est aussi fermé que Fort Knox. Il faut une carte pour ouvrir la barrière.

— Regarde.

Simon désignait deux bahuts de bois en face d'eux. Au-dessus, une pile de serviettes blanches d'un côté, de l'autre un trou.

— C'est bien ce que je crois?

— Un coffre à serviettes.

À cet instant, la porte marquée *Vestiaire dames* s'ouvrit sur une femme aux cheveux mouillés, une serviette fripée à la main, un sac Nike rose dans l'autre. Elle penchait la tête de côté, un téléphone rose coincé entre l'épaule et l'oreille.

— ... fichue piscine et la douche était glacée! Ils ont une chaudière en panne. Je vais demander une remise sur mon abonnement du mois prochain s'ils n'ont pas réparé demain.

Elle jeta sa serviette dans le bahut qui en contenait déjà assez pour qu'elles commencent à dépasser. La femme poussa un soupir de dépit et se dirigea vers l'escalier, son portable à la main, sans cesser de se plaindre bruyamment.

— Je n'aurais qu'à récupérer sa serviette, dit Simon, et je pourrais l'accuser de meurtre.

Il avait raison, bien sûr. C'était possible, mais pas pour autant conforme à ce qui s'était effectivement passé.

— Simon, tu es puceau? interrogea Charlie.

35

Jeudi 2 octobre 2003

Je suis dans la cuisine, la bande du Dictaphone dans ma main droite. Je n'arrive pas à croire que mon idée, fruit du désespoir, a fonctionné. Pas une seconde David n'a imaginé que je pouvais bluffer. Mon sac se trouve toujours sur le plan de travail, devant la fenêtre du fond, à côté de mes clefs, de mon téléphone mobile et de ma montre... toutes mes affaires confisquées. Je récupère ma montre et l'enfile, m'attendant presque à entendre sonner un signal d'alarme. Je me demande encore si je ne devrais pas mettre la bande dans mon sac, bien la cacher ailleurs ou la détruire, lorsque j'entends respirer derrière moi.

Serrant la bande dans ma paume, je me retourne. Vivienne se tient à trente centimètres de moi. Je ne suis pas certaine qu'elle ne s'apprêtait pas à me toucher. Elle porte sa longue robe de chambre bleu marine sur son pyjama de soie blanche. Elle a la peau brillante à cause de la crème qu'elle met tous les soirs, la meilleure de l'institut de beauté du *Débarcadère*. Cela lui donne un visage gras, blanc, spectral.

— Que fais-tu ? me demande-t-elle.

Je n'ai pas pour habitude de descendre après qu'elle est montée se coucher. Ni moi ni personne. Elle ne peut pas dormir si elle croit que quelqu'un est encore debout. Cela fait partie des nombreuses règles de vie tacitement acceptées aux Ormes. Ce changement d'attitude lui apparaît comme une menace.

Je décide d'utiliser une de ses tactiques en répondant à sa question par une question :

— Vous êtes inquiète pour demain?

Cette manœuvre la déconcerte. J'en profite, le cœur battant à tout rompre :

— Je veux dire, c'est plus facile pour moi. Je connais d'avance les résultats de l'analyse. Pas vous. Ce doit être dur pour vous. D'attendre. Sans savoir.

Si je ne venais pas de triompher sur David, je n'oserais jamais lui parler ainsi. Comme si la lampe de ma confiance en moi venait de se réveiller, même si elle est encore fragile.

Vivienne a les yeux qui brillent. Elle est fière. Elle déteste se trouver à son désavantage, a fortiori qu'on le lui signale.

— Je saurai assez vite, dit-elle.

Tout d'un coup, comme si elle se rendait compte qu'elle venait d'admettre ses doutes, elle ajoute :

— David est mon fils. Alors je le crois. Tu n'es plus toi-même, Alice. Tu le sais bien.

— Dans ce cas, pourquoi dites-vous « le bébé »? Vous ne l'avez pas appelée une fois Fanny depuis votre retour de Floride. Vous ne la câlinez pas. Vous la surveillez mais vous ne la touchez pas.

Elle s'humecte les lèvres du bout de la langue, essaie de sourire de nouveau mais ça lui est encore plus difficile.

— Je m'efforçais de ne pas te bousculer.

— C'est faux! Au fond, vous ne pouvez vous empêcher de prendre en considération ce que j'ai déclaré. Je suis la mère de Fanny. Vous savez ce que ça veut dire. Et puis vous m'avez toujours appréciée. Vous appelez La Frimousse « le bébé » parce que, comme moi, vous ne savez pas qui elle est. Et vous avez très peur de ce qui va se passer demain. Bientôt, vous allez devoir affronter la vérité à laquelle je fais face depuis vendredi : Fanny a disparu. Vous ne pourrez plus le nier.

— Tu divagues! crache-t-elle, les poings serrés.

— La Frimousse va me manquer, murmuré-je. Ce sera dur de la rendre.

— La rendre? s'agite Vivienne.

— À la police. On n'aura évidemment pas le droit de la garder une fois qu'ils sauront que ce n'est pas la nôtre. Ils vont l'emporter. Et on n'aura plus de bébé du tout.

Ma voix tremble.

Vivienne me pousse brutalement des deux mains et je crie, surprise, avant de perdre l'équilibre. Mon épaule heurte le four alors que je tombe par terre. J'ai tellement mal que, durant quelques instants, je ne peux plus bouger. Je me replie sur moi.

Vivienne se penche dans ma direction. Je sens sa crème parfumée au muguet.

— C'est ta faute! crie-t-elle.

Cette soudaine crise de rage me laisse encore plus confondue que ses coups. Je ne l'ai jamais entendue hurler ainsi.

— Quelle mère faut-il être pour s'en aller toute seule et laisser kidnapper son nouveau-né à la maison? *Quelle mère faut-il être ?*

Son visage flotte au-dessus du mien, la bouche béante sur des relents de dentifrice qui couvrent un instant ceux de ma propre transpiration, de ma peur.

Et je me retrouve seule, le Dictaphone toujours serré au creux de la main.

36

— On n'est pas le 1ᵉʳ avril que je sache?

L'inspecteur principal Giles Proust reposa bruyamment sa tasse et saisit son agenda qu'il entreprit d'examiner avec une ostensible lenteur pour mieux impressionner Charlie et Simon.

Encore un produit d'une quelconque vente de charité organisée par l'association de son épouse, se dit l'inspecteur chef. Des objets peints avec la bouche, peints avec le pied.

— Non, patron.

— C'est bien ce qu'il me semblait. Donc nous n'avons pas affaire à une farce. Vous tenez vraiment à me faire gaspiller de précieux fonds pour perquisitionner Les Ormes à la recherche d'un sac à main.

— Oui, patron.

— C'est au sauna que vous avez imaginé tous les deux ce plan brillant? Vous avez passé beaucoup de temps dans ce genre d'endroit ces derniers jours. Au *Débarcadère*?

Simon remua sur son siège. *Dis quelque chose, tête de nœud! Dis-leur ce que tu sais.*

— Qu'est-ce qui se passe au juste dans ces clubs de remise en forme? demanda Proust.

— On y fait de la natation, de la gym, des exercices. Il y a des Jacuzzi, des saunas, des hammams. Parfois même des puits de fraîcheur, expliqua Charlie.

— Qu'est-ce que c'est que ça?

— Des bassins remplis d'eau glacée. On y plonge à la sortie du hammam ou du sauna.

Proust leva les yeux au ciel.

— On commence par se faire transpirer et puis on se gèle ?

— Il paraît que c'est bon pour la circulation.

— Et le Jacuzzi, ça consiste à s'asseoir dans des bains à remous tièdes ?

— C'est très reposant, indiqua Charlie.

Proust regarda Simon.

— Vous pratiquez ce genre d'exercice, Waterhouse ?

De nouveau, Charlie faillit intervenir à la place de Simon, mais elle s'interrompit à temps. Mieux valait le laisser se défendre seul, comme elle l'aurait fait pour Sellers ou Gibbs.

— Non, patron, répliqua-t-il nettement.

— Bien.

Il n'avait toujours pas répondu à la question que Charlie lui avait posée au *Débarcadère*, sans qu'elle ose y revenir depuis. Tentait-elle de protéger son amour-propre ? Elle ne le pensait pas. Plus elle réfléchissait à ce soupçon, plus il grandissait. Cela expliquait tout. Simon n'avait jamais eu de petite amie, jamais évoqué d'aventure passée ou de liaison durable. Gibbs et Sellers disaient toujours qu'il devait être asexué, comme le comédien Stephen Fry, à moins que ce ne soit Morrissey ?

Il ne pouvait être que puceau. Il avait peur des relations sexuelles, peur de révéler son inexpérience à qui que ce soit. Voilà pourquoi il s'était enfui chez Sellers, pourquoi il ne pouvait se permettre la moindre idylle. Quoi qu'il puisse ressentir pour elle, c'était voué à demeurer cérébral. *Si je disparaissais brusquement*, se dit-elle, *peut-être qu'il tomberait amoureux de moi*. Et puis elle se rappela une autre de ses résolutions : *ne pense pas à lui quand tu travailles*.

— Patron, commença-t-elle, si nous obtenions un mandat de perquisition...

— Je regrette, inspecteur. Vous ne m'avez pas convaincu. Il pourrait s'agir d'une coïncidence, Beer prenant des bains chauds en même temps que Vivienne Fancourt. Sellers et Gibbs sont retournés l'interroger et il affirme toujours avoir tué Laura Cryer. Pourquoi irait-il dire ça s'il n'avait rien fait ?

— Et s'il avait peur d'être condamné à une peine plus lourde ? objecta Charlie. Ça ne se passera pas bien pour lui s'il reconnaît s'être parjuré pour voir réduire sa condamnation. À moins qu'il n'ait peur de ce qui l'attend dans la cité de Wistanley. Ceux-là mêmes qui l'ont protégé risqueraient de se retourner contre lui, non?

Simon tâchait de gagner du temps :

— Beer semble s'être laissé prendre à l'idée de Laura Cryer. Il s'est attaché à elle. Quand je lui ai parlé, j'ai eu l'impression qu'il imaginait avoir tissé une sorte de... lien avec elle. Qui sait si, en reconnaissant ne pas l'avoir tuée, il ne risquerait pas de rompre ce lien dans sa tête?

— Pensées profondes, Waterhouse! railla Proust. Très psychologiques. Écoutez, on vient de trouver dans une des planques de Beer un couteau qui, selon les techniciens, pourrait être celui qui a tué Cryer.

Charlie ouvrit la bouche mais un geste de Proust lui intima le silence :

— Même si vous avez raison, même si ce sont David et Vivienne Fancourt qui ont commis ce meurtre puis fait accuser Beer, on n'a aucune chance de retrouver le sac aux Ormes.

— Il y a des tueurs qui gardent des souvenirs, dit Charlie. Surtout quand il s'agit d'une victime dont le meurtre revêt un sens à leurs yeux.

Subitement, Proust parut ébranlé.

— Qu'est-ce que vous venez me casser les pieds avec cette histoire? Interrogez Vivienne et David Fancourt, faites-les parler. Pourquoi la première solution qui vous vienne à l'esprit est-elle celle qui réclame du temps et de l'argent, ce dont je ne dispose pas?

C'est parti! songea Simon. Un nouveau sermon made in Proust.

— Savez-vous que je mène une vie impossible ici? Est-ce que vous vous en rendez seulement compte? Non, je ne crois pas. Et bien, je vais vous expliquer ça! Je commence chacune de mes journées avec une liste de tout ce qui n'a pas été terminé la veille. L'ennui c'est qu'avant que j'aie eu la moindre chance d'entreprendre quoi que ce soit, de nouvelles complications jaillissent de nulle part, des paperasses, des crétins qui nous posent des problèmes pour rien, des gens qui ont absolument besoin de me *voir* et de me *parler*!

Il frémit, considérant manifestement que ce besoin était d'une stupéfiante perversion.

— Voilà en quoi consiste la tâche d'un inspecteur principal. Ça revient à se trouver devant un barrage brisé dont les eaux vous repoussent sans cesse en arrière. Tous les soirs je rentre chez moi avec une liste plus longue que le matin. Au moins, je peux rayer cette fois un élément : Mandy Buckley.

Charlie leva sur lui un regard impatienté.

— Nous allons attendre un peu en espérant qu'elle reviendra, poursuivit son patron. Désolé, inspecteur. J'ai consulté plusieurs personnes et elles étaient toutes d'accord pour conclure qu'on ne pouvait en rien justifier de dépense pour la rechercher. Nous n'avons aucune raison valable de la soupçonner.

Charlie, elle, n'était pas d'accord. *Je commence à me laisser gouverner par mes intuitions, comme Simon,* songea-t-elle, dépitée.

Ce dernier s'éclaircit la gorge.

— Patron, Charlie, il y a quelque chose que je ne vous ai pas dit.

— Mon cœur tremble, grogna l'Homme de glace. De quoi s'agit-il ? Pour faire vite, on va laisser de côté la procédure disciplinaire. Alors ?

— L'école de Felix Fancourt, Stanley Sidgwick. Alice m'a dit que Vivienne y avait inscrit Fanny avant sa naissance. Il paraît que ça se fait, tant les candidats se bousculent. Ils ont une liste d'attente longue de plusieurs années, pour l'école des garçons autant que pour celle des filles.

— Et alors ? interrogea Proust. On est à la Crim, ici, pas à l'inspection académique. Où voulez-vous en venir ?

— Quand je me suis entretenu avec les parents de Laura, son père m'a dit que, juste après sa mort, Vivienne avait retiré Felix de la maternelle qu'il fréquentait pour le mettre à Stanley Sidgwick. Mais comment aurait-elle pu le faire s'il n'y était pas inscrit depuis longtemps ? Ils n'avaient sûrement pas une place de libre. Et si son nom était déjà retenu... comment Vivienne Fancourt savait-elle qu'il lui reviendrait un jour de décider dans quelle école envoyer Felix ?

— Merde ! laissa tomber Charlie.

Le cerveau de Simon ne cesserait jamais de l'étonner. Il ne laissait rien passer.

— Je me suis dit qu'elle devait l'avoir inscrit et je me demandais depuis combien de temps. Peut-être préméditait-elle ce meurtre depuis des années. D'un autre côté, j'ai pensé qu'elle avait pu lui réserver sa place avant sa naissance comme pour Fanny, dans l'espoir que Laura accepterait de l'y envoyer. Pourtant, si Felix n'avait pas occupé cette place une fois atteint l'âge requis, l'école l'aurait attribuée à quelqu'un d'autre.

— Forcément, dit Charlie.

Silencieux, Proust passait le bout de l'index sur le bord de sa tasse.

— J'ai téléphoné à Stanley Sidgwick ce matin, continuait Simon. Vivienne a bien inscrit Felix avant sa naissance. Il devait entrer à la maternelle début septembre 1999, à l'âge de deux ans. Les enfants sont acceptés dès leur troisième année.

— C'est beaucoup trop jeune ! critiqua Proust. Mes gamins sont tous restés à la maison à peu près jusqu'à cinq ans.

Et ce n'était pas toi qui les gardais, songea Charlie. C'était à Lizzie, sa femme, que devait revenir la joie de rester coincée chez elle, bien obligée de nettoyer le tapis des tartines écrasées.

— Felix n'est pas entré à Stanley Sidgwick en septembre 1999, poursuivait Simon imperturbable. Laura était encore vivante et ne comptait pas l'y envoyer. Mais sa place n'a été attribuée à personne d'autre, malgré la longue liste d'attente.

— Quoi ? gronda Proust.

— Pour quelle raison ? demanda Charlie.

— Parce que Vivienne Fancourt a réglé ses frais de scolarité à partir de septembre 1999, comme si le gamin y allait. Selon elle, puisqu'elle payait, ils pouvaient lui garder sa place. Et, en novembre 1999, elle a dit à la secrétaire, Sally Hunt, que Felix allait assurément commencer en janvier 2001, dès le deuxième trimestre, donc. Laura est morte en décembre 2000.

Simon poussa un long soupir. Voilà qui devrait suffire à lancer une action. Ils penseraient qu'il avait tout dit.

— Putain ! souffla Charlie. Elle savait déjà un an auparavant qu'elle allait tuer Laura, et elle savait quand. Pourquoi est-ce qu'elle a attendu si longtemps ?

— Ça ne paraît sans doute pas si long quand on planifie un meurtre, suggéra Simon. Elle n'avait encore jamais tué personne, il fallait qu'elle commence par se préparer mentalement. Et puis... qui sait si elle n'y trouvait pas un certain plaisir? Chaque fois qu'elle voyait Laura, au cours de ces pénibles visites à Felix où sa mère semblait garder tous les pouvoirs, Vivienne devait jubiler en son for intérieur.

Proust frappa violemment son bureau des deux mains.

— Je répète ce que je vous ai dit : commencez par interroger Vivienne Fancourt. Faites-la parler. Avec tout ce qu'on a, on peut l'obliger à nous donner le sac de Cryer, si elle l'a. Elle va sans doute avouer tout de suite.

— Ça m'étonnerait, dit Charlie. On voit que vous ne la connaissez pas.

En principe, il ne recevait jamais les prévenus. Parfois elle se disait que l'Homme de glace ne connaissait du monde extérieur que ce qu'elle, Lizzie et ses agents de terrain lui en rapportaient.

— Vivienne Fancourt n'a pas peur de moi ni de Simon.

Elle se tourna vers ce dernier comme pour chercher son approbation :

— Pas vrai?

Il prit un air sceptique. On n'avait pas encore accusé cette femme de meurtre, ni d'avoir détourné les soupçons sur un innocent.

— Allez! insista Charlie. Vous avez vu le genre. Elle nous prend pour des sales gosses.

Vous avez vu le genre. Où Simon avait-il déjà entendu cette phrase? Ou quelque chose de similaire? Sur le coup, cela lui avait paru bizarre; pourtant, il ne parvenait pas à mettre le doigt sur celui qui avait dit ça, ni à quel sujet, ni dans quel contexte. Il eut beau se concentrer, le souvenir ne se précisait pas.

Charlie se frappa les genoux d'un geste exaspéré :

— Patron, il me semble...

— Vous allez me parler de serviettes?

— Non.

— Encore heureux!

— Patron, vous avez à peu près l'âge de Vivienne Fancourt. Vous êtes haut gradé. Elle croit qu'elle peut nous manipuler,

Simon et moi, parce qu'on est beaucoup plus jeunes qu'elle. Mais si vous veniez... Sans vouloir vous offenser, patron, je vous jure que vous pouvez faire drôlement peur quand vous le voulez.

L'air atterré, Proust agrippa les bords de son bureau.

— Moi? Vous ne voulez tout de même pas que je lui parle?

— Je trouve que c'est une excellente idée! insista Charlie. Prenez votre petit air glacial, ça va complètement la dérouter. De nous trois, il n'y a que vous qui ayez une chance de lui arracher des aveux. Personne ne peut résister à votre pouvoir de persuasion.

L'inspecteur principal ne remarquait et ne désapprouvait la flatterie que lorsqu'elle était orientée sur d'autres que lui.

— Écoutez, je ne suis pas certain... D'abord, je ne vois pas ce que vous entendez par : « Prenez votre petit air glacial. »

— Patron, s'il vous plaît! Ça pourrait tout changer. Vivienne Fancourt a pris l'habitude de me voir. Si on y va tous les trois...

Charlie s'interrompit. Quelques jours auparavant, elle aurait été trop fière, trop butée pour réclamer de l'aide à Proust. Parfois, cela l'irritait de penser qu'elle mûrissait. Pourquoi fallait-il qu'elle s'améliore quand personne d'autre autour d'elle ne le faisait? Pas Simon en tout cas. Ni Proust.

— Tous les deux, dit Simon. Moi, je ne viens pas.

Il devait se rendre autre part. *Vous avez vu le genre d'Alice.* Sauf que, pour la première fois depuis qu'il l'avait aperçue en haut de l'escalier, Simon n'en était plus sûr du tout.

37

Vendredi 3 octobre 2003

Je me glisse en douce dans la chambre d'enfant et je laisse la porte entrouverte. David ne s'est pas réveillé, ni Vivienne. Personne ne m'a entendue. Il faut faire vite, aussi vite que possible, sans commettre d'erreur idiote. Les yeux peints du cheval à bascule me regardent traverser la pièce. J'approche fébrilement du berceau, je m'attends presque à ce que La Frimousse ait disparu, à ne rien trouver que la literie et les peluches. Encore une farce cruelle de David.

Heureusement, elle est là, bien à sa place, les joues tièdes sous la lumière de sa lampe Winnie l'Ourson. Sa respiration régulière me garantit qu'elle dort profondément. C'est le meilleur moment. Maintenant ou jamais.

Je sors le couffin rangé sous le berceau. Il contient déjà un drap et une couverture. Je ne prends rien de plus, ni vêtements, ni accessoires, pas même un biberon de lait maternisé. Je ne veux pas que mon départ ait l'air planifié. Tous les livres que j'ai lus quand j'étais enceinte disaient que lorsqu'on quittait la maison avec un nourrisson, on avait l'impression de partir pour un grand voyage tant il fallait se charger de bagages. Ce n'est pas toujours vrai, pas si on est bien préparé, comme je le suis. Tout ce dont La Frimousse et moi avons besoin nous attendra à Combingham.

Je soulève son corps endormi et le place doucement dans le couffin, le borde de la couverture jaune. Et puis, en prenant garde de faire le moins de bruit possible, je sors sur la pointe des pieds et descends l'escalier en chemise de nuit et pantoufles que j'ai gardées pour rester discrète.

Je n'enfile pas de manteau. Que sont quelques minutes dans le froid comparé à la semaine que je viens de vivre? Ce sera facile. On trouvera mon manteau demain matin dans le vestibule. Je passe dans la cuisine récupérer mes clefs toujours sur le plan de travail devant la fenêtre et j'ouvre la porte du fond. Celle de devant est trop lourde, elle fait du bruit.

Une fois dehors avec La Frimousse, je referme la porte de la cuisine. Je tremble de tous mes membres mais j'ignore si c'est de froid ou d'appréhension. Après avoir déposé un instant le couffin dans l'herbe humide, je me hisse sur la pointe des pieds et jette mes clefs par la fenêtre ouverte. Elles atterrissent exactement au bon endroit, à côté de mon sac et du téléphone. Lorsque Vivienne signalera ma disparition, la police trouvera suspect que toutes mes affaires soient restées aux Ormes. On pensera que je ne suis pas partie de mon plein gré, qu'il a dû m'arriver quelque chose. Je n'ai aucun scrupule à entretenir cette fausse piste. On m'a fait plus de mal que je ne l'aurais cru possible voilà encore quelques mois.

Il ne servirait à rien que je prenne mon sac. Si j'utilise mon argent ou ma carte de crédit, je serai presque aussitôt repérée, avant même que la police ait lancé son enquête.

Je récupère le couffin et contourne la maison. L'herbe mouillée chatouille mes chevilles nues alors que je traverse la pelouse pour rejoindre le chemin. Je m'arrête une seconde devant la maison, le temps de regarder la grille de fer dans le lointain. Et puis je me remets à marcher en accélérant peu à peu.

Dommage de devoir abandonner ma voiture, mais elle me trahirait tout de suite. Ce n'est au fond qu'une masse de métal et de peinture, me dis-je pour ne pas pleurer. Si mes parents me regardent de quelque part, je sais qu'ils comprendront. J'espère juste qu'ils ne voient rien. Ils ont connu une vie heureuse, je préférerais que la mort soit une fin plutôt que de les savoir purs esprits craignant pour moi autant que je crains pour Fanny. Quand l'âme se consume de peur et d'incertitude, elle commence à mourir.

Dès que j'ai passé la grille, je me sens plus légère, comme si on venait de me libérer d'un grand poids. Bizarre d'imaginer que tout le monde sommeille ou presque, à cette heure, alors qu'avec La Frimousse j'attends dans l'ombre au bord de la route. Je me demande combien de nuits j'ai dormi sur mes deux oreilles pendant que, non loin de là, des inconnus traversaient l'obscurité en catimini vers un avenir incertain.

J'attends derrière un arbre au large tronc, le couffin à mes pieds. Dieu merci, La Frimousse ne bronche pas. Dans une heure, elle sera près de se réveiller pour réclamer son biberon. David ignore que, presque toutes les nuits, j'ouvre un œil dès qu'elle murmure, que je connais son horloge interne aussi bien qu'elle.

Je regarde la route en direction de Rawndesley. Les réverbères éclairent les voitures qui passent mais leurs chauffeurs ne risquent pas de m'apercevoir entre la clôture de Vivienne et les arbres. Ma montre indique une heure et demie. Il n'y en a plus pour longtemps. En effet, je vois la Fiat Punto rouge qui s'approche et ralentit.

Notre chauffeur est là.

38

10/10/03, 11 heures

Charlie espérait ne pas s'être trompée en demandant à Proust de l'accompagner aux Ormes. Il n'avait pas commis d'impair, pas encore puisqu'ils n'étaient même pas arrivés, mais elle se sentait déjà contrariée par la présence de l'inspecteur principal. Simon lui manquait. Juste en tant que collègue pour le moment. Tous les deux avaient tellement interrogé de gens ensemble qu'ils avaient pris leurs marques, leurs petites habitudes.

Tandis qu'avec son supérieur au volant de sa Renault Laguna, elle avait déjà le trac. Elle ne pouvait s'empêcher de lui jeter des regards en biais. Pour le moment, il s'en tirait bien, il semblait calme, confiant. Néanmoins, elle avait l'impression de s'être vu confier la garde d'un bambin turbulent. Autant s'attendre au pire, à tout instant.

Si seulement il avait mis la radio! Elle le lui avait suggéré un jour, en se rendant avec lui à une conférence, et il lui avait fait la morale sur l'imprudence qu'il y avait à conduire en écoutant autre chose que le moteur au risque de ne pas entendre un bruit inhabituel, par exemple un grondement sous le capot augurant une explosion imminente. Proust achetait une nouvelle voiture tous les deux ans et soumettait le véhicule du moment à plus de révisions qu'une classe de rattrapage.

Ils arrivèrent aux Ormes, passèrent la grille que Charlie s'attendit presque à voir se refermer derrière eux telles des dents de métal. Il y avait quelque chose de trop rigide dans l'allée toute droite qui menait de la route à la grande demeure blanche. Impossible de revenir en arrière, semblait-il. Trop d'arbres alignés devant la pelouse impeccable qu'ils noyaient d'ombre.

Charlie sonna et tous deux attendirent. Elle cacha un sourire derrière une main lorsqu'elle s'aperçut que Proust tirait sur sa veste, l'air dégagé.

Ce fut David Fancourt qui leur ouvrit. Il semblait plus mince mais il était toujours vêtu avec la même élégance, d'un pantalon beige et d'une chemise marine.

— Ne me dites pas que vous avez des nouvelles, lâcha-t-il d'un ton maussade.

— Pas encore, je suis désolée. Vous connaissez l'inspecteur principal Proust.

Les deux hommes se saluèrent de la tête.

— C'est la police?

Charlie reconnut la voix de Vivienne. Sans laisser à son fils le temps de répondre, cette dernière apparut près de lui puis, d'un mouvement discret, l'écarta de l'épaule pour prendre sa place.

David recula sans insister. Il avait le regard triste et semblait désormais se moquer d'être devant ou derrière qui que ce soit. Charlie avait déjà vu cela. À la longue, les parents des personnes disparues perdaient espoir, du moins le prétendaient-ils. Sans doute ne supportaient-ils plus la pitié qu'ils lisaient dans les regards des policiers qui frappaient à leur porte semaine après semaine, mois après mois, sans jamais leur apporter de nouvelles. Il était facile d'imaginer comment on pouvait décider, dans une telle situation, de présenter un front résigné au monde. Rien de pire que de se voir peu à peu mis de côté.

Elle aurait mis sa main à couper que David Fancourt ignorait où se trouvaient sa femme et sa fille. Alors que sa mère…

Quelque chose dans l'expression de Vivienne Fancourt quand elle aperçut Proust décida Charlie à ne rien dire. Elle préférait attendre. Impénétrable, l'inspecteur principal ne s'en montrait pas moins courtois. Elle imita son attitude tout en se disant qu'elle n'aimerait pas qu'il la regarde ainsi, sans laisser passer la moindre information, la moindre compassion.

— David, tu pourrais nous laisser une minute, s'il te plaît? finit par dire Vivienne.

— Pourquoi? Ma fille a disparu...

— Il ne s'agit pas de Fanny. N'est-ce pas?

Elle s'était tournée vers Charlie.

— Non.

— Alors qu'est-ce qu'il y a? intervint son fils.

— David, je t'en prie!

Poussant un soupir, il obtempéra.

— Vous savez, c'est ça? demanda Vivienne.

Tout en essayant de dissimuler sa surprise, Charlie acquiesça de la tête. Ce ne pouvait être aussi facile. Ce n'était jamais facile. Enfin si, parfois, mais pas ici, pas maintenant, avec Proust pour témoin... L'inspecteur principal remua doucement les pieds comme pour se mettre plus à l'aise. Charlie savait qu'il était aussi surpris qu'elle et elle imaginait ce qu'il pouvait penser : était-ce là le laborieux interrogatoire pour lequel on l'avait dérangé? Une femme qui avait tellement hâte d'avouer qu'elle le faisait sur le pas de sa porte? Sur le trajet du retour, il dirait : « C'était tout ce qu'il y avait de plus facile! » Ou quelque chose comme ça, d'au moins aussi irritant.

— Entrez, je vous prie!

Charlie et Proust suivirent Vivienne dans la pièce qu'elle appelait « le petit salon », où se trouvait la photo du mariage d'Alice et de David. Sans savoir pourquoi, l'inspecteur chef n'avait pu la chasser de son esprit. La jalousie sans doute.

Personne ne s'assit.

— Si vous comptez m'inculper, je préférerais qu'on en finisse tout de suite.

— Vous inculper de...?

Charlie n'acheva pas sa question. Elle n'aimait pas le tour que prenait cet échange.

— D'enlèvement! rétorqua Vivienne impatientée.

— Vous savez où est Fanny, dit Charlie.

Proust demeurait silencieux, les mains dans le dos.

— Bien sûr que non. De quoi parlez-vous?

— D'enlèvement, vous avez dit...

— Je n'ai pas enlevé *Fanny*! s'emporta Vivienne, comme si elle s'adressait à une simple d'esprit.

— Vous avez enlevé le... l'autre bébé ?

Charlie ne savait toujours pas trop si elle croyait à cette histoire d'« autre » bébé. Alors qu'allait-elle raconter là ? *Reprends-toi tout de suite*, s'intima-t-elle. *Garde les rênes.*

— Vous ne savez donc *rien* ! conclut Vivienne avec un sourire condescendant.

— Pourquoi n'avez-vous jamais dit à la police que vous rencontriez régulièrement Darryl Beer à votre club de remise en forme ?

Pas un cillement. Zut ! Vivienne paraissait étonnée.

— Pourquoi aurais-je dû le dire ?

— Ainsi, vous le rencontriez ?

— Oui. Mais qu'est-ce que ça change ? Je vois des quantités de gens là-bas.

— Et si je vous disais que vous avez tué Laura Cryer, que vous avez tendu un piège à Beer dans le but de le faire accuser ? rétorqua Charlie.

Vivienne tourna un regard furieux vers Proust :

— C'est une plaisanterie, inspecteur ? Moi, faire accuser quelqu'un de meurtre ? J'attends avec anxiété des nouvelles de ma petite-fille et c'est tout ce que vous avez à me dire ?

— Et si je disais que nous pouvons le prouver ? insista Charlie sans laisser à Proust le temps de prendre la parole.

— Je répondrais que vous vous trompez, répondit froidement Vivienne. Comme les événements auxquels vous faites allusion n'ont pas eu lieu, vous ne pouvez pas les prouver.

— Vous avez pris la serviette de Beer en sortant de la piscine. Vous y avez récupéré les cheveux et les cellules de peau que vous avez ensuite répandus sur le cadavre de Laura Cryer après l'avoir tuée.

Vivienne esquissa un sourire qui vira au rictus incrédule.

— Vous vous fichez de moi !

Charlie la dévisageait. Même un innocent ne pouvait que s'alarmer dans de tels moments.

— Vous avez dit à la secrétaire de l'école Stanley Sidgwick, en novembre 1999, que Felix allait commencer en janvier 2001. Comment le saviez-vous ? Laura n'y aurait jamais consenti. Felix se plaisait dans la maternelle de son quartier et elle voulait qu'il y reste. Vous deviez donc savoir qu'elle ne vous mettrait bientôt plus de bâtons dans les roues.

Vivienne se mit à rire.

— Quelle imagination, inspecteur! En fait, Laura était d'accord. C'est vrai qu'au début elle n'était pas très chaude, mais j'ai fini par la convaincre. Felix serait entré à Stanley Sidgwick en janvier 2001 que Laura soit morte ou vivante.

— Vous ne l'avez pas convaincue, contra Charlie. Vous l'avez juste assassinée. Elle vous détestait, vous me l'avez dit vous-même. Pourquoi se serait-elle laissé convaincre par une seule de vos paroles?

— Peut-être parce que je proposais de payer sa scolarité et que c'est la meilleure école du pays, dit Vivienne patiemment. Il aurait fallu être folle pour refuser une offre pareille, et Laura n'était pas folle.

Charlie avait envie de hurler. C'était tout ce qu'elle pouvait faire. Laura morte, on ne pouvait prouver que Vivienne mentait. Charlie avait déjà eu affaire à ce genre de personnes tellement méprisantes qu'elles étaient prêtes à soutenir les pires invraisemblances sans se démonter, sans même chercher à les rendre plausibles. Je n'ai que de lamentables mensonges à vous offrir, mais ça suffira bien pour les gens de votre espèce.

— Si nous revenions à l'enlèvement? intervint Proust, glacial.

Charlie se demanda ce qu'il pouvait bien penser.

— Indirectement, dit Vivienne, j'ai provoqué la mort de Laura, je veux bien vous l'accorder. Le soir de l'agression j'étais allée chercher Felix à la maternelle. Sans l'autorisation de sa mère. Pour rien au monde elle ne me l'aurait donnée et j'étais malade à l'idée de ne jamais pouvoir rencontrer mon petit-fils en tête à tête. Alors je l'ai enlevé. Ce fut extrêmement facile. Quand je me suis présentée à la maternelle, les jeunes employées me l'ont amené sans poser une question. Vous vous rendez compte? Je sais que c'était illégal et que si je n'avais pas fait ça Laura ne serait pas venue ici le soir où on l'a tuée. Aujourd'hui, elle serait vivante. Elle est venue reprendre son fils à la méchante grand-mère qui le retenait. Voilà ce qu'elle pensait. Je n'ai pas voulu le lui rendre, je ne l'ai même pas laissée entrer. Elle n'a pas mis les pieds chez moi ce soir-là. Alors vous pouvez m'arrêter pour avoir menti à la police, m'arrêter pour avoir emmené Felix, mais je refuse toute responsabilité morale du meurtre de Laura. C'est son attitude excessive qui m'a entraînée à un tel acte.

La tête haute, fière de son discours, elle nous défiait de nier ces beaux principes.

— Où sont Alice et Fanny? interrogea Proust. Vous savez où elles sont, n'est-ce pas?

— Pas du tout!

— Pouvons-nous fouiller votre propriété? demanda Charlie.

— Oui. Mais puis-je vous demander pour quelle raison? Felix est toujours là, si c'est lui que vous cherchez. Il vit ici désormais. En toute légalité. Bon, si nous avons tout dit, je vais vous laisser. Je suis attendue à mon club pour une manucure dans un quart d'heure. Je vous conseille de cesser d'inventer des histoires à dormir debout et de vous lancer plutôt à la recherche de ma petite-fille.

Là-dessus, elle quitta la pièce.

Les mâchoires serrées, Charlie se faisait l'effet d'une sale gamine qui viendrait de se faire disputer. D'autant que Proust la regardait de travers.

— Eh bien, inspecteur, que fait-on maintenant? demanda-t-il.

Bonne question!

39

Vendredi 10 octobre 2003

La sonnette retentit. La Frimousse et moi sommes à la cuisine. C'est la pièce où nous avons le moins de risques d'être vues. La vitre de la porte est dépolie, et l'unique fenêtre donne sur le côté de la maison, face à une allée, une clôture et des arbres. Je suis assise dans un fauteuil, dos tourné à la fenêtre.

Mon apparence a considérablement changé depuis que j'ai quitté Les Ormes. Je n'ai plus les cheveux longs et blonds, mais brun foncé et courts. Je porte des lunettes dont je n'ai aucun besoin et ce genre de maquillage excessif que j'adorais adolescente. Je ressemble un peu à l'inspecteur chef sans cœur de Simon. Ce sont là sans doute des précautions inutiles, mais je me sens plus en sécurité ainsi. Il reste toujours le risque qu'un nettoyeur de vitres ou qu'un passant m'aperçoive. Aujourd'hui, ma photo est parue à peu près partout dans la presse.

La Frimousse dort près de moi dans une chaise transat. Le tintement de la cloche, si fort, si important pour moi, ne la dérange pas.

Automatiquement, je me lève pour aller fermer la porte entre la cuisine et l'entrée. J'écoute les pas dans l'escalier. C'est devenu une sorte de routine pour moi. Nous l'appelons notre « exercice d'évacuation ».

Jusque-là, les visiteurs n'ont pas posé de difficultés. Lundi, quelqu'un est venu relever le compteur de gaz. Hier, c'était le facteur qui apportait un paquet et demandait une signature.

Si La Frimousse et moi nous trouvons seules dans la maison, je ne réponds pas et, comme personne n'est au courant de ma présence ici, on ne s'attend pas à ce que j'ouvre. La ruse des travaux de redécoration a pris, jusqu'ici : parents et amis ne viennent pas à l'improviste.

L'oreille collée contre la porte, j'écoute.

— Inspecteur Waterhouse, quelle surprise !

— Puis-je entrer ?

— On dirait que c'est déjà fait. Ne vous gênez pas pour moi.

Simon est là. Dans l'entrée, exactement comme il y a quinze jours, dans une autre maison. Je n'ai pas aussi peur que je l'aurais cru. Certes, j'ai imaginé plusieurs fois cette situation exactement telle qu'elle se produit maintenant. Je savais qu'il finirait par me trouver. Quand une mère disparaît avec un nourrisson, on interroge les gens plus d'une fois. C'est la procédure, ni plus ni moins. Inutile de m'affoler pour le moment. Simon ne peut pas entrer dans la cuisine tant qu'il n'a pas de mandat de perquisition.

Je me demande combien de temps il me reste avant d'être obligée de filer à nouveau avec La Frimousse, par la porte de derrière, vers la voiture garée dans la rue voisine. La procédure d'urgence prévue.

Je ne veux pas m'en aller. Cette maison me paraît plus accueillante que ne l'ont été Les Ormes depuis longtemps. La Frimousse et moi avons une chambre à l'arrière sur laquelle ne donne aucune fenêtre du voisinage. Les murs jaune pâle présentent des taches blanches par endroits, là où la peinture commence à s'écailler. J'imagine qu'elle a dû être habitée par un adolescent et que les traces blanches marquent les endroits où il accrochait ses posters préférés. La moquette vert foncé est brûlée dans un coin, près de la fenêtre... une cigarette défendue tombée par mégarde.

Malgré les empreintes du précédent occupant, j'ai déjà l'impression que cette chambre nous appartient, à La Frimousse et à moi. Elle contient tout ce dont nous avons besoin. Biberons, vêtements, couvertures, couches, mouchoirs, boîtes de lait maternisé, talc, stérilisateur, landau, tout ce qu'il y avait sur ma liste quand nous sommes arrivées. Il ne nous reste pas beaucoup d'espace à côté des installations luxueuses des Ormes, mais l'ambiance est douce, confortable, sereine.

Je crois qu'au fond j'ai toujours su que Les Ormes ne pouvaient offrir qu'une atmosphère lugubre, débilitante, et cela bien longtemps avant que je ne m'y sente vraiment malheureuse. Peut-être y flairais-je d'indicibles secrets, à moins que cette impression ne me soit venue rétrospectivement mais, dès le début, je l'ai perçue comme une demeure pleine de dissimulations. Je me souviens comme si c'était hier d'une conversation avec David, au cours de laquelle il a proposé de déménager dans la maison où il avait passé son enfance, à la suite de sa mère. Nous étions dans le jardin d'hiver. Vivienne nous avait laissés seuls pour aller préparer du café.

Au début, cela m'a fait rire :

— C'est idiot! On ne va pas vivre avec ta maman.

— Idiot?

À son ton tranchant, à son regard fixe, j'ai eu un mouvement de recul; le David que je connaissais et aimais venait de disparaître pour faire place à une tout autre personne. Je voulais que cette personne s'en aille, que David revienne, aussi ai-je fait un pas en arrière, laissant entendre qu'il m'avait mal comprise.

— Je voulais dire qu'elle se sentirait envahie, non?

— Bien sûr que non! Elle serait ravie. Elle ne cesse de le répéter.

— Ah… Bon, comme tu voudras…

J'ai tâché d'y mettre autant d'enthousiasme que possible. David s'est rasséréné et j'en ai été tellement contente, tellement soulagée… au fond, peu importait où on habitait, tant qu'on était ensemble. Jamais plus je n'ai répondu à David qu'il disait des idioties. C'est drôle, j'avais oublié cet incident jusqu'à maintenant. Aurais-je ignoré d'autres signes avant-coureurs, qui vont finir par me revenir comme autant d'horribles flashes?

— On ne travaille pas aujourd'hui?

— Jamais le vendredi.

Leurs paroles sont plus difficiles à percevoir. Je vais sur la pointe des pieds éteindre la radio.

— Alors, que puis-je faire pour vous?

— Ne me parlez pas comme si j'étais complètement idiot! Si vous vouliez m'aider, il y a longtemps que vous auriez pu le faire.

Mes jambes se dérobent sous moi. Je m'enveloppe de mes bras pour empêcher mon corps de trembler.

— Quoi? Vous m'accusez de retenir des informations? Qu'est-ce que vous cherchez au juste?

— Épargnez-moi cette comédie! Vous pouviez prendre des airs inquiets quand je vous ai annoncé qu'Alice avait disparu. Vous savez très bien où elle est. J'aurais dû m'en douter dès samedi, dès que vous avez dit « Vous avez vu le genre d'Alice ». La langue vous a fourché. Vous ne pouviez pas savoir que je l'avais déjà rencontrée, sauf si vous l'aviez vue depuis la semaine dernière. Vous êtes également la première personne qui m'ait parlé en mal de Vivienne Fancourt. Vous teniez absolument à passer le message, pas vrai?

— Vivienne? Qu'est-ce qu'elle vient faire ici?

— Vous connaissez aussi bien la réponse que moi. Il ne vous est pas venu à l'esprit que nous pourrions être tous les deux du même côté?

Je devrais être en train de filer avec La Frimousse. J'en ai suffisamment entendu pour comprendre que Simon ne sait peut-être pas tout, mais assez pour fouiller la maison. Je ne vois pas pourquoi je ne m'en tiens pas au scénario prévu. Ce n'est pas parce qu'il assure être de notre côté qu'on doit le croire. J'ai eu l'occasion, ces derniers temps, d'apprendre que les mots peuvent créer les pires illusions, tendre les plus dangereux pièges.

— Que voulez-vous dire?

— Vous voulez protéger Alice de Vivienne. Moi aussi. Et Fanny. Vous ne paraissiez pas vous inquiéter pour Alice, samedi dernier, mais je voyais que vous vous faisiez du souci pour sa fille. Parce que, en s'enfuyant, Alice est venue ici. Elle vous a raconté ce qui était arrivé à la petite, qu'on la lui avait prise pour laisser un autre bébé à sa place. Elle a dû également vous dire que la police ne la croyait pas et ne se donnait pas la peine de chercher son enfant. Alice a-t-elle amené l'autre bébé avec elle en venant ici?

— Je ne vois pas de quoi vous parlez.

— Mais si! Pourquoi croyez-vous qu'elle a emmené ce bébé qui n'est pas sa fille? Pourquoi ne l'a-t-elle pas laissé aux Ormes?

— Vous faites fausse route.

— Parce qu'elle avait peur de ce que David ou Vivienne pourraient lui faire? Est-ce que l'un d'entre eux ferait du mal à un bébé sans défense? Je ne crois pas. Et vous? À moins qu'elle ait pensé que, une fois ce bébé lui aussi disparu, nous serions obligés de nous mettre à la recherche de Fanny? D'après vous?

Silence. Elle ne sait pas. Ni Simon. Je suis la seule qui connaisse la réponse à cette question. Je suis tendue, raide d'appréhension; je n'arrive même pas à croire que cette conversation a réellement lieu.

— Où sont Alice et le bébé?

— Je n'en ai aucune idée.

— Je vais revenir avec un mandat de perquisition. Certes, elles peuvent s'éclipser entre-temps, mais pour aller où? Cette affaire a fait la une de tous les journaux. Tout le monde sait qu'on recherche une femme avec un nourrisson.

Il a raison. La presse a même laissé entendre que j'aurais pu changer d'apparence.

— Vous êtes têtue! Écoutez, je suis en pétard parce que vous m'avez menti mais, comme je vous l'ai dit, je suis de votre côté. Alors je vous propose la chose suivante : je vous raconte ce que je sais même si, en faisant ça, je risque mon boulot.

Oh, merci, merci!

— Ce ne serait pas la première fois, j'imagine.

— Ça veut dire quoi, cette réflexion?

— J'imagine que vous estimez toujours avoir raison, quoi qu'en disent les gens qui vous entourent.

— Ouais, sans doute. Les gens qui m'entourent se surestiment.

— Ainsi vous allez me dire ce que vous savez, même si c'est illégal? C'est trop d'honneur!

— Ne vous foutez pas de moi!

Je suis de son avis. Le moment est venu de coopérer. C'est notre seul espoir, à Fanny autant qu'à moi. J'en ai maintenant la conviction.

— En retour, j'espère, de tout cœur, que vous n'allez pas vous buter bêtement. Songez à ce qu'Alice ferait à votre place. Elle a besoin de mon aide un certain temps, et aussi de la vôtre, pour coincer Vivienne Fancourt.

— Coincer? Pardon?

— Merde, quoi! Nous pensons... je pense que Vivienne Fancourt a tué Laura Cryer. L'homme qui est en prison, qui a avoué le meurtre, Darryl Beer, passait beaucoup de temps dans un club de remise en forme appelé *Le Débarcadère*. Dont Vivienne Fancourt est membre. Nous pensons qu'elle a voulu détourner les soupçons sur lui en déposant des indices matériels sur le lieu du crime, indices qu'elle a récupérés sur une serviette utilisée par Beer au club.

— Je comprends.

Et moi je hoche la tête, bien que personne ne puisse me voir. Ces paroles, ces faits sont nouveaux, pourtant j'y reconnais l'histoire que je rêvais d'entendre dans la bouche de Simon dès l'instant où je l'ai aperçu. Je ne pouvais la raconter moi-même.

— Depuis la disparition d'Alice, nous avons découvert ce que nous pensons être l'arme du crime, un couteau de cuisine. Il se trouvait à la crèche du *Débarcadère*, dans l'espace change-bébé. Beer et un de ses copains, Vinny Lowe, y entreposaient leur matériel, essentiellement de la drogue. Nous avons de bonnes raisons de croire que Vivienne Fancourt le savait. Lowe a reconnu qu'avec Beer ils en avaient parlé devant elle à plusieurs reprises. Ils se vantaient de leurs minables exploits. Beer pouvait avoir glissé le couteau dans l'espace bébé, mais Vivienne Fancourt également, pour le faire accuser. Nous ne pouvons rien prouver, puisque Beer continue de clamer qu'il est le seul coupable.

J'écarquille les yeux. Felix a vécu à peu près autant de temps dans cette crèche qu'à la maison, jusqu'à l'âge de cinq ans. Je frémis en l'imaginant, lui et les autres enfants, jouer à proximité du couteau qui a servi à une authentique exécution.

— Si Alice avait quoi que ce soit, une preuve concrète que Vivienne a tué Laura, nous aimerions le savoir. De toute urgence. Tout de suite.

— Une preuve? Quelle sorte de preuve?

294

— Le sac de Laura. L'aurait-elle vu aux Ormes? Je dis ça à tout hasard mais… elle pourrait l'avoir trouvé quelque part, dans un endroit où elle n'aurait pas dû regarder. N'est-ce pas ce qui l'aurait rendue suspecte aux yeux de Vivienne? Il faut que je le sache. On n'a jamais retrouvé ce sac. Nous pourrions perquisitionner Les Ormes mais je ne pense pas que ça donnerait grand-chose. Une femme aussi intelligente que Vivienne Fancourt ne laisserait certainement pas traîner une telle pièce à conviction.

— Je ne comprends pas. Excusez-moi si je joue les détectives mais, celui qui a tué Laura, pourquoi n'aurait-il pas caché le sac avec le couteau, dans la crèche? Ou pourquoi ne se serait-il pas débarrassé des deux?

— Vivienne voulait qu'on trouve ce couteau, un jour ou l'autre, dans un endroit qui le relie à Beer. Un couteau, ça se nettoie et ça peut servir de nouveau. Alors que le sac, pourquoi Beer le conserverait-il une fois qu'il aurait piqué l'argent qui s'y trouvait? Celui qui voudrait le faire accuser tiendrait le même raisonnement.

Je secoue la tête. Non, ce n'est pas ça. Mais je ne peux écouter et réfléchir en même temps.

— Ainsi… vous allez fouiller Les Ormes?

— Non. Le patron ne veut pas. De toute façon, ça ne servirait à rien. Je suis certain que le sac de Cryer ne s'y trouve pas. On ne remettra jamais la main dessus.

De nouveau, je secoue la tête. Je pense à mon propre sac, sur le plan de travail de la cuisine. J'en fais un inventaire mental : mon agenda plein de listes de noms de bébés, mon baume pour les lèvres à la noix de coco, la photo de moi avec mes parents, celle-là même que David a menacé de déchirer. Quand on prend le sac d'une femme, on exerce un certain pouvoir sur elle. Quel plus beau trophée, quel meilleur symbole d'une exécution réussie que le sac de la victime?

Vivienne l'aurait conservé et pas seulement pour des raisons sentimentales. Elle n'aurait jamais laissé une telle pièce à conviction lui échapper. Elle l'aurait gardé quelque part, dans un endroit où elle pourrait s'assurer de temps à autre qu'il était toujours là, que personne ne l'avait trouvé ou dérangé. Elle ne se sentait en sécurité que si elle gardait sous la main tout ce qui comptait dans sa vie. Où, cependant, pourrait-elle avoir caché ce sac pour être absolument certaine qu'il ne risquait de tomber en aucune autre main, que personne ne l'avait vue l'y dissimuler?

À cet instant précis, je sais. Je sais où il est. J'ouvre la bouche, la referme avant de laisser échapper une bruyante exclamation. J'adorerais pousser cette porte, me précipiter vers Simon et tout lui dire, mais je ne peux pas. La première chose qu'il ferait, si je lui révélais ma présence, serait d'emmener La Frimousse. Il me croit, désormais, et je ne suis pas prête à me la laisser soustraire. Il faut que je me prépare, mentalement.

Je me faufile vers la table, sors un stylo et rédige un petit message sur le carnet écorné. Puis je saisis les clefs de la voiture pendues au mur, les mets dans ma poche. Je soulève La Frimousse de son siège, aussi doucement que je peux, en prenant garde de ne pas la réveiller. Je m'avise qu'il va falloir prendre du lait avec moi et qu'il n'y en a plus de prêt. Je ne peux pas en préparer sans laver un biberon, ce qui m'obligerait à ouvrir le robinet. Je ne peux faire ça. D'autant que la bouilloire est très bruyante. Simon m'entendrait.

J'installe La Frimousse dans le couffin, au sol. Elle dort toujours aussi profondément. Je ne peux pas l'emmener avec moi. Elle est mieux ici. Même si Simon partait maintenant, il lui faudrait des heures pour obtenir un mandat de perquisition et il ne reviendrait pas sans. Je peux être rentrée avant, avec la preuve qu'il cherche, le sac de Laura. Ensuite, j'aurai tout le temps de réfléchir, à ce que je devrai lui dire, aux explications que je devrai lui fournir.

— Et si vous me parliez de votre tâche de détective? Ou plutôt de cette comédie? Quand vous jouez les détectives? demanda Simon.

J'ai toutes les peines du monde à m'arracher à cette porte mais il le faut. Il faut que je sache si je ne me trompe pas pour le sac.

J'embrasse La Frimousse sur la joue et, dans son sommeil, elle remue les lèvres, comme si elle mâchonnait quelque chose de délicieux. Ça m'ennuie de la laisser là. Je lui murmure à l'oreille :

— Je reviendrai bientôt.

Puis j'ouvre la porte du fond, me glisse au-dehors et referme le verrou derrière moi. Je descends le chemin qui longe la maison, me retrouve sur la chaussée. Le vent et la lumière m'inondent. Je ne savais plus ce qu'on ressentait dans la rue, sous le ciel. Je ne me dépêche pas, même si je devrais, parce que j'ai envie de savourer ce moment où je peux arpenter normalement un quartier résidentiel, comme n'importe qui. Je me sens prise de vertige, irréelle.

Personne ne me regarde grimper dans la Golf noire et démarrer, prendre la route. Tout mon corps vibre de peur, d'impatience, d'adrénaline. C'est mon tour de jouer les détectives.

40

— Qu'est-ce que c'est? grimaça Simon.

Une trépidation, une stridence mécanique, lui vrillait les tympans. La pièce entière se mit à vibrer.

— Cette fichue chaudière!

Haussant les sourcils, Briony Morris poussa un soupir.

— Il doit y avoir du tartre coincé dans les tuyaux. Chaque fois qu'elle se met en marche, c'est ce qui se produit. Mais là, c'est pire que jamais! Il va falloir que je retourne voir British Gas. Vous disiez? Ah oui, mes jeux de détective.

Elle croisait et décroisait les jambes.

— Vous le reconnaissez? insista Simon.

— Pourquoi le nier? Puisque vous êtes au courant.

— Inspecteur Briony Morris…

— C'est bon, ne vous fichez pas de moi! Qui vous a dit ça? La secrétaire de l'école, je suppose?

— Sally Hunt. Elle était étonnée que je lui pose les mêmes questions qu'un inspecteur qui lui avait téléphoné au début du mois de juillet. Elle se souvenait de votre nom. Ce n'est pas tous les jours qu'ils reçoivent un appel de la Crim. Ou de gens qui se font passer pour des membres de la Crim. Elle était surprise; ce qui n'a pas été mon cas quand j'ai découvert que vous étiez restées en contact.

— Vraiment?

Briony paraissait déconcertée, peut-être même un peu déçue.

— Je savais qu'Alice savait. À propos de Vivienne. Mais pas au début. Au début, je croyais avoir un train d'avance sur tout le monde, être le seul à connaître la réponse.

La voix de Simon trahissait une certaine autodérision. Il reprit :

— J'ai juste rapproché une phrase du père de Laura Cryer, selon lequel Vivienne aurait envoyé Felix à Stanley Sidgwick aussitôt après la mort de Laura, avec une information lâchée par Alice sur leur longue liste d'attente. Lâchée à dessein, apparemment.

Simon avait fini par comprendre pourquoi, durant son entretien avec Vinny Lowe, il s'était senti si mal à l'aise en regardant la photo d'Alice, David, Vivienne et Felix dans le jardin des Ormes. Ce n'était pas cette image en elle-même qui le troublait mais l'endroit où il l'avait vue pour la première fois : dans le cabinet d'Alice. Aussitôt qu'il se fut rappelé qui d'autre elle avait affiché sur son bureau, tout s'était mis en place. À présent, il voyait le tableau.

— Il y avait une brochure de Stanley Sidgwick dans le tiroir d'Alice, expliqua-t-il à Briony. On y avait collé un Post-it sur lequel Alice avait écrit : *Voir pour F. – date d'inscription ? Liste d'attente ?* Sur le moment, comme un abruti, j'avais attribué ce F à Fanny. Alice m'avait dit ce qu'elle pensait de l'école de filles Stanley Sidgwick. C'était Vivienne qui voulait y envoyer la petite, pas Alice. Non, le F était pour Felix. Alice et David n'avaient de toute façon choisi le prénom de Fanny qu'à sa naissance. J'ai vérifié auprès de Cheryl Dixon, la sage-femme d'Alice. Et Alice n'ayant pas repris son travail depuis la naissance, le F ne pouvait se rapporter qu'à Felix. Ainsi j'ai compris que ce message s'adressait à moi, à la police. Alice savait que Vivienne avait tué Laura et elle voulait que nous le sachions aussi.

Alors que Simon s'attendait à une nouvelle résistance, Briony acquiesça :

— C'est Alice qui a eu l'idée d'appeler l'école. Je m'en suis chargée parce qu'elle n'osait pas. Pendant sa grossesse, en constatant combien l'attitude de Vivienne avait changé à son égard, et son obsession à exercer une pleine tutelle sur son petit-fils, elle a compris que Vivienne avait assassiné Laura. Au début, j'ai cru qu'elle avait des problèmes d'hormones, même si j'ai toujours détesté Vivienne. Tandis qu'Alice l'avait toujours aimée, quelle ironie ! Ça m'a fait rigoler. Jusqu'au jour où Alice m'a dit : « Vivienne n'arrête pas de parler de la liste d'attente de plusieurs années à Stanley Sidgwick. Comment se fait-il que Felix ait pu y entrer dès l'instant où Laura est morte ? » C'est alors que j'ai téléphoné et...

L'air excédé, Briony marqua une pause avant de reprendre :

— Ça fait peur de se rendre compte qu'une personne qu'on connaît est un meurtrier de sang-froid. J'ai tenté de convaincre Alice d'aller voir la police, mais elle ne voulait pas. Elle a dit que Vivienne mentirait sur toute la ligne, qu'elle affirmerait avoir inscrit Felix avec le consentement de Laura. Maintenant que celle-ci est morte, qui pourra prouver le contraire ?

Simon secoua tristement la tête :

— Ces accusations contre Vivienne Fancourt seront à peu près impossibles à établir. Darryl Beer continue à soutenir qu'il est coupable ; sans parler des analyses ADN qui l'accablent. On ne peut pas prouver que Vivienne Fancourt l'a piégé. Il ne s'agit que de présomptions.

— Alice redoutait que Vivienne ne découvre qu'elle savait, et ne veuille la tuer. Sinon je crois qu'elle aurait tout dit à la police. Mais elle n'osait pas, de peur qu'on n'interroge sa belle-mère et que celle-ci n'apprenne ainsi d'où provenaient les accusations.

— Où est Alice ? demanda soudain Simon. Elle se trouve quelque part dans cette maison, n'est-ce pas ? Dites-lui de venir me parler. Je ne laisserai pas Vivienne Fancourt toucher à un seul de ses cheveux.

Briony détourna les yeux.

— Et Fanny ? demanda-t-elle. Alice dit que vous ne la croyez pas, que vous avez refusé de chercher sa fille. Il est tellement évident que sa belle-mère est derrière tout ça que vous devez en convenir, maintenant.

— Où Vivienne a-t-elle trouvé l'autre bébé ?

— Je ne sais pas. C'est vrai ! Alice non plus.

Ils se regardèrent un long moment, jusqu'à ce que Briony rompe le silence :

— Écoutez, tâchez déjà de retrouver Fanny, d'accord? Ça devient trop louche pour moi. Alice et moi avions tout prévu. Nous savions qu'il n'y avait pas l'ombre d'une chance que Vivienne soit inculpée du meurtre de Laura, donc il fallait qu'Alice et Fanny lui échappent. Je devais les cacher un certain temps, jusqu'à ce qu'elles trouvent un refuge plus sûr. Je ne suis pas mauvaise comédienne, comme vous avez pu le constater. J'aurais pu convaincre David, Vivienne, n'importe qui, que j'ignorais totalement où elles étaient. Et voilà qu'au milieu de la semaine dernière, je reçois un appel désespéré d'Alice m'annonçant que sa fille a disparu, qu'on l'a échangée contre un autre bébé! J'ai l'impression de vivre dans un univers parallèle. Qu'est-ce qui se passe?

— Pourtant, vous les avez quand même aidées, n'est-ce pas?

— Comment ne pas aider un bébé ou même un adulte à fuir cette maison des horreurs? Répondez plutôt à ma question. Vous semblez tout savoir. Savez-vous où est Fanny?

Simon réfléchit. Le savait-il? Ce n'était pas parce qu'il avait souvent raison qu'il ne se trompait jamais. *Tu manques d'objectivité en la matière.*

— Je crois.

— Elle est en sécurité?

— Si j'ai vu juste, oui.

Un fracas de cliquetis et de glissements retentit dans l'entrée. Comme si on jouait aux dominos avec des pièces de métal. Et tout s'arrêta d'un seul coup.

— Bordel! cria Briony. Oh, pardon! Mais j'ai l'impression que ma chaudière vient de rendre l'âme.

S'ensuivit un faible vagissement qui s'enfla jusqu'à devenir hurlement. Au début, Simon crut qu'il s'agissait d'un chat mais il eut vite fait de repérer l'expression effrayée de Briony Morris.

Sans s'occuper des injonctions de son hôtesse, il se leva, partit dans la direction des cris et ouvrit la porte vitrée au fond du couloir pour se retrouver dans la cuisine. Devant lui, la chaudière en panne. Un peu plus loin, un couffin avec un bébé. Le bébé des Ormes. L'enfant cessa de pleurer dès qu'elle aperçut cet homme penché sur elle. Jamais Simon n'avait tenu un nourrisson dans ses bras, ou simplement tenté de parler à un bébé, aussi se détourna-t-il. Il y avait un mot sur la table de la cuisine. Court mais assez explicite.

À son tour, Briony entra en courant.

— Bon, cette fois la messe est dite.

Simon sortit son portable et appela Charlie :

— Je les ai trouvées. Le bébé est devant moi. Envoie des agents la chercher. Et viens me rejoindre au *Débarcadère* fissa.

41

Vendredi 10 octobre 2003

En entrant dans le vestiaire dames, je suis saisie par le calme des lieux. Aujourd'hui la piscine est fermée à cause d'une chaudière en panne et d'une eau trop froide pour les baigneurs. Autour de moi aussi ce ne sont que fraîcheur et silence car les télévisions sont éteintes. Tout comme les lustres, si bien que la lumière se réduit aux lueurs des lampes de secours aux angles des murs.

Je tiens en main la clef du casier 131. Ross, l'homme à l'accent sud-africain, qui m'a fait visiter le club il y a quinze jours, me l'a donnée sans se faire prier en se souvenant que j'étais la belle-fille de Vivienne. Il m'a crue lorsque j'ai affirmé que c'était elle qui m'envoyait. J'ai remarqué qu'il portait un badge d'administrateur. La dernière fois, il n'était que conseiller. C'est donc au cours de mes deux semaines de torture qu'il a reçu sa promotion. Nous sommes plus éloignés que nous ne l'imaginons de nos frères humains. Sans doute croisons-nous constamment des êtres qui endurent d'inimaginables souffrances.

J'ai les nerfs en pelote, j'ai envie de rire et de pleurer quand je sens à quel point je suis proche de découvrir enfin un élément susceptible de prouver ce que j'ai compris depuis des semaines. Pourtant, alors que je traverse la pièce, mon euphorie s'évanouit et j'ai l'impression de perdre tout contact avec la réalité. C'est avec une totale indifférence que j'ouvre le placard de Vivienne, comme si j'étais une marionnette entre les mains d'un autre. Quelques secondes plus tard, je me retrouve devant un grand fourre-tout blanc, tellement rempli qu'il prend presque toute la place.

Je le sors, le laisse tomber sur un banc à proximité, tire la fermeture Éclair. Une puissante odeur d'agrume s'en échappe, sans doute de la lessive en poudre, qui laisse à peine deviner la fragrance plus légère du parfum préféré de Vivienne, Madame Rochas. Un à un, je tire un pantalon, une chemise, un collant, des sous-vêtements blancs. Par-dessous apparaissent à leur tour un maillot de bain sec et une trousse de maquillage. À mesure que je progresse, la déception se fait plus forte. Je ne peux accepter l'idée de m'être trompée. Je retourne le sac, le secoue, presque trop vigoureusement. À bout de souffle, au bord de la panique, je tremble comme une feuille. Rien ne tombe.

J'entends un gémissement et me rends compte qu'il provient de ma propre bouche. Je ne contrôle plus mes mouvements. Je pleure. Je jette le sac éviscéré sur le banc et me laisse tomber dessus, anéantie. C'est alors que je sens une piqûre sur la cuisse, comme si je m'étais assise sur un objet aux angles acérés. Pourtant, le fourre-tout est vide. Impossible que j'y aie oublié quoi que ce soit.

Je me lève, le réexamine avec moins de précipitation. J'aperçois alors une large poche sur un côté. Sous la fermeture pointe une forme rectangulaire. Prêt à lâcher, mon cœur continue pourtant à battre, malgré ces quinze jours de supplice au cours desquels je n'ai cessé d'avoir l'impression de mourir puis de revenir à la vie. J'ai été ballottée entre espoir et désespoir si souvent qu'il devient difficile pour moi de me raccrocher à quoi que ce soit.

Les doigts engourdis, je tire la fermeture de la poche pour en extraire un petit sac à main fauve à la bandoulière coupée. Il porte le logo Gucci sur le côté. C'est celui de Laura, je le reconnais, elle le portait quand elle est venue me rendre visite à mon cabinet d'Ealing. Ça me fait bizarre de le revoir, dans ce contexte, des années après la mort de sa propriétaire, et encore plus bizarre de constater que j'en suis choquée. Chaque fois que j'obtiens la preuve de ce que je savais déjà, j'ai du mal à y croire. Quelque part, une petite voix innocente me crie « sûrement pas ! ».

J'ouvre le sac, en sors un portefeuille en plastique plein de photos de Felix bébé, ainsi qu'un rouge à lèvres beige appelé *crème caramel* et un petit porte-monnaie de cuir rouge. Un trousseau de clefs retenu par un anneau « Silsford Balti House ». Petits accessoires d'une vie cruellement écourtée à la fleur de l'âge. Le cœur serré, je suis obligée de m'asseoir.

— Bonjour, Alice ! susurre une voix derrière moi.

Le corps gonflé d'adrénaline, je me lève d'un bond. Vivienne.

— Ne vous approchez pas ! crié-je.

Peur mortelle. J'ai souvent entendu cette expression sans prendre conscience de tout son sens. Mais c'est exactement ce que je ressens en ce moment. Le pire des effrois. La terreur paralysante qui doit vous saisir à l'instant où l'on vous tue. Je voudrais me désintégrer, lâcher prise, m'étendre au sol et laisser faire, pour qu'au moins cette terreur disparaisse.

Seule la pensée de Fanny me retient et je recule vers la porte bleue au bout du vestiaire à mesure que Vivienne avance sur moi, souriante. Je tiens le sac de Laura à la main droite, je ne le lâche pas. Vivienne a les mains vides. Je me demande où elle cache ce qu'elle compte utiliser pour me tuer.

— Où est ma petite-fille ? Où est Fanny ?

— Je ne sais pas !

— Qui est l'autre bébé ? Qui est La Frimousse ? C'est toi qui les as échangées, n'est-ce pas ? Tu voulais tenir Fanny éloignée de moi, tout comme Laura a tenu Felix éloigné de moi.

— Vous avez tué Laura !

— Où est Fanny, Alice ?

— Je ne sais pas. Demandez à David, il le sait, lui.

Vivienne secoue la tête, tend une main vers moi :

— Viens, on rentre à la maison. Nous lui poserons la question ensemble.

Je chancelle à reculons jusqu'à ce que la porte de la piscine bloque ma retraite. Je la pousse vivement du dos. Les yeux de ma belle-mère s'écarquillent de surprise et de rage alors qu'elle comprend ce que je veux faire quelques secondes à peine après que j'ai moi-même échafaudé cette idée. Elle ne réagit pas assez vite. Dès que je suis passée de l'autre côté, je claque la porte derrière moi et m'y adosse en espérant que ce soit le seul moyen d'accès à la piscine depuis le vestiaire dames.

J'entends les paumes de Vivienne, celles-là mêmes qu'elle confie toutes les semaines à l'institut du club pour les faire enduire de coûteuses crèmes, frapper contre la porte.

— Laisse-moi entrer, Alice! Je dois te parler. Je ne te ferai aucun mal.

Je ne réponds pas. Inutile de gaspiller mon énergie. J'ai besoin de toutes mes forces pour maintenir fermé le panneau qui nous sépare. Je sens la résistance de l'autre côté, j'imagine Vivienne en train de pousser de toutes ses forces. Elle est plus légère que moi, mais plus forte grâce à ses exercices de musculation réguliers. Son corps est entraîné comme celui d'un soldat. La porte s'ouvre légèrement, se referme... elle essaie, elle essaie encore.

Et soudain plus rien. Je pousse dans le vide. Vivienne a renoncé. Je l'entends soupirer.

— Puisque tu ne veux pas me laisser passer, je te parlerai comme ça, mais j'aurais préféré que ce soit face à face.

— Non!

— Très bien. Alice, je ne suis pas le démon incarné que tu crois. Mais je n'avais pas le choix. Laura refusait de me laisser voir mon petit-fils. Crois-tu honnêtement que j'aurais fait du mal à Felix? J'adore cet enfant. L'ai-je une seule fois maltraité depuis qu'elle est morte, depuis qu'il habite chez moi? Non. Je le gâte tant que je peux. Tout ce qu'il veut il l'obtient et il reçoit plus d'amour qu'aucun autre enfant au monde. Tu le sais très bien.

Je m'efforce de ne pas écouter ce qu'elle dit, de ne pas me laisser influencer par ses divagations psychotiques. De telles justifications sont tout simplement insupportables, comme du poison versé goutte à goutte dans mes oreilles. Je m'adosse plus fort encore à la porte. On ne sait jamais, Vivienne pourrait tenter de me surprendre.

— David sait que vous avez tué Laura?

— Bien sûr que non. Et je ne voulais pas que tu sois au courant non plus. J'ai toujours essayé de vous protéger tous les deux, au point de commettre parfois des actes très déplaisants.

Tu n'as jamais poignardé un être vivant, tu ne sais pas à quel point c'est affreux.

— Vous avez fait accuser un innocent !

Ricanement méprisant.

— Tu ne dirais pas ça si tu le voyais. Il est tout sauf innocent. Toi, oui. Tu ne te rends pas compte de quoi les gens sont capables.

Elle se remet à pousser le panneau. Tous mes muscles me brûlent. En face de moi il y a une autre issue bleue, identique à celle contre laquelle je m'appuie. Je pourrais essayer de courir à travers le vestiaire des hommes et jusqu'à la réception, mais Vivienne doit être plus rapide que moi. Elle me rattraperait.

Elle continue d'un ton songeur :

— Cette sensation quand on enfonce un couteau dans un corps humain... je voudrais tellement l'oublier ! On croit que ce sera facile, comme si on débitait un poulet, mais ça n'a rien à voir. On sent la texture des chairs traversées par la lame, la peau, le muscle, l'os. La résistance n'est jamais la même. Et enfin tout cède et tu atteins la pulpe.

— Taisez-vous !

— Maintenant que j'y repense, je me dis qu'il aurait mieux valu utiliser une arme à feu, mais où une femme comme moi pourrait-elle s'en procurer ? Je ne fréquente pas la pègre. Et puis je ne sais pas m'en servir. Tandis qu'un couteau... je n'avais pas le choix, te dis-je.

— Vous l'avez caché dans la crèche, là où Felix venait jouer. Comment avez-vous pu ?

Je transpire à grosses gouttes. Je sens des rigoles de sueur massacrer mon maquillage.

— Il n'en savait rien ! s'exclame Vivienne indignée. Qu'est-ce que ça pouvait lui faire ? Dans ma situation, on ne peut pas se permettre de jouer les sentimentales.

— Vous êtes un monstre !

Elle pousse un soupir :

— Alice, tu es pourtant bien placée pour savoir qu'il ne sert à rien de porter des jugements dans cette histoire. Tu ne te rends pas compte de ce que m'a fait cette femme. Elle l'a payé, voilà tout. Je n'ai pas éprouvé de joie à la tuer. Il fallait juste que ce soit fait. Depuis, c'est moi qui souffre. Pas elle. Je me demande ce que j'ai pu faire pour qu'elle me déteste à ce point. À présent, il n'y a plus de solution acceptable. Tu crois que ça me fait *plaisir*?

Je déplace légèrement les pieds pour améliorer mon angle d'appui, ferme les yeux en tâchant de visualiser la ligne de mon dos contre la porte, plaqué si fort que pas un grain de sable ne pourrait passer.

— Laura n'est pas morte tout de suite, continue Vivienne.

J'ai l'impression que sa voix provient de beaucoup plus loin. Je l'imagine assise sur un banc.

— Elle m'a suppliée de ne pas la laisser mourir, de l'emmener à l'hôpital.

— Arrêtez! Je ne veux pas entendre ça!

— C'est un peu tard, ma chérie. J'ai tenté de te protéger de la réalité mais tu n'as pas voulu. Maintenant, tu ne peux plus te voiler la face.

— Vous êtes malade!

— Bien sûr, je lui ai dit que je ne pouvais pas. Elle m'a promis de me laisser voir Felix autant que je le voudrais. Elle a même proposé de me le donner. Tout ce que je voudrais si je ne la laissais pas mourir.

Une pause, puis :

— Ne crois pas que je n'aie pas été tentée. Personne n'aime voir un autre être humain perdre tout son sang. Seulement je savais qu'on ne pouvait pas lui faire confiance, tu vois. Elle était si égoïste! Dans ses derniers instants, elle n'a pas appelé Felix une fois. Elle ne savait que répéter « je vous en prie, ne me laissez pas mourir, je vous en prie, ne me laissez pas mourir », et c'est tout. Avec Laura, c'était toujours « moi, moi, moi ».

Le cœur au bord des lèvres, je tremble, je manque d'étouffer, la bile m'emplit la gorge. Je me couvre les oreilles. Il faut que je trouve un moyen de la faire taire, avant qu'elle ne me mette en tête des images dont je ne pourrais jamais plus me défaire.

À force de bloquer la porte, j'ai un pied ankylosé. Il faut que je bouge. Mon corps glisse lentement le long du panneau alors que je presse mes paumes contre mes oreilles, je sens quelque chose me heurter et je crie en tombant à terre.

Lorsque je lève la tête, Vivienne se tient au-dessus de moi. Elle a dû prendre son élan de loin pour venir se jeter contre la porte. Elle a toujours eu le don de repérer l'instant où on s'affaiblit, où on lâche prise. Elle savait que je ne résisterais pas longtemps à ses commentaires réjouis sur la mort de Laura.

Je me redresse et prends mes jambes à mon cou sans même savoir où aller. Trop tard, je file vers la piscine. Si j'avais opté pour la direction opposée, j'aurais peut-être eu une chance de traverser le vestiaire des hommes et de grimper l'escalier devant Vivienne.

— Donne-moi le sac de Laura, Alice ! crie-t-elle. Donne-le-moi, oublie que tu l'as vu et on n'en parlera plus.

Elle vient dans ma direction, la main tendue. Je ne peux plus reculer de peur de tomber dans l'eau, alors je saute sur la côté. Vivienne m'attrape la main. J'essaie de me libérer mais elle a la poigne trop forte et je trébuche, les bras par-dessus la tête. Je ne parviens pas à retenir le sac qui bascule dans la piscine avec un petit plouf. Je pense aux photos de Felix, sans doute les préférées de Laura, celles qu'elle voulait garder constamment avec elle. Maintenant fichues.

J'essaie de me dégager de l'emprise de Vivienne afin de me relever, mais elle me retient d'un genou sur l'abdomen, me pousse en arrière et je ressens une douleur fulgurante. Ma cicatrice. Je frémis à l'idée qu'elle a pu se rouvrir, qu'elle saigne. J'ai maintenant tout le haut du corps penché au-dessus du bassin et je m'agrippe des deux mains au rebord de pierre.

— Non ! Je vous en prie ! sangloté-je.

Cependant mes muscles deviennent cotonneux, je ne suis plus en état de résister. Je vais lâcher prise. Personne ne gagne jamais contre une Vivienne Fancourt.

Perdue pour perdue, autant que je lui dise ma façon de penser :

— Vous êtes fichue ! Vous n'obtiendrez pas ce que vous voulez. Vous rêvez d'être entourée d'une famille aimante et ça ne vous arrivera jamais.

— C'est déjà le cas. David et Felix m'adorent. Il en sera de même pour Fanny.

— Vous ne savez même pas qui vous aime vraiment et qui vous joue la comédie parce que les gens ont peur de vous ou parce qu'ils aiment trop l'argent que vous dépensez pour eux. Comme David. Il vous *hait*! Il me l'a dit. Il ne peut pas vous supporter. Il regrette que ce ne soit pas vous qui soyez partie au lieu de son père!

Vivienne gronde comme un animal. Elle me pousse en avant et ma tête atteint la surface de la piscine qui me submerge de froidure bleutée. L'eau m'enveloppe la tête, les épaules, la poitrine. Mon cœur va éclater. J'essaie de me redresser mais Vivienne me tient fermement. Je bois la tasse, plus je me débats, plus j'ai l'impression d'avoir les membres flasques, de me liqué-fier. Je voudrais que ça s'arrête vite. Il n'y en a plus pour long-temps.

Maintenant que tout mon corps est immergé, les mains de Vivienne me tiennent par le cou. Je vois défiler mille couleurs, puis c'est l'obscurité. Tout s'échappe. Je ne reverrai jamais Fanny. Je ne reverrai pas ma Frimousse... ma petite bonne femme pour un si bref instant. Tout s'effondre : pensées, paroles, regrets, jusqu'à l'amour. C'est fini. Tout fuit, tout s'enfuit.

L'étreinte s'est relâchée. Je pars à la dérive. Est-ce cela, la mort? Des mains se posent sur mes jambes et sur mes bras. Comment Vivienne fait-elle? J'ouvre les yeux, je tousse. Des silhouettes floues me surplombent. Je ne suis plus dans l'eau. Une douleur brûlante me déchire la poitrine et la gorge alors que je régurgite des litres d'eau, semble-t-il.

On me tapote le dos. Je lève les yeux. C'est Simon. Je vois aussi autre chose : l'inspecteur chef Zailer qui passe les menottes à Vivienne, un homme chauve trempé des pieds à la tête, sa che-mise et son pantalon encore dégoulinants. Et Briony. Aussitôt je murmure :

— Fanny!

— Tout va bien, affirme Simon. Nous l'avons. Elle est saine et sauve.

Quelque part dans mon esprit, j'éprouve une délivrance, une étreinte qui se dénoue. Je me laisse tomber dans les bras de l'inspecteur.

42

13/10/03, 9 h 30

Simon contemplait la façade des Ormes en se répétant que ce n'était que la deuxième fois qu'il y mettait les pieds. Il n'arrivait pas à y croire tant cette demeure avait occupé ses pensées, ces dernières semaines. Elle ne représentait désormais plus qu'une masse de pierres, de bois et de peinture. Peu importait qui y vivait.

La maison paraissait neutre et calme dans sa blancheur. Tous les rideaux en étaient tirés, de lourdes tentures pendues à chaque fenêtre. Simon imaginait les dizaines, sans exagération, de pièces sombres et souvent inoccupées qu'il ne voyait pas. Au-dehors brillait un généreux soleil. Le dernier occupant des Ormes avait préféré ne pas s'y exposer.

Simon s'était porté volontaire pour interroger David Fancourt car, à son sens, celui-ci préférerait s'adresser à un homme. Charlie avait accepté, non sans se faire un peu tirer l'oreille. Si elle était au courant des arrière-pensées de Simon, elle n'en laissa rien paraître. À vrai dire, il désirait ardemment retourner aux Ormes avant de s'entretenir avec Alice. Il voulait voir la maison qu'elle avait fini par considérer comme sa prison, sentir cette puissante, cette suffocante immobilité qu'il avait tout juste perçue lors de sa première visite. Peut-être alors comprendrait-il pourquoi Alice avait agi ainsi. Peut-être ne lui en voudrait-il plus autant.

Il avait éprouvé un tel choc de la revoir vivante! Et son apparence... comme si elle avait fait exprès de ressembler à

Charlie. Simon en avait été tellement rebuté qu'il avait tout d'abord été incapable de réagir. Ce ne fut qu'en entendant sa collègue crier qu'il était sorti de sa torpeur pour arracher Alice aux griffes de Vivienne, et il n'y était parvenu qu'avec l'aide de l'Homme de glace. Un peu plus et il aurait été trop tard.

Certes, il ne pouvait que se sentir soulagé de savoir Alice vivante, pourtant il n'éprouvait qu'une peur brûlante. Lui qui était allé jusqu'à imaginer partager une sorte de relation avec elle… avec l'autre Alice, celle qui ne ressemblait en rien à son inspecteur chef. Sans doute cette personne, qu'il croyait avoir aperçue en haut de l'escalier, n'existait-elle plus. Ou n'avait-elle jamais existé. Et même s'il parvenait à la retrouver, d'une façon ou d'une autre, il avait développé de telles incertitudes, de tels complexes que cela gâcherait tout.

Sans compter ce qu'il savait d'elle. Il en conclut qu'on n'avait qu'un moyen de connaître quelqu'un : observer ses faits et gestes, en tirer les conclusions. Au lieu de se polariser sur la personne qu'il croyait voir en Alice et d'essayer de prévoir ses réactions, il aurait mieux fait de partir des actes. Qu'avait-elle fait ? Dès lors, qui était-elle ?

Mieux valait sans doute ne jamais trop s'attacher à qui que ce soit. Les gens avaient vite fait d'envahir vos pensées et posaient des questions trop ardues. *Simon, tu es puceau ?*

Pour une fois, il ne bouillait pas de rage. C'était au contraire une froide colère qui l'avait envahi et lui nouait les tripes. Pour une fois, il n'avait pas envie de cogner ni de cracher, ni de se jeter tête baissée dans l'action. Cette nouvelle sensation devait demeurer secrète et croître lentement car elle était noble, complexe ; il ne fallait pas la brusquer mais la creuser peu à peu. Simon ignorait si c'était Alice ou Charlie, ou les deux, qui l'avaient amené à réagir de la sorte, mais il voulait demeurer en tête à tête avec ses pensées pour le moment.

David Fancourt ouvrit la porte à l'instant où il s'apprêtait à sonner pour la troisième fois.

— Vous ! s'exclama-t-il.

Il portait un pyjama marron à motifs cachemire et un peignoir en éponge. Une barbe de plusieurs jours soulignait encore ses yeux rouges, pleins de larmes.

— Je tombe mal ?

Fancourt partit d'un rire amer.

— Je crois que vous tomberez toujours mal, alors entrez.

Simon le suivit dans la cuisine et s'assit. Je me retrouve sur la même chaise que la dernière fois, songea-t-il. Fancourt prit place en face de lui.

L'intérieur de la maison semblait bien différent, désormais. Assiettes et tasses sales s'amoncelaient partout. Les ordures dépassaient des poubelles pour se répandre à même le sol. Dans le vestibule, Simon avait remarqué une pile de journaux éparpillés comme si on avait tapé dedans à coups de chaussures sales.

— Vous n'avez pas l'air de très bien vous en tirer tout seul, observa-t-il.

Pour un peu, il aurait plaint son interlocuteur. Visiblement, Fancourt ne supportait pas l'idée que sa mère soit une meurtrière. Lorsque Charlie le lui avait annoncé, il n'avait pas prononcé un mot, mais s'était contenté de la regarder fixement.

— Vous ne devriez pas rester seul. Vous ne seriez pas mieux avec votre fils ?

Fancourt se renfrogna :

— Felix se porte mieux loin de moi.

— Pourquoi ? Je ne comprends pas.

— C'est mieux ainsi.

Impossible de capter son regard.

— Monsieur Fancourt, vous n'avez rien fait de mal. Vous n'avez pas à vous sentir coupable d'un acte commis par votre mère.

— J'aurais dû m'en douter. Le soir où Laura est morte, j'aurais dû me douter que cette histoire ne tenait pas debout.

— Quelle histoire ?

— Selon laquelle Laura aurait demandé à maman de garder Felix la nuit pour pouvoir aller danser. Elle n'aurait jamais fait ça. Elle ne pouvait pas supporter maman. J'avais toujours trouvé ça un peu bizarre mais... j'ai été assez bête pour ne pas chercher à connaître la vérité.

— Ce n'était pas de la bêtise. Quel fils irait soupçonner sa mère de meurtre ? À votre place, j'aurais agi de même.

— Je n'en doute pas, *Simon*.

Fancourt lui décocha un sourire moqueur.

— Mais pour le retour de Felix… vous allez peut-être changer d'avis dans quelques jours.

— Non.

Simon poussa un soupir. Le moment était sans doute mal choisi pour assaillir le pauvre homme d'informations, mais il devait savoir. Les résultats de l'analyse étaient arrivés. Il n'avait aucune raison de ne pas le tenir au courant. Malgré son état dépressif, apathique, Fancourt ne semblait pas en plein délire ni trop instable. N'importe qui à sa place serait déprimé. Quoi de plus normal qu'une telle réaction? Sans doute avait-il même eu raison de confier Felix à Maggie et à Roger Cryer. Mieux valait pour l'enfant de se retrouver dans un environnement familial stable, le temps que son père récupère un peu.

Simon s'en voulait d'avoir si mal considéré Fancourt dont l'unique crime, pour autant qu'il le sache, avait été une certaine agressivité, une certaine irritabilité sous la pression. Pour cela et, surtout, par jalousie, Simon l'avait tout de suite détesté et calomnié. Il lui devait pour le moins la vérité. Si une chose pouvait tirer Fancourt de sa torpeur, ce serait bien cette nouvelle :

— Nous avons retrouvé votre fille, dit-il doucement. Nous avons trouvé Fanny.

Fancourt leva enfin les yeux vers lui; sa physionomie n'exprimait qu'un profond ennui.

— Je ne veux pas non plus la voir ici. Donnez-la à Alice.

— Mais…

— Alice est une bonne mère. Moi, je ne vaux rien. Je ne changerai pas d'avis.

— Je vous dois des excuses, monsieur Fancourt.

— Je n'ai eu que ce que je méritais. On récolte ce qu'on a semé, n'est-ce pas?

Simon n'y comprenait plus rien. Cet homme n'allait-il donc pas se battre pour récupérer sa femme et sa fille, pour avoir une chance d'être enfin heureux? Que Fancourt le veuille ou non, Simon devait lui annoncer ce qui lui valait cette visite. Aussi se lança-t-il dans le petit discours qu'il avait préparé :

— Nous avons trouvé Alice et le bébé chez Briony Morris, une collègue de travail de votre épouse. Après le… l'incident au club de gym, nous avons fait procéder à des analyses sur chacune d'elles.

314

Aucune réaction de la part de Fancourt.

— Les ADN correspondaient, continua Simon. Le bébé qu'Alice a emmené d'ici le vendredi 3 octobre était sa fille.

Secouant la tête, il soupira. Si seulement il pouvait lui-même éprouver un rien de l'indifférence exprimée par son interlocuteur, pour autant qu'elle soit authentique...

— Il n'y a jamais eu qu'un seul et même bébé, monsieur Fancourt. Monsieur Fancourt? David? Comprenez-vous ce que je vous dis? Il n'y a jamais eu qu'un bébé. C'est Fanny, depuis le début.

David Fancourt bâilla.

— Ce n'est pas la peine de me le dire, je l'ai toujours su.

43

Mardi 14 octobre 2003

Simon est assis en face de moi dans le salon tout en longueur de Briony, elle-même installée à côté de lui sur le canapé. Je suis contente qu'elle soit là. Les travaux sont loin d'être terminés, si bien que les meubles sont recouverts de draps blancs. J'ai l'impression d'être sur une scène, pas dans la vie réelle.

Et puis il y a quelque chose d'étrange, de déconcertant à nous retrouver ainsi, tous les trois. Bien que je sois reconnaissante à Briony de sa présence, et je sens que Simon l'est tout autant car, sans elle, notre échange risquerait de prendre un tour trop inconfortable, il se tisse entre lui et moi un lien de compréhension dont elle est exclue. Sa compagnie nous force simplement à jouer un peu plus longtemps nos rôles respectifs.

Je constate qu'il sait. À son arrivée, nous sommes venus rôder à travers la pièce tels des lions agacés de ne pas assez bien voir leur proie pour pouvoir lui bondir dessus. Briony n'a pas proposé à Simon de prendre un siège ; dans sa hâte à connaître le sort de Fanny elle a oublié les bonnes manières. C'est lui qui a finalement suggéré que nous nous asseyons et j'en étais contente. Car il avait des nouvelles à nous annoncer, disait-il. Il fallait que je me calme avant de les entendre. Dans un moment pareil, on ne se prépare jamais assez. Encore qu'il n'y en ait pas beaucoup d'une telle importance dans toute une vie. Chez les gens normaux, cela n'arrive jamais.

Simon a attendu de me voir installée dans un fauteuil. Puis il a parlé. Il n'y avait, il n'y a qu'un seul bébé. Celui que j'ai emmené des Ormes le vendredi 3 octobre est ma fille. La Frimousse, c'est Fanny. Phrase après phrase, il insistait bien, comme s'il annonçait trois nouvelles différentes. Briony a dû se demander pourquoi il tenait tant à se répéter, mais moi je sais où il voulait en venir : il n'est pas question de douter de ces informations, de laisser la porte ouverte à une autre interprétation. Pour moi autant que pour Briony, il voulait éliminer toute forme d'ambiguïté, toute marge d'interprétation, afin de braquer sur les faits la lumière crue de la seule vérité.

Maintenant, nous sommes assis tous les trois, silencieux comme si on nous avait coupé la langue. Cela ne durera pas éternellement. L'un de nous finira bien par ouvrir la bouche. Pas moi. Le rôle en revient sans doute à Briony. C'est son tour de parler, alors que ni Simon ni moi-même n'y arrivons plus.

— Qu'est-ce que vous nous racontez là ? finit-elle par s'exclamer. Le bébé qui est en haut, c'est Fanny ? La Frimousse, c'est Fanny ?

On nous l'a rendue après que le résultat des analyses ADN est revenu. J'étais encore à l'hôpital, en train de me remettre de l'agression de Vivienne quand on a ramené La Frimousse chez Briony. Cela m'a beaucoup surprise. J'aurais juré qu'ils la ramèneraient directement à David.

— Non, dis-je en secouant la tête. Ce n'est pas vrai !

— Si, rétorque Simon sur le même ton. L'analyse ADN ne laisse aucun doute là-dessus.

— C'est aussi son ADN qui a mis Darryl Beer en prison pour le meurtre de Laura alors qu'il n'a rien fait.

— Je ne vais pas perdre mon temps à revenir là-dessus. Vous savez très bien quelle différence il y a entre ces deux cas.

— Ce doit être une erreur, insisté-je. Je le saurais, tout de même ! C'est ma fille. Je le saurais !

Effondrée dans mon fauteuil, la bouche tremblante, je serre les dents pour ne pas pleurer. Je dois vraiment avoir l'air d'une folle. Quelque part, cela me rassurerait. À ce moment-là, on ne me tiendrait plus pour responsable de rien.

Briony vient se pencher sur moi.

— Alice, ça va? Ne t'inquiète pas, tu veux? On va éclaircir ce... malentendu. *Bien sûr* que ces analyses se révèlent parfois fausses. Et la police... sans vouloir vous offenser, monsieur... s'est déjà tellement trompée sur cette affaire...

— J'ignore de quelle police vous voulez parler, articule Simon d'un ton glacial, mais ce n'est sûrement pas de moi. Pour ma part, je ne me suis trompé qu'une fois, et dans les grandes largeurs, je dois le reconnaître.

Je n'aime pas ce ton-là, ni ces paroles. Je l'imagine assez bien en procureur impitoyable. Il s'est donné tellement de mal, à sa façon pour le moins hésitante, afin de me sauver. La vie avec David ne m'a-t-elle pas enseigné à quel point le sadisme pouvait représenter le revers de la galanterie lorsque l'objet de vos prévenances tombe de son piédestal?

— La Frimousse est ma fille, murmuré-je. Je le jure.

J'ai besoin d'eau. J'ai la gorge tellement sèche que je vais bientôt en perdre la voix.

— C'est bien ce qu'on dit! souffle Briony, une main sur mon épaule.

— Non, je veux dire Fanny. *Fanny* est ma fille.

— Il faut que je parle avec Alice seul à seule, décrète Simon.

— Je voudrais de l'eau.

Personne n'entend mes supplications.

— Je ne sais pas si..., proteste Briony.

Elle ne veut pas laisser Simon exercer la moindre pression sur moi. Elle a peur que je ne puisse le supporter.

— Laissez-nous! insiste-t-il.

— C'est bon, dis-je. Je vais m'en tirer. Briony, je t'assure, ça ira! Monte voir le bébé.

Elle ne paraît pas très convaincue mais s'en va tout de même. Lentement. C'est une véritable amie.

Une fois qu'elle est partie, je lève les yeux vers Simon. Et lui me regarde, l'air absent. Sa détermination semble l'avoir quitté au moment où Briony est sortie. Il y a quelques instants, je redoutais sa colère. À présent j'ai l'impression que nous ne nous comprendrons jamais. Je suis éloignée de lui comme si une paroi de verre venait de descendre entre nous. C'est drôle:

318

quand Briony était là, j'avais l'impression que c'était elle qui nous séparait. Mais non, elle n'y était pour rien.

— Quel cinéma, lance-t-il. Remarquable !

— Pardon ? Que voulez-vous dire ?

— Comment vous sentez-vous ? Après... vous savez. En fait... ça ne me regarde pas. On ferait mieux de parler de Laura Cryer. J'attends une déclaration de votre part.

— Simon, que voulez-vous dire ? Quel cinéma ?

Il fait exprès de ne pas m'écouter. Comment lui en vouloir ? Je devrais commencer par tout lui dire, ainsi que j'en ai eu plusieurs fois l'intention. Mais, dans mon imagination, cela ne se passait pas ainsi, face à un Simon tellement inaccessible, tellement impénétrable. Cela fait mal. Peut-être faut-il y voir un bon signe. Après tout ce que j'ai enduré, je ressens encore des émotions normales. Mon cœur bat encore.

Simon a sorti un carnet et commence à prendre des notes.

— Vous saviez que Vivienne avait tué Laura. Commençons par là. Quand l'avez-vous appris ?

Il n'a aucune envie de parler de La Frimousse, dirait-on. D'ailleurs, je ne suis pas certaine d'en avoir envie non plus.

— Cette histoire avec l'école : quand y avez-vous pensé ?

— Quand j'étais enceinte. Je ne savais pas vraiment, du moins au début. Je m'en doutais, je le percevais. Ne me dites pas que vous n'avez jamais pressenti l'arrivée d'un danger ?

Simon ne voit pas les choses sous cet angle.

— Vous vous trouviez bien sous l'aile protectrice de Vivienne, jusqu'à votre grossesse. C'est là que son attitude a changé.

Il lève la tête, comme s'il reconnaissait enfin que nous étions deux dans ce dialogue.

— N'est-ce pas ? insiste-t-il.

Je suis abattue. Il a un air tellement neutre. Comme si toutes les souffrances qui m'avaient été infligées n'entraient pas en ligne de compte. Oui, l'attitude de Vivienne envers moi a changé. Soudain, elle ne se posait plus en protectrice féroce. Je possédais une chose qui l'intéressait infiniment plus que moi-même. Je n'étais que la porteuse. Elle a commencé à vérifier ce que je mangeais, à m'empêcher de sortir. Je n'avais plus le droit d'entrer dans un pub, ni de boire un verre de vin aux repas.

— Je voyais qu'elle avait l'intention de contrôler tous les aspects de la vie de Fanny. Je me doutais que ça avait dû être la même chose avec Laura. Jusque-là, j'avais toujours cru David quand il disait que sa femme s'était comportée comme un véritable dictateur qui ne laissait personne approcher Felix. Que j'étais bête et naïve! Vivienne voulait s'emparer de Felix et Laura ne la laissait pas faire. Une fois que j'ai compris ça, j'ai aussi compris que sa mort n'avait rien d'un hasard. Et ma grossesse... Quand on est enceinte, on perçoit tout avec infiniment plus d'acuité et cela va parfois jusqu'à l'irrationnel. Au début, je me demandais si je n'exagérais pas l'impression de danger que nous encourions, Fanny et moi, mais... mon instinct demeurait si fort. Je n'arrivais pas à m'en défaire.

Simon fronce les sourcils. J'ai l'impression que les subtilités l'agacent, sauf quand elles proviennent de lui. Ce qui ne m'empêche pas de continuer :

— Vivienne a commis une erreur en inscrivant Fanny à Stanley Sidgwick alors que j'étais enceinte de cinq mois. Elle n'aurait jamais dû me parler de leur longue liste d'attente. Elle devait me croire trop idiote pour me poser des questions au sujet de Felix. Encore qu'elle ne pouvait se douter une seconde que je risquais de me retourner contre elle. Après tout, j'étais sa fervente disciple.

— Vivienne est fière de ce qu'elle a fait, dit Simon. Elle s'efforce de tourner ses remords à son avantage. Elle paraît déterminée à utiliser sa situation comme une sorte de tribune pour faire valoir les droits des grands-parents.

— Elle n'a pas toute sa raison. D'un point de vue médical, n'est-ce pas une psychopathe? Je n'avais encore jamais eu affaire à une femme comme Vivienne Fancourt. Quand je pense que Fanny et moi avons pu vivre à ses côtés, j'ai du mal à l'avaler.

— Elle va certainement beaucoup intéresser les médias.

Il essaie de m'atteindre. Quand il parle de l'hypothétique publicité dont elle pourrait bientôt faire l'objet, il a presque l'air de se vanter. J'ai envie de lui demander s'il peut m'assurer que Vivienne restera en prison jusqu'à sa mort mais j'ai peur qu'il n'utilise cette question comme une nouvelle occasion de me blesser.

— Vous êtes énervé contre moi parce que j'ai fait perdre son temps à la police.

— Moi, énervé?

Il part d'un rire sans joie.

— Non, je suis *énervé* quand je suis bloqué dans un embouteillage ou quand je renverse du café sur une chemise propre.

— Comment aurais-je pu vous dire ça, Simon? Je ne pouvais prendre un tel risque. Que se serait-il passé si vous l'aviez avertie de mes soupçons? J'aurais fini comme Laura.

Je frémis au souvenir du *Débarcadère*, de l'eau qui se refermait au-dessus de ma tête et m'enfonçait dans les profondeurs.

J'ai eu envie de tout dire à Simon dès l'instant où j'ai fait sa connaissance. À l'époque j'avais déjà abandonné l'idée de parler de quoi que ce soit à mon mari. J'aurais tellement aimé m'ouvrir en toute honnêteté à David après que Briony eut appelé l'école! Mais il n'aurait jamais voulu m'écouter. À ses yeux, Vivienne ne pouvait commettre d'erreur. Il estimait qu'elle nous soutenait durant ma grossesse et que nous devions lui en être reconnaissants. Moi, j'avais de plus en plus l'impression de n'être qu'un objet, de me trouver enfermée dans une prison dorée.

Pauvre David! Je sais combien il doit être secoué et je le regrette pour la personne qu'il aurait pu être si les choses avaient tourné autrement, pour le potentiel qu'il possédait, ce petit garçon abandonné par son père à six ans, qui devait aimer sa mère à tout prix car c'était l'unique parent qui lui restait. David avait besoin de croire en sa version du personnage de Vivienne et je le comprends.

Il ne faut pas que je pense à lui. J'ai besoin d'un bain chaud pour me laver de la souillure qu'il m'a infligée, mais ce ne sera pas facile à oublier. À la rigueur peu importe qu'il ait tué ma foi en l'amour que peuvent se porter deux époux. Je n'ai aucun désir de me remarier. Le drame, c'est qu'à cause de lui j'ai perdu toute foi en moi-même. Je sais désormais à quel point j'ai été idiote de l'aimer, de devenir sa femme. La semaine dernière, j'en ai reçu si souvent l'éclatante démonstration que, quelque part, j'ai l'impression que c'était bien mérité.

Sans cesse, mes patients se reprochent les souffrances que leur ont infligées des tierces personnes. Et moi de répéter que ce n'est pas leur faute, que personne ne mérite d'être une victime, que personne ne le demande. Parfois, je suis même agacée de constater que mes paroles n'améliorent en rien l'opinion qu'ils se font d'eux-mêmes. Maintenant, je sais que les conseils les plus avisés n'y changent rien. À la rigueur, ils peuvent aider à comprendre pourquoi on se méprise tant, mais pas à chasser ce mépris. J'ignore comment y parvenir.

— Ainsi, reprend Simon avec raideur, comme vous aviez peur de venir nous voir, vous avez enlevé votre propre fille. Vous saviez que si le bébé venait à disparaître, la police mettrait le nez dans les affaires de votre famille, découvrirait qu'elle était déjà mêlée à un crime et mènerait une enquête plus poussée. Ce qui s'est produit.

— J'ai pris La Frimousse et je me suis enfuie, dis-je prudemment. Ma fille, c'est quelqu'un d'autre qui l'a enlevée.

Il ne me regarde même pas. Je me demande pourquoi j'y attache encore de l'importance. Par habitude? Par peur de ses railleries?

— Vous avez pris Fanny et vous vous êtes enfuie en sachant que nous rouvrions le dossier du meurtre de Laura. C'est ça?

— Non! J'ai pris La Frimousse et je me suis enfuie afin que la police, à commencer par votre inspecteur chef, considère enfin Fanny comme une personne disparue. Je voulais que vous cherchiez *Fanny*.

— N'importe quoi! Vous m'avez sans doute entendu le dire à Briony, alors que vous étiez cachée dans la cuisine. Et maintenant vous arrangez le tout à votre sauce en me croyant assez niais pour vous croire sous prétexte que c'était ma thèse de départ.

Loin d'être bête, il est plus fin que je ne l'aurais cru.

— L'ennui, c'est que ça n'a *jamais* été ma thèse. Et qu'à ce moment-là j'avais découvert la vérité. Je voulais juste inciter Briony à réfléchir sur les raisons qui vous avaient amenée à vous enfuir avec un bébé qui n'était a priori pas le vôtre. Ça ne vous ennuie pas de lui avoir menti, de l'avoir traitée comme une idiote? Après tout ce qu'elle a fait pour vous?

Les larmes me montent aux yeux. Au contraire de Simon, Briony comprend que je devais faire n'importe quoi pour protéger ma fille.

— Vous vouliez que nous sachions que Vivienne avait tué Laura. Vous avez laissé cette brochure avec le Post-it sur la couverture en espérant que nous tomberions dessus. Que comptiez-vous faire au départ ? Avec Fanny, vous deviez vous réfugier chez Briony et nous nous serions lancés à votre recherche, nous aurions commencé à reconsidérer l'affaire Laura Cryer et à soupçonner Vivienne ? Alors nous devions trouver la brochure... Si nous emprisonnions Vivienne pour le meurtre de sa belle-fille, vous et Fanny seriez à l'abri, n'est-ce pas ? Seulement, quelles preuves pouvions-nous avancer ? Vous y avez réfléchi ?

Impuissante, je me contente de hausser les épaules :

— C'est vous, la police. Vous aviez plus de chances que moi de trouver des preuves.

— Bien vu, cette histoire de brochure complétée par une note. Vous êtes excellente en communication indirecte. Et en manipulation aussi. Vous vous êtes arrangée pour que nous ne captions la teneur du message du Post-it que si nous suspections *déjà* Vivienne. Sinon, nous aurions supposé que le F désignait Fanny et écarté cet indice, juste un petit pense-bête sans importance sur les détails pratiques de l'inscription de votre fille. Nous n'aurions jamais su que vous soupçonniez Vivienne à moins de l'avoir soupçonnée nous-mêmes et de nous rendre compte à quel point elle était dangereuse ; de ce fait, nous saurions également l'empêcher de se douter de vos suspicions, évitant ainsi de faire de vous sa prochaine cible.

Là, je reste estomaquée par sa clairvoyance. À croire qu'il s'est introduit dans mes pensées. Pourtant, il m'en veut encore. Autant m'expliquer :

— J'ai dû prendre mille précautions. J'espérais que vous retourneriez parler à Darryl Beer et qu'il clamerait son innocence. Or, comme David et moi étions à Londres le soir où Laura est morte, vous ne pourriez plus songer qu'à Vivienne. Alors je me suis efforcée de critiquer Stanley Sidgwick dès que l'occasion s'en présentait. J'espérais qu'une fois que j'aurais disparu et que vous auriez trouvé la brochure, vous vous demanderiez pourquoi je tenais tant à inscrire Fanny dans une école que je détestais à ce point.

— C'est exactement ce qui s'est produit. Comme un bon petit chien bien dressé, j'ai pensé tout ce que vous désiriez me faire penser...

— Simon, ne...

— ... jusqu'à maintenant.

Mon cœur s'arrête.

— Que voulez-vous dire?

— Je suis intrigué. Pourquoi avoir soudain changé votre fusil d'épaule? Avec Fanny, vous deviez fuir chez Briony et, de là, vers un refuge plus sûr encore; tout était arrangé, la déposition de Briony va dans ce sens. Alors, que s'est-il passé?

— On a enlevé Fanny...

— Arrêtez vos mensonges, ça ne sert plus à rien! Je sais ce qui s'est passé. C'était Fanny, n'est-ce pas? Elle est née et, subitement, sans qu'on s'y attende, ces projets ne vous suffisaient plus? Il vous fallait un abri plus sûr. Vous ne vous sentiez plus assez protégée par l'idée que, le moment venu, vous vous enfuiriez avec Fanny. Vous étiez soudain terrorisée. Vivienne se rendait à la maternité, elle allait rencontrer sa petite-fille pour la première fois. Vous ne pouviez le supporter. Une meurtrière qui allait toucher votre fille, s'attacher à elle.

— Que dites-vous?

Je me sens découverte, mise à nu, comme si on venait d'ouvrir mon cœur et mon cerveau.

— Vivienne, la meurtrière, allait venir voir votre bébé. Si vous aviez pu, vous vous seriez enfuie dès cet instant, pour vous cacher aussitôt, pour empêcher à tout prix cette rencontre, l'amour d'une femme monstrueuse qui allait souiller votre enfant.

Alors qu'il décrit mes sentiments avec une telle acuité, je fonds en larmes. J'aurais préféré qu'il se montre moins précis, moins clair.

— Seulement vous ne pouviez pas vous cacher à ce moment-là. Vous ne pouviez pas cacher Fanny. David était là, qui tenait tant à montrer son petit trésor à sa mère. Vous deviez prendre sur vous, laisser faire. Ainsi vous avez cherché un autre moyen de vous cacher d'une personne *alors même que vous vous teniez en face d'elle.*

Simon relève la tête :

— Vous pouvez poursuivre le récit, si ça vous tente.

— J'ignore de quoi vous parlez.

— Allons donc ! Voyez-vous, je n'ai pas dit à Charlie... à l'inspecteur chef Zailer, que vous et Briony étiez au courant pour Vivienne. Je n'ai rien dit de votre appel à Stanley Sidgwick. Je vous ai protégées toutes les deux d'une quantité d'accusations possibles. Je pourrais y perdre mon poste si quelqu'un venait à le découvrir.

— Merci.

Je m'essuie les yeux. Je n'arrive toujours pas à déterminer ce que Simon éprouve à mon égard. Beaucoup de choses, probablement, mais je me sentirais mieux si je pouvais identifier une émotion dominante.

— Si vous désirez laisser croire que vous avez subi une dépression post-partum et que ça vous a rendue temporairement démente, ce qui vous a empêchée d'identifier votre propre fille, sans parler du temps perdu par la police... je suis prêt à vous laisser faire. Je pourrais cacher la vérité à l'inspecteur chef Zailer, et même à Briony. Je continuerai à vous protéger si vous me le demandez.

Il pousse un profond soupir avant de poursuivre :

— En échange, je veux savoir la vérité. De votre bouche. Et si c'est trop vous demander, vous pouvez aller vous faire foutre.

Les murs du salon de Briony se resserrent sur nous. Dès le début, quelque chose nous a poussés l'un vers l'autre, vers cet instant.

— Que voulez-vous que je vous dise ?

— Tout, la vérité. Je ne me suis pas trompé ?

Vers cet instant.

— Non. Tout ce que vous avez dit est vrai.

Simon ferme les yeux, appuie la tête au dossier de son fauteuil.

— Racontez-moi ça, murmure-t-il.

— J'avais peur.

À bien des points de vue, cette explication devrait suffire. En tout cas, c'est la principale, celle qui a dominé toutes les autres considérations.

— Dès la naissance de Fanny, j'ai compris que si Vivienne savait que je comptais la lui soustraire, elle ne nous laisserait aucun répit. En supposant que je parvienne à lui échapper, elle se serait lancée à notre recherche et j'aurais passé ma vie à la craindre, à regarder derrière moi. Je crois que je le savais déjà lorsque j'étais enceinte mais, à l'époque, je ne voyais pas ce que je pouvais faire pour nous protéger.

— Et alors?

Simon me presse de poursuivre, mais d'une voix étrangement lasse, comme s'il avait perdu toute énergie.

— Vous l'avez fort bien raconté. J'avais besoin d'un abri plus sûr, et j'ai eu ce... cette idée. À moi aussi, ça me paraissait fou, mais... Enfin, j'espérais justement que ça paraisse assez fou pour fonctionner. Si je pouvais faire croire à *Vivienne* que le bébé qui se trouvait chez elle n'était pas sa petite-fille, avant même sa disparition...

Je chancelle. Jamais je n'avais exprimé cette démarche en paroles intelligibles. J'ai l'impression d'apprendre une nouvelle langue susceptible de décrire les pensées primaires, instinctives qui m'ont traversée après la naissance de Fanny.

— Vivienne m'a crue. Je comptais bien dessus, et pas seulement pour me faciliter les choses.

Comment expliquer que, tout en sachant que c'était une meurtrière, j'avais encore besoin de son appui? Je ne m'étais pas entièrement libérée d'elle, émotionnellement parlant. Je ne suis même pas sûre de l'être maintenant.

— J'espérais qu'elle ne se contenterait pas de me prendre pour une folle. Elle a trop peur de perdre ses petits-enfants, après le combat qu'elle a dû livrer pour Felix. Malgré sa prétendue impartialité en attendant l'analyse ADN, je savais qu'elle me croyait plus ou moins. Ce que je disais comportait un affreux accent de vérité parce que cela faisait résonner en elle ses plus terribles craintes. C'est dans la nature humaine, nous avons trop facilement tendance à croire que nos pires cauchemars se sont réalisés. Ce que j'ai dit à propos de Fanny a trouvé un écho chez Vivienne dans la mesure où cela reflétait ses propres angoisses.

— Si l'inspecteur chef Zailer vous avait crue, on aurait immédiatement procédé à une analyse ADN, observe Simon. Qu'auriez-vous fait alors ?

— J'aurais dû réagir plus vite, essayer de gagner assez de temps pour garder une chance de m'enfuir. Je savais que Vivienne allait commander sa propre analyse, si la police ne se décidait pas. Je savais que je devais emmener Fanny chez Briony avant les prélèvements. Il s'est trouvé que je disposais de près d'une semaine pour me préparer. Vous vous rappelez notre deuxième rendez-vous au *Morfal* ?

Simon ne répond pas. Bien sûr qu'il se le rappelle.

— Quand vous êtes arrivé, j'utilisais le téléphone public. Je venais d'appeler Briony. J'étais dans un tel état que je n'arrivais plus à poursuivre ma stratégie, pourtant il le fallait. J'ai même essayé d'envoyer à Briony un e-mail amical quoique distant où je lui disais qu'on devrait se voir bientôt, afin de vous laisser croire que je n'étais pas avec elle. Je savais que vous consulteriez l'ordinateur de David.

Simon se rembrunit :

— Nous n'avons trouvé aucun e-mail.

— J'ai été interrompue.

— Alors, quand avez-vous parlé à Briony du prétendu enlèvement de Fanny ? Au téléphone ?

— Je voulais également mettre ça dans l'e-mail…

Maintenant cela me revient :

— En fait non. Je le lui ai dit quand elle est venue nous chercher. La nuit où nous avons… quitté Les Ormes.

— Pourquoi ne pas lui avoir raconté la vérité ? Vous lui faites totalement confiance, non ?

— Si.

— Alors pourquoi ?

— Je ne sais pas.

Les yeux baissés, j'ai à peine murmuré cette dernière réponse. Je n'en sais vraiment rien. J'aurais pu tout lui expliquer au sujet de mon besoin subit d'un véritable abri. Elle aurait compris. J'aurais pu le lui dire. J'ai préféré me taire.

— Vous ne vouliez pas qu'elle vous prenne pour une folle elle aussi. Quoique, maintenant, ça vous soit égal ; la déprime post-partum fera très bien l'affaire pour expliquer comment vous avez pu dérailler au point de ne plus pouvoir identifier votre enfant. Vous étiez très contente de nous le faire croire à tous. Ensuite, vous auriez opéré un rétablissement aussi complet que soudain et de nouveau reconnu Fanny... les retrouvailles, enfin, alors que vous n'avez jamais été vraiment séparées. C'était ce que vous aviez à l'esprit ?

Je hoche la tête.

— Quoi de plus facile que d'avouer une folie de ce genre ? Aucune responsabilité. Pas de conséquences. Vous aviez perdu pied avec la réalité et vous erriez dans un monde halluciné. Qui pourrait vous en vouloir ? Tandis que si vous reconnaissiez avoir établi un plan précis laissant croire que votre fille n'était pas votre fille... C'était tout aussi fou mais parfaitement conscient. D'aucuns iraient vous le reprocher.

— Je n'avais pas peur des reproches. Vous avez tout de même souligné de quoi j'avais vraiment peur : d'expliquer une chose qui me semblait à moi parfaitement cohérente, une chose que je *devais* faire, qui me paraissait logique et inévitable, *juste*; j'avais peur d'en faire part à quelqu'un d'autre, même à Briony, de m'entendre dire que je perdais la tête. Parce que je *savais*, voyez-vous. Je savais qu'aussi saugrenu que cela puisse paraître, je ne pouvais rien faire d'autre. Il le fallait.

— Ça me semble logique. Je crois que Briony aurait pensé comme moi. Même si ça paraissait impossible à mettre au point. Je comprends. Vous vouliez que Vivienne croie que c'était David qui tentait de lui soustraire sa petite-fille, pas vous. Lorsque vous avez disparu avec Fanny, elle devait penser que David s'en était pris à vous et au prétendu bébé d'une autre juste avant les prélèvements ADN, afin que son mensonge sur l'identité de Fanny ne soit pas prouvé.

On dirait que Simon est en train d'énoncer un réquisitoire contre moi. Qui sait si ce document n'est pas imprimé dans sa tête ?

Je me demande si Vivienne aurait pu croire son fils capable d'une telle férocité ou si elle lui aurait encore trouvé des excuses.

— Je ne cherchais pas seulement à ce que Vivienne me croie. J'espérais également pouvoir convaincre David. C'était comme...

J'achève cette explication dans ma tête : je tentais de capter Fanny pour moi, et moi seule, loin de l'influence tant de Vivienne que de David. Je souhaitais ébranler leurs certitudes afin que, lorsqu'ils la regardaient, ils ne voient pas leur petite-fille ni leur fille, mais l'enfant d'une autre. Bien que sous leurs yeux, Fanny aurait été en sécurité. Absurdité qui me plaisait. Voilà comment j'allais protéger ma fille, jusqu'à ce que nous parvenions à nous échapper.

— Je ne tenais pas à dire la vérité à Briony. Cela me paraissait trop... personnel. La seule personne avec qui j'étais prête à partager ce secret, c'était vous, Simon. Rien ne vous obligeait à me soutenir quand j'affirmais que Fanny n'était pas Fanny, mais vous m'avez presque crue, n'est-ce pas ?

— Je vous ai crue, point.

— Vous ne l'avez jamais dit. Vous n'avez jamais déclaré formellement : « Alice, je vous crois. » Si vous l'aviez fait, je vous aurais tout raconté, Laura, tout. J'attendais un signe de votre part, je voulais m'assurer que je pouvais vous faire confiance, que vous aviez une totale confiance en moi...

— Je vous en prie ! lâche-t-il l'air dégoûté. C'est un peu dur à avaler de la part d'une personne qui n'a fait que me mentir dès le premier instant.

— Je ne vous mens pas, en ce moment !

— Vous n'avez pas le choix.

Il tousse, se redresse sur son siège.

— En général on retrouve les personnes disparues, explique-t-il. À moins qu'il ne s'agisse de personnes habituées à fuir la police. Normalement, on aurait dû vous retrouver, Fanny et vous.

Je me rends compte qu'il cherche à me remettre à ma place, à établir une distance professionnelle entre nous.

— Alors, continue-t-il, Vivienne aurait insisté pour faire procéder à son analyse ADN et tout aurait été fichu. Et si nous ne nous étions pas de nouveau penchés sur la mort de Laura, ou si nous étions arrivés aux mêmes conclusions qu'initialement, vous vous seriez retrouvée à la case départ.

— J'aurais peut-être pu rester cachée. L'affaire n'aurait plus présenté une telle urgence. Vous auriez eu d'autres enquêtes plus pressées à mener. Vous seriez passés à autre chose.

— Vous viviez chez une amie et collègue. Nous vous aurions retrouvées.

— J'aurais changé de refuge, tôt ou tard. Mais vous avez sans doute raison. Je ne suis pas de ces personnes qui savent disparaître et recommencer une nouvelle vie dans un autre pays comme dans les films. Il fallait au moins que j'essaie. Je sais que la police finit toujours par classer les affaires qui ne mènent à rien. C'est normal, puisqu'on a besoin d'elle ailleurs, pour chercher d'autres personnes disparues. Tandis que Vivienne n'aurait jamais abandonné, jamais. C'est *pourquoi* j'ai menti au sujet de… l'échange de bébés. Jamais je n'aurais pu reprendre une vie normale si elle avait su que j'avais sa petite-fille avec moi. Durant toute l'enfance de Fanny, je me serais attendue jour après jour à subir mon châtiment. Je sais que cela peut paraître dément, que cette femme n'est pas une divinité toute-puissante mais… enfin, je ne pouvais m'empêcher de penser qu'elle finirait par trouver un moyen de m'atteindre, d'une façon ou d'une autre.

— Ainsi, vous vous êtes arrangée pour qu'elle ne s'intéresse plus assez à votre cas pour vous chercher. Et il n'existait qu'un moyen : qu'elle croie que l'enfant parti avec vous n'était pas Fanny. Néanmoins, cette partie du plan n'était pas tellement plus sûre. Vivienne voulait quand même vous retrouver, afin de faire procéder à son analyse ADN.

— Oui, je l'ai sous-estimée. Je n'avais pas imaginé qu'elle puisse tant tenir à ce que La Frimousse soit bien Fanny. Je croyais qu'après notre départ elle me croirait dur comme fer. Même si elle parlait encore d'analyses, j'étais certaine qu'elle aurait abandonné et tranché en ma faveur longtemps avant le rendez-vous au laboratoire. Je me disais qu'elle serait presque soulagée lorsque « l'autre » bébé aurait disparu. Car elle n'aurait pu supporter de garder sous son toit un enfant qu'elle percevait comme un imposteur. Effectivement, elle n'a pu le supporter. Mais je croyais qu'en recherchant Fanny, parce qu'elle ne baisserait jamais les bras, elle ne s'intéresserait qu'à Fanny, pas à moi ni à l'autre bébé.

— Alice, il n'y a pas d'autre bébé.

Je secoue la tête. Simon ne doit pas mal interpréter ce que je dis. C'est désormais trop important.

— Moi aussi, je voulais que La Frimousse soit Fanny, dis-je doucement. Mais seulement lorsque Vivienne aurait débarrassé le plancher, lorsque je serais certaine qu'elle ne pourrait plus nous faire de mal.

— Vous saviez que c'était Fanny.

— Oui, mais... dans mon cœur je n'avais pas l'impression de mentir. Tout ce que je disais me paraissait vrai. Fanny était *mon* enfant, sans aucun doute possible. La Frimousse, c'était autre chose. Elle représentait le bébé qu'on aurait pu m'enlever à tout instant, ou à qui j'aurais pu être enlevée. J'ignorais qui elle finirait par devenir. Vous comprenez?

— Vous reniiez votre propre fille. Vous êtes la pire menteuse que j'aie jamais rencontrée.

Mes yeux s'emplissent de larmes.

— Mais je ne mentais pas, je souffrais! Vous savez quel a été le pire moment pour moi? Lorsque j'ai dû détruire toutes ces photos, les seules que j'avais de Fanny.

Cet abominable moment où j'ai ouvert l'appareil photo avec l'impression de laisser entrer non pas la lumière mais la pire des obscurités.

— Pourtant je l'ai fait. Il le fallait, Simon! Je me sentais mue par ce... cette force, qui m'obligeait à accomplir tout cela.

— Vous m'avez menti. J'avais confiance en vous.

Je ne lui demande pas : alors pourquoi n'ai-je jamais perçu cette confiance? Pourquoi n'avez-vous jamais dit : « Je vous crois »? Je préfère insister.

— Il faut essayer de comprendre pourquoi j'ai agi ainsi.

— Et que croyez-vous que je fais depuis le début? J'estime que je ne m'en suis pas mal tiré, tout bien considéré. Sans toutefois mériter un dix sur dix, loin de là. Il reste certains détails qui me turlupinent.

— Simon, peu importent les détails.

— Au contraire! Qu'est-ce que c'était que tout ce cinéma autour de cette Mandy Buckley, que vous aviez rencontrée à la maternité? Pourquoi m'avoir demandé de chercher le père de David?

— Parce qu'il avait épousé Vivienne et que tous deux avaient divorcé! Il fallait bien qu'il ait eu de bonnes raisons de la quitter pour ne même pas vouloir rester en contact avec son fils! C'était la seule façon pour lui de s'assurer qu'il ne reverrait jamais Vivienne. Je pensais, peut-être à tort, qu'il devait connaître la vraie nature de son ex-femme; et qui sait s'il ne s'est pas posé quelques questions en apprenant la mort de Laura par les journaux...

— Ainsi, nous devions le trouver afin qu'il nous raconte tout ça?

— Oui.

— Bon.

Simon paraît se démonter :

— J'aurais dû m'en douter, j'imagine. Et Mandy?

Là, je suis moins à l'aise :

— À partir du moment où je prétendais qu'on avait échangé nos bébés, il me revenait de présenter quelques théories. Je me suis affolée. Les choses commençaient à devenir un peu... compliquées à ce moment-là.

— Et par là même, vous apparaissiez de moins en moins crédible. C'est en partie pour cette raison...

Il s'interrompt, rosit légèrement.

— Pour cette raison que vous ne m'avez pas vraiment crue? demandé-je.

Voilà qui prouve à quel point j'étais lucide.

— Simon, pourriez-vous essayer de ne pas trop m'en vouloir? De me comprendre un peu?

Moi-même j'essaie encore de comprendre. J'aurai du mal à tirer un récit cohérent de ce qui vient de se passer. Tout ce que je sais, c'est que, pendant un certain temps, il y a eu un bébé appelé La Frimousse, qui possédait une jolie tête ronde, des yeux bleus et des taches de lait sur le nez. Personne ne savait trop d'où elle venait.

Simon se lève :

— Je peux vous protéger de certaines choses, mais pas de tout. Même en tenant compte des circonstances atténuantes, il reste que vous avez enlevé la fille de David et fait perdre beaucoup de temps à la police. On peut prendre en compte la dépression post-partum mais... je ne saurais vous garantir qu'aucune poursuite ne sera engagée contre vous.

Il se cache derrière un vocabulaire officiel. Ce n'est plus Simon Waterhouse mais un représentant des forces de police.

— Et notre amitié?

En posant cette question, je me demande si cette amitié a jamais existé. Sans doute ce lien qui nous a unis va-t-il disparaître aussi vite que cette histoire s'achèvera. Pourtant, Simon m'a comprise comme encore jamais personne au monde. J'aurai du mal à le chasser de mon esprit.

— Et notre amitié, va-t-elle survivre?

Il ne répond pas. Nous nous regardons. Je ne sais pas ce qu'il pense. Quant à moi, je me dis qu'il restera toujours, dans nos existences, une dernière question sans réponse, qu'il restera toujours des détails obscurs, des pans de vie fluctuants. Fanny est née dans un monde désordonné. Un jour viendra où je devrai lui avouer que je ne pourrai pas toujours lui donner une explication pour tout, qu'elle ne pourra pas toujours en trouver d'elle-même. Mais, ensemble, nous progresserons à pas hésitants vers notre avenir incertain. Et nous nous soutiendrons l'une l'autre.

Remerciements

Je tiens à remercier les personnes suivantes pour leur aide précieuse : Carolyn Mays, Kate Howard, Karen Geary, Peter Straus, Rowan Routh, Lisanne Radice, Nat Jansz, Chris Gribble, Hilary Johnson, Rachel Hoare, Adele Geras, Jenny Geras, Norman Geras, Dan Jones, Kate Jones, Michael Schmidt, Katie Forde, Morag Joss, Alan Parker, Marcella Edwards, Anne Grey, Wendy Wootton, Lisa Newman, Debbie Copland, Lindsey Robinson, Susan Richardson, Suzie Crookes.